力群文集

力群 /著
薛芃 /主编

山西出版传媒集团
三晋出版社

力群先生像(1912—2012)

力群小传

　　力群于1912年12月25日生在山西省灵石县郝家掌村，原名郝丽春，参加革命后改名力群。他自幼与农民的孩子相处，对农村生活很熟悉，这对于他后来的木刻画创作和文学写作颇有影响。1931年，力群考入国立杭州艺术专科学校，1933年2月与同学曹白等人组织进步美术团体"木铃木刻研究会"，开始从事木刻画创作。同年9月加入中国左翼美术家联盟，10月10日因"木铃"事被捕入狱。1935年出狱后，继续从事木刻画创作，木刻《采叶》《鲁迅像》等通过曹白寄给鲁迅，受到先生的指导与好评。

　　1937年7月7日抗日战争全面爆发后，力群从事救亡宣传工作，边搞木刻画，边写散文、小说。1938年初，曾在郭沫若领导的军委政治部第三厅美术科任少校科员。1940年初，到延安任鲁迅艺术文学院美术系教员，1941年加入中国共产党。1942年5月，参加延安文艺座谈会。抗日战争胜利后，到晋绥边区工作，任《晋绥人民画报》主编，并开始写文学评论文章。

1949年在全国第一次文代大会上，被选为主席团成员，并任中国文联委员、中国美术工作者协会常务理事。到太原后，与高沐鸿同志创建了山西省文联，被选为文联副主任，山西省美协主席。1953年调北京工作，先后任人民美术出版社副总编辑，中国美术家协会常务理事、书记处书记，《美术》杂志副主编，《版画》杂志主编等职务。

20世纪50年代，出版有《木刻讲座》《力群木刻选》《力群美术论文选集》和《访问苏联画家》等书。80年代，出版有美术论文集《梅花香自苦寒来》和《力群版画选集》以及散文集《我的乐园》、力群文学作品选集《野姑娘的故事》。《我的乐园》于1984年在上海少年儿童出版社出版后，被上海评为优秀作品，获儿童文学园丁奖。其版画作品曾多次在世界各国展出，并为英、法、苏、南斯拉夫等国家的陈列馆、图书馆和博物馆所收藏。因为力群在版画事业上的贡献，"日中艺术交流中心"于1988年12月14日特向他颁发了"贡献金奖"。1991年中国美术家协会、中国版画家协会为其颁发了"中国新兴版画杰出贡献奖"。

力群于1985年10月21日被作家协会书记处批准加入中国作家协会成为会员。1992年5月，山西省委、省政府授予力群"人民艺术家"称号，2003年9月，中国文联、中国美协授予力群"金彩奖"成就奖。力群晚年任中国版画家协会名誉主席、山西省文职名誉主席。

2012年2月10日，力群去世。

目 录

力群美术论文选集 ·················· 001
 前言 ························ 003
 谈深入生活 ···················· 005
 批判温肇桐错误的艺术思想 ············ 012
 谈齐白石的花鸟草虫画 ·············· 028
 从"天才"谈起 ·················· 039
 谈风景画 ····················· 046
 谈创作经验 ···················· 056
 论新年画的创作问题 ················ 064
 重视群众喜爱的新年画创作 ············ 073
 论年画的形式问题 ················ 080
 中国的版画 ···················· 086
 论木刻创作诸问题 ················ 093
 谈《古元木刻选集》 ················ 102
 《李桦木刻选集》序 ················ 112

版画艺术的新收获	123
论套色木刻的特点与色彩	130
谈几幅版画的魅惑力	141
凯绥·珂勒惠支及其《纪念李卜克内西》	148
凯绥·珂勒惠支在中国	153
《日本木刻选集》序	156
《德意志民主共和国版画选集》序	166
《墨西哥版画选》序	174
评"大众图画出版社"的连环图画	182
连环图画《童工》的成就	193
评连环图画《我要读书》	203
谈剪纸	209
略谈窗花剪纸的特点	213
发扬民族绘画和印刷的传统	217
画家们应重视为新生一代服务	223
《蒙古人民共和国美术作品选集》序	227
《参加第五届世界青年与学生和平友谊联欢节中国美术作品选集》序	233
新颖美观的波兰宣传画	240
谈青年美展中的几幅油画	245
附图目录	250
附图	252

力群散文荟集 …………………………………………… 289

救亡与木刻 …………………………………… 291
给我的伙伴们 ………………………………… 293
透过死神的罗网 ……………………………… 295
太原西郊的碉堡 ……………………………… 297
从太湖县寄到武汉 …………………………… 300
维族青年献金 ………………………………… 305
宣传画在农村 ………………………………… 307
安庆一斑 ……………………………………… 310
在现时教育制度下争取某种程度上的改造 ………… 311
张培梅 ………………………………………… 315
我的抗议 ……………………………………… 318
怎样锻炼自己的意志 ………………………… 320
论木刻与绘画 ………………………………… 323
西战场上的木刻运动 ………………………… 326
论木刻的"黑白" ……………………………… 329
木刻工作者的纪念 …………………………… 333
"胖专员"和"糊县长" ………………………… 338
三晋之荣 ……………………………………… 340
读《心儿,在飞扬》有感 ……………………… 347
复刊词 ………………………………………… 351
我也和邢小群同志对话 ……………………… 354
艺术欣赏的几个问题 ………………………… 363
一位老艺术家的成功之路 …………………… 370
力群的艺术 …………………………… 韩惠民 377

我不等死	386
浓妆淡抹总相宜	389
扶桑之行	394
从一则令我高兴的艺术消息谈起	405
祝辞	407
曹美和他的版画	409
我看《抉择》	413
五十年前"山西省文联"成立的经过	424
重返延安	430
还乡纪事	436
谈齐白石的花鸟草虫画	449
良师,普罗文学和星星之火	460
漫谈童话兼评《红宝石公寓》	464
忆运河	471
清道夫	477
鲁迅先生的宽容	479
关于《鲁迅先生木刻像》	481
我给鲁迅先生画遗像	484
卖票员与巡捕的敬礼	486
"苏联版画展览会"一周年	489
不是诗	491
章工作员和老杨	492
延安借子的故事	498
新兴木刻在山西	505

应有萍杜的一半	513
从现代派美术谈起	522
我与木刻《林间》	531
八旬后重返母校	534
悉尼的一日	540
《静乐民间剪纸集》序	547
自新篁到湖州(上)	550
自新篁到湖州(下)	552
网球场上的张霞	553
木版上的抒情诗 艾 青	570

附　记 574

力群文学作品索引 575

早霞晚霞皆灿烂
——祝贺力群同志创作生活六十年 …… 胡　正 582

《力群小说集》序 …… 李允经 589

力群美术论文选集

前　言

近些年来，我在做美术编辑工作和美术创作工作的同时，还写了一些有关美术的文章，发表在《美术》月刊、《文艺报》和《光明日报》等杂志报纸上。这些言论大都是针对当时美术运动中的实际情况而发的。我的意图是想根据马列主义的艺术观点发表自己对于当前美术问题的一些看法，但由于我的马列主义修养较差，理论水平不高，因此这些意见就不可能都就很正确的。

党的"百花齐放，百家争鸣"的文化艺术政策给了我很大的勇气，使我敢于把这些文章选成一个集子和读者见面。古人云："愚者千虑，必有一得"，也许我的这些不成熟的意见对推动美术创作和美术理论的向前发展还多少有点好处，也许它们对爱好美术的青年们还多少有一些参考价值。愿读者们在读我的这些文章时，能批判地接受。

这些文章在编辑过程中大部作了一些修改。我尽量使自己的立论减少一些过于偏激或不充分的地方。但由于自己对某些被提到的美术作品可能有所偏爱，并且是和当时的一般美术创作比较而言的，因此在分析它们时仍有估价过高之处也在所难免。诸如此类的缺点一定不少，我诚恳地等待着读者们的指正。

文章中提到的美术作品很多，但为了不致使书价太贵，所以不能让插图太多，只能尽力压缩选其中一部分附在书后。这是要请读者们原谅的。

作者　1958年1月5日于北京

谈深入生活

——纪念毛泽东《在延安文艺座谈会上的讲话》发表15周年

毛泽东同志十五年前《在延安文艺座谈会上的讲话》，用马克思主义的观点，给我们解决了很多带根本性的文艺问题。这次座谈会后，由于文艺工作者在文艺思想上有所提高并认真地实践了他所指示的为工农兵服务的文艺方针，因而在文学艺术上取得了辉煌的成绩。现在，文艺工作者们用长期实践的结果已充分证实了毛泽东同志的这一有历史意义的讲话的正确性。

各种文学艺术都有它们自己的特点，但在很多带根本性的原则问题上却有其共同性，因此毛泽东同志在延安文艺座谈会上的讲话，对各种文学艺术就都有指导作用。我们既不应该强调了各种文学艺术之间的共同性，而忽略了它们的特殊性；也不应该强调了它们各自的特殊性，而忽略了它们之间的共同性。这两种片面性对于各种文学艺术的发展，都是有害处的。

例如,毛泽东同志在讲话中曾着重指出:"中国的革命的文学家艺术家,有出息的文学家艺术家,必须到群众中去,必须长期地无条件地全心全意地到工农兵群众中去,到火热的斗争中去,到唯一的最广大最丰富的源泉中去,观察、体验、研究、分析一切人、一切阶级、一切群众、一切生动的生活形式和斗争形式、一切文学和艺术的原始材料,然后才有可能进入创作过程。"我想,这些原则性的提示对各种不同的文学家和艺术家来说,都是适用的。

然而在美术上,目前不仅有片面重视提高技术轻视艺术源泉的现象,而且如何深入这个源泉,如何体验工农兵生活,如何获得美术创作的原始材料,大家的看法也不一致,因此还有共同来探讨的必要。

目前我们的美术作品虽然数量不少,但反映工农兵生活的创作较少而且多半不够深刻。这些作品既缺乏浓厚的生活意味,也缺乏真实动人的工农兵形象和画家对这些人物形象所流露的深厚感情。有的作品甚至由于对生活的不熟悉而发生了艺术情节上的错误。所以它们就难于有深刻的思想性和强烈的感染力。

产生这种现象的根源固然和美术家的艺术修养和技巧水平有关,但其根本性的原因还在于全国解放以来,我们的很多美术家没有认真的长期的深入工农兵生活,没有深入的观察,没有在体验生活时和群众打成一片,和他们做朋友,了解他们的内心世界,从而改造自己的思想感情。由于艺术的根苗不能扎在生活的深厚的土壤中,所以它的枝叶就不可能肥硕,就不可能茂盛,这是当然的事。例如有人说现在反映劳动人民生活的木刻,不如延安时代和解放战争时期的亲切动人,这是很有道理的,那时木刻家到火热的工农兵生活斗争中去,有的历时三载,有的历时一年,而且即使回到机关也还是在农村,他们和农民群众和八路军的关系是非常密切的,因而表现在作品上就有生活的真实感,就有了农民和战士的动人形象,就有了画家对生活的真挚的感情和对于所歌颂的对象的深情热爱。

然而,近些年来我们的画家不但很少较长时期深入工农兵生活,而且在短时期的生活中也有些同志不大重视在生活中去熟悉劳动人民,不肯和他们交朋友,不肯向劳动人民学习,了解他们的思想感情,从而改造自己。他们不适当地强调了造型艺术家和文学家体验生活的差别性,而忽略了他们之间的共同性,因此只强调了在生活中画速写画人像的重要意义,而忽视了多方面观察生活,和群众谈心,研究和了解人的行动和性格,发现他们的新的品质和落后行为的重要性。这样的结果,即使有很熟练的技术,也难于从生活中选择、提炼、集中,难于进行创作构思,难于创造富有真实感和生命的人物形象。我们知道,只有熟悉了生活,才能根据丰富的生活进行创作构思,只有熟悉了生活中的各种人物,才有可能根据生活中的人物塑造艺术上的典型形象。所以,毛泽东同志特别强调地说:"我们的文艺工作者需要做自己的文艺工作,但是这个了解人熟悉人的工作却是第一位的工作。"秦曼同志在《美术》1957年一月号上《两张画像》一文中谈到,从他自己的下乡体会中证明:画家下去"只要多看看,多写生,就可产生好作品"的论调是很片面的。而必须"通过斗争生活实践,结交朋友,熟悉各种人,尤其是先进人物";"了解人的性格、思想、心理状况";"同时必须结合了解过程来多作写生、探索外形和内心的联系。通过这样的劳动积累,渐渐为塑造真实的典型人物形象准备条件"。我觉得这些经验和道理是正确的。

　　文学和绘画,由于它们的性质不同,反映生活和描写人物的手段不同,因此文学家和画家在生活中的着眼点和记录生活素材的方式不同。画家要用画家特有的眼光来观察人,观察生活,他们要认识可视的形象中的生活意义,所以他们总是选择那些最适宜于通过可视的绘画形象描绘的有意义的、动人的生活情节和人物形象作为创作素材。他们用速写和默写来记录各种有性格的美的或丑的人物姿态、表情、动作,他们要观察各种重要事情发展过程中的各种人物的心理表情和姿态,并记取人们在事件过程中的最富艺术性的和最深刻地体现出本质的重要瞬间视觉形象。所有这些都是画家比之文学家在深入生活时更应强调的方面。但在必须了解人这一点上他们是相同的。例如有的小说家下乡后,只重视了解生活故事,收集语汇,而不重视研究人了解人,结果回来后创作出来的作品,有故事有情节,有漂亮的语汇堆砌,而没有人物,即没有活生生的有性格的人物,没有典型。而画家也是如此,有的人下乡后单注意绘画场面,生活细节,而不重视研究人了解人，因而画出来的作品也是只有生活场面和一般性细节，而无有生命的有个性的真实动人的人物形象。因此这些作品都不能给人留下深刻的印象，都不能打动人心。

当然也有这种人，他们只看到各种文学艺术之间的共同性，因而否认了它们独自的特殊性。如与秦曼的文章同期发表的萧采洲的《美术工作者如何体验生活》一文中指出：有的领导者为了强调美术工作者深入生活和群众打成一片，改造思想感情，就要求他们忘记自己是美术工作者，并禁止美术工作者在体验生活时背画具画速写。这显然是错误的。这些为创作搜集素材的工作不但应该做而且必须做。没有这些参考素材，显然对创作是有损失的。但我也不同意萧采洲的这种说法：他说："就在这种指导下，同志们丢开了画笔，下到工厂农村去了。和群众以及和干部的关系也都勉力达到领导上的要求。但回来进行创作时，由于在体验生活中不是按照美术工作者的特点，没有在生活中去汲取创作题材并同时收集和记录创作所需要的生活形象，于是只好从体验生活的思想和体会中，抽出空洞的政治概念，再到各种参考资料——画报和图片中去找创作所需要的形象，结果创作出来的一些东西，就是公式化、概念化平淡枯燥的政治条文的说教和图解。"如果说，"由于原来就缺乏美术专业的基础，加上在这长期体验生活中经年累月的搁笔不画"，在创作中，"遇到了很大的困难"，这是令人可以理解的，但因此就作出结论说以上方式的下乡等于不下乡，因而仍然产生"公式化、概念化"的作品，这样的说法却是颇值得研究的。我想，我们肯定这种下乡方式有缺点,并不等于说它对画家毫无好处。如果说认真深入生活之后(只是体验时没带画具,没画速写)仍然产生了公式化、概念化的作品,恐怕是不应完全怪深入生活的方式的,也得考虑画家的创作方法和艺术修养是否有问题,否则就是没有认真深入生活,认真研究人了解人。为了说明这一看法的不正确和片面性,我不妨谈一谈一些画家的实际情况。抗日战争初期,在太行山敌后火热的战斗生活中有些画家生活了好几年,当他们回到延安时,由于战斗生活的艰苦,他们从前方没有带回任何速写来,这对于他们说,当然是创作上的一件憾事;但他们毕竟是认真地长期地深入了生活的,其中有的同志也是有相当的艺术修养和正确的创作方法的,因此他们之中有人在延安仍然根据记忆,根据长期生活中的感受创作了很多动人的、既非公式化又非概念化的优秀木刻作品。这些作品受到了国内外人士的重视。这些同志之成为革命的艺术家,应该说是人民养育了他们的。因此我们不应抹煞即使是不带画具不画速写,而深入工农兵生活对一个画家的好处(当然,我们不能片面地提倡这种方式)。

在我看来,美术家下乡下厂的收获本来应该包括两个部分,一部分是绘画技巧练习和创作素材上的收获;一部分是思想上、生活感受和生活知识上的收获,以及生活形象和人物形象在头脑中的深刻理解的收获。前者基本上是有形的,并可作为创作参考用的;后者是无形的、潜在的,在创作的构思和创造人物形象时起重要作用的。这两种都来源于生活,但彼此之间存在着区别。两者应联系起来,并把后者作为主要目的。我想,作为一个人民的画家在考虑这些问题时,不应太"功利主义"了,应作长期打算。每次下乡下厂固然应在画袋中装回东西来,应在体验生活后创作出作品来,但更应看重生活的积累。所谓"放长线钓大鱼"也就是这个意思吧。因为有些生活感受不一定在一次深入生活后马上对创作有用,它可能在以后接连不断的深入生活后,对创作发生作用。例如石鲁的"古长城外"的构思就是依赖生活的多次积累的。也有这样的情况:某种熟悉了的生活情节和某些熟悉了的人物形象,虽然永远活在画家的心里,但平时是潜伏的。可是在某次构图时,它突然出现在笔下了,连画家都会觉得它来得偶然,好像是一时的灵感或"神来",其实何尝是"神来"呢,不过是潜伏在记忆中的生活的和人物形象的储藏,经过思维的提炼,结晶,在一定的创作冲动下,把它从记忆中挖掘出来了。因此我们不能看轻生活的积累与储藏。

发表在1957年5月《美术》月刊

批判温肇桐错误的艺术思想

一

温肇桐于1951年著作的、由上海大东书局出版的"论新现实主义艺术创作",是一本有很多错误的书,其中除了一些关于文艺问题的不正确的陈旧见解外,还有非常严重的非马克思列宁主义的庸俗社会学的观点,以及胡风在民族形式问题上的反动言论的重复。他在这本书里指的所谓"新现实主义",应该说就是指社会主义现实主义。因为他所引用的文章都是日丹诺夫和高尔基等关于社会主义现实主义的理论文章;他所论述的所谓新现实主义艺术创作,也是苏联和新中国成立前后的属于社会主义现实主义范畴的艺术创作。因此我们根据社会主义现实主义的精神和特点来考察本书的各种论点是完全必要的。

这本书开头这样说:"日丹诺夫同志天才的指出今天的艺术创作要'不但表现我们人民的今天,而且还展望他底明天。'这就是告诉我们,创作艺术,一定要为人民服务。"并说,"新现实主义艺术创作的要求"首先是"提出了问题,同时也解决了问题"。

从上面看作者如何引用日丹诺夫同志的话和他自己的论点,我们就可以看出他对于新现实主义,即社会主义现实主义艺术创作的重要原则是弄不清的,他未曾指出新现实主义真正"新"在哪里,因此就不能够指出它和旧现实主义艺术创作的本质性的区别。作者说新现实主义艺术创作的要求首先是"提出了问题,同时也解决了问题"。我们要问,难道旧现实主义的艺术创作就没有提出问题解决问题的要求吗?如果以为所有的旧现实主义作品都仅仅是消极地批判了当时的现实,而没有"解决问题"的积极因素,这不论在文学上和艺术上都是一种陈旧的看法。这种曾经相当流行的见解,在苏联已经受到了批判。当苏联的文艺批评家B·叶尔米洛夫论到B·布尔索夫著的"高尔基的'母亲'与社会主义现实主义问题"①一书时说:"布尔索夫的书中另一个动人之点,就是他驳斥那种不幸现在还相当流行的见解,即俄国批判现实主义文学只批评现实而不确立肯定的理想。作者认为果戈里虽然在创造正面人物形象的试图上遭受到失败,但在他的作品中,对于我们有价值的,仍然不仅是揭发现实中的否定事物,而且是确立应有事物、未来事物的肯定的道德美学理想的意向,这个想法是正确的。"

可是温肇桐的观点却正与以上的看法相反,当他简单地谈了19世纪法兰西的画家米勒和柯尔倍的"拾穗"、"石工"等绘画后说:"在表面上看,这些艺术是提出过问题的,但没有解决问题,因为,这些艺术家不是站在劳动人民的立场提出问题,所以不可能而且也不必要来指出解决问题的方法的。只有新现实主义的艺术创作,才有可能和必要。这也就是衡量艺术之是否新现实主义的创作的一个重要标准,同时也就是衡量这种艺术之能否为人民服务的一个标准。"这里我们姑且不论"这些艺术家"是不是"站在劳动人民的立场"以及是不是有"必要来指出解决问题的方法";而且也暂不去研究《拾穗》《石工》等绘画是不是也有积极的因素,有没有"确立应有事物、未来事物的肯定的道德美学理想的意向"。现在我们就全当这些艺术真是所谓"提出过问题,但没有解决问题"的,那么请问能不能因此就概括了所有的旧现实主义的艺术,从而认为"只有新现实主义的艺术创作,才有可能和必要""指出解决问题的方法"呢?我觉得是不能够的。

现在我们来看看作为旧现实主义巨匠的俄罗斯伟大画家苏里科夫的油画"斯切潘·拉辛""苏沃洛夫越过阿尔卑斯山",列宾的油画"宣传者的逮捕""拒绝忏悔""意外的归来"以及"查坡罗什人写信给土耳其苏丹"吧,难道在这些作品里仅仅是消极地"提出了问题"、只批判了当时的现实而不确立肯定的理想从而企图"解决问题"吗?显然不是的。在这些作品里不但塑造了正面人物,歌颂了俄罗斯人民革命的和爱国主义的英雄,而且也歌颂了人民的乐观主义和爱好自由的伟大力量。当巨匠们创作这些图画时,显然是有他们的积极的理想的,他们无疑是希望他们的作品从感情上感染人民,从思想上教育人民,从而达到改革现实把历史的车轮推向前进的目的的。这结果也就是所谓"解决了问题"。我们当然不能希求文学艺术作品像党的指示和决议似的解决问题,也不能像《共产党宣言》《资本论》似地"解决问题"。文学艺术有它"解决问题"的特殊性,它是通过艺术形象来起作用的,至于美术,则是通过可视的艺术形象来起作用的。在我看来,在苏里科夫和列宾的时代里,他们的作品对于当时的社会已经起了它们应有的作用了。虽然,正面人物形象在一切现实主义的作品中都有积极的意义,但我们并不因此就抹煞了旧现实主义艺术中的正面人物形象和社会主义现实主义艺术中的正面人物形象的本质区别,因为这种区别是为历史时代所决定的。

从以上的论述我们就可以看出,温肇桐的论点根本是站不住脚的。因为"提出了问题,同时也解决了问题"既不能说明"新现实主义"即社会主义现实主义艺术的特点,当然也不能作为与旧现实主义艺术的本质区别。因此这也就不能成为"衡量艺术之是否新现实主义的创作的一个重要标准",同时也不能成为"衡量这种艺术之能否为人民服务的一个标准"。

至于他所说的"新现实主义"艺术创作的一个"重要原则":"新现实主义艺术创作是客观真理的、发展规律的认识的创作实践,即是作了现实的最本质的描绘的艺术",也同样是没有接触到社会主义现实主义的特征的。实际上这种说法仍没有走出旧现实主义的范围。因为旧现实主义虽然是前一个历史时代的产物,虽然由于作家的阶级和历史时代的局限使他们的作品具有不彻底性或两面性,但它既然是属于"现实主义",当然就不能是主观空想的,而应具有"客观真理的"因素,并应基本上是合乎"发展规律的认识的创作实践",这结果也自然要合乎现实的本质的描写,否则就不成其为"现实主义"了。他的这个"重要原则"与社会主义现实主义的重要原则"要求艺术家从现实底革命发展中真实地、历史地和具体地去描写现实。同时艺术描写底真实性和历史具体性必须与用社会主义精神从思想上改造和教育劳动人民的任务结合起来",不是还有很大的距离吗?

关于苏联的社会主义现实主义艺术与旧现实主义艺术之间的关系和区别,苏联的很多艺术理论家都曾指出一方面,苏联艺术与过去世界艺术的最优秀的现实主义传统,有着密切的继承关系;而另一方面,二者又有着原则上的区别。新的、社会主义的艺术不单单是现实主义的艺术,即不只是在形象上反映我们时代的现实、揭露现实的本质、创造"典型环境中的典型性格"(恩格斯),而且同时是社会主义的艺术。这一点,首先就是意味着,艺术在社会主义社会中,是与社会主义思想、与工人阶级以及它的革命的共产党的世界观——马克思列宁主义世界观,有着不可分离的联系。而这也就使社会主义现实主义在现实的表现上具有彻底的、不折不扣的真实性。此外并肯定了人与人之间的社会主义关系,选择并且肯定了受到社会主义社会的教养的新人物的优秀品质。可是温肇桐在他的小册子中,并没有指出这些重要关系和区别,而且关于社会主义现实主义的艺术家必须具有工人阶级思想、马克思列宁主义的世界观这一重要问题也并未着重提出。我们知道,美术家要想很好地掌握社会主义现实主义,那么,学习马克思列宁主义,以便正确地认识新时代的社会生活,从而正确地反映新时代的社会生活是一个先决条件。否则在阶级矛盾十分尖锐而复杂化的现实生活的大海洋里一定要迷失方向。如果说旧现实主义的文学艺术家曾经有世界观中的进步的、革命的因素和他自己的阶级同情和唯心论之间的矛盾,因而表现在他的现实主义的创作上也有时难免要打上这种矛盾的烙印,那么对社会主义现实主义的艺术家就要求他的世界观的绝对的统一,以及与现实主义创作方法之间的完全的一致。这就是说艺术家的马克思列宁主义的世界观与他的社会主义现实主义创作方法上的真正的一致。只有这样才能使他的艺术创作具有彻底的客观性和工人阶级的党性,因为艺术家的世界观是对艺术家的创作起决定作用的。

二

在《论新现实主义艺术创作》的小册子里,根据艺术与政治的关系而论到艺术价值的高下时,有着更加严重的错误。这里作者是用客观主义的庸俗社会学的观点来解释文学艺术问题的,而这种观点却是违反历史唯物论的文艺观的。他说:"在有阶级的社会里,一切艺术不可能超越阶级,也就不可能与政治无关,而必然是为某一阶级服务,为其一定的政治服务。艺术作品之价值的高下,就决定于艺术作品的政治价值——社会价值。能够高度完成一定的政治任务,其艺术价值必高,否则其艺术价值必低。"在这种观点指导下,他认为中国的古代名画家,"王维、李思训、荆、关、董、巨,一直到四王、吴、恽,不问其为南宗北宗,他们作品之具有艺术价值,就是完成了这一种政治任务的关系"。什么"政治任务"呢?他在下面一句话中说得很清楚:"在中国绘画艺术中的不朽价值,毕竟还是和他们作品中所贯彻的封建政治任务是分不开的。"

这种庸俗地客观主义地考察和评价艺术现象的观点,是与马克思主义的文艺理论没有丝毫共同之点的,是和作者在该书的第六节中曾经引用了的苏联文艺批评家A·顾尔希坦所说的"不放弃阶级的分析,就能帮助我们确立出过去许多伟大巨匠的真正人民性,而能正确地和深刻地把马列主义的分析,应用到各种艺术文学的现象上去"的说法十分矛盾的。这说明作者引用别人的正确的论点并没有真正理解,并没有成为自己观察问题的指南,只能增加他文章中论点的矛盾。

马克思主义者研究任何问题,考察任何艺术现象,从而估量它们的价值时,不管它们是过去时代的,还是现在时代的,都是从劳动人民的利益出发的,都是看它们对于当时社会生产力的发展和对历史、文化的前进有无推动作用而作为估价标准的,而决不是像温肇桐简单地说成"能够高度完成一定的政治任务,其艺术价值必高,否则其艺术价值必低"。如果按这种庸俗社会学理论推论下去就必然得出这样的反动结论:汉奸文学艺术因为高度完成了为帝国主义服务的政治任务，所以"其艺术价值必高"；胡风反革命集团的特务文学因为高度完成了破坏中国人民利益而为蒋匪帮服务的反动政治任务，所以"其艺术价值必高"。这不是绝顶荒谬的理论么？

作者在这一小册子中，曾经引用了毛泽东同志《在延安文艺座谈会上的讲话》中很多话句，然而他竟没有注意到毛泽东同志关于评价艺术作品时的这一重要指示，毛泽东同志曾说：

"无产阶级对于过去时代的文学艺术作品，也必须首先检查它们对待人民的态度如何，在历史上有无进步意义，而分别采取不同态度。"

由此可见，具有人民性的古代作品，在历史上有进步意义的作品，我们就欢迎它，给它以高的评价；反之，"内容愈反动"，愈为"没落时期的一切剥削阶级"的反人民的政治任务服务的作品，就"愈能毒害人民，就愈应该排斥"。

当论到各个历史时代的文学艺术作品，从而考察它们的历史意义，估量它们的社会价值时，这是一个非常复杂细致的问题，决不能像温肇桐似的粗暴、片面地从事。根据马克思主义的观点，我们不能否认，当奴隶主阶级、封建地主阶级、资产阶级将要登上历史舞台的时候，当奴隶社会的初期、封建社会的初期以及资本主义社会的初期，这些剥削阶级和他们所统治的社会制度，在当时曾对历史的向前发展起了积极的作用，因此作为当时新兴阶级的及其社会上层建筑的文学艺术，由于忠实地为当时的进步阶级和经济基础服务，因而也有进步性,这是完全可以理解的。因此我们认为当资产阶级将要走上历史舞台的时期,代表了市民阶级的思想和利益的欧洲文艺复兴期的艺术是进步的,有价值的。这就因为以杰出的达·芬奇、米开朗基罗、拉斐尔等为代表的艺术家们的作品,彻底深刻地战胜了以宗教为基础的中世纪的世界观和与这种世界观相适应的艺术中的陈规俗套和象征主义;这就因为文艺复兴时代的艺术积极参加了和旧的、衰颓的封建制度和封建思想进行的斗争,并在整个文化领域中,占据了显著的地位。但却绝不能因此得出结论,认为在资本主义社会的末期,为帝国主义政治服务的艺术也是进步的。因为帝国主义是资本主义发展到最后的一个腐朽、寄生、垂死的阶段,它对社会生产力的发展已起了阻碍的作用。因此为这种政治制度服务的艺术当然是反动的,是毫无价值的。因此我们对于代表最反动的帝国主义文化的美国的"超现实主义"艺术,就不能认为它是有价值的,而只能认为它是资产阶级艺术的堕落。关于这一点,就连作者也不能否认,因为在他的小册子里曾引用了苏联艺术批评家凯缅诺夫的话,说:"对于生活在资本主义制度下的艺术家来说……另外一种倾向,即承认资本主义的行程是一种必然的结果,艺术家将有意识或无意识的变成资本主义在美学上的辩护人,无论是就整个而论,还是就单独的表现而论都是如此。在这种场合中,艺术就无可避免的变成虚伪的、反民主的,在内容上是反动的,在形式上是颓唐的了,不管它可以用种种所谓'纯艺术'的伪装,来掩饰它的衰退,也总归有如上的特征的。"难道根据凯缅诺夫的分析和观点,能说成为没落时期的资本主义服务的所谓"虚伪的、反民主的、在内容上是反动的、在形式上是颓唐的"艺术,也是"其艺术价值必高"吗?这除了说明作者的思想混乱、论点矛盾而外,再不能说明别的。

温肇桐认为中国绘画艺术中王维、李思训、荆、关、董、巨,一直到四王、吴、恽,他们的作品之具有艺术价值,就是因为完成了封建政治任务的说法,当然也是错误的。因为如果说这些画家的艺术,在中国封建社会,与农民起义不断发生的历史时代,真是所谓完成了"封建政治"的任务,恐怕只能注定它们全部毫无价值,老早遭到人民的唾弃了。而恰恰相反,今天我们还认为其中不少画家的作品有价值,这问题就非常复杂了。

这里我们必须弄明白,是不是产生在封建社会的艺术就一定完全是为封建政治服务的?是不是身为封建地主阶级的艺术家就一定完全是通过他们的艺术来拥护封建制度和封建思想的?我觉得就第一个问题来说,决不是如此。就第二个问题来说,一般地是如此,但还有例外,而且在具体问题上,还需作具体分析。所以问题是非常复杂的。

为什么说产生在封建社会的艺术并不完全都是为封建政治服务的呢?理由就是,因为封建社会里的人并非都是进行剥削的地主阶级,此外还有被剥削的农民,因此既有为地主阶级政治服务的艺术,就同时必然也有为劳动农民服务的艺术,虽然它们有占统治地位和不占统治地位之分,有强弱之分，但两者毕竟是同时存在的。苏联文艺理论家 A·叶高林在"略论文艺学的几个问题"④中曾说："斯大林同志教导说，经济制度把资产阶级和无产阶级联系起来，造成统一的资本主义社会。要知道，除了统治阶级的思想意识之外，每个阶级社会中还有着被剥削阶级的思想意识，后者和前者一样，也是在同一个基础上产生的。"正因为如此，所以在中国的封建社会里就居然产生了代表农民思想感情的伟大现实主义文学巨著"水浒传"。如果否认这点，以为封建社会所产生的任何文学艺术都是封建的，这就和胡风的对于民族文化的虚无主义的观点毫无区别。

至于身为封建地主阶级的艺术家是不是就一定完全是通过他们的艺术拥护封建制度和封建思想的问题，这也可举《红楼梦》的作者曹雪芹为例。在最近讨论"红楼梦"的问题中，大家都肯定了《红楼梦》是一部伟大的现实主义的作品，它本身是具有民主性和人民性的。曹雪芹虽然出身于封建地主官僚家庭，但他的世界观，他的思想却并不完全是封建性的，否则他就不可能写出有进步意义的《红楼梦》。因为完全是反动世界观的艺术家，绝对创作不出进步的艺术作品，否则就必然要陷入胡风的谬论，即认为完全是反动世界观的作家也能写出现实主义的作品。

苏联文艺理论家 Д·布拉果依在《俄罗斯文学的民族特性》③一文中说："事实上，在阶级社会中没有也不可能有站在阶级之外的或超阶级的作家，没有也不可能有'一般人民的'作家。同时，在'阶级'作家身上也这样或那样地、或多或少地表现着'人民的东西'及'民族的东西',而在真正伟大的作家身上,这些东西却表现得特别有力。这一点别林斯基是理解得很清楚的。"因此我们对于封建社会的画家,如王维、李思训、荆、关、董、巨,一直到四王、吴、恽,也就不能一概认为他们的作品是为封建政治服务的,好像其中就没有现实主义,没有人民性。而温肇桐恰恰是这样看的,这只能说明他看待历史上各种艺术现象的唯心的机械论。

当然要具体分析从王维到恽南田这一系列的中国画家的作品的进步意义,从而估量它们的价值的高下,并不是一个简单的问题,也不是我这篇文章的任务。可是我相信从王维到董、巨,他们所画的祖国优美壮丽的河山,是多半表现了当时风景的精神面貌和自然的真实性的。当他们观察、选择、表现这些自然现象时,画家的观点和感情是和当时的广大人民的观点感情有着不同程度的联系的,他们或多或少地反映了当时生活的真实。因此这些作品就具有不同程度的现实性、人民性。同样的我也相信恽南田画的美丽的花卉,是多半表现了花卉的精神面貌和客观真实性的。当他观察、选择、表现这些花卉时,画家的喜好、感情也是和当时广大人民的喜好、感情有着联系的。因此这也就决定了恽南田的花卉也有一定的现实性、人民性。但我们也并不否认,由于王维到董、巨以至恽南田,由于他们阶级生活的局限性,他们的观点,他们的爱好,和广大的劳动人民不能完全一致,这种情况也不能不反映到他们的作品中。因此在以上所指的某些画家的有些山水画中也就难免要流露出"士大夫"气息和寂寞的情调。

但即使如此我们也不能抹煞他们的作品所具有的现实性和人民性。

三

温肇桐在这本小册子中论到民族形式的问题时,也发生了严重的错误。在这里他是以引用鲁迅《论'旧形式的采用'》和周扬同志的《新的人民的文艺》中的正确意见作掩护,贩卖了胡风在《论民族形式问题》中的私货。

我们知道当林默涵同志和何其芳同志批判反革命分子胡风的错误思想时,就曾最早指出胡风是一个民族形式的虚无主义者,在他的《论民族形式问题》的反动小册子中,以强调现实主义来取消民族形式。胡风完全否认不同国家不同民族的文艺的形式有它自己的历史和自己的传统,而把卢卡契和弗里契的庸俗唯物论的见解当做经典,当做立论的根据,从而认为文艺的风格、形式可以直接从生活里面出来。与此同时,胡风并机械地理解"内容决定形式"这一命题,认为相同的内容只能有相同的形式,因此以人民民主革命为内容的中国新文艺,只能从所谓其他资本主义"先进国"移入文艺形式,却不能从自己的民族遗产中去继承和接受文艺形式。而温肇桐的观点也正是如此,当他指出"传统的国画的形式""只能说是'士大夫形式'或者是'旧形式'","民间形式"也是"旧形式"之后,他就强调"必然要先解决了'民族形式的内容'的问题才可谈'民族形式'。因为,内容决定形式。单独运用旧形式的技术,也不能解决'民族形式'问题的。因为形式是为内容服务的。"接着就引证胡风在《论民族形式问题》中的谬论说:"胡风同志对这个问题,曾引用G·卢卡契与G·蒲列哈诺夫等的说法而指出:新的文艺现象是从生活里面出来,决不是由于形式本身的辩证法而发生的。'又指出:'特定的社会层对文艺提出特定的任务,特定的任务要求特定的形式'"——这些隐隐约约躲躲闪闪的比较费解的话是什么意思呢?就是要反对文艺形式的历史和传统,反对我们去接受遗产,从而强调文艺的形式可以由"生活里面"、可以由"特定任务"的内容产生出来,而不需要去继承。

作者引证胡风的话不仅以上所指,他又说:"这种新现实主义艺术的创作法则,首先应该是:(外铄)的法则,是丰富地从文艺史的现象概括出来的。(《论民族形式问题》)其次是:'从敌对的社会层所产生的形式脱离。'(前引书)"由于他是以胡风的论点作为指导原则的,所以他自己在民族形式问题上就得出了这样的反对继承传统的结论,他说:"新现实主义艺术,必须新民主主义的内容,它是用马列主义的世界观认识了中国的社会现实而把握的;那么'民族形式',是中国的社会现实通过了马列主义的世界观而形成,所以是国际的东西和民族的东西的矛盾的统一,而又是辩证的发展出来的。"在文章的最后又加重语气地说:艺术上"民族形式"的建立,"千万不可忽略,它是必须通过特定的内容而表现出来的,而又是从反映人民大众现实的斗争生活里面出来的"。

这种作为反革命分子胡风的传声筒的论调,我们为了保卫马克思主义的文艺观就必须加以坚决反对。否则,按照这种谬论来办事,我们的艺术就要变成无祖无宗的资产阶级的"世界主义"艺术了。

苏联哲学家尤金在《斯大林关于语言学问题的著作对于社会科学发展的意义》一文中就曾指出:"恩格斯早就解释过,意识形态的上层建筑不是由新的经济、新的基础完全从新创造出来的。"因为不论是文学、艺术或是哲学等等,都不能够在光秃的地面上发生的。它们是在旧社会范围内所已造成的思想材料和观念的基础上产生的。起而代替旧基础之新的经济基础,只是规定适合于这一基础的利益和需要之意识形态的新的发展方向。"因此,我们的艺术所要求的民族形式就不能是离开传统和遗产而只依靠"通过特定的内容"以及"从反映人民大众现实的斗争生活里面"产生出来的,而是必需通过继承和发展自己民族的艺术遗产而产生的。

当然,当我们提出接受遗产、继承和发扬民族艺术的优良传统时,并不是对于外来的影响就要一律排斥。我们认为继承并发扬原有的优良传统,同时又接受外国的先进的和有益的艺术影响,这两者都是必要的。否则我们就不必提倡向苏联、各人民民主国家的艺术及世界各国的进步艺术学习了。但同时也必须指出这种继承和学习,决不是无批判的硬搬、模仿与替代,否则就是毛泽东同志所说的最没有出息的最害人的艺术教条主义了。

《论新现实主义艺术创作》除了以上指出的重大错误外,还有不少其他的错误,如当他论到典型时说:"好的典型,就是发现在极平凡的生活之中。惊天动地的生活,得出的典型不一定伟大……"以及对于创作过程中的生活、政策、技巧等的关系的机械公式的看法,关于这些我就不详加论述了。

总的说来,温肇桐的文章之所以产生一连串的错误,其主要原因是他还没有建立真正的辩证唯物主义和历史唯物主义的思想体系,没有掌握马克思主义的科学的思想方法;他侈谈现实主义而对现实主义的文艺理论完全没有理解;侈谈中外古典作品,而实际上对于那些作品没有研究。因此,不得不陷于用唯心论的方法片面地、简单化地对待极其复杂的文艺问题,陷于庸俗社会学和胡风反动思想的泥沼中,造成了对马克思列宁主义文艺理论的严重歪曲和错误。同时,文章中前后的论点及论据之间,完全是互相矛盾,显示了作者思想的极端混乱。而这种错误的文章,居然印成小册,广为传播,也显示了作者对读者极不负责的态度。所有这些都应该成为作者严重的经验教训,今后必须认真地学习辩证唯物论和历史唯物论,认真地学习社会主义现实主义的文艺理论和研究分析具体作品,严肃地对待文艺理论和文艺批评的工作。当然,我以上的一些意见也不一定是完全正确的,希望大家多加指正。

1955年11月发表在《美术》月刊

注:①②③:均见B·维诺格拉陀夫等著《斯大林论语言学的著作与苏联文艺学问题》一书。

谈齐白石的花鸟草虫画

齐白石是我国当代的大画家,是民族绘画传统的杰出的继承者。由于他的卓越的绘画艺术对世界和平运动的贡献,他在最近荣获了1955年世界和平理事会颁发的国际和平奖金。正确评价他的作品,指出他对于我国民族绘画事业的卓越贡献,认真地研究、学习他的作品和他的创作方法,对于我们当前的绘画事业的发展和帮助人民群众欣赏他的作品,都是很有好处的。

在研究齐白石的作品时,我们最常碰到的问题,是有些人往往单纯从他的作品所描绘的题材出发,因而就产生种种怀疑,不知道这些反映花鸟草虫的作品,对于当前政治斗争有什么关系,它们能给人以什么样的教育意义。在这篇文章里,我想对这个问题谈一些个人的理解和意见。

我们知道每个艺术家的创作道路都不一样,这也就形成了各个艺术家所独有的艺术和艺术风格。对待齐白石,也和我们对待所有其他艺术家一样,决不能离开他所生活的具体历史时代而提问题,更不能对他的作品不作具体分析而乱下断语。如果用对目前一般直接表现人民生活斗争的作品的要求去要求他的花鸟草虫画,那是脱离时间、地点和条件的非历史的观点。至于因为齐白石的画曾被旧社会的某些上层分子喜欢过;或因为他的作品和封建社会士大夫画家和文人画家的作品有继承关系,没有反映革命事件和人民的生活和斗争……就主观地认定他是为封建主义服务的,因而不是人民的画家,企图把他的作品当作封建社会的上层建筑来加以否定,这就不可免地堕入了把艺术现象简单化的庸俗社会学的观点。党曾一再指示,我们的文学艺术创作必须"百花齐放";而劳动人民为了丰富精神生活,他们对于文学艺术的要求也是多方面的,因此,只看到艺术内容和形式的一个方面,忽略和拒绝其他方面,从而把艺术为人民服务了解得非常狭隘,这就错误地把人民的文化要求限制在一个小小的范围之内,同时也是直接跟党的文艺政策相抵触的。

现实主义艺术的主要描绘对象,当然应该是人的社会生活;然而人的社会生活决不是现实主义艺术的唯一的描绘对象。现实主义并不排斥艺术家去描绘与人的生活有密切关联的自然环境。不论取材于社会生活或自然环境的现实主义的艺术作品,都在于通过人们对艺术的欣赏从而提高人们的精神,丰富人们的精神生活,满足人们对于美的欣赏要求,并对人们进行美的教育。而取材于人的社会生活的现实主义艺术作品,在今天来说,除了以上所指的作用外,还在于通过人们对艺术的欣赏去教导人们认识生活，向生活学习，对人们进行共产主义教育。从这一点上说，取材于自然环境的现实主义的艺术作品，对人们所起的作用就不像前者所起的那么直接、显著。它不是通过社会典型人物和社会生活矛盾的刻划来影响人的思想感情，而是通过画家的观点和感情，以艺术的形象表现自然的精神状态和自然的性格特征，从而影响人们的精神的。而齐白石的绘画就正是属于这一种艺术。

齐白石从事绘画艺术的时代，是中国社会政治十分黑暗、艺术也不很发达的晚清时代，那时候还没有出现无产阶级的政党，更没有出现革命的美术批评家，因此还不曾有人以无产阶级的或进步的观点指导青年画家，并向他们提出要求。画家画什么，怎样画，主要是由绘画的传统力量，和当时的艺术风尚，以及欣赏者们和画家本人的爱好来决定的。因此处于盛行山水花鸟草虫画的时代，而且在这方面也有了不少有成就的先辈的当时，齐白石也选择了取材于花鸟草虫的绘画，是完全可以理解的。如果硬把齐白石和不同国籍、不同历史条件的列宾相比，向他提出不适当的主观的要求，就像硬把梅兰芳和卓别林相比一样，都是很不现实的想法。有这种想法的人，好像只知道俄国十九世纪末期有列宾，而不知还有希施金和列维坦。在他们看来，好像人民只需要前者，而不需要后者，好像前者可以代替后者，好像艺术批评家只承认列宾而不承认希施金和列维坦。这无疑是对待艺术事业的一种庸俗社会学的观点。

而另一方面，我们也知道，齐白石学画的时代，正是中国绘画上的公式主义——艺术教条主义盛行的时代,以清代四王为代表的纯"以古人为师"的方向,影响到后来的很多"正统"画家走着"离开古人不敢着一笔"的道路。这种以临摹代替创造的作风,造成了当时艺术脱离生活的消极倾向。虽然另一方面也有在野的文人画家承继了明代遗民画家和所谓"扬州八怪"画家的传统,反对公式主义,主张创造,可是他们又大都轻视客观对象——艺术的真正源泉,而太重视主观想像,所以他们的作品大都不为广大群众所理解。而齐白石处在这个时代,却能批判地接受明代遗民画家及乾嘉扬州诸画家的长处,又不因袭前人,终于从古代画家"以造化为师"的创作方法中找出方向。这样就决定了他的艺术有了别开生面的前景。因此我们既要看到齐白石不能离开他所处的历史时代的一面,又要看到他并不为当时绘画的各种清规戒律所拘束的另一面。他没有站在时代的保守方面,而是力图在作品中开辟新的途径,后来终于创造性地发展了中国传统的绘画,在中国绘画史上有了新的贡献。这些功绩,主要就表现在他坚持了现实主义,使作品反映现实时达到了"形神兼备",他吸收了民间美术和士大夫绘画的优点,使作品达到雅俗共赏。

当人们简单化地用"阶级观点"来说明齐白石的作品时,经常总是得不到令人满意的答案。阶级分析的方法是马克思主义分析社会现象的基本方法,但是假如看不到文学艺术这一社会现象的复杂性,而只是简单地搬用一些概念来硬套,就往往不但得不出正确的结论,而且反会导致离开阶级分析的粗暴的结论。例如认为神话就是迷信，凡是没有描写人民形象的古典作品就没有人民性等等。

在阶级社会里，人总是有阶级性的，画家也总是属于一定的阶级，具有一定阶级的艺术观点和一定阶级的心理与爱好。因此以有阶级性的人物为描绘对象的作品，又通过有阶级性的画家描绘出来表现出他对于对象的态度和感情，总是比较容易看出画家的艺术观点和作品的阶级性的。然而，也不能简单地来对待这样的问题。正因为文学艺术是一种复杂的社会现象，于是我们看到，过去的不少出身于统治阶级的艺术家，由于他们能够忠实于生活，更重要的，由于种种条件使他们和人民有着或多或少的联系，在他们的思想感情上、在美学观念上往往就受到了人民的影响。同时，作家、艺术家的阶级意识，又并不是直接在作品中论述出来，而是通过对于生活的形象的反映表达出来的，于是，常常发生这样的情形，即是当不管出身于什么阶级的伟大艺术家忠实地描写了现实的时候，他的真实、丰富的生活形象往往就突破了作者思想上的局限，而具有更多的意义，这也就是高尔基所说的"形象常常大于思想"的道理。正因为这样，对于过去的文学艺术，就不能用简单的贴标签的办法来对待，不能以为只要在一个作品上贴上"某某阶级"，就算作了科学的分析，而是应该从它的产生的时代、它所反映的生活的真实程度、它所表达的美学理想的多方面的分析中，来考察它的实质，探索它有无人民性或其中的人民性是否丰富深厚。我们决不能轻易地把过去时代的绘画都当作是为封建阶级服务的。

绘画艺术和文学不同，是通过线条和色彩所塑造的可视的形象作为艺术语言来表达画家的思想感情的，加以有些题材容易表达画家的阶级思想感情，有些又不容易表达；有些画家的阶级思想感情可能较强烈，而有些画家的阶级思想感情可能不强烈，甚至有些画家虽身为剥削阶级，但也可能憎恨自己的阶级而同情农民……基于以上这些复杂情况，因此即使是人物画也并不是都很容易看出它们的阶级性来的。至于美术中描写自然景物的作品，就有着更复杂的情况。比如花鸟草虫画，它不是人们社会生活的直接的反映，艺术家的思想感情和美学理想，是通过对于自然的描写表现出来的。而花鸟草虫本身是没有阶级性的，它们对什么阶级的人也一视同仁。同时，在对美的欣赏中，不同的阶级也可能有共通的地方。这是因为，美是客观存在的，虽然不同的社会集团对于美都有其不同的观点，但只有社会的先进力量和与人民有联系的艺术家，才能真正发现和最充分地认识美，因而他们的美学理想，就具有不仅是一个集团的，而是普遍的意义。因此描绘花鸟草虫的绘画作品就有可能为不同时代、不同的阶级和社会集团的人们所喜爱。当我们判断某一种艺术作品时，就不能单单根据已往由于种种原因劳动人民无法享受这种艺术，便认为它是为当时的统治阶级服务的。艺术作品为什么人服务的问题，首先必须由它的倾向性来决定，例如鲁迅的文学著作，在一定的历史阶段，由于劳动人民不识字而无法阅读，但是却并不因此就否定了它是为劳动人民的利益服务的。而齐白石的花鸟草虫画，也决不能因为它在一定历史阶段劳动人民无法欣赏，就认为它是专为地主阶级服务的。根本的问题在于：我们在他们的作品中，是否看到了人民的思想感情和人民的美学理想。

至于在旧社会，某些官僚地主曾"欣赏"过齐白石的画，那也是不难理解的。我们知道，过去的某些剥削者，在他们的肮脏的勾当之余，有时也要玩玩古董字画，故作风雅，或者作为他们无聊的生活的点缀，他们自然是不会真正重视有人民性的艺术和艺术家的。而只有在人民得到了解放的年代，齐白石的画，和其他的富有人民性的艺术一起，才使劳动人民得到了欣赏的权利，才能越来越为广大的人民所喜爱。

当我们研究齐白石时，只有从他的美学思想、他的创作方法、他的作品的精神实质出发，进行比较具体细致的研究，才有可能对他的创作得到正确的认识。

齐白石在他的作品上曾题过这样的话："作画妙在似与不似之间，太似为媚俗，不似为欺世。"这句话是他的作品的一个很好的说明，而他的作品也正是这句话的充分的体现。这是齐白石经过多年对于民族绘画的研究和多年的创作实践之后获得的对于艺术的认识，是他的丰富的创作经验的概括，而同时也是他的创作实践的指导原则。

这句看起来有些矛盾的话是很有意思的，它朴素地说明了艺术和现实之间的辩证关系。所谓"似"，就是指的艺术应来源于客观现实，以客观对象为根据，以客观对象为基础，也就是说它应该是现实的真实的反映。所谓"不似"，就是说艺术应有想像和创造，应与客观实在有区别，而不同于照相。也就是说，艺术反映客观现实时，应去伪存真，去粗存精，应有集中和概括，应有夸张和提炼，应更典型。反映客观物象时要做到所谓"似与不似之间"，其实并不是一件容易的事，这既要凭画家对于描绘对象有深入的观察与体会，又要凭画家的高度的概括能力。这句话是统一而不可分割的，强调了一方面而忽略了另一方面，都要违背现实主义。强调"似"，而忽略了"不似"，使它走向极端就发展为自然主义，其结果是使作品不能反映事物的精神本质，从而也就削弱了作品的创造性和教育作用。强调了"不似"而忽略了"似"使其走向极端就发展为超现实主义、未来主义等形形色色的形式主义，其结果是失去了真实性，也同样否定了作品的思想性，因而也就失去了群众性。超现实主义等画派的哲学指导思想是反动的唯心论，自然主义的哲学指导思想是庸俗的机械唯物论和经验主义。前者是过于强调主观能动性的脱离客观实际的胡风式的"自我扩张"，而后者是否认了主观能动性的甘愿把艺术创作当做自然的奴隶的创作方法。我们是主客观一致论的马克思主义者，在艺术和现实的关系问题上既反对超现实主义和一切的形式主义，同时又反对自然主义。

在目前我们的美术创作中虽然没有超现实主义，但却有严重的自然主义倾向。这从我们的新年画和宣传画上都可以看出来。自然主义是不可能有创造性的，它和我们民族绘画的优良传统决不相容。它满足于事物的表面的相似，向照相看齐，而不知在原料的基础上加以改造和加工，从而创造性地表现事物的本质和精神。

由于齐白石的作品承继了我国民族绘画的优良传统,所以在他的作品里是找不到自然主义的,他的作品和他的艺术观点都说明他是一位出色的现实主义者。

由于齐白石对于花鸟草虫有深刻的仔细的观察,善于运用巧妙、精炼而又有力的笔墨,来表现这些东西的特征;善于强调对象的要点又不忽略应有的细节,而使它们形神兼备;由于他的画中的物象能表达出对象的生命和神采,具备了事物的显明的色彩特征,并融会了民间美术的健康情调和中国民族绘画的特点,所以就构成了它的作品的美,使人久看不厌,受到了广大群众的喜爱。然而人们假如把他的作品中那些生气勃勃的植物、动物和原物相较,就会看出它们之间的显明的区别,就会看出他所说的"妙在似与不似之间"的现实主义的精神。这说明齐白石所采取的创作方法和他的艺术观点,是历史上进步的艺术创作方法和观点。这种观点是符合于人民的艺术要求的。

由于齐白石出身于劳动人民,早年是民间艺人,所以他深知劳动人民对绘画艺术的要求和爱好,深知民间艺术的单纯、朴实和用色的鲜明富丽以及它的装饰趣味的优点和特色,并对劳动人民生活环境中的花鸟草虫具有深厚的感情。到后来当他学习了文人画时,就掌握了文人画的笔墨技巧,从而集中了民间艺术和文人画的所长,以现实主义的方法,创造了他的内容与形式完整出众的花鸟草虫画。

在绘画的情调上,不同的阶级是有不同的趣味和爱好的。齐白石的画,是对充满了生命和朝气的自然界生物和人民的劳动果实的颂歌。这是他和劳动人民的健康的思想感情和美学理想相一致的表现。他画的牵牛花（见图①），正如李可染同志所形容的："红艳到了顶点，真仿佛受了一夜甘露，迎着朝阳，欣欣向荣，使人看了精神为之振奋。"1945年，他画了一幅名为"蛙"的作品。在我们面前出现了三只有生命感的青蛙，一大两小，大的从远处急忙跳来，两个小的像两个孩子似的表示着欢迎的神态，使一幅描绘池边水生动物的图画有了动人的情节。在齐白石的笔下，他并不机械的去追求蛙的皮层颜色，和它身上的斑点的真实，而是通过熟练的笔墨表现蛙的鲜明的特征和生动的动作。在他的图画中，"虾"是最受群众欢迎的作品。他画的虾不仅表现了它在水中游的状态，而且还能表现出虾的透明的质感。作家老舍在齐白石九十三岁寿辰的庆祝会上说："白石老先生画的虾，可以看出虾在水里游的运动，像活的一样。但他作画的时候决不是对自然事物单纯的摹拟。有一次他说：'虾爪上的东西还很多，可是我不用画这些玩意。'他是有提炼的。"他画的植物如红梅、菊花、樱桃、紫藤、荷花等，动物如青蛙、松鼠、小鸡、翠鸟、蜻蜓……都充分地表现了它们的性格、生动的神态，令人感到生命的美好。在第二届全国美展中展出的他的"松鹰"，更是一幅具有强烈的刚健气概的作品，通过雄赳赳的老鹰和在狂风中动荡的松枝的形象，充分表现了松鹰的坚强的性格和充沛的精神。

　　总的说来，代表了我国民族绘画的齐白石的壮丽的作品，是生动而有力的。它的构图是新颖的，形式是单纯而优美的,笔墨技巧是卓越而熟练的。它充满了劳动人民的乐观主义的精神,能够鼓舞人们热爱生活,热爱人生,对人生采取积极的态度。他画出了美好生动的自然界,画出了劳动人民在生活环境中深感兴趣的东西。他的作品和没落颓废的封建地主阶级的苦愁病态的思想感情毫无共同之点。齐白石被称为人民的艺术家,是受之无愧的。新的时代为他的作品和广大人民群众的联系创造了十分有利的条件,他的作品中的雄伟的气魄和乐观主义的精神,将和人民群众的火一样的为社会主义建设的热情相辉映。他的作品将日益受到更加广大的群众的喜爱。

发表在1956年5月《文艺报》

从"天才"谈起

"天才"是一个引人注意的名词,也是一个受人欢迎的赞美词。

然而"天才"这两个字是不能廉价使用的。用它去赞美具有辉煌成就的,对人类有巨大贡献的真正天才是非常确切的,相称的,受之无愧的。可是用它去赞美没有多大成就的,对人类还谈不上贡献的人,就不但是不确切的,不相称的,受之有愧的,而且本身就是讽刺。

世界上公认马克思、恩格斯这些伟大的革命导师是伟大的天才,因为他们有天才的著作和对革命事业的丰功伟绩做证。

大家说普希金、果戈里等是伟大的天才,因为有他们留传后世的不朽的诗篇和不朽的小说等巨著做证。

人民承认达·芬奇、列宾等大画家是天才,因为有他们的《最后的晚餐》《莫娜丽萨》《伏尔加河上的纤夫》《萨波罗什人》等很多永久性的作品做证。

天才是确实存在的,天才是受人尊敬的。天才的头脑构造和肌体素质也可能是和常人有所不同,但难道具有辉煌成就,对人类有巨大贡献的,世所公认的天才,仅仅是依靠生理上的优越性吗?事实证明,天才之为天才一方面和使他们能够发展的社会条件分不开,而另一方面也是和他们的修养、对于人民的无限忠诚、科学的工作方法、创造性的劳动、艰苦的努力、和人民的联系……分不开的。

马克思曾说过这样一句话:"在科学上面是没有平坦的大路可走,只有那在攀登上不怕吃苦的人,才能有希望攀登到光辉的顶点。"由天才的马克思口里说出的这些话,就说明了马克思本人在科学上所以能够达到光辉的顶点,不是依靠所谓先天的"天才",而是在攀登上曾经吃过苦头的缘故。

就以大画家列宾来说吧,这是艺术上伟大的天才,很多人是颇看重他的所谓先天的"天才"的。可是却有人不大看重他对于祖国和人民的爱,不大看重他的现实主义的创作方法,不大看重伟大的批评家弗拉第米尔·斯塔索夫对他的帮助,不大看重他自己的艰苦的劳动和努力。切珂夫斯基在"伊里亚·列宾及其作品"①一文中,除了论述到列宾对于"俄国黑暗现实"的憎恨,如何研究俄国……之外,曾用更多的字句描写了列宾的刻苦和努力。他说:"在他周围,有无数巨幅的油画。我知道如果每幅画都以八个肖像计算,那事实上就有八十个,或者甚至八十倍的八十个。在《黑海哥萨克的志愿军》《显奇迹的圣像》和《受审的普希金》中,我亲自看到他曾在每个肖像的脸上,不断地改动,以致那数目竟多到可以和一个城市居民的人口相比。"又说:"当他已经衰老时,医生禁止他毫无休息地工作,不准他在星期日拿铅笔和油画笔。这对他,显然是很困难的。每个星期天他都跑来看我,为了不违背医生的嘱咐,我把所有铅笔、甚至凡是笔类都收藏起来。他会服服贴贴地忍受一二个钟头,可是一有一个可以'入画'的客人进来和我一把那能照亮来客的吊灯点着,列宾就东看西看的找寻铅笔或者旁的什么笔。如果找不到,那他就会从灰盘里拿出一个烟蒂,把它浸在墨水瓶中,在任何能够找到的奇奇怪怪的纸头上,认真地画了起来。"又说:"他保存了所有的速写簿,因此在他老年,光是这些画册就有了满满的几只书箱,形成一个小小的图书馆。他从不曾把这些画册示人。"

从以上的事实说明,天才的列宾的努力,实际是超过了常人的。因此,一个人之成为伟大的天才,并不是可以单单依靠所谓先天带来的"天才"而能成功的。所谓先天的"天才"只是一种素质,它只有在正确的培养和艰苦不断的磨练之下才能发光,才能有辉煌的成就,才能为人类有巨大的贡献。否则那所谓先天的"天才"也是空的。

苏联作家B·叶尔米洛夫在《契诃夫传》中写道:"天才愈大,它要求的劳动也愈多。"因此,我们对于青年美术工作者或学生,还是多强调后天的努力吧!

天才是存在的,正像庸才也存在一样。可是天才却不是自封的,也不是别人可以瞎捧出来的,而是要通过他对于人民的无限忠诚,对于人民的伟大贡献,而由广大人民群众来公认的。

在美术创作上稍有一点表现就觉得自己是"天才"是不乏其人的,但这只能说明他自己的太不谦虚和自高自大。至于随便廉价地把"天才"加在青年美术工作者或学生头上的人,如果他居心并非不良,而客观上也适足以助长了青年人的骄傲情绪,结果倒可能葬送了一个有可能获得较大成就的人。因为骄傲始终是进步的死敌。在中央美术学院不是已经出现了"对那些视他为'天才'的先生也瞧不起"的"天才"的研究生吗,不是已经扬言"中央美术学院没有懂得艺术的"人吗,这样目空一切的所谓"天才",哪里还能期望他再有进步,那里还能期望他成为人民的艺术家呢?

然而举世公认的,真正美术上的天才,却是十分谦虚的。切珂夫斯基在《伊里亚·列宾及其作品》一文中写道:"在他(列宾)给我的信中,他时常很轻蔑似地说到他自己:'孜孜不倦的庸才,造成了很多错误。''我的图画还是放在画架上,而我,老是不满我自己的庸碌,拚命鞭策我的老马洛稷南提②去追击那些骏逸竞走的马。''当然,一匹老马很难训练成(纵然有长时间的工作)一匹赛跑的马,就连魔术也没有办法。'在一封很亲密的信中,他曾坦白地承认:'我不能复述我自己的任何事物;因为在我看来,凡是我自己的东西都是坏到如此地步,如果加以重述,简直是愚蠢。'"在另一段里切珂夫斯基又说:"他画的每张画,都是用了那么紧张的努力和辛劳——他不断精密地涂改,或索性从头开始,重起炉灶——而同时他的要求又是那么的高,即使以他的天才,也实在难以画得被他自己认为完美无缺,因此他老是觉得自己无能,不能达到要求的苦恼,而轻蔑自己、埋怨自己。"

切珂夫斯基最后结论似地说:

"这种'神圣的不满',是天才所独有的特性。它曾折磨过果戈里,困恼过别林斯基、托尔斯泰和尼克拉索夫,但对于那些小有聪明的人,却是无缘的。"

安东·契诃夫在给演员斯沃包丁的信上也说过:"对自己的不满足是任何真正有天才的人的根本特性之一。"

以"天才"自居的"那些小有聪明的人",请看看以上的话吧,请不要忽略了真正天才的高贵品质和"特性"。

从娘胎带来的所谓先天的"天才"也确实是存在的,所以我们常说:人民群众在旧社会不知被埋没了多少天才,这就是说有些人是有可能成为一个伟大的科学家的,或伟大的艺术家的,可是在黑暗的旧时代没有这种社会条件,因而他的先天的"天才"得不到应有的发展。所以马克思在《资本论》中写道:它(手工业工场)"把工人变成白痴,只在他身上培养一种专门的技能,压制其余一切的生产才能及天资;它使用工人像是使用牛马一样……"但马克思和恩格斯在《德意志意识形态》中论及资本主义生产方式所特有的根本特点时又说:"艺术才能分外地集中在个人身上,以及由此产生的它在广大群众中的压倒优势,这乃是分工的结果。"这充分说明了人类在资产阶级社会中,他们的天资或先天的"天才"的两种不同的命运。

但所谓先天的"天才"虽然存在,也必须更重视后天的教育,更重视他的思想立场以及他和人民群众的联系。如果经过了正确的教育,使他走上了为人民服务的思想道路,那么先天的"天才"愈高,他为人民的造福就愈大;相反的,如果走上背叛人民的道路,那么愈有所谓先天的"天才",他的一言一行对于人民的危害也就愈深,其结果非但不可能发展为伟大的天才,而反倒成了人类的大祸害。

苏联作家A·伊瓦盛科在《论文学的人民性问题》③中曾说:"不管自己的才能有多么大的作家,如果他的笔是为已经衰颓的社会势力服务,他是免不了要被遗忘的。"而伟大的俄国批评家别林斯基也曾十分正确地指出:问题不在于作家的才能,而是在于这种才能具有什么倾向。在当代世界的美术家中,有些所谓有天才的画家,由于没有走上现实主义的道路,而在形式主义上浪费了所谓"天才"的是不乏其人的。因此,对于青年美术工作者和学生的思想改造,进行共产主义道德的培养和社会主义现实主义创作方法的教育,终始都是十分必要的。

和人民群众的联系,是发展天才的重要条件。加里宁曾说:"我们知道,最天才的诗人,最有才干的作曲家,只有当他们接触到民间创作的时候,只有当他们面向着民间创作的源泉时,才会在自己的创作中成为天才。此外就没有天才的人了。"周扬同志在中国美术家协会全国理事会第二次全体会议上的讲话中也曾指出:"艺术家必须经常关心人民的生活,理解人民的心理和要求,热爱人民,忠诚地为人民服务,才不愧为人民的艺术家。必须防止艺术家任何脱离人民生活的倾向。因为无论多么有才能的艺术家,只要他脱离了人民,听不见人民的呼声,他的艺术就要走向堕落和死亡的道路。艺术家应该将自己的全部才能献给人民的事业。作为一个时代的艺术家,对他最危险的是轻视艺术与人民的联系。"

发表在1955年10月《美术》月刊

注释:

①见何家槐译《论俄国作家》。

②原注——洛稷南提为唐·诘诃德之战马。

③见张孟恢等译《斯大林论语言学的著作与苏联文艺学问题》。

谈风景画

如果有人问,在绘画创作中,究竟以哪一类的作品为重点?那么我可以肯定的回答,以人物画为重点。也就是说以描绘当前劳动人民现实生活斗争的人物画为重点。因为我们国家的社会主义建设和社会主义改造的伟大革命事业,要求画家通过各种典型人物,创造生动的艺术形象来真实具体地加以反映,从而以社会主义精神从思想上去教育人民。

那么,可不可以有这样的想法:以为有了人物画就有了一切。我想是不可以的,因为我们同时还需要有风景画和静物画……这是由于为了使我们的绘画艺术多样丰富,而不是单调贫乏,所以应该让各种取材不同的和各种风格的绘画共同发展,以求达到在美术领域内的"百花齐放"。而另一方面也是由于人民的欣赏趣味是多样的,因此我们的画家就应该从各方面去满足人民的要求,并用新的审美观点去丰富与提高人民的欣赏趣味。单就风景画来说,我想只要人民爱好自己祖国的锦绣河山，并关心着祖国自然面貌在社会主义建设中的改变，那么画家正确地描绘了锦绣河山的图画和正确地描绘了自然面貌在改变着的图画，就能有助于人民提高爱国主义的思想感情和对于祖国发展情况的了解，并能丰富人民的精神生活，因而也就会受到广大人民群众的欢迎。所以任何一种绘画的有无存在价值，其基本关键就决定于对人民有没有好处，人民喜不喜爱它。

风景画虽然不是我们绘画中的重点，但它同样对人民有好处，因而为人民所需要是没有问题的。那么现在对于风景画的提倡是不是已经过火了呢？优秀的风景画作品是不是已经产生的太多了呢？我觉得都不是的。优秀的风景画之少正像优秀的人物画之少一样，离开人民的要求还远的很呢。

我想，对于什么问题的看法，都应从具体的历史情况出发，否则对于实际问题的解决没有好处。因为任何问题的提出，如果离开具体历史条件都会是错误的。当我们的新的风景画还处于十分不发达的情况，还处于十分不被人重视的情况，因而好的作品还极其稀少的时候，适当的加以提倡有什么不好呢！又例如当我们的国画中的山水画家们还一直处于临摹古人的非现实主义的创作方法中，而不把自然现实作为创作源泉的时候，我们来大力提倡山水画家们去从事风景写生，因而也多发表他们一些风景写生的作品，这又有什么不好呢！自中华人民共和国成立以来，我们的前全国美术工作者协会和现在的中国美术家协会曾出版过两次刊物，在"人民美术"时代，共出版的六期刊物中没有敢于发表一幅风景画。显然是为了改变这种不正常的现象，并为了繁荣我们的美术创作，所以去年出版的《美术》在中国美术家协会领导下，于1954年全年12期内所发表的389幅美术作品中，一共发表了83幅风景画（包括古今中外的），约占总数的21%，其中属于现在中国的画家画的风景画只有49幅（包括风景速写在内），约占美术作品总数的10%。而同时在"美术"上发表的以人物为主的美术作品（包括古今中外的）共230幅，约占美术作品总数的59%，其中属于现在中国的画家画的人物题材的作品共85幅（包括人物速写在内），约占美术作品总数的22%。根据上面的统计数字来看，我们能说对于风景画的提倡已经过火了吗，在"组织创作和发表作品时"已经与人物画"轻重倒置"了吗？在我个人看来还无法得出这样的结论（至于《美术》编辑部处理各种美术作品的比例是否完全妥当那是另一问题）。相反的，对于从事国画的山水画家们，今后倒是还要继续大力提倡他们到自然现实中去体验生活，去写生，因为只有这样才能有利于他们改变思想感情，只有这样才能有助于他们的作品获得新的面貌。

因此，今天并不是风景画提倡的过火了的问题，也更不是风景画已经产生的太多了的问题，而其关键是如何提高风景画的思想性的问题。因为单从1954年内《美术》上发表的中国的画家画的49幅风景画来看，其思想性一般的是不够高的。而这也正是由于久被不重视的结果和缺乏理论指导的结果。

要使风景画的思想性提高，首先就在于画家在创作风景画时应有明确的思想,对于他所描绘的自然对象应有强烈的乐观主义的感情和热烈的爱,而不是采取旁观的冷淡态度,并要善于表现自然的美丽、动人的精神面貌和性格特征,善于表现深刻的诗意和优美的情调,从而使作品内容充满感染力。而且风景画也应该在一定程度上反映当前的现实生活斗争。因为把风景画和人物画绝然地分开是不可能的,即使是人物画,有时也要有风景做背景,而以祖国锦绣河山为主体的风景画经常也需要表现作用着风景自然的人和人对于自然面貌的改造,这种关系的密切,正好像我们的生活本身和自然关系的密切一样。因此,应该肯定风景画也能够或多或少的反映我们祖国的社会主义建设和社会主义改造。而为了要达到以上的目的,就要求画家对于他们的描绘对象熟悉和深入观察与研究,就要求画家对自然有所集中概括,从而创造富有思想性的风景画。

此外,我们对于风景画的取材和制作,风格和情调……也应该允许它有广阔的道路,而不应把它限制在一条狭窄的途径中。只要它的思想感情是健康的,只要它是在社会主义现实主义的道路上前进的,我们都应表示欢迎。

当苏联的美术理论家B·尼基福夫论到风景画时曾说:"苏维埃观众需要各种各样的风景画——抒情的和史诗的风景画、'纯'自然的风景画和工业的风景画。但它们每一种都应该为我们的时代气息所渗透,都应该以鲜明的艺术形式传达出苏维埃人的感觉和思想,他们对祖国及其美丽而丰富的自然界的热爱,并表现出改造自然的伟大劳动。"[①]我觉得这一段话对我们很有参考价值。

我们今天虽然也有了各种各样的风景画,但还多半是些风景的写生画,而非创作(这主要表现在水彩画和油画方面)。风景的写生画当然也是需要的,而且它是进行风景画创作的不可缺少的素材,但它毕竟有别于风景画的创作。因此为了把风景画提高一步,还必须提倡风景画的创作。我们知道苏联有很多风景油画都是创作的,如曾在北京举行的苏联经济及文化建设成就展览会上展出过的A·格里蔡伊的纯风景画《伏尔加河上》就是经过作者在伏尔加河上长期的观察和收集材料之后创作的。因此他就能够概括地创造出富有典型意义的伏尔加河的美丽和雄伟,并传达出苏联人民对于伏尔加河的思想感情,所以使我们看了这张画也受到感动。

在风景画的创作方法上和风景画的创作本身,我们的古人都给我们遗留下最丰富的遗产,唐宋的山水画家们怎样去观察自然,怎样从自然中汲取美的形象发现典型,怎样用概括和集中的现实主义的方法创造那些成为世界珍品的山水画,怎样继承和发展了我国绘画的民族传统,所有这些对于我们在创作现代风景画上都是很有学习价值的。在古代的山水画中有着健康感情的,反映了古代人民生活的较有时代气息的作品也不少,例如宋代的《巴船下峡图》《风雨归舟图》和张择端的《清明上河图》等都是。这些画都能把人民的劳动生活和风景很好地结合起来,并显示出人对于自然的斗争。而不论哪一类的山水画,唐宋时代的古画家大都善于创造自己的风格和诗的意境,并善于表现自然的精神气魄和季节情调,而不是把它降低到自然的翻版和照像式的再现。因此我们古人的那些优秀的山水画就非常耐人寻味富有感染力。

由于中国美术家协会近一年来对于风景画的提倡和重视,因而能够使现在在北京举行的第二届全国美术展览会出现一些比较优秀的风景画,这是一件值得庆贺的事。从这些比较优秀的风景画来看风景画的创作,实不能看作是一种"偷巧"的现象,相反的它同样是画家们的可贵的精神劳动。

在油画部分中首先应该提到的是董希文的《春到西藏》(见图2),这是一幅有创造性的充满乐观主义的风景画,这幅风景画无疑是有思想性的。画家巧妙地通过各种美好形象把自然的春天和西藏社会发展的春天,以及西藏人民心情上的春天溶为一体,从而歌颂了新中国横跨世界脊梁而创造了伟大"黄色飘带"[②]的奇迹,并歌颂了祖国边疆风景的美丽和雄伟。画家在这幅画里艺术地反映了祖国社会主义建设对于边疆自然面貌的改变,以及从而引起的人们内心世界的改变。在这幅画里不但使我们感到它渗透了时代气息,而且也使我们感觉到画家传达出了中国人民对于祖国河山的新的感情。这幅画是有魅惑力的,它使我们看了想要走进这样充满了生命力的美好世界中,并能预感到西藏人民生活的美好前景。画家所用的灿烂的色彩和前景人物的位置和方向,以及她们的动作和表情,对于作品的歌颂"黄色飘带"的主要主题思想都起了积极的作用。图画中心的绿色的草地更有助于康藏公路的展现和透视和在我们心中引起广阔而舒适的感觉。那从远处驶来的货车和较近的向相反方向刚刚出发的红色长途汽车都能引起我们很多的联想，使我们感觉到祖国边疆和祖国内地关系的密切，使我们感到祖国的各族人民处在新中国的大家庭中的亲密合作和互相帮助。

此外如刘一层的油画"高坑崖发电水库"和吴作人的油画"佛子岭水库"也都是令人感到可爱的作品。其所以可爱，就因为它们不仅反映了祖国的社会主义建设，而且作品本身是令人神往的美的风景画。它们不像有的风景画虽然也描绘了祖国的工业建设，但图画本身并不美，令人看了像读了有些新闻报道一样，枯燥无味，不能发生感情上的共鸣。这样的作品由于它没有感情，没有艺术性，因而也就不易体现出思想性。但画家刘一层和吴作人的风景画却不是这样，它们把建筑物和自然环境处理的非常自然和谐，使人感到建筑物不但没有破坏了自然的美而且增加了自然的美，丰富了自然的美。

在风景油画方面我还喜欢张大国的《雨后》和夏同光的《北海之晨》，它们给人精神上以清新之感。

在国画方面，我们非常欢迎国画家们使山水画和当前人民现实生活相结合的努力，而且这种努力已在第二届全国美术展览会中表现出比较显著的成绩，这是可喜的。"山水画"的改造，正如我在前面所说，决定于画家走出画室，到新的自然现实中去，决定于画家们的思想感情的改变以及敢于在民族传统的基础上大胆创造。但另一方面我们也完全应该考虑到突破旧的山水画形式的困难性，因而在这个问题上，我们应该欢迎每一幅作品的即使是微小的改革尝试，并多给与鼓励。因此，我不能同意塞从德同志对李可染"家家都在画屏中"一画的不从"山水画"改革运动的实际出发的批评③。诚然，这幅风景写生画是有它的缺点的，我完全不反对适当地指出其中的缺点，但塞同志的这种把"写生"当"创作"的，近乎全盘抹煞的、粗暴而苛刻的批评，实际上会无形中和山水画改革运动中的保守主义者站在同一战线，其结果是不利于这一运动的开展的。

基于这种实际情况，当我们看到第二届全国美术展览会国画部分中王颂余的《把余粮卖给国家》、谭勇的《佛子岭水库工地全景》、李文信的《开发祖国的宝藏》……等新山水画时就觉得非常高兴，这些作品在改造山水画使它与当前人民的现实生活相结合方面是可贵的实践。虽然它们都还难免有缺点，但它们已经都是有了一定程度的新的思想感情和时代气息的作品了。

除此之外，魏紫熙的《南京梅花山》（见图3）和董义方的"潮水落下去的傍晚"都给人以深刻印象。"南京梅花山"描绘了春天的能够鼓舞人的精神的美的意境。那些游赏的青年，与自然风景也非常协调。董义方的作品把我们带到了一个完全新的天地，使我们久居大陆的人透过山峡看到了祖国领海的辽阔伟大，他表现的海水和晚景很迷人。这幅画在展览会里是一幅别开生面的山水画。

其次，我要提到的是第二届全国美术展览会版画部分中的风景画，在这个部分内近一年来曾经产生了不少好的风景木刻画，如古元的《京郊大道》、赵宗藻的《婺江风景》、黄永玉的《新的声音》……这些版画都是久为广大人民群众所熟悉并受到了好评的,而且在去年的全国版画展览会期间也大都被评介过了。这些风景版画有一个共同的特点,就是它们都是有显明的思想性的。

在这个展览会上出现的石鲁的《夜》和竞时的《秋天里的乡村》、黄肇昌的《森林》、张漾兮的《西湖景色》……都是在全国版画展览会之后产生的较好的风景木刻画。石鲁的《夜》是一幅富有思想性的作品,它通过了一个夜景,通过了真实生动的形象,表现了兰新路建筑中的近代规模和紧张气氛,表现了工人的高度的劳动热情和对于自然的不疲倦的斗争。整个的图画为画家的强烈的感情所贯注,并显示了这个工地的夜景的美,它对于观众是很有感染力的。竞时的《秋天里的乡村》表现了农村丰收中的人民的欢乐情绪和生动的劳动场面,画面是明快的,作品是新鲜的。它正确地通过风景表现了今日中国农村在开展互助合作运动中的丰收的繁荣气象。张漾兮的《西湖风景》是能够表现西湖秀丽面貌的一幅引人喜爱的风景画。它的思想性就在于通过表现湖山的美来引起人们对于祖国的爱。

此外在年画部分中李可染创作的风景画《北海游园大会》,在水彩画部分中的属于写生风景画的古元的《田野》、侯逸民的《黄村庙会》、关广志的《颐和园风景》……等也都是较好的作品。

总的说来,我们的风景画还处于发展的初期,它的思想性的提高,还有待于加强画家的创作实践和理论指导。但我们相信它将会在现有的基础上很快的向前发展，在今后的美术展览会上开放出灿烂的花朵。

发表于1955年4月9日《光明日报》"文艺生活"

注释：

①见华东人民美术出版社出版的《1952年苏联造型艺术中的风景画》。

②西藏人民称康藏公路为"黄色飘带"。

③见1955年1月15日《光明日报的》"文艺生活"。

谈创作经验①

我在美术学校里正式学画,只学了二年,以后都是利用业余时间画画,即在业余创作中学习,在业余创作中提高。我所创作的作品并不多,因此创作经验也不多。

要学画,就不能不对绘画艺术有个正确的认识。首先应该认识到:艺术作品是一种有思想、有感情的东西,从事艺术创作不是一个纯粹技术的问题。画家与过去的一般画匠还是截然不同的,过去的所谓画匠只讲技术,不注意作品的思想感情;而画家却既要注意绘画技术,更要使作品有思想情感。其他姊妹艺术如戏剧、舞蹈等,也都是不能没有思想情感的。这是现实主义的艺术和形式主义的艺术的根本区别。对于一个工人阶级的画家来说,他首先应该把艺术看作是一种阶级斗争的武器,也就是团结自己,打击敌人的精神武器。虽然艺术的功能不止于此,但这总是无产阶级艺术的一个重要任务。要使作品具有思想性,就要深入地学习马克思列宁主义,因为马克思列宁主义能给与我们最正确的思想,能指导我们认识社会生活。

要学画,不光是每天动手画画就行了,还必须提高欣赏能力。懂得别人的画好在哪里,自己才能画出好画来。眼不高,手是高不起来的。欣赏力提高了,才能指导手去画好的作品。但画画首先还必须有生活,不能凭空想来画。爱伦堡曾经说过:写小说如同养小孩,没有怀孕就不能生小孩。从事绘画创作也一样,必须先有生活,才能有创作,而充实生活就等于是为了怀孕。这是艺术的最为重要的问题。因为生活是艺术的源泉,艺术是生活的反映。没有生活就不会有反映生活的艺术。所谓提高欣赏力,就是要懂得怎样反映了生活的作品才算是好作品。因为艺术不等于照相。好的作品是既以生活为基础,又有别于生活的。

总的说来,艺术从群众中来,又到群众中去,它不是为了个人的消遣,而是对群众进行思想教育和美的教育的工具。这是艺术的普通道理,可是这些道理是必须明确的。

下面让我来谈谈自己的创作经验。

前面说过我正式学画的时间很短,主要是在业余创作中提高自己的艺术水平的。因此我的第一个经验就是:必须使技术学习和创作密切联系。有些人认为要把技术学好才能去创作,这种观点是完全错误的。因为绘画技术是为绘画的创作服务的,不从事创作而单学技术的人,他就不能理解学好怎样的技术才能为创作服务,不能理解艺术怎样表现生活,怎样表现思想。这样的人结果就会片面强调技术,而轻视生活,轻视作品的思想性。这是资产阶级艺术学校的学画方法。而我们是和他们不同的,我们特别重视创作实践。我们认为脱离人民生活和人民思想感情的创作是没有生命的创作,脱离创作实践的技术是死的技术。你们是工人,在生活方面是不成问题的。因此你们就应该大胆根据你们的生活进行创作,在创作中学习技巧,在创作中提高艺术水平。这是最正确的方法。

我的第二个经验就是:创作要不怕麻烦,肯下工夫;要有明确的主题思想。我的木刻《修纺车》(见图4)是在1944年刻的,题材内容是知识分子下农村,具体的事情是帮助农村妇女修理纺车。"深入到工农兵群众中去"是延安文艺整风后,党对文艺工作者的要求,也是对一般知识分子的要求,目的是让一般知识分子干部同群众生活在一起,了解客观实际,从而改造思想感情。在延安的生产运动中,我学会了纺线,也学会了修纺车,而且当时的环境也使我能经常接近群众,对于题材内容所需要的生活知识比较熟悉,这对于我创作这幅画很有帮助。我的这幅画是想说明,下乡的干部必须去掉知识分子的架子,从生活上设法与农民接近,处处为农民服务。这就是作品的主题思想。画里的这个女干部就是借替农民修纺车的机会来与群众接近的。这幅作品是根据我当时为陕甘宁边区文教展览会画的连环图画的稿子,一个文教模范的故事中的一幅而刻成木刻的,一共刻了两次。我刻木刻是只要自己有些不满意,就重来一回。因为根据我的经验,刻第二次的结果,总是要比第一次的好些。

1947年,我在晋绥边区刻了一张有关拥军优属的木刻画,题材内容是一个干部把机关精简下来的马送给抗属,以解决抗属的生产困难。画题是《送马》(见图5)。我住在农村,这种生活是熟悉的,为了画马夫拿的口袋和环境背景,我画了好几张速写。这幅画刻成了木刻后发表在当时的"晋绥人民画报"上,但同志们提出意见来,认为形象画的不好,认为抗属被表现得给人以不能从事生产与没有前途的感觉,因此我又另刻了一次。第二次比第一次好多了。

这两张木刻画,都不是很成功的作品,但就我来说,由于我不怕麻烦,肯下功夫,所以另刻一次就比前一次有了进步。人物形象的问题是一个很重要的问题,即使画家思想上有了明确的主题思想,如果作品形象不好,也会影响作品主题思想的明确性和深刻性。因为主题思想是通过作品的人物形象来表现的。因此,从事创作的人,既要事先有明确的主题思想,也要努力通过人物形象表现出作品的主题思想。

我在以上两幅木刻创作中感到了画人的各种面貌的困难。我想:怎样去克服它呢?记得莫泊桑初学写作时,他的老师福洛培耳曾叫他在动手创作之前,先描写一百个人头。大概他照样做了,以后也还经历些艰苦的努力过程,所以后来能成为一个世界上有名的短篇小说家。因此我就决定了在农村土地改革中试画一百个人头的计划,以便能掌握人物面貌的多样性。这些就是我画的一百个人头中的一部分速写(放映幻灯)。以上这些形象,有青年、有老头、有干部、有妇女。这些都是从各个角度去画的人物形象,这儿不会有公式主义的意味。这种练习方法,对于我的创作帮助很大。可惜我当时还不懂得怎样强调人物的性格,所以这些人像速写还是没有很好地表现出对象的精神特征来。

西洋画一般都讲究明暗,但我为了强调线的作用,有些人像速写不画明暗。我用各种方法从事于人像速写,这既有助于提高技巧,也有助于观察人物。可惜我画的这些像,都是画的静止状态,还不生动,没有心理活动,没有表情,这些都是缺点。我们应该锻炼画人物的动态,画出表情来。不应老是停留在在静止状态中画速写。画人像只是我们深入生活后的一种业务学习,并不是下乡的基本任务。基本任务是了解生活了解人,改造思想感情,从生活中感受新鲜事物,从人民群众中得到创作的灵感,从人民群众中发现作品的主题和典型的人物形象。

以上的情况说明,只有从事创作,才能在创作中提出问题,明确自己应该努力学习什么技巧。否则,所谓学习技巧就会带有盲目性。

以下我再谈谈我的两幅年画是怎样创作的。

1951年夏天,我随"中央人民政府北方老根据地访问团"曾到太行山革命老根据地去访问过一次,一共访问了两个多月。后来在李顺达村里创作了一幅年画叫《毛主席的代表访问太行山老根据地》。这幅年画经过很多次的修改,每改一次,在画面里就有一些新东西出现。这幅画后来带回太原一共画了三个月,每个人的形象都有很多张稿子,画了很多种姿势。每一个细小部分都作了很多次写生,如桌布、树、椅子等,都是根据具体的实物画下来的。巴尔扎克曾说:创作像斗牛一样。这句话是有道理的。因为画一幅画必须牵连很多问题,至于人物形象就更重要了,如果画得不对头,就不能起好的效果。例如在这幅画里,有人认为初稿中的首长的形象画得不太像,看去像一般的工作人员,因此在这方面我又下了很大的功夫,直到改得比较像了为止。经过很多次修改,大体上便能表达出"政府关怀人民,人民热爱政府"这个主题思想了。这样才算定了稿。

创作时我们还得注意党的政策。抗美援朝运动开始,各处都展开了拥军优属运动。1952年,我在北京华北文联创作了《代耕好啦》这一幅年画。在开始制作前,应该明确军属必须自己劳动,不能光接受别人的慰劳。所以我的这幅年画一方面要说明军属自己劳动,另一方面还得说明群众怎样在帮助她,而不是单纯描写过年过节送东西。这幅年画表现的题材是秋收时互助组帮助军属把"棒子"收回来。通过画面我们可以看出青年妇女的丈夫已经参军,她正从田地里劳动回来。老太太手里拿着"棒子",对来访问的区村干部说:"代耕好啦!",因此"棒子"一定要画得很大。这幅画上的农民和老太太的形象都取之于山西老解放区。在画初稿时,有人提意见,说我把挂起来的"棒子"画成香蕉了,于是我又往山西去了一趟,到村子里挑选最好的"棒子"来画速写,这样才算解决了问题。这幅画发表在《解放军画报》上,曾寄到朝鲜。我想如果志愿军同志们看了,知道祖国又是丰收,知道他们的家属受到了群众热情的照顾,他们在作战时将会更加愉快而有劲的。

苏联的美术作品一般都能刻画出人物的心理状态,例如《又是两分》就是一个明显的例子。上面所说的《代耕好啦》这一幅年画,在刻画人物的心理状态方面还做得很差。

从事美术创作需要我们付出最大的劳动。列宾是世界上最伟大的画家之一,列宾画中的人物最多也不过有几百个,但据说他为了完成三幅作品,由于不断涂改,所画过的人物数目却多到可以和一个城市的居民人口相比。他的勤劳是举世少有的。老年时,他的右手画不动了,便用左手画。医生告诉他星期天一定要休息,但他到了朋友家里,见有一个客人来,他认为这个客人的形象好,寻不到笔,就用烟头蘸上墨水把这个客人的形象画下来。由此可见,他是如何辛勤地劳动。

据说俄国的伊凡诺夫画一张耶稣出现的画就画了25年,达·芬奇画莫娜丽萨的像听说也画了4年。我们中国的古人画山水,有"十日画一水、五日画一石"的说法,就可以看出古人经营一幅作品花费的功夫是多么大!

以上所谈的我的两幅年画同样不是成功的作品,但我在创作时是努了力的。既不怕麻烦,也肯下功夫,所以我在创作实践中能有一些进步。自然我的努力还是十分不够的,我们要向列宾学习,要向我们中国的古代画家学习。

我是不太强调天才的,我强调的是努力,并且很看重别人对我的作品的批评。为了追求形象的真实,多画几张,准能比较容易达到你所要求的目的。例如最近我买了两盆百合花,画了两张初稿,自己感觉不对劲,由别的同志提供了宝贵意见，经过几次修改，最后的定稿与初稿相较，变化很大，形象就比较好了。因此我认为个人的创作实际上也带有集体的性质，虽然在发表时只用一个人的名字，但却有很多人曾提了意见。例如我的《送马》《毛主席的代表访问太行山老根据地》《百合花》就都是如此。因此自己也就不应为了一幅作品的微小成就而感到个人的骄傲。

现在可以把我的创作经验归纳为以下几点：为了能很好地从事创作，第一要认识到创作是一种思想工作，因此必须提高自己的政治修养和文化修养。第二要有生活，要使创作与生活密切联系，使技术学习与创作实践密切联系，并要在创作中付出无穷的劳动。第三要虚心接受别人的意见，并要不断提高自己的艺术欣赏力。

注释：

①1955年9月在北京业余艺术学校的讲话。后经整理收集在《和美术爱好者谈美术》一书中。

论新年画的创作问题

一、关于题材

过去,我曾有这样的看法,认为新年画作品,不过是我们美术工作者利用春节这个机会向群众做宣传教育的工具,题材应该是十分广泛的。凡是革命的内容,有教育意义的题材而又并非所谓不"吉利"的,都可以画进年画。这样的看法现在看起来是很不完善的。

在去年山西的新年画工作中,为了向农民提倡选种,提倡经济作物,我们曾把《田间选种》和《刨花生》之类的题材搬到年画里面,结果这两种年画不像其他作品受群众欢迎。担任发行工作的书店方面就提出意见,希望我们以后少画这类题材,他们的理由是这些内容群众不稀罕,群众说"这些画没看头"。

这个问题提出之后,我曾考虑了好久。我想:新年画作品当然不一定都要画群众稀罕的内容，也并非不能画群众劳动生产的场面，但新年画作品需要慎重的选取题材、处理题材却也是不能否认的事。《田间选种》与《刨花生》这两张作品不受群众欢迎，其原因是很多的。例如艺术性不高、印刷的不好，作者对于群众生活不够熟悉，只画出了做什么，而没有画出怎样做，加以画面不美，人物不美等等，都是这两幅年画的重要缺点，也是"没看头"的具体内容。但除此之外这两幅年画的遭受冷遇与题材也还是有关系的。因为《田间选种》和《刨花生》这两种题材本身比起《毛主席阅兵》《劳动英雄回家》等等题材来，是较为枯燥乏味的，因为它接近于日常生活的采录，而且没有强调主题应有的涵意，所以就缺乏一种吸引读者的艺术的魅力。

当我们处理年画题材时，固然要从平凡的现实生活中发现有新鲜意义的事物，使作品适合于年节的气氛，使群众看了发生喜爱，感到新鲜愉快，得到鼓舞，并看到生活的远景。但当我们选取年画题材时也应该考虑到新的工农群众，在过年时究竟愿意看到些什么题材的画。例如去年的新年画作品中，有的为了宣传群众卫生把改良厕所也作为题材，原意也并非不好，但作为年画就不适合，这种年画拿到市场上，是难免要遭受冷遇的！

我认为，年画到底不是一般的说明图，它是艺术品，而且又是年节时需要的艺术品。它走进群众家里并非应景一时，而是整年的贴在墙上；它应该有所宣传，但它主要靠通过故事情节，人物形象去感染读者，引起共鸣，从而达到宣传的目的。同时又要是适合于吉利的,红火的,美好的,欢乐的……事物。因为我们的新年画并不是无代价的散发给群众,它需要销售,需要买者自愿的购买。因此,如果群众不乐于购买我们的新年画,那么,我们的新年画的宣传目的就达不到,我们创作的目的也就等于落了空。

所以我觉得新年画的题材固然应该广泛,不应老是《丰收》《学文化》之类,但同时也并不是不经选择的凡是现实的有教育意义的题材都可搬进新年画。选取题材时固然可以考虑当前的宣传任务,但也应考虑到把这种题材画成年画群众是否乐于接受。不考虑群众的接受程度,单纯的强调服务于当前的宣传任务,把年画看成一般的宣传品,并用处理一般的宣传品的态度去处理新年画,显然是不妥当的。因为群众既然出钱购买,他当然要选择他最心爱的。题材的选择不当,与处理题材的不当,都能使新年画作品在群众中遭到冷遇。

根据几年来在山西农村发售新年画作品的经验,有这样的情况,小孩多半喜爱有羊有鸡有兔有花等题材的,妇女多半喜欢有妇女胖娃娃等题材的,青年人爱好打仗骑马的,有深刻的革命内容的,老年人特别爱看有情节,"有看头"的。当然我们的新年画作者不应该为了照顾部分群众的喜爱,就大杂烩式的,把羊牛牲畜等等很生硬的往作品里搬。但了解了群众心理,把群众爱好的事物(不是封建迷信的)作为年画题材,有机地组织在我们的新年画作品里去丰富主题也还是必要的。

近年来根据群众的意见,我们对于"吉利不吉利"也有了新的看法。一九四八年冬我们在晋绥边区高家村举行新年画展览会,一个退伍军人和几个青年民兵指着年画《解放军攻城战》说:"这张画画的是挺好,可是打死的国民党的军队怎不流血呢?"我们说:根据过去的经验,我们认为群众在过大年时是不喜欢看到不吉利的事情的(如死人流血之类),所以这张画上就没有敢画流血。但这几个农民却说:"过大年也不怕,这又不是画咱老百姓寻死上吊,咱打死敌人,为甚不吉利?打死敌人,什么时候也是吉利的。"

这个意见给了我们很大的启示,我们事先对于群众习惯中的落后部分估计的过分了,我们没有从群众觉悟的提高上去看问题。事实上一般老解放区的群众,经过了多年的政治斗争生活和土地改革,思想觉悟是提高了,他们对于生活习惯中的某些传统看法,已经有了明显的改变。关于"吉利不吉利"的问题,他们是有明确的立场和敌我观点的。虽然这还不可能成为所有群众的看法,但这是大多数群众的看法。因为大多数群众经历了残酷的敌我斗争,并曾经参加了这些斗争,敌人的流血显然是使他们最愉快的事情,所以也就是吉利的事情。我想,我们固然不应把群众的觉悟程度估计的过高,使作品脱离了群众;但也不应把群众的觉悟程度估计的过低,因而对于他们的落后部分只是迁就,形成尾巴主义。注意与研究群众的习惯、希望、喜爱仍然是我们年画工作者迫切需要做的事情。

其次在新年画题材的选取上,也还应该考虑到色彩问题。因为新年画是年节时贴在家里,增加年节的气氛,引起家庭的欢乐愉快的。因此，全国各地的群众都普遍的要求我们的新年画作品色彩鲜艳，我想，这种要求我们是应该给以满足的。我们的新年画作品，有很多在色彩上是处理的很好的，所以能得到广大群众的欢迎，但其中也有不少的作品，色彩不够鲜艳，群众不喜欢。这固然有的是由于作者不会使用色彩或印刷的不好，但有的作品，由于题材所限不允许画更多的鲜艳色彩也是有的。因此我们应该设法去避免那种不能充分发挥色彩效能的题材，我想这也是应该考虑的。

二、关于形象

近年来我们的新年画作品，在数量和质量上都有很大的进步，因而发生了较大的影响，成为中国人民文化生活中的一个重要部分，这是任何人不能否认的。但我们的新年画作品，缺点也还很多，这些缺点主要表现在人物形象的创造上。很多年画作品中的人物形象都画的不好，例如把参加"各界代表会"的工农画成凶恶的表情，把追击敌人的人民解放军画成丑陋的怪像。即使在一些比较成功的作品里，有些人物形象也是不够令人满意的，例如古一舟的《劳动换来光荣》（见图7）和张仃的《新中国的儿童》（见图8），这两张作品在很多新年画中确实是比较出色的，从选取题材到处理题材，从结构到人物的动作，从色彩到线条，都各有它的好处。但是这两张作品，有个共同的缺点，就是都不够耐看，这就是说还不能做到使观众百看不厌。这不耐看的原因主要是人物形象的问题。《劳动换来光荣》的缺点,是这张年画里的劳动人民有不少是画得穷酸、干瘪、甚至丑陋的,尤其是戴花的男英雄。作者没有把土地改革后在经济上和政治上得到翻身的,新劳动人民的有力、健壮、丰满、美丽的典型的形象表现出来,因此使这幅作品不耐看,这真是美中不足。

一般的说来,我们的新年画作品,基本上是属于歌颂劳动人民的美术,同时,我们劳动人民的形象,本来也并不丑陋,因此,要求把他们的形象画得俊些,画得有力而健壮些,就成为普遍的呼声。其实,中外各国的人民对于在艺术上被歌颂的人物的要求,都是如此的。过去的西洋画家画圣母都是选取他们认为很高贵纯洁的美丽女人做模特儿的。中外小说戏剧里的男女主人翁,例如高尔基的《马加尔周达》里的佐拔尔和娜达,赵树理的《小二黑结婚》里的小二黑和小芹,李季的"王贵与李香香"等等,如果他们不把这些被歌颂的人物写的那么美丽,显然是不能满足读者的要求的。我们看戏,也是如此,不论旧戏新戏总愿意戏里面演正面主角的演员他的面貌与性格是很美丽的。其实,群众是像要求戏剧似的在要求着我们的新年画,但还没有得到作者们应有的重视。当然,我们所说的新年画里劳动人民的美好的形象,决不是指的那种有闲阶级的修饰的美,而且也决不是可以凭空创造的,他是从生活中来由生活内容所决定的。为了把我们新年画里的被歌颂的劳动人民画的美丽,我们的年画工作者,应该到群众中去观察,去画速写,把人民当中典型的美好的形象搬上画面,这样我们的年画才能有真实感,才能耐看,才能使人百看不厌。

关于人民要求新年画里的人物画的俊的例子是很多很多的。例如去年山西的年画《李顺达之家》，昔阳阎庄村的群众，对画中的人物有这样的批评："从房里往外走的那个青年媳妇多精干，像咱村万子家老婆"；可是对画中喂猪的老婆婆就说："身上脸上都是疙瘩凹块的，老模老样，像个老妖精。"这样的批评就不难看出群众对于我们年画作品的要求。

劳动人民不仅在人物的形象上有如此要求，而且在牲畜问题上也是如此：阎庄村群众对年画《丰收》里的毛驴十分赞叹的说："……那驴多好！"而武乡松家庄群众看到年画《李顺达之家》里的牛说："这牛还能算成好牛呀，连西头苗玉堂那牛也顶不住。"群众对于画中的英雄的牛不够魁伟、壮大，表示很大的遗憾。

人物和牲畜描画的不美的情况，在我们的新年画作品里是普遍的存在着，而旧年画里的月份牌，所以受到广大群众的欢迎，除了画面美丽而外，其中的人物形象画的美丽也是起决定作用的。当然月份牌画中的人物形象的美并非劳动人民的健康美，因此并非我们所要提倡的，但它确实迎合了旧社会群众的某种传统的美学观点，却是不能否认的事。

对于张仃的《新中国的儿童》，这在儿童题材的年画中无疑是一幅出色的作品，这张年画画面处理的那么干净漂亮，线条也颇有力，他的儿童画的很美很可爱。但可惜四个男孩都是一个类型，像一个母亲生下似的，看不出每个儿童的特征与个性，因此显得形象不丰富，作品不耐看，这是他处理儿童题材画的一贯的缺点。这种类似的缺点在我们的新年画里也极普遍，其根源是缺乏对于现实人物的深刻观察，创作时只凭空想，少下功夫，因此使得形象贫乏。

还有不少年画里的人物形象，缺乏现实气息，缺乏生命与灵魂。我初步研究了一下，发现他们的人物形象，主要是从别人的作品里来的。例如冯真的《娃娃戏》（见图6），我们的美术工作者是应当向这幅作品学习的，学习这幅作品如何处理题材，如何创造人物，以及这幅作品在创作态度上的严肃性。但有些人学习它不但抄袭它的格式，而且在模拟作品里娃娃的面孔，动作，服装，甚至把那个假鼻子也抄去了。这种不从实际出发，只从别人的作品出发的现象，是不能提高我们新年画的思想性与艺术性的。

王朝闻同志喜欢一再提到冯真的《娃娃戏》，而我对这张作品也是很喜爱的，它在我的壁上贴了一年之久了，我经常看它，却还觉得有看头。它的主要好处除了把蒋美关系和中国人民对他们的仇恨，恰当的表现出来外，其次就是在人物形象上的成功，每个孩子都很漂亮、天真，每个孩子都很可爱，但又各有各的性格，各有各的特征，即使那装扮美帝的孩子比较调皮捣蛋，但也毫不使人讨厌。因此这张作品，就特别显得丰富真实，它有一种魔力吸引观众，使你久看不厌。除《娃娃戏》外当然还有同样成功的作品，例如李琦的《农民参观拖拉机》，画中农民的形象生动多样，每个农民都是健壮朴实，坚强刚毅，完全符合于今日的农民的形象。

与人物形象有血肉关系的，还有服装问题，服装的处理妥当与否,时常可以影响人物的身份,甚至性格。如果把四五十岁的正派农民妇女给穿上不相称的华丽服装,弄得不好,她就有可能变成《小二黑结婚》里的三仙姑。过去我们还遇到这样的情况:把农民画成山地的服装,平川的人看了这张画就不喜欢;把农民画成平川的服装,山地的群众又看不惯。因此服装的处理还须照顾地方性,但也要注意形式美。

  我们的艺术作品,不论戏剧、美术,即使在服装问题上也是反映了现实反过来又对现实起作用的。因此我们处理服装,固然要符合人物的身份,但同时也还是要有选择的。把衣服画的太窄,因而不合乎卫生,固然不好,但出于猎奇,把群众中落后的古装和服饰搬上画面,因而把劳动人民画的古怪、可笑,也不是正确处理劳动人民形象的办法。我们新年画的创作者,应该从群众中选取合乎时代而又适宜于劳动的,合乎身份而又合于卫生的美好的服装。这种美好的服装应该是有助于人物形象的美化,从而对现实生活起示范作用的,应该是有助于画面的富丽,从而增加作品的魅惑力的。

发表在1950年《人民美术》

重视群众喜爱的新年画创作

中国的新年画，从产生到现在，已有15年的历史了。这15年来，由于党和政府的重视、鼓励，由于年画工作者的辛勤努力，由于广大人民群众的有力支持，取得了显著的成绩。这从中央人民政府文化部于1950年起曾经两次颁发的新年画创作奖金的获奖作品中，以及以后出现的很多优秀年画创作中可以得到证明。

但近3年来的情况，作为一个特殊画种的发展来看，新年画的创作有逐渐下降的征兆。由于材料所限，我无从做全国性的全面统计，但以有代表性的中央一级的人民美术出版社和朝花美术出版社的情况作一研究，就可以说明这一问题的严重性。

实际情况如下：1953年，以上两社以新年画名义出版的42种复制品中，有39种是画家特意为春节创作的新年画；1954年以新年画名义出版的44种复制品中，有30种是画家特意为春节创作的新年画；1955年以新年画名义出版的48种复制品中，就只有20种是画家特意为春节创作的新年画。这个数字表明，出版社以"新年画"的名义出版的画在数量上是上升的（因为其中包括了一般的油画、彩墨画等其他画种），而作为美术上画种之一的"新年画"的数量却是逐渐下降的。差不多每年减少十种。究竟什么是画家特意为春节而创作的新年画呢？这个问题必须说明白。根据第二届全国美术展览会作品目录中称为"年画"的就是画家特意为春节而创作的新年画。

那么我是不是说除新年画以外的画种不可以趁春节和广大人民群众见面呢？不是的，我完全同意出版社和发行机关这样作，因为这既可以满足广大人民群众的不同趣味、不同爱好的多样要求，又可使其他画种趁此机会深入民间，受到考验。

问题是我们既不应把其他画种称为新年画，也不应因此而忽视了创作新年画。新年画有它自己的特点和它存在的特殊意义。因此，我们应该把它当作一个特殊的画种和特殊的绘画形式来研究，来扶植。这样做的结果，不但能更好地满足广大农民群众在春节中的要求，而且也有利于"百花齐放"，有利于使我们的社会主义现实主义的新艺术多样丰富，有利于各种画种的自由竞赛和推陈出新。周扬同志在中国美术家协会全国理事会第二次全体会议上的讲话[1]中曾指出："不同的艺术形式，各有其不同的特点和作用，要根据各种艺术的特点发挥它的特长，不应互相排斥，也不能互相代替。在社会主义现实主义创作原则的共同基础上提倡艺术形式、体裁、风格的多样化,是发展和繁荣艺术创作的重要的和必要的条件。"他的这个意见是非常正确的。

那么,新年画是什么样的一种美术样式,它具备些什么特点呢?这里首先必须提到旧年画。旧年画在中国美术中,正像民歌在中国的文学中的地位一样,虽然它和中国封建社会士大夫的美术创作,同样有中国气派和民族特色,但它们之间还是有鲜明的分别的,正像民歌和五言、七言、宋词、元曲有区别一样。旧年画是中国特有的一种美术,它和广大人民群众有着历史悠久的密切联系。由于它是专为农民过年而用的,因此根据农民的要求,它必须具备红火吉庆的内容、鲜艳的色彩、装饰性、民族的形式等基本特色。它和中国历代上层社会的山水画、人物画比较起来,固然显得粗糙,但它色彩强烈、单纯、朴实、富于生活的气息,经常直接表现着下层劳动者的思想、愿望和趣味、爱好。

中国的新年画是旧年画的变革和发展。正因为它是在旧年画的基础上产生的,并且保存了旧年画的优良民族传统,因而成为新中国最富群众性的普及艺术之一。它和旧年画的重要区别,就在于它具有革命的内容,反映了新中国人民的生活和愿望,而且随着内容的变化,在形式上也有了发展。因此十五年来在中国的新美术运动中成为一个重要的方面,对全国人民的思想教育,起了较大的作用。按道理,这样的一种艺术是应该为所有为人民服务的美术家所重视的。然而却由于某些画家轻视民族遗产、轻视普及工作,所以他们是鄙视年画艺术的。这就是人民美术出版社和朝花美术出版社这三年来年画出版工作上遇到困难的重要原因。由于编辑者不能从画家那里组织到特意为春节而创作的年画稿件，而广大农民在春节中又有很高的要求，所以就同时大量印行了一般的油画和彩墨画，并把它们也称为"新年画"。

人民美术出版社和朝花美术出版社近两年来在组织年画稿件上所遇到的困难，固然和各省出版社也开始出版新年画有关，但主要的还是因为北京过去画新年画的画家停止了年画创作的缘故。因为北京的美术工作者一向是这两社组织年画稿件的主要对象。从今年这两个社出版的年画中可以看出，过去在新年画创作奖金中获奖的作者，已基本上不创作年画了（他们不创作年画的原因虽然很多，但其中有不少人有轻视年画的思想也是不能否认的）。这就值得引起大家的注意。北京美术界的动向经常是全国的榜样，如果这种现象不加改正，可以估计到年画这一普及艺术将会遭遇的严重后果。

由于有年画创作经验的、有成就的知名美术家不再从事年画创作，由于各美术部门的领导对于年画这一群众最欢迎的艺术形式也重视不够，由于年画创作的数量每年渐减（就北京来说），因而年画的质量也在下降，优秀的作品一年比一年少，因而各种刊物介绍的新年画作品也少起来，这种现象也必然会倒果为因，助长了思想有毛病的画家更加轻视年画工作，无形中使他们感到，好像年画不大吃得开了。实际上，年画的吃得开吃不开，主要决定于年画本身的质量的高低——它们是否为群众(尤其是广大的农民)所喜爱。

近一二年来全国的新年画工作,主要是由新起的青年美术工作者来支持的。这是十分值得欢迎的事。虽然他们对于新年画的创作还缺乏经验,但比较好的作品也还是有的,如温勇雄画的《渔港之春》(见图9)、陈永智画的《和海军叔叔联欢》(以上都由人民美术出版社和朝花美术出版社出版)、刘旦宅画的《卓文君与司马相如》等(以上由上海人民美术出版社出版),都是比较优秀的新年画。

温勇雄的《渔港之春》是一幅具有抒情意味的新年画,在形式上具有明显的民族特色。它是一幅描绘已经组织起来的南方渔民生活的风俗画。画中以一对青年新婚夫妇为中心,展开了生活情节的刻划,婚后的新娘还穿着艳装,她的形象是那样的端庄美丽,她和她的同伴们正在补网,丈夫也在劳动,围绕着新夫妇的是一群年轻人的爱慕的眼光。画家较好地表现了新娘和新郎的内心的喜悦,和由他们引起的姑娘们和小伙子们的不同的心理活动。那以深蓝广阔的海和渔船的白帆所构成的背景,以及那些绿色的棕榈树和绿色的山岗……都增加了图画的抒情情调和地方色彩。整个图画,表现得非常自然,没有装腔作势的人物和故意做作的情节。它以海岸自然的春天和人们心上的春意交织成了一幅赞美生活和热爱生活的图画。

陈永智的《和海军叔叔联欢》是一幅题材新颖的图画,它描绘海军战士们欢迎少先队夏令营的小朋友们,在甲板上联欢跳舞的情景。这幅画生动地表现了祖国的保卫者和新的一代在祖国大家庭中的幸福的生活。画中的人物形象健康美丽，舞者的身姿也描绘得准确生动，尤其是那个跳舞的小姑娘，谁看到也会喜爱。构图采取了中国绘图传统的鸟瞰的透视方法，色彩艳丽。它基本上具备了年画的特点。

刘旦宅的"卓文君与司马相如"是运用中国人物画的表现手法描绘的。但它的色彩鲜明，人物形象也塑造得较好。就其内容来说，作为连环图画的四扇屏来处理也是很好的，它表现了中国历史上的勇于和封建思想斗争、具有高尚的爱情道德的人物。

除此之外还应该提及过去画月份牌的画家的成绩。他们的作品也是年画的一种，是一向受到城镇小市民的欢迎的。近年来他们在使自己的创作表现人民的新生活上有显著的进步，他们在努力地克服作品缺乏思想性和画面人物庸俗的毛病。如金梅生的"为孩子签名"、张碧梧的"养鸡"、李慕白和金雪尘的"我们要注意公共卫生"、谢之光的"参观中苏画廊"等，都是努力表现人们的新生活、新精神和新道德品质的作品。这些图画只要和新中国成立以前的他们的作品加以比较，就可以看出显著的进步来。愿他们在现有水平上继续提高，使画中的妇女和儿童形象更加健康，完全脱离"小姐"和"小少爷"的气味，不要使人感到这些人物都是娇生惯养和弱不禁风的。

总的说来，新年画创作工作中的问题是很多的，除了以上所指出的，还有其他问题，如反映农业合作化方面的作品过少，不少年画作品还盲目追求西洋表现方法和西洋形式。

这些问题我就不在这篇文章里来谈了。目前最迫切的问题首先是如何使新年画创作繁荣起来。这就需要画家端正思想，重视普及工作和民族传统；美术领导上也需要作全面规划，动员画家在制定创作计划时列入年画。同时，也很需要社会的有力支持和批评工作的配合。

祝一九五六年在年画工作上有新的面貌。

发表于1956年1月《文艺报》

注释：

①见《美术》1955年7月号《关于美术工作的一些意见》。

论年画的形式问题

如果说在发展国画工作中,存在着对于民族传统的虚无主义观点,那么在发展年画的工作中,也有不重视传统的现象,尤其近几年来表现得突出。目前年画创作上的脱离民族传统的现象是和它的表现方法上的自然主义倾向相结合的。

本年2月中在北京美术展览馆举办的"新旧年画、民间玩具展览会"对于以上的问题给予了有力的说明。它明显地告诉了我们,解放战争时期和解放初期的木版年画和民间年画有着如何密切的继承关系,而现在的某些新年画和年画民族传统有了如何明显的距离。看了展览会上陈列的从清初到辛亥革命以后的民间年画,使我们能够了解到这些年画之所以能受到当时人民群众的喜爱,除了因为它在内容上表现了人民群众的生产劳动和风俗习惯,描绘了劳动人民所喜爱的美好风物,歌颂了劳动人民所崇拜的英雄豪杰……从而反映了人民对于幸福生活的向往和追求外,同时也和这些作品在表现形式方面，如构图上的丰富多样，人物形象塑造上的明显突出，色彩上的鲜艳美观，和风格上的单纯醒目以及装饰趣味等都有着密切的关系。继承年画民族传统如果仅仅片面地注意到内容的特点而忽视了形式上的特点，这正如仅仅片面地注意到形式特点而忽视了内容特点一样，都是不妥当的。

当我们欣赏这些民间木版年画时，如果不是专门来找它的缺点，那么我们首先应该承认这些木版年画是富于创造性的，它在表现方法上完全绝缘于庸俗的自然主义。它反映客观现实时善于提炼，善于去粗存精。它处理画面的局部事物时能关照到主体，关照到全局。因而表现在构图上就显得主次分明，多样统一；表现在形象上就显得人物突出，能给人以深刻的印象；表现在色彩上就显得鲜明而有节奏，丰富而有旋律。总的说来，民间木版年画的形式基本上是单纯、明快、简洁、朴实、热烈、完整的，它能帮助主题思想突出，能使整个画面醒目而予人以快感。这就是民间木版年画在形式上的特点和优点。对于民间木版年画的研究，除其内容的特点以外，在表现方法上的这些特点和优点，也同时必须加以研究。

一般说来，目前的很多新年画工作者选择题材时，是注意到了在内容上尽可能选择富于歌颂性的、能够鼓舞人民思想感情的那些"吉庆红火"的题材的。但关于年画的形式问题，却有很多作品注意的不够，因而不论构图、形象塑造以及与构图的形象有关的色彩问题都未能在传统的基础上加以解决。因此每次去搜集群众对新年画的意见时，都能听到有关年画形式问题方面的很多批评。有的说："咱们过年要新鲜热闹,不漂亮买它干啥?"有的说:"色太旧,不'火爆'。"有人向辽宁人民出版社提出意见说:"知道你们的年画不新鲜,自来旧,可是为什么没有改进呢?也许你们有困难,可是国家出版社的条件,总比私人家好吧?"最近我们在乡村举行年画展览会,有的群众对他不喜爱的年画说:"要买这个画还不如买两张牛皮纸去糊墙呐。"这就挖苦得更厉害了。所有这些批评,都是对于出版社和年画工作者的批评。

群众的批评好像单单针对着年画的色彩问题,其实新年画色彩不好也是和构图以及形象的组织、塑造有连带关系的。总的说来是和新年画表现方法上的自然主义倾向和严重地脱离年画优良传统有关的。

新年画构图上的自然主义倾向的一个方面,表现在无批判地强调烦琐的环境和不必要的细节,总是用乱七八糟的东西把画面塞得满满的。显得宾主难分,禾莠杂陈。与此同时,在色彩运用上也不分主次,不大考虑全面的布局,以至把主要人物形象搞得模糊不清。这和民间年画在构图上强调主要人物形象而有意删除不必要的细节描写的传统是相违背的。例如新年画《回到可爱的家乡》(王信作,辽宁人民出版社出版)和《五公村全景》(田辛甫作,朝花美术出版社出版)就有这种缺点。前者不分主次地强调了环境背景和一切细节,那些满满地填塞在画面上的羊群、牛、狗、水桶、花草、栏杆、小孩……虽然也能说明一些农村的新气象,但这种构图方法和处理色彩的方法,却把主要人物形象搞得不突出了,使整个画面给人一种纷乱的感觉。《五公村全景》也是如此,由于构图和处理色彩时没有注意强调主要的东西，大胆地删除不必要的细节，又缺乏色彩的全面规划，因而整个画面给人一片浊黄色的印象。所以最近在乡下展览时群众就表示不喜欢它。相反的由于《三棵桃树》（黎昌作，天津联合画社出版）这张年画在构图和色彩上没有以上缺点（并有其他优点），所以在乡下好几个地方展览时群众都表示喜爱。

此外，新年画在构图上还有不够多样化的缺点，作者不善于根据内容的不同而在表现形式上、在构图的方法上大胆地变化大胆地创造。而民间年画却不是如此，在风景画、人物故事画、花鸟画、风俗画等方面的构图和表现都有不同的方法。这些都值得我们很好的研究。

有些新年画在形象组织和形象塑造上的自然主义倾向尤其严重。这主要表现在死板地、照相式地去模仿实际物象，不知道提炼，不知道去粗存精，不知道应该明确地让哪些形象突出，让哪些形象起陪衬作用。因而在色彩上片面追求每一个细节的真实，结果从局部看来色彩是鲜艳的，但是整个的色调却是灰暗的，近看色彩是鲜明的，远看是污浊的。有的作品为了死板地模仿自然的"本色"，色调弄得远看近看都是黑模模的一片了。这和民间年画的形象突出，色彩鲜明的传统是相违背的。这样的作品即使有较好的内容和较好的人物形象，也往往为这种自然主义的表现方法所损害，因而受到群众的冷遇和指责。所谓"自来旧""不火爆"……就大都是指的这类的新年画作品。如最近在农村展出时群众具体指责的《锻钢》（施邦华作，上海人民美术出版社出版）《捉迷藏》（茹民康作,天津美术出版社出版)就可以用来说明这个问题。前者在追求火光的效果和火光的真实感时,忽视了群众的欣赏习惯,忽视了作品的目的是集中地表现工人的劳动热情和精神面貌,结果变成了事物表象的摹拟,把色调弄成灰暗了。后者在处理地面和树干的色彩时,也同样不敢在物体色彩的基础上把它鲜明化,把它适当的夸张。河北安平县新华书店的经理向我们建议说:"画的画不要太像真的,红的干脆红点,绿的干脆绿点,这样群众才需要。"这样的要求是合乎现实主义创作的基本精神的。

此外,看了过去民间年画再看我们的新年画,也明显地可以看出我们的新年画是缺乏装饰味的。民间年画之所以具有多样的装饰趣味是和它的内容的丰富,构图和人物形象的精炼以及色彩运用上的明朗化分不开的。这些年画的单纯有力的、简洁完整的、热烈而明快的装饰风格能给我们一种形式上的美感。而我们的新年画之缺乏装饰趣味,那烦琐乱杂的、灰暗单调的画面却给人一种形式上的不快感。它与民间年画的优良传统显然有着距离。

一幅年画能够受到群众的喜爱,当然是有很多条件造成的,并不是仅仅由于构图好,或仅仅由于人物形象好,仅仅由于色彩鲜艳就可以生效。但不论在哪个方面,如果违背了年画的传统和特点,都要影响群众对它的喜爱,这是已经由很多事实证明了的。

虽然目前的新年画工作中存在着比较严重的对待传统的轻视思想,但并不是说所有的画家都是如此。人民美术出版社出版的新年画《梁山伯与祝英台》发行了61万3千份，《西厢记》(皆王叔辉作)发行了47万5千份，这固然和作品的内容有关，但也是和这些画的形式带有较浓厚的民族特色分不开的。当然，这并不是说我们只提倡一种古装人物的新年画，实际上，描绘现实生活的而有民族特色的新年画同样为群众所欢迎。如早期的《娃娃戏》(冯真作)，后来的《和平签名》(邓澍作)、《劳动模范北海游园大会》(李可染作)等，都是在民族传统的基础上发展起来的好作品。希望今后的新年画创作，能在年画的优良传统基础上大大提高一步，以便创作更多的为人民群众所喜爱的作品。

1956年3月发表在《美术》月刊

中国的版画

提到中国的版画，人们就会很自然的联想到中国古代的木刻画，因为它不仅有悠久的历史，不仅开放过灿烂的花朵，而且对于欧洲木刻版画艺术的产生和发展据说也曾有过影响。

中国古代的木刻画约在唐代之前已经产生，到了9世纪（即唐代），就出现了很多刻技较高的美术作品，到了16世纪中国的明代万历年间，木刻家给小说、戏曲等书籍刻的插图，其技艺已达到了非常精美的程度。到了17世纪中国明代的天启七年，一个名叫胡曰从的人编印了一套彩色的《十竹斋画谱》，就从此发明了精巧的水彩套印法。这就使中国的木刻画走上了一个新的阶段。现在北京荣宝斋接受了这一遗产，加以研究、提高，使中国固有的版画技术达到了更高的成就。

据说中国的刻版术于14世纪初传入欧洲，对于西欧版画的产生曾有重大的影响。至于说中国明代的木刻水印法，后来传入日本也曾促进了有名的日本浮世锦绘版画的发展。

除了以上所说的古代版画，我们中国还有一种在十八世纪的清代盛行起来的民间版画，这就是年画。它应属于套色木刻的一种，在内容和风格上很有特色，我们中国的艺术家们对它很重视。

可是现代中国的新兴版画，却与中国古代和民间的版画不同。这是受了欧洲近代创作版画的影响而产生的。中国古代的和民间的木刻，我们现在把它称之为"复制木刻"，因为它的创作过程是画家，刻工，印工三者分工进行的。而现在的创作木刻就不同了，以上的三种创作过程由版画家一人担负。因而能够在每一工作环节上发挥版画家的创造性，形成了一个独立的画种。这就是今天中国的木刻家对这一工作特别感到兴趣的原因之一。

中国的新兴木刻是应中国革命的要求，在文学家鲁迅先生的积极提倡培植，以及中国进步美术青年的艰苦奋斗和广大群众的有力支持之下发展壮大起来的。从1931年开始到现在已有26年的历史了。这一历史行程虽然不算太长，可是它所经历的道路却是十分崎岖曲折的。当新兴木刻还没有出现之前，中国的美术界，反映中国人民反帝反封建的和劳动人民现实生活的图画比较少，当时有的是传统的山水画和花鸟画，以及西欧传来的印象派和野兽派以及其他画派的油画。这些图画虽有不同的艺术价值，但在当时却都是脱离实际，脱离中国人民当前的政治斗争的。加以中国劳动人民当时处于饥寒交迫的状况下，因而他们是无法来欣赏这些作品的。

鲁迅先生看到这种情况，就决心要在中国培植一种能够迅速反映现实的并容易普及的画种。他从国外进步版画作品中得到启示，觉得木刻最适合这种要求，因此就竭力提倡木刻画。从1929年到1936年他逝世前为止，七年当中，不仅举办过"木刻讲习会"，而且出版介绍了西欧木刻有十一种之多，其中除了英、比、法等国的木刻家的作品外，以德国和苏联版画家的作品被介绍的最多，如德国《梅斐尔德木刻士敏土之图》和《凯绥·珂勒惠支版画选集》，如苏联的《新俄画选》《引玉集》《苏联版画集》……并举办过许多次外国版画作品的展览会。这些作品对于中国初期的木刻运动曾起了有力的推动作用。

在中国从事新兴木刻艺术的画家，有个特点，这就是他们绝大部分都是思想进步而生活贫寒的青年，他们要求掌握一种花钱很少而又作用较大的艺术武器，于是他们找到了木刻。

由于以上的原因，所以中国的新兴木刻一开始就表现了中国人民的现实生活，以反帝反封建的战斗姿态走上了中国画坛。正因为如此，所以它出世后就受到了当时反动政府的各种迫害，有的木刻画展遭到了禁止，有的木刻团体遭到了强迫解散，有的木刻青年遭到了逮捕。但所有这些摧残都没有使新兴木刻停止前进，各种木刻团体前落后起，各种木刻展览会愈开愈大，使得国民党反动政府对它无可奈何。

总的说来，中国的新兴版画可以根据中国革命的阶段划分为三个时期。第一时期从1931年到1937年抗日战争爆发。第二时期从抗日战争开始到1949年的全国解放。第三个时期从全国解放到现在。第一时期是新兴木刻的童年时代,由于它在思想内容上代表了人民的呼声和时代的要求并为新的人民大众的艺术开辟了道路,因而受到了广大知识界的鼓励和广大人民群众的欢迎。但由于它毕竟是处于童年时代,因而显得粗糙幼稚。具体说来由于作者生活体验的贫乏,而表现出题材应用上的狭窄与空泛;由于无批判的模仿外国作品,使得技术表现上有了非常欧化的现象。这一时期产生的著名木刻家有李桦、陈烟桥、马达、沃渣、新波、张望、何白涛等人,他们的作品在当时的报纸刊物上发表的最多(见图10、11)"。第二个时期是木刻家深入人民的革命斗争生活,丰富了木刻创作的源泉,因而使木刻艺术的根株深扎在现实土壤中,是木刻创作获得新的生命的时期。这一时期,由于抗日战争的发生使中国木刻家在生活上有了很大的变化,有的从都市走入农村,有的从后方走上前线,有的由白区走向延安,有的从延安走向八路军和新四军打游击的敌后。这样他们和人民群众发生了亲密关系,自然就要使他们的艺术取材更加广泛,使他们所表现的生活和人物形象更加真实生动。而在理论指导方面,这一时期对中国版画家的思想上和创作上曾起了重大作用的是毛泽东同志于1942年《在延安文艺座谈会上的讲话》,他的讲话向中国的文学艺术家明确地指出了为工农兵服务的艺术方向。在这一历史文献中,毛泽东同志用马列主义的观点分析了作为观念形态的艺术创作和客观社会生活之间的辩证关系;指明了艺术创作源泉、艺术家与工农兵相结合的重要性和艺术所起的积极作用;分析了艺术的普及工作和提高工作之间的辩证关系，分析了作品的政治性和艺术性之间的辩证关系，并指明了普及工作和艺术的政治性的首要意义。所有这些马列主义艺术思想上的带根本性的观点，对当时和以后的中国版画家的艺术活动有极其重要的指导作用。由于当时身处解放区的木刻家最先认真地实践了毛泽东同志所指示的这一文艺方向，并由于当时的解放区为艺术家准备了实践这一方向的最有利的条件，因而延安文艺座谈会之后解放区的木刻画就最先出现了新的面貌，有了真实的生活气息和真实动人的人物形象，取得了较大成就，受到了国内外的重视。当时在党的直接培养下成长起来的最受人注意的优秀青年木刻家有古元等人。古元以很多抒情诗般的图画歌颂了当时陕甘宁边区人民的和平民主生活，给读者留下了深刻的印象。除此之外还有李少言、牛文等木刻家也都是在解放区成长起来的。而当时在国民党统治区的进步木刻家虽然还缺乏实践这一方向的客观条件，可是由于他们主观上的努力，积极参加了当时的群众运动，体验了他们可能体验的群众斗争生活，因而也创作了很多有生活实感的优秀的木刻作品。当时出现的新的著名的木刻家有王琦、张漾兮、黄永玉、杨可扬、赵延年等人。总的说来，第二时期的中国新兴木刻的特点是丰富多采的现实内容和生动朴实的民族风格。这是一个新的发展，它使中国的新的版画走上了一个成熟的阶段。中国新兴木刻的第三时期，也就是全国解放以来的这一时期，由于它进入了一个新的历史时代，所以它有了更加新的面貌。这一时期的特点是新生力量的不断成长，作品题材内容的丰富广泛与风格形式的日益多样。全国解放后，我们的国家走上了社会主义建设和社会主义改造的新的历史阶段，我们祖国的面貌和祖国人民的精神面貌都有了很大的变化，因而反映在版画上也就有了新的面目。很多爱国的版画家在这一时期曾到朝鲜参加过抗美援朝的工作，有的深入工厂农村，因此他们创作了很多感动人的作品。自党中央提出了"百花齐放，百家争鸣"的新的文化政策后，版画的取材和风格就更加丰富了，而且也更注意到了从中国古代和民间版画中汲取精华。在解放前，我们的版画，实际上就是木刻画，可是解放以后，我们的版画中除木刻外就出现了石版画、铜版画、玻璃版画；全国解放前我们的版画基本上是单色木刻画，可是目前套色木刻就十分流行；解放前版画家很少刻风景静物，现在风景静物版画也随着人民群众的要求而产生了。在这一时期出现的新的版画家也是很多的，如李唤民、赵宗藻、吴凡、莫测、吴燃、张建文等都是。最近时期的新的版画的繁荣和成绩可以通过1954年的第一届全国版画展和1956年的第二届全国版画展中的所有作品看出来。

总的说来，中国的板画还是一个年轻的画种，虽然它在二十六年来取得了很大成绩，但目前的作品也并非没有缺点。如有的作品在表现方法上还存在着自然主义的倾向，有的作品还缺乏民族风格，有的作品反映人民的生活还不够深刻，所有这些缺点都是我们目前努力克服的对象。我们相信中国的版画在"百花齐放、百家争鸣"的政策的鼓舞下，在版画家深入工农兵生活的情况下，在向中国古代和外国版画家的优秀作品的不断学习下,一定能在不远的将来,取得比现在更大的成就。

注释：

① 1957年11月为苏联《美术》杂志（Искусство）撰稿。

论木刻创作诸问题

一

中国的新木刻艺术,走过了各种迂回曲折的道路,从不断的斗争中发展壮大起来,终于形成了广泛的运动,产生了不少优秀的作家与优秀的作品,成为中国近二十年来革命美术的主流。

但全国解放以后,我们的新木刻运动却存在着停步不前的状态,它表现在创作的数量不多和质量较差的两个方面。这种情况的产生,是有很多原因的,例如不少有创作经验和生活经验的木刻家多半担任了行政事务工作,很少有时间思考创作问题;而新的木刻工作者有的正深入群众、体验生活去了,有的还没有培养起来;加以全国解放以来,美术活动的物质条件和印刷条件大为改善,年画、招贴画、小人书、油画等大为盛行,也是直接与间接影响了木刻的创作的。因为有不少木刻工作者,从事了其他形式的美术创作,因为有些图画不一定要借助于木刻来印刷,当然也就要减少在木刻方面的创作的。但这并不等于说，木刻艺术已经将被淘汰，它已经没有存在与发展的条件了。只要木刻工作者继续努力于这种运动，并继续提高作品的质量，它还是能够继续发展的。人民需要多样的造型艺术来为他们服务，别种艺术形式也并不能代替木刻艺术，正像钢琴不能代替提琴，锣鼓也不能代替管弦乐器一样。

二

今天的问题是：我们如何使木刻艺术更好的为人民服务，如何使木刻反映现实生活，如何使木刻的内容与形式更和群众的需要相结合。不能否认，新的木刻运动在二十年来曾经坚持了中国新美术运动的前哨阵地，曾经有了较为广大的群众支持。但它的基本对象，还没有突破学生、职员和知识分子的圈子。就以延安时代老解放区的木刻工作来说，虽然由于实践毛泽东同志文艺新方向的结果以及人民军队与人民政府支持的结果，使木刻创作比较深入群众，得到不少的工农兵的喜爱，成为边区人民文化生活的一个不可缺少的部分，但和今天为广大劳动人民所欢迎的新年画作比较，那就不能说不是落后了一步。我们应该承认：新木刻创作并没有和革命实际的进展取得同一的步调，它没有和新年画、新小人书相同地获得更多的群众，这种情况是很明显的存在着的。

我想新的年画和小人书所以能走在木刻的前面，获得广大群众的喜爱,除了由于内容上反映了新中国人民的生活以外,是和它的形式上的民间风味与中国气派分不开的。中国的新年画虽然也汲取了不少西洋画的优点,但它一开始就是以学习中国画和中国民间旧年画为出发点的,一开始就是以劳动农民为对象的,而且一开始就能为劳动群众所接受。这在年画创作工作者来说是十分明确的事。

但我们的木刻创作却不然,由于木刻工作者一开始就基本上是以西洋为师,因而形成了初期木刻作品中的严重的欧化现象,虽然鲁迅先生曾劝告我们向中国的美术学习,但认真去实践的人是很少的。我们应该认识,由于我们的木刻创作很少接受中国美术的优良传统,因而缺乏中国气派缺乏中国民间美术的单纯、明快、简洁、朴实的风貌,是大大影响了它深入广大劳动群众的一个原因,这应该引以为我们的历史教训。

三

抗战以后的木刻创作曾注意到了创造民族形式与新的风格,因而使我们的作品减少了一些盲目模仿西洋的作风,尤其是延安的木刻在文艺座谈会之后的成绩更为显著。但就全国的木刻作品来说,有不少作者在表现形式的处理上,既没有与作品的内容很好的结合起来,又没有与作品的对象——广大劳动人民的欣赏习惯很好的联系起来,如果离开了作品的具体内容与作品的具体对象(劳动群众),去搞个人的独特风格，就很容易形成为风格而风格的个人趣味的发挥。

例如我们的木刻理论的指导吧，就很有些不适当地强调木刻的黑白、木味、刀法之类的毛病。这些理论，虽然曾有助于木刻艺术学习的开展，但也颇有损于木刻艺术在思想性和人物形象上的更加重视。很多木刻理论与木刻教程之类，都把这种艺术的工具上与形式上的所谓"特质"，把木刻的黑白、刀法、木味，强调成革命木刻艺术的决定性的东西，并看成是固定不变的永久性的东西。例如他们说："木刻是借了原始粗犷的力，坚韧的木块，高度工业下的钢刀，三种强、硬、利的原素所组成的画图，所组成的美学。"又说："新木刻是从……旧木刻中解放出来的，黑白对比的，一种独创的艺术。这黑与白也即形成了组织艺术木刻的要素。"而另一本理论中也说："木刻的好处不在于富丽的色彩，细腻完整的描绘，巨幅精巧的结构，而在于用利刀在坚硬的板面上镂刻出来的具有特殊刀味与木味的版面……木刻是版画，是一种黑白版画就必须表现成为版画，而特别发挥其黑白的本质，这然后才能把握到木刻的生命。"又说："可是色值底妥当的安排虽可产生和谐的印象，而过分和谐又觉得意气消沉，丧失了木刻底强有力而富革命斗争的性格等等。"将这种脱离作品的具体内容，脱离作者的思想感情，脱离作品的读者对象的纯技术观点的理论，来代替现实主义的创作方法，是很不妥当的。我想，我们的新的木刻创作固然有表现工具上的特点，但不适当的强调这种特点将会是有害的。鲁迅先生之所以提倡木刻与我们的木刻艺术之所以能够在中国发展壮大,并受到广大群众的喜爱,就是因为它能够与现实生活相结合的缘故;就是因为新木刻创作一开始就具有反帝反封建的内容的缘故。忽视了这个重要的方面就必然不能正确了解中国的新木刻画。

我想,我们的木刻创作理论是应该更多的强调学习马列主义学习政策,从而加强我们的群众观点和理解现实的能力,从而加强我们创作的思想性。应该更多的强调作者深入实际向劳动人民学习,了解工农兵,并改造自己的思想感情,从而使自己的艺术有深厚的现实基础,使自己的艺术与工农兵有进一步的结合。更应该强调木刻工作者提高素描技术向中国民间美术学习,从而加强我们作品的艺术性,加强作品的民族风味与中国气派,从而使我们的作品为广大劳动人民所喜爱。因为我们目前最缺乏的是这些东西。因为我们的作品很多是主题不明确的,很多是自然主义的,很多是缺乏现实感的,很多是未能很好地表现劳动人民的形象的,不少是把西洋形式原封不动地搬运过来的。

四

我深深地后悔我过去在黑白、木味、刀法等技巧形式问题上花的精力太多,而在主题、结构、人物形象上花的精力太少。甚而至于为了迁就黑白而影响了人物形象的明确的刻划,为了玩弄刀法,而破坏了作品的内容。但这不仅是我个人的毛病，我深知和我一样地走过这种冤枉路的人是很多的。当然，作为一个木刻家，对于黑白、刀法、风格等问题是应该正确了解的，也应该能够自由运用的。我觉得作为社会主义现实主义的木刻的黑白与刀法基本上是由一定具体内容和群众的欣赏趣味所决定的，是为着加强作品主题的突出与人物形象的明确以及画面的美感而存在的。所谓风格，它基本上是在一定内容的支配下，在民族绘画传统的影响之下，在作者的创作过程中逐渐形成的，是由作者的爱好，作者的思想感情和生活决定的。基于以上的情况，作者有意识地注意新风格的建立，去探索、去研究富于民族特色的风格，当然也是有益的。

但从最近在各报章杂志上发表的木刻作品来看，其缺点还是相当严重的。有些作品由于玩弄黑白，强调刀法的流利而模糊了人物的形象，影响了对于人物形象的认真刻划。这种现象在某些有名的木刻家的作品里也是有的，它的发展前途，将可能是"竞尚高简，变成空虚"，它不可能为广大的工农兵所接受，结果仍然停留在学生和知识分子当中。列宁说："艺术是属于人民的，它的最深的根源，应该是出自广大劳动群众的最底层。它应该是为这些群众所了解和为他们所挚爱的。它应该将这些群众的感情、思想和意志联合起来，并把他们提高起来。它应该唤醒他们中间的艺术家和发展他们。当工人和农民群众正需要黑面包的时候，我们是否应该只拿甜美的饼干来给很小的少数人呢？……我们必须时时刻刻地把工人和农民放在我们的眼前。"我们木刻工作者应该用这种精神经常检查自己和自己的作品。

五

从木刻的内容与取材方面说，由于以前所处的时代的不同，所以我们的木刻多半描写了国民党反动政府的黑暗统治与民不聊生，多半描写了被污辱与损害者的悲苦与抗争。虽然由于木刻工作者的生活贫乏所限，反映的面还不够广不够深，然而这样的做法完全是正确的，是有利于人民群众认识和理解国民党的反动统治的。

但自全国解放以来，呈现在我们面前的已经是完全新的时代——人民民主专政的时代。这在我们的创作领域里，就必然要引起根本的变化，要求适合于新的时代的创作。旧的主题跟着旧的时代一同死亡了，人民结束了叹息和眼泪的日子，从此站起来了，从此欢笑了，因而对木刻工作者来说，也就产生了新的问题：过去比较熟悉的生活与创作题材已告结束，可是新的现实生活新的题材我们还不太熟悉。因此反映在某些作品上就难免是用旧的心情歌颂新的生活，就难免是以旧的方法来描写新的内容。它的结果当然不能满足群众的要求。新时代的广大劳动群众不但要求我们的木刻作品有为他们所喜闻乐见的形式，更要求表现他们的新的生活，新的生产建设中的英雄事迹和英雄人物。

近十年来，由于我们的木刻工作者，有不少的深入了农村，所以关于描写农民的作品有较为显著的成绩。但关于描写工人的作品和士兵的作品，其数量却是十分少的，其成绩也是很差的。然而今天作为领导阶级的工人阶级却要求我们很好的歌颂他们，反映他们，从而教育他们，鼓励他们。这在我们木刻工作者来说就是当前的重大任务之一。我们是应该努力来适应工人群众的要求的。新的时代，木刻工作者已经有条件深入工厂，我们就再不应有对于工人不了解不熟悉的情况了。但自全国解放以来，虽然个别木刻工作者也曾创作了一些关于反映工人的木刻作品，但所描绘的多半是以机器为主体以工人为陪衬的"工厂风景"式的图画。这种没有深入接触工厂内在问题的所谓反映工业建设的木刻作品，固然也能引起读者的一些关于工业建设的想像，也能满足人们的精神生活，但这是很不够的。我们在木刻中看不清工人的真实面貌，也看不出在新社会里工人阶级的智慧和他们的无比创造。这不能不说是我们目前木刻创作上的一种缺陷。由于木刻工作者没有深入工厂，没有很好的了解工业的政策和当前工业建设中的问题，没有很好的去观察新的美好的事物与英雄人物，所以就不可能创造出思想性较高的有教育意义的作品。与此相同，我们有很多木刻工作者曾经参加了土改，曾经有较长时期和农民一起生活，可是在反映土改的作品中间，有些是违犯政策的，有些是与农民生活的主要特点无关的。这说明我们的木刻工作者在深入生活的同时还要学习政策，还要关心到群众的最大利益和长远利益，还要时时刻刻注意到作品对于群众的教育意义。

　　我们的木刻艺术是有成绩的，但在发展的道路上，目前还存在着很多问题,今后我们的木刻工作者能在思想、技巧、深入生活等方面有所提高和加强,使我们的面貌和木刻作品的面貌,都有一个根本的改变,使我们的所有的木刻作品与广大的劳动群众的关系也有一个根本的改变,我们的木刻就能更好的为人民服务。

发表在1950年《人民美术》

谈《古元木刻选集》

古元是在中国革命根据地成长起来的年轻的优秀木刻家。他用木刻的艺术语言最早歌唱了当时和平民主的陕甘宁边区，获得显著成绩。《古元木刻选集》（人民美术出版社出版）收集的几十幅木刻，是从他的几百件作品中选出来的，包括了他从1940年到1951年间的作品。

古元于1919年生在广东省的一个农民家庭里，中学毕业后，为了参加抗日战争，于1938年离开他的家乡来到当时的革命圣地延安。他爱好绘画，因此便进了延安鲁迅文艺学院的美术系。由于物质条件的限制，以及当时中国的革命的木刻艺术已获得一定的成绩和经验，所以鲁艺美术系的学生就以木刻为其主要的创作活动之一。古元是一个努力于木刻创作的同学，他在马列主义的政治理论和新现实主义的艺术理论教育下，进步是很快的。在临毕业前（1940年春天）创作的《运草》是一首描写农村生活小景的抒情诗，古元在这幅具有自己风格的图画里,最初表现了他对于陕北农民生活的感情,显示了他对于生活的细微的观察。作者正确地把握了牲畜的运动神态,如实地表现了辕骡和套骡在行进中的不同的挣扎和奔驰,因此这作品就显得生动有味。"运草"的柔和的刀法和它的抒情的内容极其协调,它的黑白的适宜的运用使主体极其醒目。因此这幅在技巧上已很成熟的木刻作品的出现,就立刻引起鲁艺师生之间的注意和称赞,而接着在重庆的木刻展览会上也得到了中国著名艺术家徐悲鸿先生的赞美。

古元之成为优秀的艺术家,决定的关键还在于他以后的努力。

结束了学生生活之后,古元于1940年7月就和鲁艺的其他同学到延安川口区念庄乡参加乡政府的工作,担任副文教委员。这样他就像一个西北劳动人民的儿子似的和革命根据地的农民生活在一起,劳动在一起,因而对这些朴素的农民发生了深厚的爱。古元自己说:"我住在这村里有许许多多令人感奋的新鲜事物呈现在眼前,我非常喜爱这些新鲜事物,如同看见许许多多非常优美的图画。处身在这许许多多优美的活的图画之中,我产生了一种强烈的创作欲望,当完成了乡政府的工作之外的时间里,我勤劳地去进行创作,制作了许多幅描写当地农民生活的木刻画,如《农村小景》《冬学》《读报的妇女》《结婚登记》《小学校》《选民登记》,等等。这些木刻画的题材,都是从念庄人民的生活中汲取的,作品里所刻划出来的形象,也是念庄人民及其生活的形象。这些作品,念庄的人民是很喜欢的。"

古元在念庄一直住了十个月,他深入了革命根据地的农民群众的生活。这对于艺术家的古元,就像肥沃的土壤与温和的春风对于花木似的,使他的创作旺盛起来。在这个期间他所创作的"羊群"和他离开念庄后不久创作的"哥哥的假期",是很优秀的作品。

《羊群》(见图12)所描写的是土地革命后的边区农民生活的一个侧面,内容是:当日落西山时,羊群归来了,放羊娃抱着在山里新生的小羊走进羊圈。那个带着愉快心情的结实而又纯朴的农民孩子的形象,尤其是他手中抱的那只可爱的新生的小羊,使这幅作品有了浓厚的诗意。它歌颂了陕甘宁边区人民的新的生活的繁荣和幸福,使人感到边区的温暖与可爱。这样的图画,和当时国民党地区的穷困、饥饿、死亡等民不聊生的惨象对比起来,就有了深刻的意义。这样的作品当然不是可以空想出来的,它说明了丰富的生活土壤怎样是艺术作品的可贵的源泉,同时也说明了由于画家有着高度的政治热情和锐敏的眼睛,他就善于在日常生活中发现诗的主题。古元在这幅木刻中,用刀就像用笔一样地流利,他的刀法根据了物体的性质的不同而有所变化,毫无卖弄刀法的毛病,这在当时说来,是很有创造性的。

古元于1942年创作了《哥哥的假期》(见图13),这幅木刻在作风上已有了新的变化。它比起"羊群"来,已由柔和的刀法走向豪放,由细致走向粗犷。这样大胆放手的手法虽然是受了珂勒惠支的木刻作品的影响,但也是和画家在创作时的兴奋的感情和用刀更加熟练有关系的，也是和作品内容的奔放的感情有关系的。

《哥哥的假期》是描绘边区人民的家庭生活的，然而它却不是一般的家庭生活。它所表现的是八路军战士在假期中归来时，全家都为这个团聚而欢乐的情景。哥哥在热情地谈论部队中的快乐生活，小弟弟把他的军帽、皮带、水壶、挂包带在身上顽皮地学哥哥的样。这幅画是一个生活的侧面，但它却是关联到边区人民生活的本质的生活侧面，因为只有人民的时代，人民的军队和他的家庭才能有如此欢聚的情景。

"哥哥的假期"洋溢着强烈的快乐和兴奋的感情，使人感到边区人民的子弟兵及其家庭的乐观与自豪的精神。这些感情有力地感染着观众。

和"哥哥的假期"具有类似风格和同样热情的作品是古元在一九四四年创作的《人民的刘志丹》（见图14）。这一幅描绘历史题材的图画，是古元在延安时代深受群众欢迎的作品之一。

《人民的刘志丹》所描写的是西北红军的领导者、陕甘宁边区的创造者之一的刘志丹来到一个新解放的村子，为贫苦劳动群众所包围的情景。在这幅画中，贫苦的劳动人民含着热泪，齐向他拥来。他们感到了怎样的温暖，有多少苦难要向亲人诉说！通过作品中的人物形象，作者表现了党和人民群众的血肉相连，表现了人民群众对于党的渴望和信赖。

古元所描写的刘志丹，不是高高在上的而是深入在人民群众之间的英雄。这里的群众是富有陕北农民特征的群众，他们那种善良忠厚、勤劳勇敢的性格,魁伟坚强的身影,都为古元所创造的生动可爱的形象体现出来。在陕甘宁边区生活过的人,一看到古元所创造的这些人物,就会感到十分面熟和亲切,好像是看到自己故乡的父老似的。

古元没有参加过当时的土地革命,为什么能够比较真实生动地描绘了这个动人的历史情景呢?这是由于古元在生活中,对于陕北农民已有较为深刻的观察和了解,并从参加过土地革命、亲自会见过刘志丹的群众中听了很多关于刘志丹的传说,因而引起他对于英雄刘志丹的敬爱,从而体会了人民群众当时的感情。爱伦堡说:"作家描写的总是思想和感情为他所了解的人物;否则没有文学。"这在美术上也毫不例外。

古元在这幅作品里比较成功地歌颂了陕北人民的领袖刘志丹,表现了人民群众对于刘志丹的爱,而同时也正是热烈地表现了画家自己对于刘志丹的和边区劳动人民的爱。他所塑造的人物形象是比较真实亲切、壮美动人的。一个艺术家,他对于劳动人民群众的高度的爱,他对于劳动人民群众的悲哀和欢乐的深切的同感,是使他的作品能够感动千百万人的决定因素。

古元在这幅木刻中描写劳动人民时,不但已注意到他们的形体的多样性,而且也表现出了各个人物的内心感情的不同。那两个显然是认识刘志丹的农民,一个在扑过去抱他的肩膀,一个在用双手紧握他的手,这两个饱经了旧社会的残酷剥削和压迫的穿着破烂衣服的贫苦农民最先接近了刘志丹，而他们向刘志丹所表现出的感情，正像火一般的热烈。那两只紧握刘志丹的手的粗黑的手，表达了人民和刘志丹之间的多少的爱，多少的信赖，多少的温暖！

有人曾指出古元的"初期的作品，受了德国珂勒惠支的影响，人物常常被浓重的阴影所笼罩，这用于描写被资本主义所残害的德国工人阶级是完全确切的，但用来描写已被解放了的新的人民就成为不协调的了。"这种缺点，在"人民的刘志丹"里已有所克服。这幅作品在整个的黑白处理上都是相当好的。古元这幅木刻是在延安文艺座谈会之后产生的，为了使广大的工农兵易于欣赏他的作品，比起在文艺整风前的他的木刻来，就更加注意到人物面部的清晰，他把那些不必要的面部的暗影尽量减去了。我们只要把文艺整风前创作的《冬学》《读报的妇女》《选民登记》《哥哥的假期》等和文艺整风后创作的《离婚诉》《减租会》《调解诉讼》《人民的刘志丹》以及那些插图加以比较，就可以看出这个显著的变化。《人民的刘志丹》在用刀上的那种奔放流动的有力手法，对于描绘劳动人民的沸腾的感情，是很协调的，这是古元在木刻技巧上更加成熟的作品。

古元在延安时代创作的有名木刻，还有《减租会》（见图15）、《离婚诉》《调解诉讼》等作品。这几幅优秀的图画也都是在文艺整风后的创作，它们多方面地表现了人民群众的斗争。这些作品在作风上也有个共同的特点，就是画面的调子更加明朗，多用阳线，不像前面提到的那些木刻的多用阴线。

《减租会》在古元的木刻中是极其重要的作品，因为它是古元在当时描写阶级斗争的唯一的图画。在这幅图画里,充分表现了农民的正义的要求和地主的无耻撒赖,当地主阶级无理可辩时,便拿出"天理良心"的惯技来为自己找出路,真是极好的讽刺。

有些人在描绘群众的斗争场面时,为了强调群众的斗争性,有时把群众的面孔描绘得极其凶恶,这种描绘并不能表现群众斗争的庄严意义和他们的真实形象。古元的这幅作品表现了农民对地主阶级的仇恨及其斗争的激烈,而且也表现了这一斗争的正义性。但农民的形象并没有因为愤怒而显得凶恶,并没有因为愤怒而掩盖了他们的纯朴善良的本质,而对于地主,却充分表现了他的狡猾和善变。这种描绘是很正确的。

古元的这幅作品是看到报上登载着绥德分区的农民斗争地主,要求退回多交的地租的消息时创作的。(绥德分区在尚未分配土地时,全国抗日民族统一战线已告成立,分地政策即行停止,该地区的地主到以后依然保有大量出租的土地。)他说:"我并没有跑到绥德分区去实地搜集材料,只是参看报纸上的报导,并依据在念庄时所得到的生活体验。当时我想:假如这一场斗争会是在念庄闹起来,念庄的积极分子郝万贵等人在这会上是表现什么样的行动;贫农孙国亮——善于说幽默诙谐话的老头子,他会怎样;中农朱继忠他会露出什么姿态和颜色……我回想起在念庄许多开会的场面,许许多多人们的活动情况,我以这些人物的思想和感情,以及其周围环境事物的形象作为依据,把它刻划出来,作成《减租会》这一幅木刻。"这说明现实主义的画家必须有丰富的生活作为想像的基础。

《离婚诉》是古元歌颂边区妇女的一幅重要作品，画中的女主角是真正的陕北妇女的活的形象。边区的妇女已经获得了充分的民主权利，在婚姻问题上也是这样。离婚当然是夫妻之间的不幸，但能够得到离婚的自由和权利，却是妇女的幸福。因为旧社会的买卖婚姻是造成今天婚姻的不幸的主要根源，它是以妇女做牺牲品的。古元在这幅作品里，汲取了中国传统绘画形式的特点，然而它却不是中国古小说插图的翻版，画里的黑白处理得极其巧妙，画面也极其单纯明快，像一篇抒情的短篇小说。

《调解诉讼》（原名《马锡五调解婚姻纠纷》）是叙事诗的题材、戏剧性的场面，画面十分明朗，使人感到人物为强烈的阳光所照耀。这是古元想要描写各种不同人物性格的一个尝试。故事是：一个农村少女爱上一个年轻魁伟的庄稼汉，她和他订了婚约，可是她的父亲把她暗中许配给一个出了很高聘金的商人。年轻的庄稼汉知道了，就半夜把情人抢回家结了婚。少女的父亲以抢婚罪到政府控告，当时的专员马锡五经过调查研究，采取群众说理的办法，说服了思想落后的父亲，使他终于答应女儿嫁给那年轻的庄稼汉。群众指出半夜抢婚是不好的，年轻人接受了大家的批评，案件就完满解决了，这种调解办法受到了人民群众的欢迎。古元在这里较为成功地歌颂了这种新事物。整个画面十分严整，从取材到作风都是古元在创作上的新的探索。这幅画在当时是受到很多人的爱好的。

古元在当时创作的木刻极为丰富,他不但描绘了经过革命锻炼的边区农民的生活,也描绘了边区人民部队的生活;不但创作了很多独立的单幅木刻,也创作了一些文学作品的插图;不但创作了很多单色木刻,也创作了不少套色木刻。那些为小说《风波》和剧本《周子山》所作的简练生动的插图,那些以简单的色彩生动地表现了劳动生活的套色木刻,如《战胜旱灾》和《菜圃》,都是经久耐看的富于创造性的优美的艺术品。

古元从1940年开始了他的创作生活,到1945年为止,这六年是他创作历史上的一个重要阶段。

艺术家的古元的出现,使中国人民美术在社会主义现实主义的道路上前进了一步。他以真实动人的形象,以明确的思想表现了人民群众的生活和斗争,表现了边区社会的新面貌,从而教育了广大的人民群众。

艺术家的古元的出现,使中国木刻出现了具有作家自己的较明显的独创风格的作品,因而也就刺激了别的木刻家去创造自己的风格。

古元离开延安后的七八年间,在木刻的创作上仍很努力,他参加了华北的土地改革,创作了《焚毁旧契》《发土地证》《破获地主的武装》等作品。他在《人桥》《打过长江》等作品中,歌颂了英勇善战的人民解放军的英雄主义。他曾下过工厂,因而创作了《鞍山钢铁厂的修复》《工人上夜校》《咱们是工厂的主人》等歌颂为祖国社会主义工业化而奋斗的工人阶级的作品。古元的这些新的木刻，虽然大体上都很认真严肃，其中也有质量较高的作品，但我觉得，它们似乎还没有能超过他自己在延安时候的艺术水平。这可能是由于画家对于新的生活还不够熟悉，对于新的描写对象还不够深入了解的缘故。

过去的创作上的成就，证明古元是一位很有才能的木刻家，我们相信，古元在他的今后的努力中，将会产生更加优秀的艺术品。

发表于1954年9月《文艺报》

《李桦木刻选集》序

　　李桦是中国优秀的版画家之一。他的名字在中国新兴版画史上占着一定的地位。自鲁迅先生提倡木刻以来,他不仅是新兴木刻的辛勤的创作者,而且是新兴木刻运动的积极的参加者。二十余年来他始终如一地坚持了这一艺术阵地,创造了很多富于斗争性的现实主义木刻作品,并直接间接地培养了很多进步木刻家。随着中国历史的发展,李桦的政治思想也在不断地前进。目前他已由最初走上艺术道路时候的一位爱国主义的艺术家,发展成为一位光荣的共产党员艺术家了。

　　李桦于1907年生在南部中国广州城一个破落的商人家庭中。自幼即爱读书爱画画,但因家贫,小学毕业后才十六岁就不得不就业谋生。广州是中国最早和世界资本主义国家通商的城市之一,殖民主义者加给中国人民的耻辱和灾难,青年时代的李桦是有深刻感受的,因此他自幼即具有强烈的反帝反封建的爱国主义思想。1923年广州创立第一个美术学校，他当了这个学校的学生，靠半工半读维持自己的学习和家庭生活，直到毕业。在校期间，李桦曾为当时有名的"省港大罢工"运动画过宣传画，并参加过当时发生的"六二三沙基惨案"大游行。

李桦在当时美术学校里较多接触的是西欧前期印象派的艺术思想。但他个人却喜欢后期印象派和野兽派的作品，这对于他的艺术创作曾发生过一些影响。由于他后来开始追求现实主义的创作方法，因而这种影响为时不久也就在他的创作中逐渐消失了。

李桦于1927年在广州美术学校毕业，1931年到日本学习绘画。因该年"九·一八"事变发生，遂愤而回国，此后即在他的广州母校做教师。1933年鲁迅先生在上海提倡木刻的声浪波及广州，此时李桦在艺术思想上也正有所转变，因而他就在美术学校里开始从事木刻创作，并于1934年春在该校组织了著名的现代版画研究会。这个木刻团体曾在鲁迅先生的鼓励和支持之下出版了很多画册，举行过多次木刻展览会，从而对于当时全国的木刻运动起了很好的作用。这个木刻团体从1934年成立，直到1937年"七·七事变"后才停止活动，它是早期新兴木刻运动中寿命最长、成绩较大的一个版画会。

李桦于1937年"七·七事变"后，离开广州到国民党的部队中工作，历时八年之久。在这一时期内，他也从未间断过木刻的运动和木刻的创作工作，举办过多次的木刻展览会并开办过木刻函授班。然而他在国民党军队中工作是并不愉快的，他的创作也并不是如心所欲的。直到1945年日本投降他毅然离开国民党部队到上海过着职业画家的生活后，才使他的艺术创作有了较大的自由。这一时期他学习了毛泽东同志在延安文艺座谈会上的讲话，由于他的思想明确了，因而决定了他在艺术上的新的变化。这时，他的生活和他的创作的内容是十分协调的，他参加了上海的争取民主反对内战的各种社会活动，并参加了学生运动，这就使他的艺术创作在现实生活中获得了新的最可贵的源泉。因此他以饱满的热情全心全意地从事木刻创作，就能够刻出很多优秀的作品。这些作品反映了当时在国民党黑暗统治下的中国人民所过的痛苦生活和他们所进行的坚决的斗争。这些充满着激情和愤怒的控诉性的作品，构成了李桦这一时期的十分豪放的艺术风格，它们在当时国民党区域的人民中受到了热烈的欢迎。

1947年李桦从上海来到当时的北平，参加了各大学的学生运动，并在国立艺专任课，直到1949年全国解放。解放后他在中央美术学院花在教学上的时间较多，在版画上的创作不如以前旺盛了。

这个选集中所选的六十余幅木刻，大都是李桦各个创作时期的一些具有代表性的作品。从这些作品中可以显明地看出李桦在政治思想和艺术思想以及整个艺术创作道路上所经历的变化。总的说来，我们可以把被选在这个画册中的李桦的创作根据历史时代的变化和取材内容的不同分作四个时期：

第一时期自1934年到1937年。这是中国新兴木刻的童年时期。这里所选的是李桦开始从事木刻创作后在"现代版画研究会"时期的作品。其中《丽日》《山居》《细雨》(见图16)选自他的《春郊小景集》,是一些抒情的小品。鲁迅先生当时给李桦的信中曾说:"先生的木刻的成绩,我以为极好,最好的要推《春郊小景集》,足够与日本现代的有名的木刻家争先。"其他如《老渔夫》在当时也是难得的佳作。李桦是当时木刻家中绘画修养较好的一个,从他的作品中可以看出他所塑造的人物比较准确,精神状态和表情也比较生动自然。此外在画面的构图、黑白、线条处理上,也表现了他的较高的艺术造诣。早期木刻家由于较多地向外国作品学习,以及缺乏从现实生活中了解、观察中国的工农群众,因而在创作中常常出现外国面孔,成为当时的通病,这种缺点在李桦的作品中也不可免。鲁迅先生曾指出:"《老渔夫》中坐在船头的,其实仍不是东方人物,虽以全局而论则是东方的。"从《老渔夫》上可以看出,李桦在当时已经有探索创造具有民族风格的木刻作品的企图,这种尝试是很有意义的。

这里所选的李桦早期的木刻作品虽然不多,但它们却显示了中国新兴木刻在早期发展阶段上的一般特征。

第二时期自1937年抗日战争爆发到1945年日本投降。这八年来李桦在国民党部队中所创作的木刻本来是不算少的,但这里只选了七幅,其原因很多。当李桦最初参加国民党的军队从事宣传工作时他的热情是很高的,这个部队的成员大都是他家乡一带的青年,他抱着要歌颂这个军队的心情同他们共同在战地奔波。然而日子一久活生生的现实生活就不能不对李桦有所教育。由于国民党军队由最初的被迫抗战走向消极抵抗和与敌人和平共处，他在部队中的所见所闻，终于使他认识了国民党部队中一般下级士兵所具有的民族意识和其军队的反动本质之间的矛盾，他终于认识了这个军队的以抗日为名以反共反人民为实的实质。李桦是一位有思想的艺术家，这就不能不使他处于非常苦闷的状态中。至此，他对于他在这一时期创作的某些作品有了新的看法，采取了否定的态度。李桦在当时也曾创作了一些有关农民生活题材的木刻，从这些作品看出，李桦的艺术技巧与艺术风格已进一步熟练与形成。总的说来这一阶段由于艺术家对于现实生活的认识不甚明确，或者说他的主观愿望与客观实际有着矛盾，因而形成了他的作品在活生生的现实面前的软弱无力。

第三时期自1945年日本投降到1949年全国解放中华人民共和国成立。这一时期历时虽只有四年，但它是中国历史上一个最伟大的时代，是中国人民和中国的地主阶级和官僚资产阶级的矛盾发展到最尖锐，中国人民终于推翻了国民党反动派的血腥统治得到大翻身的一个时代。日本投降后，国民党反动派在美帝国主义的支持下，不顾全国人民久经战争苦痛要求和平的呼声，而发动了反共反人民的内战。于是在他们的统治区内到处抓丁抢粮，迫害民主人士，造成了民不聊生的惨景，因而引起了广大人民和学生的争取民主和反对内战的运动。由于李桦在当时亲身经历了这些斗争的大风暴，并由于他对国民党军队曾有八年之久的了解和观察，充满了憎恨的感情，因而使他能创作出像《粮丁去后》《怒潮》组画、

《民主的行进》《快把他扶进来》《里外同心》《饥饿的行列》《教授生涯》等一系列的优秀作品。这些思想明确富于战斗性的木刻，表明了艺术家对生活的深切的感受，对现实的明确而深刻的批判，对国民党军队的强烈的憎恨和对于祖国人民的热烈的同情。这些作品虽然有某些正面人物性格缺乏显明区别（如《快把他扶进来》）和形象不够典型、美丽（如《夜的恐怖》）等缺点，但由于作者在其中贯注了饱满的感情和它所具有的生活气息，而对我们显示了较强的感染力。李桦的《粮丁去后》（见图17）是一幅使我最感兴趣的作品，它和别的作品比较起来，就显得在构思上更独到，在内容上更丰富，对读者更有说服力。这里所描绘的是当时在国民党统治的农村中经常发生的事件之一。它通过活生生的形象表现了反动派进行内战给农民家庭制造的灾难。可恶的粮丁抬走了这个家庭的粮食，母亲坐在那里表示痛心和父亲手提空筐表示敢怒而不敢言的那种无可奈何的心情，以及粮丁的蛮横凶恶的姿态，都刻划得真实动人。这幅画除了不同人物的行动所构成的艺术情节对我们起感染作用外，其中的一只羊作为这幅画的有机部分，对于主题思想的突出加强也起了很好的作用。粮丁抢走了粮食不算，还拉走了羊，但羊在抗拒，它已成了这个家庭的一员，彼此都有了感情，它不愿离开这个家庭。这是我们熟悉农村生活的人都可以理解的。可是现在它被抢走了，因此就特别能够打动读者的心。作者把它和一只受惊的鸡的形象都塑造得十分真实生动。画中母亲怀中的小孩在这里也有重要的意义，他的那只伸出的手表现出不愿让把羊拉走的心情，不但合乎真实情况，而且对整个画面的两组人物也起了连系作用。这幅作品有力地揭露了当时社会的黑暗，是对于生活的真实的描写。

　　李桦的组画《怒潮》也是一件有力而动人的作品。李桦在抗战的八年当中长期流动于湖北湖南一带的农村里，因此他对于农民的生活有了较深入的了解和观察。在第一幅作品《挣扎》（见图18）中所描绘的旧中国时代的农民生活，令人看了十分难过，这样的作品不是对生活不熟悉和对生活无动于衷的人能够创作出来的。《抓丁》这一作品，正像《粮丁去后》一样，这些生活内容艺术家非常熟悉，他深深地体会了农民被抢去儿子和丈夫之后，失去了亲人失去了劳动力的家庭处境的困难，体会了因内战把儿子和丈夫抓去当炮灰的农民的心情。这里所表现的是无情的掠夺和惨痛的呼吁。《抗粮》表现了在残酷压迫下的农民们已经忍耐不了他们心头的愤怒，而起来反抗了，但可惜的是，没有组织起来的群众的力量是单薄的，所以终于落在不幸的结局里。它的"起来"则是经过了《抓丁》《抗粮》之后人民愤怒发展到顶点的一个艺术高潮。这里的人群已不再是和平的奴隶，而是决堤的猛水和燎原的怒火，他们在向统治者复仇讨还血债。《怒潮》是一个相当完整的富有热情的作品，它代表了人民的呼声，鼓舞了人民反对内战进行解放斗争的斗志。除此之外，李桦描绘当时的学生运动的作品如《团结就是力量》《快把他扶进来》《民主的行进》等也曾受到广大学生群众的欢迎。他们从展览会上把这些作品买去，钉在宿舍的墙上，表示了青年对它们的热爱。

李桦在木刻创作上是很重视创造民族风格的。1942年以后他对这一问题更加明确,这一时期的作品可以说明他在这方面所取得的成果,这和他对于中国画的注意和研究有关。

总的说来,这一时期是李桦的艺术趋于成熟的一个时期,这不仅表现在他的艺术的社会主题思想的明确上,而且也表现在他的艺术风格的形成、艺术造型的准确生动和木刻刀法、黑白运用的更加纯熟上。他在这一时期的木刻上所贯注的奔放的热情,结合上那豪放而有力的木刻线条,构成了李桦木刻的较为显明的风格。

第四时期自1949年到1957年。这是最近的一个时期,也是李桦在创作活动上的一个新的发展阶段。七八年来李桦一面担任中央美术学院的教授工作,一面继续从事木刻创作。单从这里所选的二十余幅作品来看,也已充分说明了他在艺术劳动上的努力。把这些作品和前一时期相较,可以看出李桦在艺术取材方面更广泛了。他从新社会的工人、农民、学生、渔民,直到在朝鲜作战的中国人民志愿军的各种不同的生活都有所描绘。新时代的到来迫使艺术家不能不抛弃他所久已熟悉的旧的艺术主题去描绘对他说来是新的然而并不熟悉的人民生活。李桦对于这一问题所持的态度,不是彷徨犹豫,而是勇敢的迎接。通过这些作品可以充分看出木刻家想要采用新的艺术语言来歌颂新中国人民的新的生活和新的思想感情的积极愿望。

李桦是努力使自己对新的生活和新的描绘对象日渐熟悉的。他从1949年北京和平解放之日起,就通过"北京解放传单"表现了人民解放军是人民的军队的新的主题,之后他到石景山发电厂了解工人生活,当看了工人们在解放后以新的心情,以主人翁的姿态抢修三号机的场面后,回到学校创作了《抢修发电机》。接着又创作了表现铁路工人新的生活的《学习》。这两幅作品对于李桦来说有着重大的意义,这是中国工人阶级的形象在他作品中的首次出现。李桦在新中国诞生时以十分振奋而愉快的心情创作了歌颂解放了的工人阶级的图画,正说明了他在政治思想上和美学思想上的巨大变化。以上的作品都直接间接地表现了李桦对于中国人民革命胜利的衷心拥护和欢庆。

  1951年当北京郊区随着新解放区展开了土地改革运动时,李桦参加了这一运动,并创作了《斗争地主》,通过这一作品表现了李桦对农民所进行的正义斗争的支持。李桦过去曾描绘过不少有关农民的作品,但在这一幅木刻中才第一次表现了在中国共产党领导之下的真正组织起来的农民和地主阶级进行的斗争。中国历史上曾出现过很多农民自发的阶级斗争,但由于没有工人阶级的领导,所以都失败了。这连李桦《怒潮》组画中农民的结局也不会例外(虽然作者未曾表现这一结局),但在李桦的《斗争地主》中却由于有了共产党的领导,才真正表现了组织起来的农民的力量和他们必然得到胜利的前景。

  之后,在抗美援朝运动中李桦又创作了《中国人民志愿军攻击坦克的收获》《中朝人民部队胜利会师》《医务工作者反对细菌战》;在三反五反运动中他创作了《攻守同盟破产》,

1957年又创作了《练兵》组画《擦炮》和《坦克演习》,从这些作品可以看出李桦的创作紧密联系实际,努力为政治服务的良好倾向,这种倾向是应该永远保持下去的。

李桦在这一时期给张天翼的小说《华威先生》所作的插图(见图19)也很出色,这里出现的正如小说所描写的一样是我们非常熟悉的形象,艺术家刻划了一个活生生的人物,看到这副嘴脸就使我们联想到已经一去不复还的那个国民党统治的可厌时代。艺术家在这里充分显示了他用木刻工具去表现这类题材和主题思想的艺术才华。为什么他会在这些题材上显得如此有办法呢?因为艺术家对这类人物的阅历太久了,所以他在创造这种人物的形象时能够"笔下生华"。

除此之外,李桦在近年来也还创作了一些风景画,如《六月庆丰收》若和早期的《丽日》《山居》《细雨》等作品比较起来就有了显然的不同。后者是纯粹描绘自然景色的抒情画,它的情调虽美,但却有意无意地流露了作者作为旧知识分子的心情和审美观点。然而"六月庆丰收"却不然,它显明地歌颂了集体化了的中国新农村和人民的劳动成果,也还是一幅抒情画,但却通过一片丰收景象表现了自然的新的情调和作者的新的审美观点。

李桦在这一时期为了进一步发展木刻上的民族形式,曾到北京荣宝斋学习了中国固有的木版水印法。这种努力是很有意义的,我们从他的《抢修发电机》《斗争地主》《医务工作者反对细菌战》等作品上看到了这种尝试。我深信在中国的这种特有的印制方法上定能创造出崭新的东方风味的木刻新形式。但这还需要经历一段艺术实践的历史途程。

现在李桦把他在中国近三十年来四个不同历史时期中所创作的木刻作品选其具有代表性的献给中国读者了。这里虽然仅仅有五十余幅,但它们是曾经受了时代的风霜,带着中国人民的眼泪和欢喜创造出来的,它们照出了中国社会在各个历史时期的不同面貌,显示了中国社会主义现实主义新艺术的诞生和成长的艰苦过程,显示了李桦在艺术上的辛勤劳动及其可贵的成果。这些木刻在每一个历史时期都曾起过推动社会现实推动新艺术向前发展的作用,起着满足人民精神生活的作用,因而它们是具有着不可忽视的历史意义的。

1957年6月于北京

版画艺术的新收获

曾经有过光荣历史的中国新版画艺术，从1950年以来的数年中，作品的数量是很少的。然而这种消沉现象已经成为过去了，自中国美术家协会成立以来，在创作委员会版画组的积极推动下，版画艺术在全国范围内又开始活跃起来，不但不少老的木刻家已开始动刀，而且涌现了很多新的年轻的版画家，因此，我们能如期地在北京举行一个版画展览会。人们将会从这个展览会所选出的二百余幅作品中，看到中国木刻艺术的新收获。我们应为这种新的收获表示热烈的欢庆。

这个版画展览会和过去的任何一个版画展览会都不相同，它的第一个特点是：随着历史的变革它改变了过去以旧中国人民灾难生活为主要描绘对象的状况，而出现了全部描绘新中国人民的新的生活主题的画面。因此，在这里就不再看到地主恶霸的横行猖狂和人民的饥饿死亡；在这里就不再看到美军与国民党特务的专横和人民的受辱……而在我们面前呈献的却是站起来的中国人民在紧张地从事社会主义工业建设的画面,是工人和农民为美好的生活而贡献了创造性的劳动的画面,是中国人民为抗美援朝、为世界和平而奋斗的画面,是兄弟民族同汉族人民一同走上繁荣幸福生活的画面……所有这些,都是版画家对于中国新的现实的忠实的反映。革命后的中国的新的现实向画家提供了新的创作主题,因此在我们的版画艺术上就产生了完全崭新的图画。

这个版画展览会的第二个特点是:作品题材所具有的广泛性和作风上的多样性,这也是与过去的一切版画展览会有所不同的。从祖国的海洋到大陆,从内地到边疆,从国内到朝鲜,从战争到和平,从工厂到农村,从风景到静物……取自各个方面的不同的题材,通过各个不同的画家创造了各种不同风格的作品,给予我们以较为丰富的印象。

这个展览会的第三个特点是:套色木刻较多,它将近占了整个展览会作品的半数。这说明近年来木刻家对于套色木刻是很感兴趣的。在我们看来,套色木刻和单色木刻都各有其趣味,而且艺术作品的好坏也不决定于有无色彩,而是主要决定于作品的主题思想和生动真实的形象;然而在一定的情况之下,套色木刻在表现上较单色木刻更充分更丰富,并易受群众喜爱。因此,为了使木刻作品能更为广大劳动人民群众所接受,套色木刻的盛行就有它的特别意义。

在这个展览会上,除了木刻版画外,还有少数石版画、玻璃版画和铜版画,这三种版画在中国虽然还不流行,但它们在展览会上却是引人注意的。

这个展览会上除了作为独立的木刻作品外，还有不少书籍的木刻插图，其中以刘岘和黄永玉的为最多。刘岘在近一年来为寓言和诗做了不少插图，这些插图正和黄永玉所做的一些插图一样，其中有很多是较好的。旧的书籍木刻插图在我国原有悠久的历史，但近代木刻的书籍插图在我国却还没有引起重视，因而没有很好的发展，然而这却是木刻创作上的一个重要方面，我们有必要大力提倡它。

近一年来不少著名木刻家在创作上付出了严肃的劳动，创作了许多作品，他们在这个展览会上大都有较成功的木刻画，然而由于他们的这些作品多半在报刊上发表过，而且这些版画家也大都为群众所熟悉，所以关于他们的作品我就不在这里介绍了。下面我想特别介绍一下在这个展览会上出现的一些新的青年木刻家的作品。

我极其喜爱新进的青年木刻家李唤民的"织花毯"（见图20），这幅木刻从取材到表现都较新颖，作者以美好的感情歌颂了藏民妇女的劳动生活。整个画面用生动的形象和流利的刀笔所刻制，那优美的藏民妇女和被微风吹动的浓密的树叶，以及那由辛勤劳动所创造的美丽的花毯，组成了优美的抒情诗似的画面。作者在这幅木刻的"黑白"处理上相当成功，它使我们不但感到画面的强烈的阳光和树荫下的凉意，而且这些树叶的浓重的黑色和女人衣裙的黑色，对于作为画面中心的人物的面貌及其动作起了良好的衬托作用，这样就使作者要集中表现的这位聚精会神地在织花毯的妇女的形象突出，因而获得了良好的艺术效果。

吴燃是最近才从事木刻创作的年轻的部队美术工作者，他学习木刻很努力，参加这次画展的那幅套色木刻"饮马"是比较好的。它所表现的是一件发生在蒙古草原上的极其平凡的事情，然而作者善于在这平凡的事件中看出生活的重大意义。作品的情节是：在蒙古的草原上，公安部队的骑士们为了保卫蒙民的和平幸福的生活不受旧时代残留下来的土匪特务所破坏，他们日夜在到处巡视着。一个晴朗的初秋的上午，他们在辛勤的搜剿工作中休息下来，准备饮马，正好一个蒙古姑娘到井边来打水，她见了流着热汗的战士和两匹热气腾腾的战马，就热情地从井里打上水来倒在水槽里给马喝，使得牵马的战士非常感激。故事的情节就是这样简单，可是画面所内含的意义却非常丰富，它不但表现了蒙古人民对于草原的保卫者的爱，而且也使我们意识到人民公安战士们的神圣工作如何受到人民的尊敬和支持。在画面的背景上是飘动着浮云的蓝色的天空和一望无际的绿色的草原，在草原上有冒着炊烟的蒙古包和无数的羊群，在井边，那站着姑娘和战士的地方长着美丽的野花……作者对环境的细节描写，不但在我们面前展现了草原的情调，使我们嗅到了秋天的草原的气息，而且使我们感到草原的美丽和蒙民生活的可爱，从而使我们发生必须对这些美的土地、美的生活加以保卫的联想。因此，这些环境的细节描写，就决不是可有可无的拼凑，而是对于主题思想有着积极作用的组成部分。

吴燃虽然还是一个初学木刻的同志，但他在这幅作品中所刻的人和马的形象却是相当生动的，刀法也相当自然流利,明朗的调子传达了生活的真实和画家对于草原的感情。

赵宗藻是新进的青年木刻家,在这个展览会上他的作品也较多。其中以单色木刻《婺江边上》最为人所喜爱。这张木刻在我们面前显示出了婺江两岸的美丽风景,在江边上有从事于祖国建设的紧张劳动的工人,在江里有往来于水面的忙碌的船只,江的对岸是一个繁荣的江南风味的城市。作者以如此复杂的景色组成了画面,而能处理得层次分明,井然有序,毫不紊乱繁琐,这在木刻的表现上是比较难得的。作者所刻划的人物相当生动,江水平静而透明,然而由于行过的船只在水面上所划下的痕迹,和那些耸起在江岸的像船桅似的工程设备,以及忙碌的人群,给人以动的感觉,通过这幅风景似乎使我们听到祖国到处是一片建设和劳动的歌声。

张建文是西北地区的新的木刻家,他在这个展览会上有好几幅木刻,其中的套色木刻"故乡"较好地描绘了西北高原的特色,使到过西北的人看了感到亲切。画面描绘在桃花盛开的春天,放羊的人带着羊群走上山坡,站在一块大崖石上向远处眺望,从那熟悉的窑洞、熟悉的河流和那熟悉的宝塔看来,使人会想到在那宝塔的山下一定是延安城。作者处理的画面单纯明朗,远近分明,强烈地刻划了西北山野的气味和情调,令人感到十分真实。

张建文的另一幅套色木刻《剪窗花》也很有生活气息,它通过剪窗花表现了陕北妇女的恬静而愉快的家庭生活。画面画着一位年轻的母亲坐在炕上拿着一张红纸正在剪窗花,她的小小的孩子和刚从学校回来的女儿做了她的观众。虽然作者在木刻上还不够熟练,但母亲和小孩刻得很自然,通过她们的比较美的形象表现了她们的愉快心情。那个儿童天真地笑着,以好奇的眼光期待着母亲手里的红纸将被创造出的"奇迹"。而母亲呢,也以认真工作的心情面对着她的作品。这幅木刻虽然在构图上还有缺点,但它是从生活出发的、使人感到亲切而愉快的作品。

梁永泰是一位从事木刻较久,然而还比较年轻的木刻家,他在这个展览会上有一幅单色木刻叫《从前没有人到过的地方》(见图21),受到大家的欢迎。它描绘火车第一次从深山丛林中的高架桥上通过时,汽笛一鸣,惊动了山林中的住户们——野鹿乱跑,群鸟起飞,以表现祖国建设的新气象。他以细腻的刀法和清晰的调子刻出了我国南方大山中的繁茂的森林和美丽的草丛。这幅画的构图颇有些中国山水画的味道,而这风景的情调却是崭新的,它壮丽而深远,丰富而清新。在画面前景上奔跑的野鹿,生动而健壮,那受惊的神情和准确生动的形体,对我们很有魅惑力。整个画面是较美丽的,因此它受到人们的喜爱。

除了以上的优秀木刻作品外,还有关夫生的套色木刻《辟雪前进》、林军的《放学归来》、黄丕谟的《又添了牲口》等,也是较好的作品。关夫生的《辟雪前进》生动地刻划了人民解放军在进入西藏时和险峻的雪山进行搏斗的场景。这里表现了人民解放军以集体的力量和困难做斗争的艰苦情形。然而从他们的形象上却显示了他们能够战胜困难的毅力和自信心。林军的单色木刻《放学归来》歌颂了兄弟民族的新的生活，画面洋溢着愉快气氛，背景上的风景和前景上的河流都刻的好看。黄丕谟的单色木刻《又添了牲口》，描绘农业生产合作社把新麦卖给国家后买了牲口回来的情景，画面表现了社员的愉快心情和对于新牲口的爱护，也是一幅较好的作品。

最后，要特别加以介绍的是版画展览会上一幅解放军战士的木刻画，作者名杜国敏，作品名《晒干簸净缴公粮》，是描绘少数民族爱国主义行为的图画。由于我们人民军队的文化生活的提高，因而我们的战士们学着刻起木刻来了，这是值得我们表示欢迎的。

就全国版画展览会的全面来看，当然是很丰富的，但也有一部分作品还显得较为粗糙，不够深刻。愿全国的版画家们能更加努力，在今后创作出思想性艺术性更高的作品。

发表在1954年9月《美术》月刊

论套色木刻的特点与色彩

一

近几年来我国的套色木刻有了蓬勃的发展，它显明地表现在第二届全国版画展览会上。根据我们的统计套色木刻在这里占了统治的地位。这究竟是什么原因呢？无疑是由于人民的爱好和木刻工作者对它大感兴趣，以及祖国的和平环境和社会主义经济的日益繁荣为它的发展创造了有利条件的结果。我们相信套色木刻在今后定会有更加灿烂的前途。

套色木刻的繁荣，不仅使它有了可观的数量，而且也产生了很多优秀的作品，如古元的《甘蔗园》(见图22)、《绍兴风景》、吴凡的《布谷鸟叫了》、黄永玉的《阿诗玛》插图——《吹口弦》、李唤民的《高原峡谷》、莫测的《拿鱼》……这些作品之所以优秀，不仅因为它们有比较美好的形象和由这些形象所体现的清新的思想感情，不仅因为它们有比较完整的画面，熟练的技巧和显明的个人风格，而且也因为这些作品具有套色木刻的特点和画面色彩的美感。

可是我们还有为数不少的套色木刻是不能称为优秀的作品的，其所以不优秀，除了因为人物形象丑恶，主题不明确，画面不美而外，同时也因为作者对于套色木刻的特点既无应有的认识，对于套色木刻的技巧也不熟练。这在第二届全国版画展览会的落选的套色木刻作品中表现的非常显明。

目前中国的套色木刻，除了它所取得的显著成绩外，其中的问题还是很多的，有些问题与单色木刻以至整个绘画都有联系，如反映社会主义建设和社会主义改造的作品既少而又不深刻，缺乏塑造新时代的共产主义的英雄形象，某些作品具有自然主义倾向与缺乏中国气派……但我不准备在这篇文章里涉及这些一般绘画上所具有的共同性的问题，虽然这些问题也是非常重要的。

这里我想单就套色木刻的特点和目前在运用色彩上所存在的问题发表一些个人的看法，以作初学套色木刻的同志们的参考。

二

目前有很多从事套色木刻的同志对套色木刻的特点缺乏认识，因此他们在运用色彩时拚命追求油画和水彩画的效果，结果使套色木刻与一般彩色绘画没有区别，因而失掉了它的特色，亦即失去了它的存在意义。因为别的画种可以代替它，它就成为可有可无。当然套色木刻是造型艺术，因而它首先就应具有与一切我们的造型艺术共同的东西，如艺术的基本原理，社会主义现实主义的原则以及作为造型艺术在取材与表现方法上的特点……此外套色木刻是有色彩的图画，当然它和油画、水彩画在色彩学的基本原理上又有许多共同点……然而它毕竟不是油画、水彩画……而是套色木刻，因而我们就应去充分认识它在表现形式上的不同和色彩运用上的特色。毛泽东同志在"矛盾论"中曾提出："对于物质的每一种运动形式，必须注意它和其他各种运动形式的共同点。但是，尤其重要的，成为我们认识事物的基础的东西，则是必须注意它的特殊点，就是说，注意它和其他运动形式的质的区别。只有注意了这一点，才有可能区别事物。"毛泽东同志所说的这一哲学原理同样适用于我们去认识套色木刻艺术现象。

绘画所以要使用色彩，除了因为它有助于事物的真实感，有助于加强作品主题思想的表现外，同时也因为它能构成画面的特殊情调和气氛，以及画面色彩的美感。而套色木刻和别的色彩绘画形式比较起来其所以形成它的特殊性，主要由于它的工具的特殊性能和工具的局限性，而中国套色木刻与外国套色木刻之所以具有其特殊性，则主要在于使用工具的方法不同和表现形式的不同。

在我看来现代的套色创作木刻基本上是在现代的单色创作木刻的基础上发展起来的，正好像现代的单色创作木刻不同于古代的单色复制木刻一样，现代的套色创作木刻也不同于古代的或现在荣宝斋式的套色复制木刻。因此它首先应具有单色创作木刻的特点。那么什么是近代单色创作木刻的特点呢？这就是它的工具的特殊性能和局限性所形成的画面的黑白对比，阴阳线效果，以及我们通常所说的《刀味》与《木味》。当然表现在套色木刻上的"黑白"已经起了变化，因为套色木刻已经比单色木刻增加了很多颜色，而且今日套色木刻上的阳线效果也应与古代复制木刻上的用线有所区别。然而近代的大多数套色木刻显然还保留了近代单色创作木刻上的黑白对比的优点。有的作品也在运用阳线刻法上发扬着古代复制木刻的所长。前者如最近在北京举行的罗马尼亚版画展览会上的套色木刻作品。我们可以从这些套色木刻中看出它与单色创作木刻在"黑白"运用上的微妙关系。这种微妙关系也同样表现在古元最近创作的《甘蔗园》《绍兴风景》等作品上。后者如黄永玉最近刻的"阿诗玛"插图。虽然这种刻法也还是他的最初尝试，但它无疑是具有木刻特点的另一形式。这种特点不仅在于和中国古代复制木刻有血缘关系，而且也在于它采用了中国水印版画方法所产生的特殊风味。

　　套色创作木刻和单色创作木刻在"黑白"运用上的微妙的关系和阳线刻法的效果是必须重视的，否则虽然也可以成为一幅较好的造型艺术，但它作为套色木刻来看，总是有缺点的。例如张漾兮同志创作的套色木刻《牧歌》，作为一般的彩色绘画来看，它是一幅比较优秀的画，然而这幅木刻毕竟是缺乏套色创作木刻的特色的。所以1955年10月间来华访问的保加利亚版画家华西尔·查哈里耶夫在一次与北京版画家座谈的会上说："版画，必须是版画。每一种艺术形式都应该有自己的特色，在版画中，就不应该追求油画和水彩画的效果,而应该尽力发挥版画艺术的特色。"他指张漾兮同志的这幅套色木刻《牧歌》说:"虽然这是一幅很美丽的作品,但是一看像是一幅水彩画,如叫外行的人看,那就会分不清它究竟是水彩画呢,还是木刻。"我认为查哈里耶夫的这个意见是非常正确的。然而像这样的缺乏木刻应有的特色的套色木刻,在第二届全国版画展览会入选和落选的作品中还是有的。如丁正献的《平湖秋月》(入选作品),作为一般色彩绘画看,也是较好的作品,但作为套色木刻来看,就很少木刻的特色。这实应引起我们的注意。

三

现代的套色创作木刻是以较少的色版充分发挥色彩的作用和效果,从而造成画面的显明调子为能事的。因为有限的套色木刻的色彩版永远也不能像油画和水彩画似的表现出事物的千变万化的色彩来,它只能表现自然的基本色调和画面主要物体的基本色彩特征。版画家要善于用少数的几种颜色概括的表现物象,要善于以少胜多,简中见繁。因而从事套色创作木刻的人就不应有使描绘对象完全符合事物本身色彩的想法,这不是套色木刻所能胜任的,而且也不必要。他应该发挥套色木刻之所长,而不应该发挥其所短。也许有人说:"这不是不忠实于客观事物的真实了吗?"那么我要回问:"照这样说,水墨画、炭画、单色木刻不是更不忠实于客观事物的真实了吗?"显然,这种"忠实"论是一种自然主义的观点,这种观点必然会妨害版画家在色彩上的大胆创造,必然会妨害版画家在整个作品上的想象和诗意。因此,我们不仅在色彩问题上,而且在处理题材,塑造人物形象等方面也应该敢于有浪漫主义的表现手法。

我们中国绘画的优良传统从来就和以上所指的那种自然主义的观点有区别的。齐白石画的茶花、牵牛花、荷花……花是红色的,而叶子是墨色的,是不是这就算不忠实于客观事物了呢?显然不是。从齐白石的具体作品来看,这样的处理叶子的办法比画成事物原来的绿色要好的多,因为它除了能够收到使红花突出的效果,即使红色的花引人注意外,并从而形成中国彩墨绘画的特殊风味,中国画如何处理色彩的创造性的经验完全可供我们从事套色木刻的同志们作参考。

艺术为了表现客观事物的内在精神和本质,它的形象必须以客观事物为根据,但不等于要机械的、照相式的摹仿自然。艺术上的所谓真实决不等于客观现实的真实,这是大家都明白的,否则又何必要创造艺术呢?

基于这种看法,因此我觉得展览会上有很多作品实际上是可以不用那么多套色版的。根据我的经验,色版愈多,就愈容易失去套色木刻上应有的那种变象的"黑白"趣味,因此如果把我的《太行山风景》和《百合花》比较起来,就显得后者更具有木刻的特色,因为后者只有三个色版而前者就用了八个色版。当然我并不是说任何作品都不可以用八九个色版,真正使用得好,还是可以用的,而只是说一般的套色木刻应该尽可能经济色版,尽可能的少用色版,从而使套色木刻更加具有木刻的特色。

四

在这次展览会的入选和落选的套色木刻作品中可以看出很多从事套色木刻的同志还缺乏色彩学常识,他们处理色彩时不是使它们彼此在画面上成为有机的联系,成为互相呼应或相反相成,而是使某种色彩在画面的局部孤立存在,结果这种色彩就在那里闹起独立性来,因而形成了画面的不调和,不悦目,使人看了难过。

这种现象最多的是在套色木刻画上孤零零地出现的红色、红领巾和红旗。很多作者可能是这么想的,给儿童带上红领巾,就标明这是先进儿童,因而也就增加了作品的"思想性"。难道作品的"思想性"真是如此体现的吗?我想这种看法很能导致作品的"概念化"和"公式化"。红领巾和红旗在套色木刻的画面上当然是可以用的,如果确有强调的必要而且用的好,不但在内容上能起积极的作用,而且在画面的色彩上也能起丰富画面和使画面增加热烈、鲜艳、明快等美感效果。然而却并不是一切描绘儿童的作品用上红色的领巾就能够起以上的效果的。现在我们先从内容上来说:比方有这么一幅套色木刻画,其中儿童的形象刻的非常丑陋、恶劣,不能从形象上引起热人们感到他的可爱和优良品质,难道这样的儿童给带上红领巾也能起什么好作用吗?我想是不能够的,这只能成为对于红领巾的讽刺。可是现在有许多作品竟类似这种情况，他们不是首先从儿童的美的形象、美的性格以及与此相适应的行动的刻划上去求作品的"思想性"，而是片面地强调红领巾，把红领巾看成作品"思想性"的符号，好像有了红领巾就有了思想性。这正如把画中的人物身上写了"共产党员"四个字，以代替性格行为的刻划一样，这是丝毫也不能增加作品的思想性的。这只能显示作者的无能。现在我们再从色彩的效果方面来说：红领巾或红旗这样的红色是很不容易像文学中所描写的"万绿丛中一点红"似的来处理的，文学上这样描写是不会有问题的，因为它不是属于视觉的造形艺术，它是依靠读者的想像来体会这种富于色彩感的"诗中有画"的诗句的，但真的要画成一幅画就须要合乎绘画的色彩规律，否则这"一点红"是不可能成为整个画面的有机成分的。因为在色彩上红可以有各种类别的红和各种色阶的红，而绿也是如此。画面上有接近于黄的绿就有可能和淡红调和从而使红不孤立，画面上如果全是接近于青的绿就难和深红合拍，就容易使红闹独立性。因此"万绿丛中一点红"要变成绘画就不是没有色彩学知识和彩绘经验的人能够办好的，而我们的很多套色木刻上的红领巾、红旗、红衣……的出现却大都是没有考虑到这些问题的。它们是既没有相同的颜色相呼应，也没有接近它的暖色去陪衬，因而它们与画面主色格格不入，造成了整个图画的不调和。有不少作品，没有这些红色倒还是一幅悦目的图画，有了它就起了破坏作用。这是非常可惜的。这样的套色木刻在落选的作品中可以举出很多的例子来，而在入选的作品中也不少。如李少言的《工地旗手》，虽然画中的红旗有必要加以强调,虽然背景天空的灰黄也接近暖色,然而这面红色的旗还是缺乏和它照应的色彩,因而显得孤立。与此有同感的还有柯华的《问路》和吴燃的《河畔》,这些作品中的红色也都显得太突出了。这种太突出也倒并非因为使用了红色,而是因为红色的纯度太强,缺乏透视,因而没有空气感,也是很重要的原因。

在运用色彩上,还有这样一些作品,它们只注意到色彩的对照和变化,而不注意色彩的均衡与照应。他们把画面的上半部搞成暖色,把画面的下半部搞成寒色,而两者丝毫不发生影响,使一幅画从色彩上绝然分成了两个世界。这样的画不仅违反了绘画的色彩规律,而且首先违反了自然规律。在自然中红色的天空下就不可能有绝然青色的湖水,它一定要把湖水照成红色和紫色。然而在我们的某些套色木刻上竟不注意这些情况,因此这些作品就大部落选了。因为这些画太缺乏绘画色彩的基本常识,把一幅画弄得太不调和了,因而不能成为一件艺术品。这种套色木刻之所以产生,一方面由于不了解色彩的均衡、照应,也同时由于不懂得在套印中使红色和青色在画面上重置而产生紫色的缘故。

从这次展览会的很多落选的套色木刻作品中,还可以看出很多初学套色木刻的同志,经常把颜色用得火气十足、枯燥乏味的现象。这些画使人看了感到刺目,感到厌烦。他们不能区别色调的典雅与庸俗。一般的说来,这种火气十足和枯燥乏味的色彩的形成,都是由于在一幅画面上过多地使用了对照性的原色,或过多地使用了纯度过强的色彩,以及不善于在两个以上的素质相同的色彩之间设置间隔作用的色彩所致。所以凡是这类的作品,就不可能有使人悦目的色彩的旋律感。我们不应把画面色彩的鲜艳与色彩的火气庸俗混为一谈,也不应把画面色彩的典雅误认为色彩的灰色暗淡。只有对此有了正确的认识才有可能提高套色木刻在色彩上的艺术性。

总的说来,从事套色木刻的同志必须经常注意使画面色彩调和而不失为单调,使画面色彩多样而不破坏统一。这一原理其实并不属于套色木刻的特殊性,而是一切彩色绘画的共同性。因此,我们应该从著名的油画和水彩画中去多多学习这一方面的知识。

五

从第二届全国版画展览会的入选和落选的套色木刻作品中还可以发现:很多作者对于套色木刻缺乏全盘计划,好像是刻成一幅完整的单色木刻后才想到要套色,结果套上去的色彩成了可有可无,而不是离开它就感到作品不完整或根本不能成立。有的甚至于多了色彩还不如没有的好,有了它反而把一幅本来不坏的单色木刻给弄坏了。但这一类的木刻倒是多半有木刻的"黑白"味道的,可是却没有发挥套色木刻色彩的积极作用,没有使彩色成为木刻的有机成分。例如潘中亮的套色木刻《安错湖之滨》就是一个显然的例子。这幅画作为一幅单色木刻来看是不坏的,但成为套色,就显得画家并没有事先给色彩留下位置,因而有挤不进去之感。结果硬挤进去了,于是就使作品缺少了空气感,显得相当气闷,因而也就损坏了作品的美感。所以经评委们研究时,最后还是选取了他的黑色版,作为一幅单色木刻画入选了。但如果有人要把莫测的套色木刻《黎明》给选取了黑色版使它作为一幅单色木刻画入选,就会成为笑话,谁也会说这是胡闹。因为在这幅木刻中所套的色彩是整个画面的有机部分,少了它们就去掉了天空的彩云,湖外的远山,流动的水波……结果使一幅画成为少腿没手的残破物。同是两幅套色木刻,然而潘中亮的这一幅给去掉了色彩却反而比有它还好看。

可见画家对于套色木刻在事先构图时的精心设计有如何的重要,既要像一般绘画似的使主题突出,形象生动美丽,又要注意套色木刻上的"黑白"味道和色彩的单纯和谐,以及使色彩发挥积极的作用,成为绝不可少的成分。

以上的这些意见,仅作为我对套色木刻特点和色彩问题的初步探讨,尚有待于同志们的共同研究。

发表在1956年12月《版画》双月刊

谈几幅版画的魅惑力

优秀的版画也像其他一切优秀的艺术作品一样,对于观众都应有魅惑力,这种魅惑力的有无却非同小可。没有它,所谓艺术的思想性就很难起作用。因为艺术的思想性对观众起作用,不是靠强迫命令,而是靠艺术的魅惑力。艺术应该在使人对它发生浓厚兴趣的时候于不知不觉的状况下让人们受到思想上的影响。因此版画家应该在重视版画的思想性的同时重视版画的魅惑力。

仅仅有魅惑力而无思想性的作品固然不能算好作品,但仅仅有空洞的政治主题和工农兵形象而无魅惑力的版画也不能算是好的版画。造成艺术魅惑力的因素是很多的:如作品的真实动人的人物形象(或风景静物画的自然形象)、美的意境、新颖的构图、创造性的民族风格、和谐悦目的色彩……如漫画特有的幽默感,国画特有的笔墨趣味,木刻特有的巧妙的黑白对比、流利生动的刀法……都是。每一幅优秀的版画虽然不可能在这些方面都做得尽善尽美,但在主要的方面是必须做得好的,而次要的方面也不能不达到应有的水平,以使主要和次要方面不发生过大的距离。否则就会影响它成为一幅优秀的版画。什么是主要方面呢?在我看来是作品的人物形象(或风景静物画的自然形象)以及由形象所构成的作品的意境。

优秀艺术品的魅惑力是客观存在的,不同的作品有不同的魅惑力。既有强弱之分,又有久暂之别。但也往往因为观众的艺术趣味和艺术修养的不同,而有不同的感受。有的作品可能对艺术专家的魅惑力较大,而对非专家的魅惑力较小。有的作品对一般群众可能魅惑力较大,而对艺术专家的魅惑力较小。这里面包含着提高与普及等复杂问题。这些问题的解决,既有赖于人民大众的文化艺术水平的不断提高,更有赖于人民的艺术家多多了解人民的艺术趣味和爱好,使自己创作的作品对艺术专家、对广大群众都发生魅惑力。因为有思想性的艺术作品能够对更多的人发生魅惑力,它就能够起更大的作用。此外,艺术也常常由于阶级性的不同,对这一阶级具有魅惑力的作品,对另一阶级适得其反。这是由于艺术家的明确的阶级意识和强烈的阶级感情通过最适合的题材,使其创作的作品具有强烈的阶级色彩的魅惑力的必然结果。这对于工人阶级的艺术家来说,正是应该特别提倡的。

文学作为一种艺术,除了通过文字描写人物的形象以表达作者的思想感情外,同时还可通过文字描写人物的对话、回忆、幻想等具体内容来表现作者的思想感情。而在造型艺术中就是另一种情况,虽然漫画和连环图画有时也通过文字来描写人的对话,从而表现作者的思想感情,但毕竟是一种外来的助力,而且也不宜用得太多。至于我们的版画那就完全是靠哑口无言的可视的形象来表达作者的思想感情了。因此可视的形象就是版画艺术的唯一的艺术语言,也就是版画艺术构成魅惑力的主要手段。

形象从何而来呢?形象当然是从生活中来的,不是靠画家空想出来的。然而,画家在生活中却并不是能够很容易的找到构成艺术魅惑力的形象的。他需要很好的选择,选择好了又要考虑如何表现,如何加工。这是值得每一个版画家花尽心血来琢磨的事。

造型艺术除了历史画、故事画、插图和描绘真人真事的作品外,一般的作品是应尽可能不太依靠文字标题而单依靠作品形象使观众看懂并使观众感到它的魅惑力的。而且必要的文字标题,也应用的漂亮,以有助于作品的魅惑力。然而这样的作品在我们版画方面还是不太多的。

目前在我们版画中,有很多是表现人民的劳动生活的,这当然不能说做的不对,然而,这类的作品却往往令人看了感到贫乏、单调、一览无余,像看了一则平凡的报纸消息一样,仅仅知道了那些人在做什么事也就完了。换句话说,它没有任何艺术魅惑力,不能引起人们任何的联想。这种作品,我们经常把它叫作是"说明性的"。例如画春耕就是如实地描绘人们在扶犁耕地,或开拖拉机;画工厂就是描绘工人在机器旁边劳作;画学文化就是画农民手执书本在读书。这种画往往画得也很认真,但令人看了就是觉得没味,好像它比自然形态的生活本身并没有多了什么,集中了什么,强调了什么。因而不能唤起人们根据自己的生活经验对于某种生活意境和自然情调的回味,于是也就不能通过这种回味使人发生共鸣,发生思想感情的交流,从而达到艺术的感染。如果说艺术品应是艺术家从生活的百花中采来的蜜,是从生活的沙中淘出的金子,那么这种作品就使人感到它既缺乏蜜也缺乏金,而只能说基本上是一些花粉和沙子。

当流行着这样的作品的时候,我们看到了吴凡的《布谷鸟叫了》(见图23)就觉得特别感到兴趣,因为它比起一般的作品来,总觉得要多了些什么。这幅作品为什么使我喜爱呢?因为它是一幅构思新颖的作品,是动人的创造。它以鼓舞劳动和歌颂劳动者为其思想内容,但不是平板地照像式的去记录人们的劳动、春耕现象和新的劳动工具。而是通过一个女拖拉机手在春耕中给机器加油时,忽然听到了布谷鸟的叫声而有所感触,从而去引动读者的共鸣。布谷鸟是经常出现在诗中的,诗人们描写它,大概是因为它的叫声鼓舞着农忙,是土地怀孕和初夏到来的前奏曲的缘故吧。这幅木刻以布谷鸟和女拖拉机手等有限的形象表现了广阔的意境,它够得上古人所说的"画中有诗"的作品。虽然它在拖拉机的处理上可能还存在着缺点,但它仍不失为一幅令人喜爱的图画。

这幅木刻从人物形象的塑造,从画面的构图、黑白、刀法来说,虽然都有相当的水平,但最可贵的还是作者的构思。女拖拉机手和拖拉机都是有人表现过的了,人们已经并不觉得新奇，而吴凡这幅作品之所以使人感到新颖，感到有味，就因为他不仅描绘了真实的自然环境，而且在这种环境中使布谷鸟的叫声和女拖拉机手之间发生了令人信服的艺术情节，从而描绘了女拖拉机手的内心活动，造成了画面的诗的意境。通过这种意境就使观众感到作品的丰富而不是贫乏，感到作品的意味深长，而不是一览无余。我觉得这幅作品对观众的主要魅惑力就在这里。而这种魅惑力也正是一般的版画作品所缺乏的。如果把这幅木刻和顾炳鑫的《平原上》相比较，人们就不难看出哪一幅作品有诗的意境，不难看出哪一幅作品的魅惑力较大，哪一幅作品更能引动我们的联想了。

《布谷鸟叫了》的诗的意境，无疑是来源于生活。据说作者下乡后，住在老乡家中，春天黎明时听到了布谷鸟的叫声，老乡们就说："该动弹了"（该劳动了）。作者从这里受到启示而创作了这幅面。然而这种诗意却并非所有到农村体验生活的人都能得到的，有时候真的摆在眼前也可能熟视无睹，因为它的得来，虽有赖于对生活的熟悉，对生活的敏感，同时也还赖于画家的艺术修养和艺术趣味以及艺术想像。因此这种诗意也就并非单靠艺术家的耳朵和眼睛来取得，同时还靠艺术家的艺术头脑来得到的。正如顾恺之所说的，是经过"迁想妙得"而得来的。所以说艺术活动真是一种复杂的思想工作。

黄永玉的《阿诗玛》插图——《吹口弦》（见图24）也有很多人喜欢，这是因为画家用传统的中国版画形式创造了一个可爱的姑娘的形象的缘故。她的眼睛是如此漂亮而有神，正如诗中所描绘的阿诗玛一样，这个形象使人感到了她的聪明美丽的容貌和坚强的性格。加以它的鲜明和谐的色彩和流利的线条,就形成了这幅作品的美的情调和强烈的魅惑力。这幅插图使我们感到作者以饱满的感情创造了姑娘的形象,她能活在我们的记忆中。

庄元的《母爱》(见图25),虽然技巧还不太成熟,但我感到也还是有魅惑力的。她描绘一位母亲坐在小床边,一边搓线一边在欣赏着自己的孩子。那种感到自己的宝宝是世界上最成功的一件艺术品的心情,是一切母亲都有所同感的。这样的情节,在我们的生活中是经常能够遇到的,因而它就有令人信服的真实感。

描绘母爱可以有各种各样的表现方法,如接吻、拥抱、喂奶……都是。那么,哪一种场面能够更艺术地表现母爱这一主题呢?这就要看画家有没有丰富的生活经验,多方面的观察以及选择和加工的本领了。而"母爱"这幅木刻,所选择的场面,比起接吻、拥抱来虽然不像那么热烈、显明,但却比那含蓄而传情,比那更耐人寻味。此刻母亲的双手在搓线,这是她目前的中心工作(这根一头咬在母亲口中一头拿在母亲手中的线,有着何等重要的艺术性呵!),然而她的眼睛却并不落在线上,而在看着孩子。这样一来,人们就更加能够洞悉母亲的内心世界,更能够感到母亲的深情,这幅画显然具有没有文字标题也可以使人完全看懂并感到它的魅惑力的好处。这种描写手法是更适合于造形艺术特点的描写手法。当我们处理人物的动作时,常常发生这样的情况:感到很真实了,但却觉得不美;感到很美了,可是又觉得不真实。而"母爱"中的母亲的手，却能够做到既真实而又富于造型美，这也是这一作品的魅惑力之所在。除此之外，这幅木刻的单纯简练的表现手法，必要的黑白变化，也都是帮助了作品的朴素感的。

但可惜它仍有一些缺点，如母亲面部表情还不够深刻，形象还可刻划得更美，线条还可刻划的更有力；如椅背的过短与母亲腰、腿的过长以及盖在孩子身上的花被上的图案在造型上和孩子的帽和手缺乏显明的区分，因而有喧宾夺主之感。但总的说来，这幅作品的构思是成功的，人物形象的主要部分还刻划得不算坏，因此它对我们仍有魅惑力。

我们的版画创作具有魅惑力的作品当然不是仅有以上所谈的三幅木刻。但通过这三幅木刻却说明了艺术魅惑力的重要。

愿我们的版画家多多从生活中感受、提炼，多多在创作实践中提高艺术技巧和修养，使自己的作品不断加强艺术思想性，不断加强艺术魅惑力。

发表在1957年4月《版画》双月刊

凯绥·珂勒惠支及其
《纪念李卜克内西》

今年是德国伟大的版画家凯绥·珂勒惠支逝世的十周年,也是她的著名的木刻画《纪念李卜克内西》被介绍到中国的第二十周年(鲁迅先生曾于1935年9月在"译文"终刊号上介绍)。她的作品对我国美术界的影响是很大的,我国艺术家非常喜爱她的作品,并给予很高的评价。这是因为她的革命现实主义的艺术作品有力地代表了德国劳动人民的呼声,向资本主义的吸血的社会制度提出了严正的抗议;因为她的作品以十分饱满的感情和活生生的形象,深刻地表现了德国劳动人民的生活和痛苦、挣扎和斗争,鲜明地表达了她对于被侮辱与被损害者的同情,因而具有明确的政治倾向性。

我的这篇短文,一方面是对她的木刻画(也是她的第一幅木刻作品)《纪念李卜克内西》的研究,同时也作为对她逝世十周年的纪念。

凯绥·珂勒惠支于1867年7月诞生于德国东普鲁士的哥尼斯堡。父亲是当时的社会主义者，原是候补的法官，但因宗教上和政治上的意见，没有补缺的希望了，这穷困的法学家便做了泥水匠，后来才当了教区的首领和教师。凯绥·珂勒惠支长大之后先学的是刻铜的手艺，1885年冬才到柏林向一个瑞士画家斯滔发·培伦去学绘画。于1888年转往慕尼黑继续求学，她在这里接触了唯物主义。1891年，和她的兄弟的幼年朋友卡尔·珂勒惠支结婚。他是一个医生，也是一个社会主义者。这样凯绥和她的丈夫就在柏林的工人区住下，这才放下绘画，刻起版画来。他们从不搬离这区域，从没变换他们的生活规律和他们的政治上的信念，而凯绥·珂勒惠支也从没改变她的艺术表现。这样可以看出，珂勒惠支和德国受压迫的无产阶级生活在一起，以及对他们所发生的深深的爱，和她的唯物主义的世界观，是决定她的版画成为伟大艺术的先决条件。凯绥·珂勒惠支从1897年到1898年根据戏曲家霍普德曼的戏曲完成了她的连续故事的石版和腐蚀版画"织工的反抗"。这时正是德国工人运动逐渐强大的时候，之后又于1903年到1908年根据1520年的德国史实创作了腐蚀版画"农民战争"。这两件伟大作品的出现，使她闻名于整个艺术世界。1919年后多从事木刻画，晚年主要从事雕刻。法西斯匪帮希特勒执政后，对她加以迫害，她只好在最恶劣的情况下从事她的艺术工作。不幸于1945年4月22日当解放德国人民的苏联红军到达之前不久，在德累斯登附近的摩里茨堡地方逝世了，享年77岁。

卡尔·李卜克内西,是德国社会民主党左派的领导人,是工人阶级的领袖,于1919年1月15日与同为左派领导人的罗莎·卢森堡被当时的右派社会民主党政府所杀害。这件事深深地震动了凯绥·珂勒惠支。她在同年一月给她的女友耶普的信上说:"……社会民主党所能给我们的比我们所希望的少得太多了。现在共产主义来了,它里面有一种不可辩驳的思想,这种思想就足吸引世人……可是这种日子却来到了,在这种日子里,李卜克内西和罗莎·卢森堡被人以极端卑鄙的和极端残忍的手段杀害了……"她对于李卜克内西的衷心的爱戴,和对于杀害者的无比的愤恨,正是迫使她创作一幅纪念画的重要原因。

凯绥·珂勒惠支于不幸事件发生后,曾到殡仪馆面对着李卜克内西的遗容画了速写(见图26),但当时她还没有对未来的作品构思成熟。后来在安葬的时候,她亲眼看到站在墓旁的劳动人民群众对于他们的领袖所表现的沉痛的感情,给她留下了不可磨灭的印象,不但更加强了她的创作责任感,而且对作品的构思也得到有力的启示。她于是立刻开始工作,进行了一系列的写生。她的第一个构图(见图27)是作为腐蚀版画用的,可是完成后的这幅腐蚀版画(见同28)并不能满足构图上的要求,因而版上左边部分就被她切掉。同时似乎又感到刻制腐蚀版用的尖锐的针也不能够完全表现这个主题,她又决定改用石版画,因而就绘成了准备应用在石版上的炭画稿(见图29)。但开始了的石版画在还没有完成时又停下来了(见图30),石版上松懈的笔划不足以充分表现出那伟大的主题。她带着怀疑的心情与追求新的表达方法的愿望,停顿了一个较长的时期。

凯绥·珂勒惠支终于找到了适合纪念性作品的木刻形式。经过长期的构思过程和辛勤、严肃的劳动,作品终于与观众见面(见图31)。凯绥·珂勒惠支就这样第一次找到木刻的语言。这幅最后完成的作品是十分成功的,它不但克服了石版画上两个工人手臂动作相似、因而使应该强调的东西不能突出的缺点,同时在背景上增加了很多人物,就使工人领袖为广大群众所爱戴、以及他的被害造成了工人阶级的重大损失这一主题思想更加明确而突出。在工人群众中还有一个抱孩子的母亲,就更加丰富了作品的思想。这个母亲是作为德国女工的代表而出现的,那个小孩(他母亲正把被杀害者示意给他看)就是代表将来的一代,决不是为了在构图上填补空白,勉强地画上来的。死者全身用白布覆盖,这种处理,使画面有了强烈的黑白对比,从而增加了构图上的色的变化,并突出了主体,构成了作品的醒目而有力的艺术效果。

这幅作品内容的丰富、深刻,还在于作者对于在哀悼中的工人群众的不同性格和不同心理状态的刻划,他们有的表示悲痛,有的表示愤怒,有的在痛哭,有的好像由于领袖的被害在自己思想上有了沉痛的感悟。虽然有这些差别,但他们对于死者所表示的爱,以及由于他的死所感到的难过却是一致的。不管站在李卜克内西旁边的工人们有多少思想活动,但作为无产阶级整体所要对死者说的话,却都由俯身在李卜克内西胸前的那个工人做代表,通过他的那一只经历过沉重劳动的手,虔敬而温存地抚着领袖的心,把无限的悲痛和誓言无声地说出了——他们将要把李卜克内西的思想和事业承继过来。现在活着的人是如此,将来的一代也是如此。

看了凯绥·珂勒惠支创作的《纪念李卜克内西》这幅具有着强烈的政治倾向性和高度的艺术性的木刻画,会使我们受到深深的感动:对死者引起了崇高的敬意,对谋害者引起憎恨,对站在他旁边的一群善良的"饥寒交迫的奴隶"——世界的创造者,发生愿和他们同生死、愿为他们的解放而奋斗的思想感情。对于这幅木刻画,德国批评家施特劳斯认为"在德国的美术中很难找出有同等价值的作品",这决不是过高的而是非常恰当的评语。

1955年12月发表于《美术》月刊

注释:

①本文系参考"德意志民主共和国版画和雕塑展览会"中的资料《凯绥·珂勒惠支如何创作第一幅木刻》,及朝花美术出版社出版的《凯绥·珂勒惠支》一书中施特劳斯所写的序文写成。

凯绥·珂勒惠支在中国

凯绥·珂勒惠支在中国革命美术界是最受尊敬的一位外国版画家。由于她的杰出的版画艺术在中国的广泛流传,使中国人民早在二十年前就对德国劳动人民有了深刻的了解与同情,使当时中国的美术家看到了最有感动力的为德国劳动人民代言的艺术,给他们提供了在绘画的革命现实主义创作方法上的卓越范例。因而对他们的创作事业以很好的启示。

我们永远不会忘记凯绥·珂勒惠支对于中国人民所表示的诚挚的友谊和关怀。永远记得她在一九三一年和全世界进步文艺家联合署名对蒋介石反动派无辜杀害柔石等六位革命作家所提的抗议。

中国人民能够看到她的卓越的版画艺术,应该感谢中国的伟大作家鲁迅。他远在1931年就在当时的进步杂志《北斗》第一期上介绍了珂勒惠支的《牺牲》(见图32),以纪念被害的作家柔石。这是她的版画介绍进中国来的第一幅。《牺牲》本来是珂勒惠支为了纪念她的爱子海因斯在第一次世界大战中的牺牲而作的，它表现母亲献出儿子生命时的难忍、悲痛、愤怒的心情。鲁迅把它发表出来，是想以它代表柔石母亲的心而向中国的黑暗统治者提出抗议的。

1936年，鲁迅在逝世之前编辑出版了《凯绥·珂勒惠支版画选集》，在这本选集里向中国人民介绍了她的有名的铜刻《织工的反抗》《农民战争》和有名的木刻画《纪念李卜克内西》以及其他石版画共二十一幅。此外还有亚格纳斯·史沫特莱写的序文以及鲁迅所作的详尽的序目，这些文字帮助了读者深刻地认识伟大的德国版画家和她的伟大的作品。这本选集在中国的出现，对于处在饥饿状态中的当时革命美术界，是最有营养价值的艺术食粮，而对于一般的群众也有很大的教育意义。由于她所表现的都是德国劳苦大众的真实生活，画面上充满了饥饿、失业、穷困、疾病、挣扎、反抗的景象，这样的人物形象以及围绕着这些人物的环境，在当时的中国到处都可找到类似的情形。所以她的作品一到中国，很快便引起了广大读者的共鸣。通过她的作品，使中国人民认识到，不论欧洲和亚洲，不论帝国主义和半殖民地国家，处于被剥削和被统治地位的劳动人民的命运总归都是一样的。这也正如鲁迅所说："没有到过外国的人，往往以为白种人都是对人来讲耶稣道理或开洋行的，鲜衣美食，一不高兴就用皮鞋向人乱踢。有了这画集，就明白世界上其实许多地方都还存在着'被侮辱和被损害的'人，是和我们一气的朋友，而且还有为这些人们悲哀、叫喊和战斗的艺术家。"

珂勒惠支的木刻画所具有的丈夫气概和浸人心髓的感染力，以及豪放刚健的刀法和强烈的黑白对比，深深地吸引了中国当时的青年木刻家。由于他们对这些作品所发生的狂热的爱，因而对她的作品加以模仿和学习，这是中国新兴木刻发展的初期所特有的现象。我们可以从赖少其的《弃妇》、古元的《离婚诉》①《人民的刘志丹》等中国早期和中期木刻创作上看出所受影响的痕迹。近十年来虽然中国的版画家们对珂勒惠支的艺术的爱毫无减少，但受她的影响的痕迹却看不出来了，这是由于中国的新兴木刻艺术已趋成熟，木刻家们都在自觉地创造自己的风格和努力学习民族遗产的结果。当然向外国伟大艺术家的学习始终应为我们所重视，但必须将学习所得加以消化，从而充实与丰富自己的创作，决不能因为学习外国而改变了中国艺术所应有的民族特色。这就是中国艺术在目前发展道路上的方针。

算起来，今年已经是凯绥·珂勒惠支逝世后的第十周年了，中国人民和中国的艺术家对于这位伟大的人民艺术家和伟大的和平战士怀着难忘的情谊。我的这篇短文愿作为一个敬爱她的中国版画家对她表示的纪念。

1955年11月作。1956年3月由本文译成德文发表于德国《BILDENDEKUNST》杂志。

注释：

①此画不是指的《古元木刻选集》中的《离婚诉》，而是指的载入《抗战八年木刻选集》中的另一幅《离婚诉》。

《日本木刻选集》序

中国和日本是近邻,两千年来,有着长期的和平友好相处的历史,其间只有几十年由于日本军国主义侵略中国,致使两国友谊遭到了损害。日本侵华战争失败后,虽然直到现在两国关系还没有正常化,两国之间还没有缔结和约,但是两国人民之间的友好关系,两国人民之间的文化交流,却并没有因此而中断。相反地,是一直在日益增进着,日益发展着。别的不提,单从近些年来中日两国木刻艺术的频繁交流,就足以说明这一事实。这种文化交流是很好的事情,所以受到了两国人民的热烈欢迎。通过这种交流,不仅促进了两国人民之间的互相了解,促进了两国人民之间的友谊,有利于两国人民之间的文化艺术的彼此借鉴和提高,而且也更有利于保卫和巩固远东和世界的和平。

早在1947年至1950年,中国木刻就曾经三次大规模地在日本流动展出,这些反映中国人民生活和革命斗争的作品,立刻受到正在争取民主、独立与自由的日本人民和木刻家的欢迎,因为这些作品使他们不但了解了中国人民的革命艺术,而且也使他们了解了中国人民为解放而斗争的真实情况。

中华人民共和国成立后,随着两国人民之间的和平友谊的增长,自1950年7月间在北京举行了"日本人民反帝斗争图片木刻展览会"后,1953年5月间在北京举行了"日本人民艺术家木刻展览会",1955年7月底到8月中旬,又在北京举行了"日本木刻展览会"。除此之外,近些年来日本木刻也曾在我国的天津、杭州、上海、西安、汉口、重庆、沈阳各地展出过,这些展览会不论在哪里举行,都受到了中国人民的热烈欢迎和中国美术界的极大重视。因为每次展出的作品都通过不同的题材,反映了日本人民的生活和愿望,反映了日本人民的反抗和斗争,因而引起了中国人民对于日本人民的无限同情和支持。

最近在北京举行的"日本木刻展览会"共展出了153件(222幅)富有民族特色的作品,包括日本"现代木刻"和"工艺木版画"两部分。因此比起以往来,显得更加多样丰富,它从多方面反映了日本人民的生活,通过各种不同的木刻形式和风格表现了日本人民的艺术才能。尤其是那些描绘日本人民当前现实生活的作品,有力地反映了日本人民对当前现实的不满和对于未来新生活的期望,反映了日本人民争取民族独立的英勇斗争,同时也反映了日本人民对于中国人民的友好和对于中国新社会的爱慕。这些具有熟练技巧的,渗透了日本艺术家的爱国主义和国际主义思想感情的作品，对于中国的观众是有很大的感染力的，是能够引起中国人民的共鸣的，因此这些作品受到了中国观众的一致赞扬。那些由日本劳动人民制作的"工艺木版画"，表现了高度的木刻技巧和显明的民族特色，表现了日本河山风物的美丽和日本画家的爱好。每件作品的精细程度，都使人们感到惊奇。

这本选集，虽然只从展览会的222幅作品中选了九十四幅，但不论"现代木刻"部分和"工艺木版画"部分中的具有代表性的重要作品，都几乎全部选入了。这不仅对于"日本木刻展览会"是一个很好的纪念，同时对于未能来京参观这个展览会的全国各地的美术爱好者，也很有好处，不但可以使他们得到欣赏学习的机会，而且也能使他们对于日本木刻的过去和现在有更进一步的了解。

日本木刻是有很久的历史的，据说从产生到现在已有一千年了。在十七十八世纪，德川幕府时代，描写当时风俗人情的木刻"浮世绘"已很发达，形成了具有日本民族风格的木刻艺术传统。到了二十世纪初，日本木刻受到西欧版画艺术的影响，曾一度兴起了所谓"创作木刻"运动，这种木刻曾风靡一时。

反映现实的新的木刻运动开始于1929年，它是在"日本普罗美术同盟"领导之下开展起来的。这一运动使日本的木刻艺术和劳动人民的生活斗争相结合，从而为日本木刻创造了一个新时代。但当时在日本反动政权的压迫下，曾受到很大的阻碍，并且横遭摧残。直到1945年第二次世界大战结束，日本帝国主义者侵华战争失败，日本处于美国占领之下后，日本爱国的木刻家们就把木刻艺术作为争取民主独立与自由的和保卫和平的有力武器，并积极从事创作。这样在日本人民的有力支持下，日本的人民木刻就蓬勃地发展起来。1947年10月，日本木刻工作者举行了"全日本新木刻运动会议"后，又于1949年宣告成立了"日本版画运动协会"。这个协会对于日本木刻的普及运动，曾起了有效的推动作用，他们不仅创办了木刻期刊，举行了木刻讲习会、座谈会，而且举行了流动展览。这样就不但使日本的木刻起了较大的宣传教育作用，而且也获得了比较广大的群众基础，得到了人民群众的有力支持。

这次在北京举行的"日本木刻展览会"，在近代木刻部分中，数量较多而使我们永远不能忘怀的，是那些反映了日本人民热爱和平、反对民族压迫、争取民族独立的作品。这些作品不仅所取的题材十分重要，而且是十分震动人心的，不少作品所塑造的人物形象都是极有感染力的，内含的感情也大多是十分饱满的。如村上芳夫的《受伤的和平鸽》，上野诚的《原子病害者的控诉》，新居广治的《流弹》，铃木贤二的《在美军基地》，新居广治、上野诚合作的《水》……都是受到很多观众的好评而给大家留下深刻印象的作品。

工人木刻家村上芳夫的《受伤的和平鸽》，以象征的手法表现了日本人民的和平愿望。他所画的和平鸽与众不同，它的翅膀上流着鲜血，以表示和平遭受着敌人的破坏。因此它就有助于人们消除麻痹，提高警惕，更加积极地保卫和平事业。

1945年8月6日,美国在日本广岛投下了原子弹后,给日本人民带来了深重的灾难。上野诚的"原子病害者的控诉",描绘了一位原子病患者在一九五四年出现在东京街头,为了反对原子弹、氢弹的战争,在街头进行控诉的情形。这幅木刻通过各种类型的人物形象,表现了日本人民对于病患者的同情和对于美国使用原子武器的憎恨。美国的占领,带给日本人民的灾难是数不清的,新居广治的"流弹"表现了美军在日本军事演习中,流弹伤害了日本农民的孩子后,孩子们的父母和周围群众所表示的不能容忍的愤怒心情。美国在日本强制建立的军事基地,遭到日本人民的强烈反对,美国占领军在基地周围树立着"禁止日本人民入内"的侮辱性标牌,愤怒的日本人民便在电线杆上贴着"美国佬滚回去,归还我们的土地!"的标语,并经常在深夜拆毁美军基地的木桩和电网。这就是铃木贤二的"在美军基地"(见图33)的内容。从这幅木刻的显明而生动的人物形象中,可以看出日本人民的勇敢和仇恨心情。

1954年3月,美国在太平洋试验氢弹,日本的一艘渔船遭到了氢弹袭击,船员久保山无辜遭难,这一事件激起了日本全国人民的愤怒,这就是上野诚的"第五福龙丸"的取材内容。氢弹试验后传说爆炸的灰尘曾随云雨一度降落在日本某地,使当地人民一时对饮水问题发生了焦虑,这就是新居广治和上野诚合作的《水》(见图34)的内容。而新居广治的《送爸爸出海打鱼》和上野诚的《送渔船出海》,也都是表现日本渔船在海上遭到美国氢弹袭击后，给所有日本渔民家庭带来的深重不安和愤怒情绪的。前者描绘孩子送爸爸出海去打鱼，渔船开走了，可是孩子手里还长久地拿着送别的纸条站在岸上，心里惦记着爸爸的安全。后者表现老渔夫和儿媳送走渔船时的心情，从他们的脸上没有流露出丝毫预期丰收的微笑，而是带着十分的焦虑，并表现出内心深处的愤恨。日本木刻家在反对氢弹试验的木刻作品中，显示了善于通过人民生活的各种角度来表现生活本身的复杂性和多样性，虽然某些作品的主题是一样的，但它们的面貌风格却全然不同，这就使人感到这些作品像生活本身一样的丰富而愿意来欣赏。例如村上芳夫的"1954年'五一'节所见"，表现了在"五一"节游行队伍中，人们抬着巨大的鱼的模型，上面写着"鱼在叫喊：反对氢弹试验"，就是一个很好的说明。这幅木刻的取材是很有趣的。而同一作者的"冷落的鱼摊"，则表现了另一种的生活情况，氢弹试验后，由于一些鱼类也沾上了原子放射线，可能侵害人体，致使日本人民一时不敢吃鱼，造成鱼摊冷落的情形。而新居广治在"美国试验氢弹的灾害"一画中，则又表现了由于美国试验氢弹后，发生了气候变化，对于水稻引起灾害，使农民为之焦虑的情形。所有这些作品都具体生动地说明了美国使用和试验原子武器与氢武器，对于日本人民造成的重大危害，也最有力地表现了日本人民对于美国使用原子武器和氢武器的抗议。

我们看了这些作品，很受感动，由于中国人民曾长期遭受外国的侵略，所以对于日本人民目前的处境具有深刻的理解,并寄予十分的同情。

日本近代木刻家的创作,除了以上所指,还有不少关于其他重要内容的作品。如小口一郎的《谈新中国》,则表现了日本人民谈新中国时的兴奋心情。从这里不难看出日本人民对于新中国成就的赞叹和关怀以及中日两国人民的友谊。如影川弘道的"我和孩子",则通过作者与他的孩子的画像,使我们看出日本木刻家艰苦的生活和顽强的劳动精神。如小林喜已子的《'五一'节的幻想》,则表现了作者和日本人民对于新的光明时代的渴望。由于日本儿童还不能像中国儿童一样地欢度节日,所以作者就只能在图画中预示日本儿童在未来"五一"节时的欢乐情景。此外如油井政次的《集体交涉》,则表现了日本工厂的工人代表们正在向遵循着美国政策的资方代理人进行说理斗争的情形。铃木贤二的《海女》,则表现了日本海滨妇女的艰苦生活。这些妇女在海上以采珍珠为生,所以被称为《海女》。从画面人物的表情上使我们不难看出这种生活是何种滋味。

在"日本木刻展览会"上,也还有不少单色木刻的肖像画,如铃木贤二的"农民",就是一幅很好的作品,他表现了一个饱经生活折磨,非常质朴而坚强的农民形象。这个农民虽然是日本土地上的劳动者,但又好像是在解放前的中国农村里时常看到的人物,因而使我们感到亲切。这幅画在构图和黑白的对比处理上都是集中、简练、强烈的。上野诚刻的《内田岩同志像》,是一幅刀法奔放而有力的作品。内田岩是日本著名的画家,也是日本进步美术界的领导者,不幸于一1954

年病逝,这是作者为了纪念他而刻的一幅肖像。这幅画用流利的刀笔表现了内田岩的富有斗志的坚毅性格。

在"日本木刻展览会"上,还有一件引人注意的连环木刻画《不要忘记花冈》,这一作品共有五十六幅,是新居广治和泷平二郎合作的。它的内容描写了抗日战争期间被虐杀在日本秋田县花冈矿山的几百名中国战俘的故事,并描写了中、日、朝三国人民团结反抗日本军国主义者的战斗的友谊。这件具有国际主义精神的作品,使中国人民看了深受感动。(这套连环木刻画因为人民美术出版社已出版了单行本,所以这个选集仅选了其中的四幅。)

在现代木刻部分中,还有一部分多半是用套色木刻来表现日本的风景、人像、静物的作品,这些图画所反映的大都是日本人民在和平时代的平静生活。它们的特色是突出的民族风格,突出的日本情调,以及一般作品所具有的装饰风味。无疑地,这些作品在艺术上的成就是相当高的。如中山正的《农村雪景》,就是一幅很使人喜爱的套色风景木刻画,它显得结实有力,画面单纯而富有真实感,那和谐的色调和流利的刀法,都给人以美的感觉。泷平二郎的《姑娘》,据说是很受日本人民喜爱的作品之一,它那粗犷有力的、豪放的刀法,独特的风格和那姑娘的美丽而朦胧的形象,都是很有趣味的。此外如前川千帆的套色《风景》,那平静的绿色草地和繁茂的树林,在红色房子的对比下,使整个画面的色彩显得温和而悦目,画中的情调是令人神往的。又如前川千帆的《柴》《街》,关野准一郎的《桥》,旭正秀的《山茶花》,守洞春的《车前子》,也都是有趣的作品,它们有的别有风味,有的色彩灿烂,有的浑厚耐看,都各有其美。

在这个展览会上展出的《工艺木版画》,就是日本的《传统木版画》,其中除了一些风景画、花鸟草虫画、动物画、佛像画之外,还有复制的《浮世绘》。这些都是日本民间艺人根据画家的原作精心刻制印刷而成的美术复制品,类似北京荣宝斋的木版水印画。这是一种具有日本民族特色的精巧艺术品,它虽不是"创作木刻"而是"复制木刻",但也体现了日本劳动人民的艺术天才与智慧,在刻版和印刷方面都有很高的成就。日本工艺木刻家们为了复制一幅作品,一般都需要刻制和套印一百版以上,甚至于个别作品要套印四百多版。当我们看了属于京都版画院的《平安宫风景》《佛像》《静物》和《湖旁》,国华社的《美人图》,芸草堂的《野猪》等作品后,就会看出这些作品的突出的日本风味和情调,就会看出这些作品的精工刻制的惊人技巧。但不幸的是,目前在美国军事占领下,日本民族文化受到摧残,日本的工艺木版画也呈现了衰退和凋落的现象。这次展出的"工艺木版画"多半是二三十年以前的旧作品。

"日本木刻展览会"这次在北京的展出,对于增进中日人民之间的友谊,已经起了很好的作用。一位观众在意见簿上这样写道:

"从画面上我们听到了日本人民的声音,更使得我们感到中日两国人民应该亲密地团结起来,为保卫世界和平作出更多的努力。希望今后能够更多地举行这样的展览会,促进我们相互的了解。希望能将这个意见转告日本美术工作者。"这样的意见是很有代表性的,它代表了中国人民普遍的感觉和希望。

愿日本人民早日获得民族的独立与自由,愿日本人民的经济和文化的真正繁荣早日到来,愿中日人民之间的文化交流更加发展!

1955年12月于北京

《德意志民主共和国版画选集》序

为了庆祝德意志民主共和国建国六周年和执行中德文化合作协定1955年的计划，我中央人民政府文化部对外文化联络局于1955年10月7日至11月6日，在北京中山公园举办了"德意志民主共和国版画和雕塑展览会"。展出了德国古典版画和德意志民主共和国的现代版画、雕塑、漫画、插图等共130余件。这些作品的丰富的内容、多样的风格、形式和德国艺术所特有的强烈的民族色彩，给我们留下了深刻的印象。为了纪念这次展出，为了向我国广大群众介绍德国艺术，我们从这个展览会的版画部分中选出了87幅作品，编成这个画册。

德国的版画艺术，不仅有悠久的历史和丰富的遗产，而且有辉煌的贡献，它在德国艺术史上和世界艺术史上都占有重要的地位。在这本画册中选入的"母亲像"的作者阿尔伯席特·丢勒，便是十六世纪德国伟大的油画家，也是用阳线表现明暗的新的木刻风格的创始人，现代的欧洲木刻基本上是沿着他的传统发展下来的。我们一提到欧洲早期的木刻，就会立刻想到丢勒，这不仅因为他表线明暗的木刻是最古老的，而且因为他的这些作品既丰富而又具有高度的艺术价值。就丢勒的整个艺术创作来说，他的艺术是以进步的社会倾向而出众的，他表现出艺术家对民主的同情心，他的创作一直是德国艺术的优良传统。列宁对于丢勒是非常尊重的，高尔基在"论列宁"的一篇文章里曾说过这样一个故事："B·A载斯尼斯基·斯托罗蔼夫告诉我，他说有一次和列宁同车经过瑞典，他们在火车里，读着关于丢勒的德文传记，旁边的德国人问那是什么书。于是列宁知道了他们关于那伟大的艺术家一次也未曾听见过。列宁几乎像忘我似的，自负地对载斯尼斯基说了有两回：'他们不知道他们自己的艺术家，然而，我们是知道他们的。'""母亲像"是丢勒画的他母亲六十三岁时候的肖像，它杰出地表现了他病着的母亲的精神和性格，德国艺术家认为它是最美的艺术品。二十世纪的德国又出现了世界上最伟大的革命现实主义的版画家凯绥·珂勒惠支。这个名字对于中国艺术家们是非常亲切的。关于她的作品，鲁迅先生于1936年就曾有专集介绍，她在中国革命艺术中有很大的影响。此外，我们还不能忘记鲁迅先生于1930年介绍到中国的德国木刻家梅斐尔德为苏联作家革拉特珂夫的小说"士敏土"所作的插图，它对中国初期的革命木刻也曾发生过影响。这说明了德国版画艺术的优良传统，也说明了它和中国人民的长久的密切关系。

自从1953年第三届德国艺术展览会以后,德意志民主共和国的造型艺术家们就大大加强了版画艺术的复兴工作。德国造形艺术家联盟确定了它的任务,决定每年都要举办版画展览会。要求通过展览会使版画艺术同广大人民取得密切联系,从而使版画家们有更多的机会听取群众的意见。复兴中的德国版画艺术,由于运用了各种不同的技巧,有了丰富的经验,版画就获得了巨大的效果。德国造型艺术家联盟和西德的进步艺术家们都研究并遵照德意志民主共和国文化部发表的"关于德意志民主共和国的人民文化建设"纲要来进行工作。他们充满信心,要使艺术成为教育人民热爱祖国、热爱各民族的友谊、热爱和平以及为人类最崇高的目的而服务的工具。1955年1月,德国艺术家在柏林举办了一个全德的版画展览全,展出了四百幅以上的版画作品。1955年10月在北京展出的德国版画,就是从这个展览会中选出的。我们能有机会看到德国近年来的这些优秀的版画,真是一件十分愉快的事。

选入本画册中的阿尔诺·莫尔教授的腐蚀版画"钢铁压延厂的工人"(见图35)是很受中国观众欢迎的。莫尔教授是一位有名的版画大师,这幅版画没有画出一点机器,但由于生动地画出了四个工人带着愉快的心情和胜利的信心在等待出钢的情景,就使我们感到好像在他们面前有炼钢炉和一切。这四个工人各有各的姿势和性格,但他们都表现了国家主人翁的态度,以及对于工作的一致的责任心。他们现在虽然是坐在那里休息,但他们的心却在不平静的跳动着,从他们的姿态表情上使我们感到出钢的紧张的战斗在等待着他们。这是一幅富有情趣的图画,画家把人物集中在图画的一边,使另一边留下极大的空间,而用人物的视线和人物的身影把空间充实起来,并使观众跟着画面人物的视线通过这块空间发生很多联想,在有限的画面上表现了无限的境界。看了这幅图画中的德国工人的形象,然后再同凯绥·珂勒惠支的图画中的工人形象作一比较,使我们感到非常高兴,就像我们看到了我国新的工人的面貌已经完全不同于蒋介石统治时代一样高兴。莫尔教授还有其他五幅石版画也非常成功,其中的"自画像"和"工人的头像",表现了他的很好的素描修养,"足球场"、"在冰上玩的孩子"和"两个工人",都是极其生动的速写画。这些作品使我们看到了强烈的生活气息、人们的新的精神和艺术家熟练的技巧。

青年石版画家克劳斯·韦伯的《鲁尔人民的起义》(见图36)描绘了1920年的革命历史事件,当时全德发生了劳动人民的革命斗争,特别是在西德的一些工业城市里,斗争的更其激烈。"鲁尔人民的起义"正是表现了当时鲁尔工人英勇斗争的情景。画中三个工人面对着正在激烈斗争中的夜幕下的工厂区,表示了勇敢、机警和紧张的神情,使我们好像听到了从昏暗的远处传来的枪声,也使我们感到他们好像就要跑去迎战了。那前景的广场上被打死的拉车的马,说明这里曾经经过战斗,它大大助长了动乱的气氛和广场暂时的平静。画面的黑白对比调子,给人以强烈的夜的感觉,它的造型的真实感把我们带到了令人激动的历史事件中去,使我们对鲁尔战斗中的工人引起共鸣。虽然那次起义被反动政府镇压下去了，但我们相信鲁尔的工人总要同全西德的劳动人民一起在目前还正继续着的斗争中得到最后的胜利。

　　德意志民主共和国鲁道夫·倍尔刚德教授的石版画画出了德国工人和妇女儿童在新社会里的生活。《铸铜》表现了作为新社会的主人的德国工人的紧张劳动，人物的形象很生动，画面黑白调子处理得很美。《幼儿园》和《重建家园的妇女》表现了德国妇女在培养国家的后一代和在战后重建家园的建设工作中所担负的重大责任。青年艺术家盖尔哈特·凯特纳的两幅石版画《斯大林街的建筑》和《斯大林街的建筑者》，使我们感到法西斯匪帮所发动的罪恶战争给德国人民带来了多么大的灾难，为了医治严重的战争创伤，为了重建更加美好的城市，德国人民又付出了多么大的劳动代价。

　　国家奖金获得者汉斯·巴尔莱是一位有名的插图画家，他的钢笔画"全世界的人民，伸出你们的手来！"以及"囚者之歌"，是为一九五一年在柏林举行的世界青年与学生和平友谊联欢节的歌集所作的插图。前者是一幅呼吁和平的图画，表现了全世界人民的共同心愿，表现了全世界不同肤色、不同语言、不同信仰的各国人民在和平的旗帜下团结起来的友好精神。后者描绘东方的人力车夫（代表殖民地人民）把殖民统治者抛到垃圾堆里去了。另外一幅标题为《'天堂'里的孩子们》的炭笔画，表现在美国被压迫的黑人孩子们的悲惨命运。巴尔莱的这些作品，在技巧上熟练地表现了生动的形象，在内容上渗透了崇高的国际主义的思想感情。

库尔特·切默尔曼的组画"农民战争"是毛笔画。它表现了一五二〇年左右发生于德国的农民战争，这一题材也曾被凯绥·珂勒惠支描绘过。这里我们可以看到那些皇帝的士兵们是怎样地把一位革命的农民推进一口深井里去的，如果农民被抓住的话，他们到处都会被士兵们以恐怖的方式处死。

　　描绘风景的版画，也是给人以深刻印象的。木刻《暴风中的松树》的作者卡尔·亭纳曼·斯威林是已七十一岁的老版画家，他那富有浪漫色彩的作品，使人感到是一首优美的抒情诗，那在暴风中动荡的云，狂啸的苍松与原野上起伏的野草的波涛，都富有自然的生命力。画面流畅，刀法豪放，那黑白色调所形成的旋律，同整个图画健康而壮丽的情调很和谐。他的另一作品《草原之花》是一幅介乎风景和静物之间的优美的抒情木刻。它使我们仿佛闻到了草原的花香、听到了花丛中的虫叫。在这两幅木刻中表现了艺术家对于自然的深刻的理解和美的感情。

　　瓦尔特·克莱姆教授在这些德国版画家中是最老的一位，今年已七十二岁了，他的作品在德国享有很高的声誉。本画册中有他的《小鹿》《溜冰场》《冬景》《小鹤》等作品，《溜冰场》是套色木刻，《冬景》是水墨画，都是很美的风景画，很巧妙地表现了冬天的景象而具有特殊的风格。从《小鹿》和《小鹤》上使我们看出克莱姆对于这些小动物的爱，以及他在表现小动物的生命和精神时的高度现实主义的技巧。

　　在展览会期间来我国访问的德国版画家赫尔倍特·托赫尔斯基也有一幅腐蚀版画和两幅木刻画被选入本画册中，他描绘的是德国的乡村、渔船、森林和工业区的风景，它们都有很高的技巧，有力而坚实，单纯而美丽，受到了很多中国版画家的喜爱。

伐尔台玛·格尔切梅克教授以特有的艺术风格创造了《人类》和《农村生活》。前者表现了人类的发展，最上面的一行描绘的是早期原始人的生活；第二行描绘古代，左边是奴隶，右边是奴隶主；第三行表现了基督教时代的博爱教义；第四行开始了社会革命的启蒙时代。后者表现了人民的和平劳动。

贝尔恩哈特·哈埃雪希的"一八四八年三月牺牲者的葬仪"是描绘一八四八年在德国发生的第一次伟大的资产阶级民主革命的历史情景。当时人民在柏林筑起了街垒，为了争取权利和自由而斗争。在革命的斗争中有很多人牺牲了，这些死者都庄严地入殓了。当送葬的行列经过王宫的时候，国王被迫向牺牲者鞠躬致敬，并给予人民更多的权利和自由。

国家奖金获得者倍尔特·海勒教授给渥斯卡尔·王尔德的剧本《莎乐美》作的插图，描写的是关于圣经《新约》中的故事。莎乐美是国王赫洛地亚的温柔但又残忍的女儿，她要求把施洗约翰的头割下放在一个盘里呈献给她。在这幅画里表现她正放荡地看着盛在盘里的头颅，甚至在左边的刽子手也惊骇地避开这残酷的瞬间，右边的三个人正惊异地看着这位竟然干出这样残酷的事情的温柔女郎的表情。

贝尔恩哈特·克莱茨施玛教授和奥托·配兹的腐蚀版画和石版画风景，以及汉斯—推渥·立希脱教授的石版画《姑娘和花》《在画图的小孩们》，威尔纳·克莱姆凯为波卡西渥的《台卡墨洛纳》一书所作的木刻插图，威廉·卡斯鲍姆·埃尔福特的《牵牛》，车尔特·齐莫曼的《朝鲜的母亲》，可拉·克拉夫特的木刻《制篮者》，国家奖金获得者约瑟夫·赫肯巴尔特教授的《豹猫》等版画，也都是很有艺术价值的作品，我就不一一细谈了。

总的说来，德国古典的和现代的版画不仅具有丰富的内容，而且表现力强，风格多样，它坚实、有力、明确、简练，显明地表现了德国的民族特色。这都是值得我国版画家们学习的。

1956年1月于北京

《墨西哥版画选》序

墨西哥的版画艺术,是富有战斗性的,它们是为保卫世界和平而斗争、为墨西哥的民族独立而斗争、为劳动人民的解放而斗争的图画。它们歌颂和平,反对侵略战争;歌颂为民族解放而献身的革命英雄,反对殖民主义者。这些以真挚的感情表现了人民的呼声的图画,这些交织着国际主义和爱国主义的图画,深深地感动着我们,引起我们对墨西哥人民无限的同情。

墨西哥艺术家们的这些版画,是丰富多样的,他们为了斗争和宣传的需要,不仅创作了一般绘画式的版画,而且还创作了同漫画、招贴画相结合的版画,以及专为书籍的插图和杂志的封面而创作的版画。这种丰富多样也表现在取材方面。它们描绘了墨西哥各族人民的多方面的生活和斗争,并通过这些题材表现了墨西哥版画家们的丰富的艺术才能和风格。但不论他们用了怎样的题材和怎样的表现形式,都使我们感到作品是和人民的政治运动紧密结合着的,是为人民的革命利益忠实服务的,并且是始终不脱离版画艺术的特点的。墨西哥艺术家们的版画,是有着显明的民族特色和显明的艺术创造性的。他们所以能创作出这样成功的版画,首先由于他们和人民的生活有着密切的联系,他们十分关心祖国和人民的命运,他们和人民共欢乐、共甘苦,善于体会人民的疾苦和心愿,始终把艺术看作是为政治服务的一种斗争武器。同时能够紧紧地抓住事物的本质,善于概括、集中、强调,表现人民的真实的生活和生动的形象。因而当他们的作品于今年四月间和八月间①在北京展出时,受到了我国观众的热烈欢迎。

这个画集中所选的基本上是"墨西哥通俗图画社"和"柏布拉版画家协会"的版画家们的作品。这两个艺术团体都是墨西哥版画家的进步组织。

"墨西哥通俗图画社"成立于1937年,其中最著名的版画家有利奥波多·孟德斯和巴布罗·奥希金斯等人。近二十年来,这个画社不仅在墨西哥本国具有很大的影响,而且在拉丁美洲的其他国家里也有很大的影响。由于它对于保卫和平事业的巨大贡献,世界和平理事会曾于1952年颁发给这个艺术团体的领导者利奥波多·孟德斯和他的同志们以国际和平奖金。

"柏布拉版画家协会"是以墨西哥首都附近的一个城市为名的艺术团体。关于他们的情形我们虽不像"通俗图画社"那样知道得详细,但这个协会的版画家们所作的作品,却由于它们的特殊风格而给我们留下了深刻的印象。

利奥波多·孟德斯出身于一个鞋匠的家庭，母亲是农村妇女。他的生活是很简朴的，有着极其深厚的民族情感，是一位忠实于墨西哥传统的现实主义的艺术家，有着坚强的性格和卓越的天才，他的每一幅画都是经过精心细致的构思而作成的。在这个选集中的他的木刻画《地主的残暴》（见图37），描绘了墨西哥地主活埋农民的残暴情景。受难者的下身被埋在土中，只露出地面的上身还在太阳下痛苦地挣扎。那边另一个农民，也正被狗腿们拉去活埋。残暴的地主们在旁悠闲地狞笑着。这就是墨西哥剥削者对待农民的毒辣手段，然而受难者并不屈服，他的内心在燃烧着复仇的火焰。这是作者为墨西哥人民提出的有力控诉。他为影片《生活的日子》而作的木刻画《宁死不屈》也同样是很感动人的。画中塑造的是一位临难不屈、视死如归的英雄的形象，背景是被警察拦住的无数的人民群众。英雄为人民而就义感到光荣，人民给他以力量，所以他能在几枝枪口同时指向他的胸膛时表现得如此从容。以上两幅木刻以不同的画面和不同的人物性格表达了不一样的艺术效果，前者更多地引起我们对于受难者的同情，而后者则更多地引起了我们对于英雄的崇高敬意。孟德斯的《集中营的来信》和《哀悼那些在反对法西斯主义斗争中牺牲的人们》都是饱含着沉痛的感情和具有严肃气氛的图画。前者不用任何文字的说明也可以使我们通过桌上的一封信，理解到它从集中营带来了不祥的消息，而后者则有力地表现了生者对于死者的沉痛的哀悼。这两幅木刻的表现手法很集中、很简练，所要强调的很突出，同时也更具备木刻的特色。总的说来，孟德斯的作品总是紧紧地抓住造型艺术的特点，以显明的艺术形象通过单纯的画面去打动观众的心。由于他的作品的明确的艺术语言所特有的说服力，使观众发生强烈的共鸣。他仅仅用一把三角刀刻成了《地主的残暴》和《宁死不屈》，由于刀法的运用随着物体的形和质的不同而有所变化，因而并不感到单调。至于在《集中营的来信》和《哀悼那些在反法西斯斗争中牺牲的人们》两幅作品中，则除了三角刀外还运用了《排刀》，他运用得非常自然而有力，决不使人感到两种刀法的不调和。由于孟德斯的成熟的技巧和创作时的饱满的感情，使他作品中的各种不同刀法统一在作者的火一般的热情中，因而显得格外生动有力，并使画面增添了某种浪漫的色彩。

名画家巴布罗·奥希金斯的作品，多半是一些表现农民生活的石版画，他那用流利线条表现出的墨西哥农民的劳动画面，浸透了作者对于这些贫苦农民的衷心的同情，这从他的"犁"和"农民的房屋"两幅作品中都能够看出。他的作品使我们感到他好像是墨西哥的米列（Millet）。

在"通俗图画社"的版画作品中表现了特殊才能的艺术家还有阿尔培脱·贝尔特兰。这位版画家赋予了他的艺术事业以多量的劳动，他的创作数量既大而风格的变化也较多。他不仅从事于木刻，而且也从事于石版画；他的创作的取材面是非常广泛的，工人、农民、儿童、军人、游击队员、商人……都生动地出现在他的画面上，使我们对之发生不同的感情。他的作品在不同的风格里都闪烁着作者的天才的光芒。那些单独的创作固然使我们很感兴趣，而他的书籍插图也别有风味。阿尔培脱·贝尔特兰的《玛鲁艾娜·桑切斯》（见图38）是一幅动人的图画，他表现墨西哥人民游击队和反动统治者进行血战的英雄故事。当反动统治武装包围了游击队据守的山区时，在游击队顽强的反击中队员桑切斯的丈夫牺牲了，她怀着无限的悲痛和愤恨，掩护战友撤退，一直战斗到最后。通过作者所歌颂的女英雄的形象使我们感到墨西哥人民战斗意志的坚强和对于革命事业的忠诚。这幅作品虽然与孟德斯的"宁死不屈"的风格较接近，但它的刀法是爽直而流利的，黑白的处理也比较强烈，尤其是画面的构图和女英雄的性格的刻划与"宁死不屈"有着显然的不同。她此刻并非正在向敌人射击，但通过她的表情，使人感到：待敌人走近时，她的复仇的子弹将会像联珠似的发出。这种暂时平静、预示着将有暴风雨来临的画面，给人以更多的联想，因而是耐人寻味的。他的《拉丁美洲的土地问题》（见图39）反映了农民的原始式的奴隶劳动和尖锐的阶级矛盾。从这里不难看到拉丁美洲农民的不幸命运和土地问题的严重。这幅木刻的特色不仅在于主题的显明与表现上的单纯有力，而且作者的取材本身就是富有社会意义的，看了这两个农民所使用的劳动工具和他们的悲惨形象，想到在这种生产状态下仍被剥削，真使人有无限的感慨。其次，他的有关儿童题材的木刻画，如《对他们的和平》和《比年打，已经到了！》也都是引人喜爱的作品，这两幅木刻和以上所提到的不同，它们是属于喜剧性的作品,画面的风格也带上了浓厚的装饰性。从这些木刻里表现了作者对于儿童生活的充分兴趣,以及他对于儿童的爱。那些生动的形象和天真可爱的笑容对我们显示了特殊的魅力。

安德列阿·戈麦士的《母亲反对战争》是一幅代表了全世界母亲们的心愿和意志的木刻画。为了全人类的和平,为了一切孩子们的幸福,母亲抱着幼儿,以保卫和平的坚强战士的姿态出现在画面上,她的形象有力地鼓舞着人们为反对战争而斗争。

另一幅以不同风格、并在不同角度上表现了墨西哥人民的反抗精神的木刻画,是青年艺术家阿尔图罗·加尔西雅·布斯多斯的作品《逃亡者》(见图40)。它描绘一个墨西哥人民的英雄逃亡在森林中,被敌人领着警犬追捕的情景。他右臂受伤,躲在水中,注视着远处跟踪而来的敌人,准备着将要到来的战斗。而敌人却正在以猎狗为先导,探步追寻。平静的森林顿时显得恐怖起来,虫声停息,野鸟惊飞,紧张的空气充满了画面。作品的真实性是感人的,它的倾向性是显明的。从作品的作风来说,虽然作者也仅仅使用了三角刀和排刀,但所构成的画面效果却和孟德斯的不同。他用这些工具所表现的森林和天空,有深厚之感,整个的画面富有绘画风味,形成自己特有的风格。

爱尔查贝斯·卡特勒特用麻胶版刻的招贴画《拯救那些幸存的孩子们》以及用木刻制成的漫画式的作品《为维护黑人的权利而斗争》,都是引人注意的出色的版画。前者是一幅动人的招贴画,它表现了急待拯救的躺在母亲怀中的儿童;

后者是表现正义者在拯救一个差一点就要被谋害的黑人孩子,这个孩子的形象塑造得很可爱,他有一种力量吸引观众支持他获得应该享有的人的权利。

作为"柏布拉版画家协会"会员的拉·泼洛莱特的《擦皮鞋的孩子》和罗西蒂·阿尔瓦雷兹的《制陶工人》,从风格上来看这两幅作品与"通俗图画社"社员们的作品有显著的不同。这些作品较重视木刻的形式和趣味,但也在一定程度上反映了人民的生活和感情。

最后应该提到的是拉别洛·范雷的《没有粮食》和扬波斯基·玛丽亚娜的《在思考中的女青年》。前者描绘了墨西哥一个家庭的不幸生活,作者所刻划的人物是非常深刻的,那两个孩子的为饥饿而痛苦的形象,十分激动人心,刀法极其自然,而黑白的效果也有力地使主题突出。后者刻划了一个抑郁的少女形象,从构图到黑白的处理和刀法的运用都是完美而富有创造性的,它是墨西哥版画艺术中以阴刻法来表现人物的极其成功的一幅作品。画中的少女沉浸在痛苦的思考中,她的蜷伏的身姿透露了她的生活的不幸,从而也令人联想到造成这种不幸的墨西哥的社会根源。

总的说来,这本墨西哥版画选集的出版是有重大意义的,它比起展览会来更能使中国广大的人民群众通过这些图画了解墨西哥人民的生活斗争和墨西哥人民的艺术,同时也有助于中国版画艺术在百花齐放创作中的借鉴。

愿中墨两国人民的文化交流日益增进!

1956年8月于北京

注释：

①1956年4月间曾在北京举行过"墨西哥版画展览会"；同年8月间举行过"墨西哥全国造型艺术阵线油画版画展览会"。

评"大众图画出版社"的连环图画

一

北京大众图画出版社以严肃认真的工作态度,自一九五〇年三月起,于一年之内共出版了《鸡毛信》《东郭先生》《王秀鸾》《金宝娘》《工人张飞虎》《新儿女英雄传》《福贵》《侯哥弹和他的少年队》等三十种新连环图画,共印六十万册,受到了广大群众的热烈欢迎,也得到很多美术家的称赞,说明这个工作是相当成功的。

连环图画在全国流行已有三十余年的历史。三十余年来,单上海一地,其出版总数即达二万八千余种,发行两千八百万册以上,销行之广,影响之大,是任何书刊不能比拟的。所以鲁迅先生生前就一再向中国革命的美术青年提倡画连环图画,作为宣传革命教育群众的启蒙工具,但可惜他的这一英明的指示,并不曾得到当时革命美术青年的普遍和足够的重视。自全国解放以来,由于旧连环图画的销路日畅,由于改造连环图画的呼声日高,这才为一部分新美术创作工作者和新美术出版工作者所开始注意。据调查,1950年一年之内,全国各大城市出版的新连环图画当在一千种以上,销行总数达五百三十余万册,其中有一些是好的,但多半是质量很低,粗制滥造的。从内容方面说,有的是题材范围狭小,内容单调不能引起阅读兴趣;有的是主题思想不够明确,对于新的生活内容常有歪曲之处;有的是不适合于儿童阅读,甚至对儿童有害;有的是对于历史题材编写不够正确,常常错误地判断历史人物;甚至还有假借科学内容,宣传落后思想与反动思想的。在表现方法上,其主要缺点是画面单调,形象不好看,故事连续性不强,表现形式欧化,文字不够通俗与文字太长等等。

新美术工作者应该认识到,连环图画的改造工作是一个极为细致的工作,它是新文化普及工作中重要的一环。从事于这一工作的人,既须有较高的政治水平,又须有对于新事物的较深刻的理解,既不能脱离群众的欣赏习惯而急躁地改造,又必须敢于突破旧的形式而加以创造,否则是不能把这个工作做好的。北京"大众图画出版社"具备了以上的条件和精神,并以十分慎重而又十分耐心的研究态度,对待了这一工作,因此他们能够做出较好的成绩。虽然这三十种新连环图画,在全国一千余种的数目里,为数极小,但它对整个连环图画甚至对整个普及读物出版事业的意义,却是极大的。因为这三十种颇有份量的连环图画,在目前改造与发展中国旧连环图画工作中,是一个很好的榜样,它使得连环图画,从内容到形式在现有基础上大大的提高了一步。因此,必然能大大地推动这一工作的继续发展。

二

近一两年来,新连环图画在革命干部和广大工农兵群众中的广泛流行,已愈加证明连环图画是最具群众性的一种艺术形式。我们每一个为人民服务的美术工作者,都应当给以高度的重视,使连环图画在抗美援朝的宣传工作中,在爱国主义的思想教育中,能起巨大的作用。

北京"大众图画出版社"编绘的这三十种新连环图画,不论以现代中国人民的革命故事为题材的,不论以中国古代的故事传说为题材的,又不论以外国童话故事为题材的,从作品的思想内容上来看,都普遍的贯彻了爱祖国、爱人民、爱劳动的精神,和对于阶级敌人及民族敌人的无比仇恨;都能做到主题思想的正确和明确,有内容丰富而又有曲折的故事情节,因此可以相信对于广大读者是能起良好的思想教育作用的。从作品的表现方法上来看,大体上都具有人物形象好看,画面整洁美丽,故事连续性强,有民族形式的特色,文字通俗而简短等优点。这就是说,它既有新的思想内容而又汲取了旧连环图画的长处,因此,它获得广大群众的欢迎,决不是偶然的。

我们固然不应把连环图画看作是消遣品,但也不应把它看成是一种应景式的宣传品,美术工作者制作一本连环画,是应该把全副精力摆上去的,是应该把它作为一件严肃的艺术品去创作的。鲁迅先生说:"'连环图画是产生不出托尔斯泰,产生不出弗罗培尔来。'但却……可以产生米开朗哲罗、达文希那样伟大的画手。"但直到现在,还有不少的美术工作者瞧不起这种工作,认为连环图画是成不了什么气候的。因此他们就没有热情来创作,非搞不行了,也以为这是普及工作,可以马马虎虎,潦潦草草。这是最没有群众观点的看法,也是对人民不负责任的看法,我们今后应该对这种错误思想严加批评。因为以这种错误思想来对待连环图画,就没有可能使这一工作在现有基础上提高,并发挥宣传教育的威力。

我想,真正好的连环图画,不仅使群众能够看懂,不仅作为一种故事画使读者愿意看下去,更重要的是应该通过故事的情节和人物的形象,去感动读者,使读者对画中的肯定人物发生强烈的爱,对画中的否定人物发生强烈的恨,使读者三番五次的看而不厌,因而获得深刻的印象,发生巨大的思想教育作用。要达到这样的目的——思想性和艺术性的高度结合,当作者确定主题之后,为了表现主题并赋予主题以血肉,既要在故事的结构与文字的说明上,多花心血,又要在人物的形象性格上加工。因为连环图画本身是一种综合艺术,它已经不是单纯的绘画,而同时也像一篇小说,它是空间艺术与时间艺术的结合,同时也是语言文字的艺术与线条色彩的艺术之结合。因此,优秀的连环图画的作者,就应具备一定水平的文学修养和一定水平的美术修养(当不能同时具备这些条件时,就应该和文学工作者进行合作)。这样才能把这个工作做好。而"大众图画出版社"的这三十种连环图画，作为综合艺术来看，不论在作品的内容与形式方面，不论在故事的结构和文字说明方面，不论在画面人物的形象和性格方面，不论对旧连环图画的接受遗产方面，都大体是花了心血的，大都是做得较好的。因此他们对连环图画在思想表现与艺术形式上的发展，提供了可贵的例证。

三

三十种连环图画中，以刘继卣画的《鸡毛信》《东郭先生》《王秀鸾》为较好。这三本中，又以《鸡毛信》（见图41、42）较出色。《鸡毛信》是根据华山写的故事创作的。故事的梗概，是描写一个农村儿童团团长海娃，如何一面放哨，一面放羊，后来为了给抗日游击队的指挥部送鸡毛信，经历了各种困难，终于胜利地完成了任务，达到拔除敌人据点的目的。这部连环图画分上下两册，共二百四十三幅，我认为这是现有新旧连环图画中较成功的作品。作者以对人民负责的态度，以通体的严肃性和对于人物形象描写的较为准确，完成了这件艺术品。在他的画笔之下，不论我们的小英雄海娃和敌人，不论骡马和羊群，以至一草一木，都显得生动有力，表明了作者对于这些事物的爱憎。在作者的画笔之下不但通过故事的发展画出了海娃的善良和可爱，而且把海娃的羊群，也画的那么善良可爱。不仅画出了海娃在革命行动中的思想感情的变化，而且也画出了那些羊群随着他们的共同遭遇而有表情变化。作者不但在故事的进展中把海娃描绘成一个比较机警、灵活富于革命性的儿童,而且把海娃的羊群也画成同时对敌人进行抵抗战斗的动物了。从这些地方,亦不难看出作者的思想感情和作品故事中的思想感情的较为一致,以及这部作品在思想性和艺术性方面的较为有机的结合。

这部作品在不重要的地方,既没有滥费篇幅,而在有关主题的重要之处,又能抓得很紧,用力描绘。例如一开头,对待那株消息树,不惜给予好几个场面,这是因为消息树的倒落,不但与故事的发展有着重要的关联,而且对于海娃与革命之间的关系,海娃的高贵的政治品质也有着重要的关联。在这部作品里,说明文字是文学,而图画也是生动的美术,图画既不是文字的说明,文字也不是图画的注解,它们的双方都有声有色,文字好像音乐,图画好像舞蹈,音乐以节拍在指挥舞蹈的动作,而舞蹈的动作又体现了音乐的感情。人们要听音乐,但同时也更要看舞蹈。这就是"鸡毛信"在文字与图画的有机结合上的成功。

故事的发展随着每个篇幅一片一片的在我们面前展开,不嫌画面繁多,也不觉进展太快真正做到恰到好处了。自从鸡毛信拴在黑脸羊的尾巴下面之后,我们的心就紧紧的跟着海娃和他的羊群在跳动。当我们看到鬼子们要吃羊时,我们的心就立刻十分的紧张起来了。作者用形象正确的传达了海娃对于羊群的爱,和羊群对于海娃的听从。但由于鸡毛信的缘故,它使得海娃与羊群和革命的命运关联在一起了。故事的曲折和鸡毛信的不平凡的遭遇,有力的表现了小英雄的机智、坚定、勇敢、镇静的性格，以及他对于革命的无比的忠诚，和对于人民和祖国的无比的爱。因此这部作品是有较高的政治性和艺术性的，它是一部对于中国儿童进行爱国主义思想教育的良好的教材，同时也是一部较为成功的艺术作品。

连环图画"鸡毛信"的比较成功，与华山的原作鸡毛信的故事的动人是分不开的。而且据我所知在刘继卣创作这部作品的过程中得力于"大众图画出版社"的负责人蔡若虹同志的帮助也是极大的。刘继卣有较高的绘画技巧，尤其长于画动物，而蔡若虹同志则从作品如何表现主题思想，如何刻划人物等方面提供了宝贵意见，因此能够使这部作品在刘继卣的笔下使思想性和艺术性达到现有水平，这不是偶然的。

但连环图画《鸡毛信》并不是没有缺点的，如果苛刻一些来要求，那么应该指出，海娃的形象塑造虽然是忠厚善良的，但还不够理想，还不够美丽，单从绘画形象上看，还不是出色的聪明动人、机警伶俐。一句话，从造型上（而不是从文学故事的描写上）还没有表现出一个典型的革命小英雄的应有的动人形象。其次，他画的革命战士和张连长的形象也是不够成功的，缺乏人民战士的朴素、有力、勇敢、坚定、和善的特征，而仅仅画出了一个普通的穿革命军装的人，这是由于作者不熟悉革命的农村儿童，不熟悉革命部队和革命战士生活的必然结果。以上这些缺点的产生，有力的说明了一个画家即使有较好的技巧，但没有生活也是无法创造真正富有生命的活的形象的。

四

谈过《鸡毛信》之后，我还想谈谈《东郭先生》，因为这也是一部较为成功的作品，我读着《东郭先生》就像在读鲁迅先生的《故事新编》一样。

《东郭先生》所描绘的，即大家所知道的中山狼的故事。虽然这是关于列国时候的古代传说，但作者在这里赋予了新的生命和新的内容（这，编写本书说明词的董聚贤等同志也是颇有功劳的）。当我们的国家在今天进行严厉镇压反革命的时候，这部作品的出现，是大有教育意义的。目前在我们的祖国里，固然不缺赵简子似的爱祖国爱人民的好干部，但也同样存在着不少的东郭先生。东郭先生本质上是个好人，但这个"好人"却惊人的糊涂。他是书呆子，丝毫没有人类社会斗争的知识。他相信谣言，甚至也相信世界上有不吃人的狼，好像相信特务不是坏人一样。然而他失败了，他为了救一只吃人的狼而在赵简子面前说了谎话，真是有损于他为人的道德。用我们今天的话来说，这就叫没有原则性。更失败的是他救了狼，狼反而要吃他，这就说明我们对于吃人的敌人，是丝毫不能原谅的。鲁迅先生在二十年前，就提倡要打落水狗，就正是这个道理。假如有人以为特务现在处于落水狗的地位，像中山狼被追赶时的情况似的，竟以东郭先生的慈悲给以同情，那你就算糟糕透了。你听听中山狼临死时的话吧，当颇有社会斗争经验的老农，把中山狼打的快死时，狼说："唉，这样的书呆子没有吃掉，真是我一生的遗憾。"当然我们共产党人决不是东郭先生,但蒋介石却确乎像这只中山狼,他必然要像中山狼似的死去的。但东郭先生总是好人,他终于在血的教训和中山狼吃人的铁证,使他觉悟过来,他修改了他的"论好心有好报"的错误观点,虽然仍旧有好心肠,但他却不再怜悯吃人的狼了。

这一部作品里也同样具备了《鸡毛信》中类似的优点,我真惊佩作者的本领,他对于东郭先生和他的毛驴,以及中山狼都能做到性格的刻划(见图43、44)。

在这本画册里,很多场面都是成功的绘画(如二九图、四五图、四八图、六二图等,很多对话,都是很妙的文章。作者在这里更加显现了他对于古装人物以及环境细节描绘的本领。刘继卣在这里不像一般的古装小人书画家似的,把人物画成公式化的、没有生命的形象,但也不是凭空的臆造,他的古装人物都是有血有肉的,能使读者感到真实亲切。刘继卣是有比较高的绘画技巧的,然而他不像有些小人书画家似的使"技巧"与主题思想的体现、人物心理的刻划脱节,他是较好地做到了技巧为主题服务,艺术性与思想性的有机结合,因此他的每幅画都比较深刻耐看。这说明刘继卣是一个走上了现实主义道路的画家。我们从画面上可以看出,他对于故事人物的思想感情体会较深,他对于社会现实生活有较为精细的观察,他对于东郭先生类似人物的生活相当熟悉,否则他是不能得到这样的成绩的。我们学习刘继卣,应该向这种创作精神去学习。

五

北京"大众图画出版社"编绘的这三十种连环图画，除了刘继卣的作品外，比较成功的作品也还不少，例如邢琏画的《金宝娘》，吴为等画的《侯哥弹和他的少年队》，古一舟画的《福贵》，冯真等画的《新儿女英雄传》……但这三十种连环画中，也还是存在着某些缺点的。例如陈兴华同志画的《陈启祥参军》，就未免太像西洋书籍的插图，缺乏中国民间美术的表现方法，恐怕未必能够为读者欢迎。以陈兴华同志现有的技巧水平，他是还可以画得更好一些的。此外，有些画的文字说明，还不够应有的通俗，尤其是《木兰从军》的文字说明，是既不通俗而又过长的，这也是个大缺点。其次我觉得潘力模画的《海上风暴》也是比较草率的，人物形象不美，不少地方采用了西洋画的表现方法，这是值得研究的。听说有的同志认为以安徒生的童话《天鹅》为题材的连环图画不应出版，我想，今天十分缺乏适合儿童阅读的文艺作品的情况下，只要对于儿童的教育有所帮助，安徒生的童话也是可以画的，例如《天鹅》就是对于儿童有教育意义的童话。当然我们中国的文艺家是应该多给儿童创作一些适合他们阅读的作品了，但在粮荒的时候，也还是可以画外国童话故事的吧？

从近一二年的连环图画的大量销行，可以预见，当中国土地改革全部完成，四万万七千五百万人民的经济生活水平普遍提高之后，在大量消灭文盲的运动中，连环图画将起何等伟大的教育作用，并将有何等远大的前程，这是可以想像的。

　　从这三十种连环图画在现有基础上所达到的思想上和艺术上的成就，我们也可以看出连环图画在思想表现和艺术形式上的今后的发展。我相信鲁迅先生的话，在中国的土壤上，将会从连环图画中"产生米开朗哲罗、达文希那样伟大的画手"。

发表于1951年《文艺报》

连环图画《童工》的成就

最近由中国人民保卫儿童全国委员会举办的四年来全国儿童文艺创作评奖，在美术方面，连环图画《童工》和《鸡毛信》荣获了一等奖。这不仅是给属于儿童文艺创作的连环图画的一种鼓励，而且也是对于整个连环图画工作的鼓励。我们的连环图画虽并不是所有的作品都可属于儿童文艺创作，但所有的连环图画却经常是儿童的重要读物。以上作品的得奖，说明社会对于为儿童创作的连环图画作品是十分重视的。它要求我们的美术工作者把培养和教育新中国的下一代的工作看成是一种光荣的任务，因而期望我们的美术工作者们今后能创作出更多为儿童所喜爱的，为儿童所易于理解的，并适合儿童心理发展的，具有高度思想性和高度艺术性的连环图画，从而把我们新中国的下一代培养成具有高尚精神品质的未来社会主义和共产主义的建设者。

关于《鸡毛信》过去已经有不少文章加以评介了，这里我想来谈谈《童工》。

连环图画《童工》是由东北美专创作室的路坦、陶治安、贲庆余、王绪阳等青年画家集体创作的。最初在"连环画报"上发表时,以其艺术上的新的成就而吸引了读者,大家一致认为是一部比较优秀的作品。《童工》的文字脚本是根据高玉宝的小说"在窑厂里"改编的。它描写儿童时代的高玉宝在伪"满洲国"统治下过着怎样的痛苦生活,他做了童工以后怎样在共产党员刘长德的爱护和教育下与日本帝国主义者做斗争,并逐渐成长为具有革命觉悟的小战士的故事。

《童工》是继《鸡毛信》之后出现的比较优秀的连环图画之一,同时也是继"鸡毛信"之后出现的比较优秀的歌颂儿童优良品质的连环图画之一。它之所以较为优秀,不仅因为故事的比较动人及其内容的教育意义,而尤其在于作品人物形象的真实生动和强烈的生活气息,以及它在艺术风格上的较有创造性。

按《童工》的脚本来说,虽然改编的相当简练完整,但比起《鸡毛信》的脚本来就显得叙述多于描写,故事不够曲折紧张,而且行动的场面缺少了有趣的对话。因此《童工》在美术形象上的创造,就比《鸡毛信》还要困难。然而《童工》的美术作者们,并没有为《童工》脚本的这些不足所局限。他们用生动的富有性格的形象,和对于生活环境的真实的描绘,丰富了这一作品。如第一幅图画的文字说明是:"高玉宝从九岁那年跟爹妈到大连,帮着做零工,饱一顿饿一顿的;到十四岁,虽然长得活泼伶俐,个儿可比年纪一般大的要矮半个头。"我们画过连环图画的人都知道，脚本的文字越是偏于叙事，越是所指出时间不肯定，所说的事情不具体，那就越不容易启发我们产生真实感人的形象。然而"童工"的作者们却并不像某些连环图画家们似的，不痛不痒地用一般化的表现方法来处理画面。他们在这较为重要的第一幅图画上，就显示了他们对于故事情节的深入体会。他们在这里并不去机械地画高玉宝正在那里做零工，也并不画他"比年纪一般大的要矮半个头"（如果是这样的处理，那就是把美术的可视的形象降低到文字的说明和附庸的地位了）；而是通过高玉宝的一个半身肖像，刻划了高玉宝这个孩子所处的历史时代和他在这个可诅咒的时代中的思想感情，以及他由这个历史环境所形成的鲜明性格（见图45）。这样的描绘不但使我们感到图画概括了文字的精神，而且感到比文字所提到的东西更其丰富。图画所描绘的具体情节是十三四岁的高玉宝穿着破烂的衣服正在烈日之下徘徊于码头上，此刻他大概是又没有找到零工做了，所以又饿起肚子，他在乱纷纷的码头工人的劳动声中走着，听着那些唉哼、唉哼的哀歌一般的喊叫声在沉思，他并不沮丧，好像这小小的孩子在为了自己的命运和祖国人民的命运而不平。如果我们能仔细地看看图画背景上的横行在中国海面上的日本帝国主义的轮船，和在洋伞下坐着的奴隶总管，就更容易被高玉宝的感情所感染，就更易于与这孩子的思想起共鸣。画家们在这里所描绘的高玉宝，通过性格的刻划使我们不但感到他是一个聪明伶俐的可爱的孩子，而且是一个有思想意志的坚强勇敢的孩子。正因为画家们在这里刻划了特定环境中的相当典型的人物,因此这幅作为卷首的图画就预示了故事将要展开的内容和矛盾,就预示了高玉宝这个主角有可能走向革命化的前景。而且这样的描绘也是完全符合于现实中的真的高玉宝的品质和性格的,环境背景也是能够表现当时作为殖民地的大连市的特征的。

《童工》的画面共有一百零三幅,高玉宝的形象从第一幅起直到最后一幅,都大体上被描绘的富有生命。虽然每幅图画的人物形象都有所变化,但高玉宝和刘长德的性格却使人感到相当统一。背景和人物的关系也结合的较好,它既不像某些连环图画似的过于简单,也不像另一些连环图画似的过于繁琐,可以说做到了恰到好处。

我曾看到这样的一种连环画,当我们单看画面时觉得还生动有力,但一联系上文字说明就觉得图画和文字的精神脱了节,作者所描绘的人物形象根本没有表达出脚本所显示的主题思想,这样的作品能不能算是好作品呢?当然不能算是好作品。那么请看看《童工》在这个问题上的成就吧!

《童工》的作者们在创造人物时,经常能根据脚本的精神把童工们之间的友爱团结给以充分的发挥,并把刘长德对于童工们的爱护和孩子们对于刘长德的尊敬给以正确的描绘。这样的画幅是很多的,如第九幅图画里握着高玉宝的手的那个孩子的形象,他对于高玉宝的到来所表示的那种真诚而又天真的感情十分动人。这幅图画的文字说明是:"大家亲热的把玉宝围起来问长问短。玉宝原先担心到大工厂里来做工会不会有人打他,现在见小工友们都这样好,才放下心来。"这里通过图画的形象不但正确地表现了脚本的精神，而且似乎比文字所包含的内容更加丰富生动。与第九图异曲同工的画面我们还可以举第三十三图（见图46），脚本的文字说明是："玉宝这才明白：刘叔叔好，小工友们好，可是工厂不是刘叔叔的，不是小工友们的；他从此再也不像第一天那样下傻劲干活了。"这里画家们不仅仅描绘了高玉宝在思考问题，而且通过另一个坐在高玉宝旁边的童工的那种问话的神情，描绘了孩子们之间由于命运的相同而产生的兄弟般的同情和体贴，这里的两个孩子的形象，一个在一只手托着腮帮默默不语，另一个急于等他说话的神情，被描绘的十分可爱。

《童工》的第十六幅，是把刘长德的形象和他对于高玉宝的关心刻划的最好的一个场面。这里是描绘日本人把高玉宝推出账房，拒绝接受他做童工时的情形，脚本上说："刘长德一看没有办法，只得出来，玉宝在门外便哭了起来，刘长德楞了好半天。"这里像一个好的雕刻似，的作者塑造了一个十分善良的共产党员的严肃而朴实的形象。这幅画的构图和造型，既使我们能感到刚才发生的事情，又给我们预示了将会给高玉宝想出办法的前景。虽然画着刘长德的一个静止的形象，但却使我们更加感到刘长德的内心的激动，和他对高玉宝的爱以及对于敌人的恨。这幅图画的感染力是很大的。

《童工》的画幅一般地都保持了较高的水平，除了以上所谈的而外，第五十六幅和第五十九幅也是给人以深刻印象的作品。五十六幅的文字说明是："从此，玉宝知道为什么少干活的道理了，他就和小工友们天天轮班放风，大伙一起痛痛快快的玩。"这幅画的构图很有趣,在一面大墙的后面露出一个孩子的头,这种手法很好地表现了这个孩子所从事的工作的隐蔽性。由于画家们刻划了这个孩子对于"放风"工作的紧张认真的神情,因此虽然他的位置在画面上占的很小,但却很吸引人的注意,他那向画右边注视的表情与伸向画左边去的右手,给人以突然发现了鬼子而急于要回身报警去的感觉。通过孩子的机警灵活的形象和这面兀立不动的大墙,画家们刻划了一个形势紧急的瞬间。

  第五十九幅的文字说明是:"他们六七十个人把工地挤得满满的,人站也站不开了。人多眼睛更多,鬼子更看不住了,大家索性就轮班偷看着睡大觉和讲故事说笑。"在这一幅画中也同样画出了一个"放风"的孩子,然而通过这个孩子的静止的形象,使我们明确的感到此刻没有鬼子走来,所以在他旁边的一大群孩子便可以安然地讲故事、说笑话、睡大觉。这幅画中的孩子大都被画的生动多样,个性鲜明,其中正在讲故事的高玉宝固然被描绘的可爱,而另一个左手叉腰、回头听高玉宝讲话的孩子也被描绘的十分动人。这个孩子和高玉宝的性格比起来,使我们一看就感到他是一个十分顽皮的善于恶作剧的小鬼,他粗野胆大,然而做起工作来也很有劲,这个孩子是童工里面的久经生活锻炼的好汉,然而也正因为社会对于他的不负责任,他就已经沾染上一些小流氓的味道了。但他仍然是可爱的。这幅画对于高玉宝讲故事的描绘也很好,他那种郑重其事的样子,吸引着别的孩子对他的讲话所表示的全心的关注,描写极其生动有力。

我们曾经看到刘继卣的《鸡毛信》出版后,有一些连环图画的作者不是学习和研究刘继卣的创作经验,不是学习和研究他在画这一作品时如何去体会脚本的故事情节和如何描绘人物,从而创造符合于作品主题要求的艺术形象,而是一味地去模仿他的形式,甚至去抄袭他的人物的面貌和衣纹,结果妨害了他们去创造自己的艺术风格,这种作风是违反了现实主义的。所以鲁迅先生说:"依傍和模仿,决不能产生真艺术。"而《童工》之所以较为优秀,不仅因为它的人物形象的真实生动,人物的性格鲜明和作品所具有的强烈的生活气息,而且也因为它继《鸡毛信》之后出现,而并没有对于《鸡毛信》有任何的模仿。它同样是用单线而不加明暗,然而它和《鸡毛信》比较起来就有自己的风格。《童工》在用线上做到了生动有力,在处理衣纹上做到了要而不繁。《童工》的作者们在处理画面时,由于多少注意到了画面的黑白关系,因而就免除了一些单线连环图画画面上所具有的某种单调之感,使画面产生了一种黑白色的悦目的节奏感。而且这种处理刻划也是有助于形成作品的风格特色的。

就整个作品来说,《童工》所创造的儿童形象是美的,它刻划出了中国劳动人民的儿童所具有的勤劳勇敢与机智聪明的品质。《童工》所描绘的儿童由于性格鲜明,富有生命,因而能够活在读者的心里,这就是"童工"在美术创作上的重要成就。

分析了《童工》的画幅之后,我们要提出一个问题,为什么《童工》能在美术创作的思想性和艺术性上达到较高的水平,因而感动了读者,而有很多连环图画为什么总是公式化地把图画作成了脚本的图解和附庸,有的竟和脚本的精神脱了节,因而令人看起来感到枯燥乏味呢?为了能比较具体地回答问题,让我们来看看"童工"的作者们在创作之前已经具备了什么条件,并做了些怎样的准备工作。他们在"连环画报"的内部刊物"连环画工作"上曾发表过一篇"创作连环画'童工'的几点体会",看了这篇文章,我们知道他们在创作"童工"之前已具备了一些重要的条件,并曾做了几项必要的准备工作。什么是画家们在创作前所具备了的重要条件呢?他们说,"我们是一群青年,我们曾和故事中的童工们一样,在鬼子残暴统治下的'伪满'渡过了自己的童年。当年鬼子的凶恶、人民的苦难生活,我们是比较熟悉的,因此《童工》的故事深深地感动了我们。我们常常是以自己的亲身感受丰富我们创作的想像而进行创作的。如第一幅的码头背景,就是我们当中的一位同志童年时生长地方的情景。"他们的这些生活经历无疑是他们创造"童工"形象的可贵资本。然而有了这些生活经历仍然是不够的,他们还必须做以下的一些必要的准备工作。

  首先是体会脚本的精神。为了能达到这一目的,他们曾比较认真地研究了原来的小说而且还参看了一些高玉宝的其他作品,以及有关高玉宝这位战士作家的生平介绍。从这些研究中他们进一步的了解了高玉宝的为人和他的思想品质,从而也就进一步地明确了原作的主题思想。他们说:"在研究原作的过程中,故事主人公的性格在我们的思想中也逐渐地明确具体起来。我们从高玉宝同志的童年经历及成长过程中感到他的几点突出的性格特征,这对我们刻划故事中玉宝的形象是有很大的帮助的。我们认识到玉宝从小就是生活在被迫害下的一个倔强而聪明的孩子。他天真纯朴,并且具有强烈的求知精神。他在苦难的生活中时刻的追求生活的真理,因此在他的童工的生活中,不肯轻易放过每一件自己所不懂的事情,并且对于一切不公平的事,也都愤愤不平。正因为如此,他才能在党的培养下迅速地成长为坚强、机智、勇敢的小战士。我们有了这些认识后,就补充了脚本在某些画面的简单的描写,而赋予人物以一定的性格特征。"由于他们充分体会了文字内容的精神,所以就能大胆的发挥他们的想像力,从生活出发,创造出真实生动的人物形象。

  第二项必要的准备工作,就是当他们体会了脚本的精神之后,然后就设法去接触和熟悉同故事所描写的类似的人物和环境。为了达到这一目的,他们曾下到好几个制柏油和磁瓶的工厂,据他们说,当他们在厂内体验生活时,许多老工友曾热心的给他们讲了"伪满"时的生活和斗争的故事,并领他们参观了被鬼子破坏了的现在还残存着的工厂遗迹。这样就使他们对鬼子残酷统治下的窑场的情况,那些到处是垃圾、电网、臭油的凄凉悲惨的环境有了具体的感受。此外,他们为了熟悉儿童的生活,又在东北美专附近结识了许多小朋友,其中有好多是小学校里的少先队员,他们有时参加那些小朋友们的队日活动,有时帮他们画墙报,经过了长期的相处,他们描绘了很多天真活泼的儿童的形象,这些形象直接帮助他们刻划了《童工》中的人物。如玉宝的形象,据说就是集中了这些小朋友中的某些外形和性格特征而创造的。

据我们所了解,不少连环图画工作者,在选择脚本时是较少考虑自己是否熟悉其中的生活这一问题的,其次是选择好脚本后也未曾做过像《童工》的作者们所做的准备工作,因此他们的作品质量不高是难免的事。我想如果有人愿意向《童工》学习,那么他们创作之前的准备过程就是最值得学习的地方。

发表于1954年8月《美术》月刊

评连环图画《我要读书》

曾经参加连环图画《童工》集体创作的青年画家王绪阳和贲庆余，经过两年多的刻苦钻研，最近又完成了连环图画《我要读书》。《童工》是已有定评的优秀连环图画之一，其中高玉宝和他的伙伴的形象，在性格和心理刻划上有显著的成就，对生活环境的描绘也是有真实感的。而《我要读书》的出现则使人们感到它在创作上继《童工》之后又有了新的发展，是现实主义连环图画事业中的新收获。

《我要读书》的脚本是根据高玉宝所写的同名小说改编的，它描写贫穷的高玉宝怎样羡慕读书的孩子，终于在教员周先生的帮助下走进学校，最后被保长破坏又遭失学的故事。它表现了鲜明的阶级矛盾和阶级感情。

连环图画和书籍插图的画家在进行他们的工作之前，正像一个演员在准备扮演一个剧中的角色一样，必须首先深刻理解原著的精神，和其中人物的生活和思想感情，否则他们就不可能根据原著创造真实动人的活生生的形象。由于《我要读书》的图画作者们很好地研究了原著，从原著得到重要的间接的生活感受和启发，因而就在想象中出现了最初的生活景象与活的人物形象。这些间接生活和他们本身儿童时代的直接生活相结合，再加上他们在创作过程中在高玉宝家乡的了解情况与对于儿童生活的仔细观察、研究，就构成了他们创造人物形象的总的源泉。艺术家对于艺术源泉是否重视，标志着他们是否忠实于现实主义原则，同时也决定着他们作品的面貌和命运。在我看来这就是《我要读书》在人物形象上所以能获得成功的重要因素。而这些因素却往往为某些连环图画作者所不重视，因而他们的作品也就只能是属于粗制滥造之流的。

连环图画《我要读书》的显著特点是创造人物性格与体会人物感情方面的成就。图画作者在创作《童工》的经验的基础上，沿着现实主义道路追求典型环境中的典型人物的创造，有了新的成绩。作者不仅注意了主要人物的性格和心理活动的刻划，而且对于次要人物的不同性格的描绘也使人感到真实亲切，甚至和高玉宝生活在一起的一只狗也不例外。看了整个图画能把我们带到旧时代的恶梦似的历史现实中，它通过人物形象体现了原著所揭示的被剥削者的穷困生活与阶级感情，使我们紧紧地跟着高玉宝的悲哀而悲哀，跟着高玉宝的憎恨而憎恨，跟着高玉宝的高兴而高兴，使我们不能不诅咒那个万恶的时代，而更热爱今天。这就是作品的现实主义的可贵力量。

总的说来,连环图画《我要读书》的每一幅图画都是很认真地创作出来的,一般地都保持了较高的水平。如第六图的说明文字是"玉宝拉着妈妈的手,说他要读书,可是妈妈不答应"(见图47),而图画的形象却大大超过了文字脚本所包含的内容,通过这幅图画中母亲面对着玉宝讲话的形象,使人洞悉了母亲的内心世界。母亲的性格是多么的善良可亲,她是多么疼爱她的孩子,然而由于贫困,她不能满足孩子的要求,只能隐忍着眼泪向孩子说明她心上的难过,这是非常动人的一页。这里作者们没有从表面去服从文字,画玉宝拉妈妈的手,而画成妈妈的手在抚摸玉宝的眉,它突破了脚本的描述范围而真正表达了脚本的精神,从而丰富了连环图画的情节和内容。整个画面的环境背景和黑白对比所构成的贫穷人家的生活气氛都是十分真实的,因而就有特别感人之力。请看看第三十图吧,它描绘高玉宝因不能读书而难过,他背草回来,无精打采地坐在院里的树下,一面在无聊地咬草叶,一面在咀嚼着不合理的社会给他的痛苦的滋味。这里所画的高玉宝的整个动作和姿态都能确切地表达他内心的世界。然而从门里跑出来的他的姐姐却是另一种姿态和心情,因为她得到了好消息,她是给玉宝报喜信的。这些人物都使人感到他们是有生命的,有性格的。请再看看第十六图吧,这里出现的儿童形象是相当丰富的,他们都各有各的性格,而不像某些连环图画作品中的人物似的,令人感到都是一母同胞。他们都在羡慕那些能够上学的小学生,然而却各有各的羡慕的姿态和内心活动。再看看第八十图(见图48),这是又一幅悲剧的场面,脚本说明是:临出门时,玉宝还要把小书包背上,他妈说:"你到保长家放猪,还敢读书?"玉宝说:"老师的书,我要拿去还给他。"他爹说:"带他去给先生辞个行,也算教他一场!"这里表现了被掌握在有钱有势者手里的一个穷苦劳动者家庭的不幸命运。高玉宝读书的梦想在保长的压迫下破灭了,小小的童年即开始饱尝着人生的痛苦,他的不幸遭遇牵引着整个家庭的心。这幅画以高玉宝为中心,他那迟疑不前的身姿和预感到来日多难的面部表情,都十分引人同情。母亲满怀辛酸的劝慰,父亲扶病送出大门无可奈何的叮嘱,都真实地表达出了人物内心的痛苦。这里在场的是一群被污辱与被损害者,而通过他们却能使我们感到那不在场的保长的狰狞面孔。

作者们在这个画册中所描绘的高玉宝父亲的形象虽然不多,却给我们留下了比较深的印象,而且他的每个动作都令人感到是事件发展的必然结果。如第九图,玉宝吵闹着要读书,病卧床上的老父要打他,然而当他跑走了之后,老人的心情就有了很复杂的变化。这里画得非常真实:他用左手掩面躺在床上,在痛苦,在思索,在不平,在为玉宝不能上学而心痛,看了也令人深感难过。又例如第二十七图,周先生与玉宝父亲谈话时玉宝父亲的形象,也刻划得非常动人,我们好像能够知道他在想些什么。

连环图画《我要读书》的另一特点是每幅作品构图的新颖与表现手法的精炼。随着人物行动的发展,读者经常被带到新的极有变化的行动场所和自然环境里,而同一场所也因内容的不同,在构图上不相重复,因而能使人每翻一页都觉得构图的多样新鲜而富有吸引力。这固然和脚本改编者的细心安排有关,但也正是图画作者遵循现实主义创作方法的结果。这一优点与表现手法上的单纯精炼,就构成了这一连环图画的较高的艺术性与鲜明的风格。如前面曾提到过的第六图,从构图来讲,它经济集中地表现了母子的形象,主题很突出,基于那些木桶、炉灶、瓦盆虽了了数笔,却没有丝毫的概念化,令人感到环境和主人公的协调,以及画面的主要部分和次要部分的明显区分。又例如第十五图和第十六图构图都是很新颖的,画面是那样的单纯简练,主体人物是那样的鲜明,这是非常近似中国画处理画面的方法的。

　　近来大有不少连环图画作者在追求画面的繁琐,不分主次地平均对待,有时甚至把可有可无的环境背景描绘得过于复杂,以致喧宾夺主,这实在是自然主义的表现方法在连环图画上的作怪。

　　鲁迅提到中国宋代以来的绘画时曾指出"竟尚高简变成空虚"是一种弊病,是的,这是由于片面地从形式上追求高简而远离了客观基础,没有表现出事物的精神本质的结果。然而真能从客观基础上概括,从而表现了事物精神本质的"高简"却是决不会空虚的,它正像神枪手一枪击中了环靶中心的高技,令人拍案叫绝。这样的"高简"是艺术性的高度表现,是很多艺术家经常不易做到的。中国杰出的画家往往在这方面都有很高的造诣,因此我们应该把连环图画《我要读书》追求精炼的作法看作是中国绘画艺术的优良传统的继承。

连环图画《我要读书》当然还并非十分完美,它的缺点也是有的,如高玉宝的年龄还不是画得非常统一,有的画面令人感到大些,有的画面令人感到小些(如第三十一图),此外也有不少场面使周先生的形象和性格很不连贯,有令人觉得是两个人的感觉。但即使如此,连环图画《我要读书》也仍然是近来连环图画创作中质量较高的作品。

发表在1957年1月《美术》月刊

谈剪纸

中国的劳动妇女,在封建社会里,由于受着经济的与旧礼教的双重压迫,她们没有学习文化的权利,因此就没有利用笔墨通过文字或造型发表思想感情的自由。可是这并不等于说她们就没有文学艺术的创作。有的,这就是民间的口头文学和民间的剪纸窗花之类。

这里我不谈劳动妇女的口头文学,而要谈谈她们的剪纸窗花。

旧中国的劳动妇女,虽然没有资格拿笔,但为了裁衣缝纫她们是必须拿剪刀的。因此她们就掌握了使用剪刀的技术,并用剪刀来从事美术创作,这便产生了"剪纸"。"剪纸"这种艺术产生后有没有地方发表呢?有,而且发表的地方很广,它可以是刺绣的底样,它可以是婚嫁礼品上的装饰,它可以是美化窗户的窗花……这样由于剪纸用途的装饰作用,因此就决定了它的风格上的装饰风味。但在内容上它却总是在力求表达劳动妇女的爱好、希望和理想的。然而由于剪纸本身的局限性，和她们有时要表达的内容的复杂、抽象性，因此她们便采用了各种比拟的办法来表达她们的思想，这结果就使她们的某些作品的含意十分曲折、隐晦、暧昧，使局外人不易理解。但在一定地区之内，妇女之间是完全能够了解它的意思的。我于一九四六年在山西省孝义县的农村搜集剪纸，一个叫"拉子"的妇女，给我剪出一个含意十分丰富的图案——"桶里出莲出桂花"（见图49），据说这种剪纸是供婚嫁的礼品上用的。"拉子"像念诗一样的把其中的意思念给我听（她用孝义土话念起来是有韵的，我现在写成文字就没韵了），这个图案的内容是：

莲花夹钱，过年养个胖孩，
桶里出莲出桂花，抱上儿孙抱外甥。
兔儿抚莲花辈辈享荣华。
蝉盘桂，女婿爱，
莲花桂花石榴花，夫妻二人活到老。

从这个剪纸里可以看到封建社会的农村妇女，是如何想在这种表现力有限的艺术中寄托她们无穷的情感和希望呀！这些附加在图案形象上的愿望，是和旧时代的妇女所处的社会地位有关的。旧社会的买卖婚姻和她们的卑贱的家庭地位，使她们期望着出嫁后能得到女婿的爱，能连生贵子，以使她们有所依靠并得到幸福。她们对于前途的理想，在今天新中国的妇女看来，是如何的可怜呀！然而旧社会的妇女却经常是连这点可怜的幻想也难于实现的。旧时代的妇女喜爱这些被认为是"吉庆"的图案,除了因为它有图案的美而外,也就因为它的那些附加的含意代表了广大妇女的共同愿望。因此在我看来,妇女们的这些剪纸窗花实在是从旧时代的封建社会的大石缝中生长出来的奇花。

流行在农村的剪纸窗花也正像流行在农村的民歌民谣一样,一个作品一经问世往往就争相临摹,互为增补,到处流传,横经数代。结果,它的流传的过程就成为集体创作的过程,同时也就是渐趋完整的过程。因此,民间流行的剪纸窗花它既多半是无名作家的创作,同时也多半是劳动妇女的历史性的集体创作。它是普遍流行于我国农村的民间艺术,也是有悠久历史传统的民间艺术。

但在某一时代,某一村庄,有名的作家也还是有的,一个妇女一经成为剪纸能手,便闻名于附近村庄,成为妇女们所崇拜的人物。遇到嫁女娶媳、过年过节,大家就都向她征求作品,就像北京的名画家一样。

我在山西的孝义县,就曾经拜访了不少这样的作家,除了前面提到的"拉子"而外,还有一个妇女叫石桂英。我对于她的图案才能非常惊奇,请看看我们合作的"织布"(见图50)吧,这个剪纸的轮廓是我画的,但整个剪纸的图案是石桂英[①]创造的。她在这个妇女身上所剪的图案,不是死板一律的,而是有变化的,她善于根据衣裤的具体位置,而剪出适合于那个位置要求的花样。我们只要仔细一看,就可以看出这个妇女的两个裤子上的图案并不一样,左裤的如意形图案是平排的,而右裤的如意就变成立排,这好像并不统一,然而却适合于右裤的位置的要求,而且也有助于两条裤的区别,同时由于都是"如意",所以虽然有所变化,却仍很调和。尤其使我佩服的是她敢于改变我的原稿,而且这一改,比原样好看了。我的原稿的两腿画的都在踏织布机,因此斜里看过去就好像只有一条腿,石桂英剪时,把右腿放在地上,这样我们就可以看到这个女人的两条腿了。而且这样处理在构图上也是美的。又例如织布机腿上,我并没有画图案,也是石桂英加上的。所有这一切都说明石桂英这个劳动妇女在美术上的修养和才能相当高。她本人是日夜织布的,因此,她剪这个"织布"的剪纸,既熟悉这种劳动,又能体会这种劳动的感情。我觉得我们专业的美术家是应该帮助农村妇女发展剪纸艺术的。我和石桂英的这种合作,可供大家参考。

过去民间妇女的成功的剪纸窗花,能够表现出对象的生动的姿态和作者对这些事物所流露的感情,能兼有绘画的某些所长而又不失为图案。因此这些作品就能够既不失其装饰效果,而又耐人寻味,成为雅俗共赏。我们现在所进行的新剪纸,就不应忘了向这些优秀的民间妇女的剪纸学习,就不应忘记了从这些剪纸中看出它的特点,从而创造不失优良传统的新作品。

1957年1月发表在《新中国妇女》杂志

注释:

①《西北剪纸集》上"织布"作者"牛桂英"系"石桂英"之误。

略谈窗花剪纸的特点

各种艺术都有它的特点，这种特点是由它的制作条件、表现形式和使用目的等因素所决定的,人民艺术家了解了这种特点加以发挥,就能使这种艺术开出富有个性的灿烂的花朵,就能在整个人民艺术花园中占得一个不能为别种艺术所代替的不可缺少的位置,就能使整个人民艺术花园更加丰富多样。

假如木偶戏硬要向舞台戏发展,假如套色木刻硬要向油画的用色看齐,假如漫画和剪纸硬要走绘画的道路,我想这都是抹煞了这种艺术本身的个性和特点,而结果会使它走向逐渐衰退的途径的。

然而目前在造型艺术上就恰恰存在着以上的现象,这里我不谈别的,单谈剪纸。

我们毫不否认目前的新剪纸表现新内容的进步意义,也不否认曾出现了一些较好的作品。但从有些画报上发表的新剪纸来看，它实在是不能称为"剪纸艺术"了，而是用剪刀剪出的或用小刀刻出的绘画，已失掉了剪纸艺术的特点和传统。

剪纸这种艺术不论中国的和外国的，都有一个共同特点，就是它的强烈的装饰性。我们所看到的波兰人民的剪纸则是纯粹的图案，而我们中国北方的剪纸，则是绘画和图案的有机结合，但或者是绘画风的图案，或者是图案风的绘画，都同样是有强烈的装饰性的。

为什么窗花剪纸之类要有装饰风呢，因为它是实用美术，民间妇女制作它是为了要在新年时装饰窗户、灯笼……为了在嫁娶时作为刺绣的底稿……它并不像绘画似的是一种纯粹欣赏的艺术，而基本上是一种装饰的艺术，是通过它的装饰作用和效果而供人欣赏的。

我们收集民间剪纸，研究它，并创作新的，除了为了直接满足人民的需要外，一面也是为了使我们的新的图案艺术从民间艺术中汲取新的养料从而创造新的人民的图案，一面也是为了帮助农村妇女和民间艺人改造旧的窗花剪纸，使它从封建的内容中解放出来向前发展。因此新的窗花剪纸就不能离开民间窗花剪纸的优良传统，它应该是在旧窗花剪纸的基础上发展起来的，它应该是能够为农村妇女和民间艺人所接受、所喜爱的，否则这种新窗花剪纸就和旧窗花剪纸脱了节，不能对旧窗花剪纸起示范和提高的作用，而且也失去了装饰艺术的形式美和它的特色，势必为群众所不喜爱。

属于图案范畴的窗花剪纸，目前在向绘画看齐，不少人毫不加考虑地要在窗花剪纸上表现它所难以表现得好的或者是不适宜于在窗花剪纸上表现的内容，结果弄得不三不四，毫不令人喜爱，各种书籍既不把它们作为封面的装饰，农村妇女也不把它们复制去贴在窗纸上。结果就失去了装饰作用，只好仅仅发表在各种通俗画报上纯粹作为欣赏艺术。然而由于剪纸艺术的工具上的局限性，它是永远也不能担负绘画所能完成的任务的。那么它既做不了绘画所能做的工作，又失去了实用美术的装饰效果，它的存在价值就值得考虑了。

窗花剪纸为了便于剪刻、便于粘贴、便于流传而不易破碎，为了使画面丰满充实，富于装饰性，要求被描写的事物的结构上，线与线之间有紧密的结合与连系，在虚实的运用上要有节奏与旋律。既不允许有太大的空白与互相之间的太大的分离，但亦不能有面积太大的实地，因实地面积太大贴在窗上既不美观也会影响窗户的明亮。因此陕北的窗花，剪一只黑猪也要在猪身上剪出图案（民间艺人把这叫着"透光"），而不能像写实的绘画似的，把它处理成全身漆黑（见《西北剪纸集》）。除此之外也应考虑到窗格的大小，使能贴上美观。而如果是作为刺绣的底稿也必须考虑到它的对象是鞋是枕是衣是带。而目前的新剪纸对以上的条件和要求考虑是很不够的。

成功的民间窗花剪纸，由于作者对于被刻划的对象的长久的观察，与深厚的感情，以及作者的图案修养，他们（她们）能够概括对象的特征，加以提炼，加以夸张，并使它单纯化、平面化。它能够表现出对象的生动的姿态和作者对这些事物所流露的感情，也能兼备绘画的某些所长而又不失为图案。这样的作品在"西北剪纸集"中是很多的，例如其中的"飞鸟""凤""雉""鸡"……等就都有这些优点。因此这些作品就能够既不失其装饰效果，而又耐人寻味，可说雅俗共赏。

窗花剪纸的取材也是很重要的问题，并非任何事物和内容都可采用，作者应考虑到哪些题材易于图案化，哪些题材适宜于用剪刀来剪，王老赏取材于古装戏剧人物，这与古装戏剧人物的形象本身从脸谱到服装就富于图案风很有关系。这也是新剪纸注意不够的地方。

为了新的窗花剪纸能为群众所采用，为了新的窗花剪纸能起示范作用，为了新的窗花剪纸能走上正确的发展道路，以美化我国人民的社会主义新生活，我提出以上意见供新窗花剪纸工作者参考。

发表在1956年4月《美术》月刊

发扬民族绘画和印刷的传统
——介绍荣宝斋木版水印画展览会

现在,在北京美术展览馆正举行着一个异乎平常的绘画展览会。这就是"荣宝斋木版水印画展览"。它的举办,无疑是很有意义的,不仅能提高人们对于中国绘画的兴趣,而且更能引起我国社会对于荣宝斋木版水印画事业的重视。大家看了这种木版水印画,不仅会感到祖国传统必须继承,而且也将以它的特殊功能而引以自豪。

荣宝斋作为一个企业来说,它的特点是手工业的。曾经有这样一个故事:据荣宝斋的负责人告诉我,荣宝斋的复制画到了国外,有一位对这种印刷品极感兴趣的研究家,拿了放大镜来观察图画的网纹,想了解印的这么好,网纹该有多么的密,可是结果使他非常奇怪,他找不到网纹。他不了解荣宝斋的复制图画是手工业制造品,而不是近代化的机器印刷品,所以根本没有网纹。这就是荣宝斋木版水印和近代机器印刷的重要区别，而也正是中国传统木版水印的特点。

荣宝斋的复制木刻画是民族传统的绘图与民族传统的印刷器材和印刷技术的高度结合，它在保存与发扬民族绘画传统与普及古典与现代国画上起着良好的作用。这种木版水印的特殊功能就在于它最善于保持中国绘画的本色和精神。其所以能够如此，关键在于它所用的颜色、纸绢都是和原画所用的相同，它的制作方法和过程，也是和原画的制作方法和过程相接近。所以在这种条件下，就有可能产生和原作极为相似的效果。

我国的木刻水印画发明极早，它是一千多年来我国劳动人民在文化艺术创造上的重要成就之一，具备了独特的民族风格，显示了我国劳动人民的天才和智慧。远在公元868年（唐咸通九年）就有宣传佛教的木刻版画流行。到明代又由单色线发展为彩色印刷，这就使中国的木版水印画大大向前推进了一步。到这时，复制一幅图画不但刻制的版数增多，而且印刷的技术也相应的趋于复杂。

北京荣宝斋的木版水印画就正是继承了明清以来的传统而发展起来的。荣宝斋原来是个南纸店，开始创立于1894年（清光绪二十年甲午），到1900年与以彩印信笺闻名的松竹斋合并起来，才扩充了营业范围，逐渐成为北京有名的一家南纸店。从清末到现在的六十多年间，它在保留和继承民族木版水印画的优良传统上做出了可贵的贡献。荣宝斋在1906年（清光绪三十二年）就自己附设了作坊，把刻版、印刷、折裁等等的技术工人组合在一起从事这一事业，由于他们的产品精良,品种渐多,因而在社会上有了影响,受到欢迎。如曾经印制过的"七十二候"信笺,"二十四节令"信封,袭道人画的百花笺,王劭农画的花卉笺,翁同和画的梅花屏条,以及后来为鲁迅、郑振铎两先生复制的《十竹斋笺谱》,都可以说明它的成绩。

在反动的国民党统治时期,荣宝斋的业务是日益没落的,可是随着新中国的诞生,荣宝斋也就很快的得到了政府的扶植,导向公私合营,把这奄奄一息的企业立刻振兴起来。1952年12月15日在党和政府的领导关怀下,改归国营。这样,全体工作人员就更加振奋起来,他们积极地为提高自己的政治觉悟而努力,并积极地发挥着工人阶级集体创造的力量。这样,经过数年来的坚持不断的研究和改进,便把印制技术发展到一个新的阶段,分色、分版益为精细,能够充分表现原作的真实面貌。因此荣宝斋的出品,不但在国内很受艺术专家和广大人民的欢迎,而且在国际上也有了很大的影响,在与各国文化交流上,起了一定的作用。

这次展出的作品共有二百二十二件,其中包括壁画、民间艺术、古典绘画、近代绘画、现代绘画等五个部分。在壁画部分中展出了《敦煌壁画选》第一辑、第二辑、第三辑等三十六件。这些作品都是中国古代从北魏到隋、唐、宋一直保存在甘肃敦煌千佛洞中的壁画,它们都是当时"画工"的作品,因此有着强烈的民间色彩。在这些作品里反映了古代劳动人民狩猎、耕作、伐木、挤乳等生活情景。在民间艺术部分中,展出了民间剪纸和中国古代的漆器图案。民间剪纸基本上是我国劳动妇女在造型艺术中极有价值的创造，作风纯朴有力，具有丰富的生活内容和多样的装饰风味，现在由荣宝斋用木刻水印复制出来，仍给人一种剪纸的感觉。至于这里展出的中国古代的漆器图案，则多半是长沙战国楚墓出土的作品和一小部分广州汉墓出土的作品。这些作品通过荣宝斋的木版水印复制出来，显得有非常强烈的漆器图案的效果。

在古典绘画部分中，展出了唐朝周昉的"簪花仕女图"部分，以及明朝仇英、蓝田叔、沈周、胡正言，清朝恽寿平、华喦、王云等人的山水、花鸟、草虫画的复制品。胡正言创制的木版水印《十竹斋笺谱》是我国最古的木刻彩印画的杰作。它对于研究我国木版水印画的发展上很有价值，而其本身也是表现了我国民族艺术特色的作品。尤其是在今年出品的由张延洲雕刻，由田永庆、孙连旺印刷的周昉《簪花仕女图》部分，由张延洲雕刻，由徐庆儒、孙连旺印刷的"仇英江间行旅图"，以及由张福旺、萧兰生雕刻，由田永庆印刷的"王云月夜楼阁图"，更是荣宝斋复制木刻技术提到更高阶段的精品。它们和原作比较起来，几乎看不出什么差别。我们知道唐周昉的《簪花仕女图》、明仇英的《江间行旅图》都是古代绘画的珍品，一般人要想看到原作是很不容易的，因此这些精彩的古典绘画的复制品，对于美术家们研究民族遗产，继承民族绘画的优良传统是一种很好的帮助。在近代绘画部分中，展出了《任伯年画册》和《陈师曾山水册》中的十六幅复制小品。《任伯年画册》中的八幅花鸟画，都是任伯年晚年的杰作，从这里可以看出他的作风和现代画家齐白石的某种关系。《任伯年画册》和

《陈师曾山水册》都是荣宝斋近一年来的出品，所以它们的质量也大大提高了。在现代绘画部分中展出了一部分新年画和齐白石、徐悲鸿、陈半丁、李可染等人的作品。其中的新年画都是新中国成立初期的作品，也是荣宝斋复制现代反映现实生活的绘画的一种尝试。这些作品的复制对于当时的新年画运动曾起了积极的推动作用。齐白石绘画的复制品在现代绘画中占了很大的比重，而陈半丁等人的作品则多半包括在《荣宝斋新记诗笺谱》中。这些作品销行较大，是很受中外欢迎的复制画。《荣宝斋新记诗笺谱》，是荣宝斋木版水印最早的一种出版物，汇集了各种彩色诗笺合订成册，内容是近代和现代名画家的各种形式风格的绘画。有精细的工笔画，也有豪放的写意画。诗笺与现在信纸的用途一样，在我国流行很早。

以上就是"荣宝斋木版水印画展览会"出品的二百二十二幅作品的全部内容。如果我们把1950年出版的比较粗糙的新年画，和1955年出版的十分精细的周昉《簪花仕女图》和仇英的"江间行旅图"作一比较，就可以看出这六年来荣宝斋的木版水印复制工作有了如何显著的进步。这种发展不仅表现在刻工、印工技术的复杂与提高上，而且也表现在起先用宣纸到最近使用绢来复制的创造上。这样一来就可使原来绢质的古画得到更其类似原作的绢质复制品。从加工的提高来看，1950年出版的新年画最多只有十四五套版，不到一个月即可制成；而今年出品的仇英《江间行旅图》即有四十套版，为了浓淡效果要印七十多次，历四个来月才制成。在这种情况下作品的质量当然是会提高的。

荣宝斋近六年来的显著成绩，是工人和画家们共同研究，不断和困难做斗争的结果。举例来说，由于他们经过各种试验终于了解到：画家作画时所用的纸、绢、颜料的性能的不同而造成了不同的笔墨效果，因而复制时便事前研究原作的纸、绢、颜料的特点，而后决定采用与原作同样的材料。这样处理的结果，就大大提高了复制品的质量，使它和原作的效果相同。而这种效果却是由油墨在近代机器上印出的复制品所万万达不到的。

发表于1955年10月《光明日报》

画家们应重视为新生一代服务

现在儿童读物的奇缺，已经成为一个十分严重的问题了，如果你稍稍注意的话，你将会发现在全国各大城市的小人书书摊上，经常拥挤不息的读者，主要是儿童，他们饥不择食地阅读着各种书刊。可是那是些什么样的书刊呀？除了一些比较无害的外，不少的书刊是有毒的，其中也包括连环图画。很多少年儿童由于阅读了那些有害的武侠、神怪、言情等书刊，就沾染了不良习气和行为，有的甚至犯罪。例如有的孩子看了坏的武侠书画居然认为：金镖黄三太才是英雄，苏联和中国现在的一些英雄也不如他们。北京某小学一个儿童为了学"鹰爪王"，经常在帽子上插个鸡毛和同学打架。某中学的一个学生因看坏书想作试验，竟强奸幼女。

这是多么严重的问题呀，当我们听到这些情况时，心上能不难过吗？这和我们要用社会主义精神从思想上教育人民的方针，和我们期望新的一代具有共产主义道德品质的理想相距的多么远呀！事实证明,对于新的一代,如果我们不用工人阶级的思想去进行教育,资产阶级的腐朽思想就要向他们进攻,其结果就败坏了他们的幼小的心灵,败坏了他们的精神品质,使他们不但不能成为社会主义的建设者,反而成为社会主义社会秩序的破坏者。

自中华人民共和国成立以来,虽然我们的出版机关也曾为少年儿童出版了不少图画读物,其中也有于去年在中国人民保卫儿童全国委员会举行的全国儿童文艺创作评奖中得奖的路坦等集体创作的连环画"童工"、刘继卣画的连环画"鸡毛信"等比较优秀的作品。可是在整个美术出版物中儿童读物所占的比例是极少的,尤其是根据中国少年儿童生活所创作的读物就更少了。就连这些极少的读物,除了一部分真正好的受到孩子们欢迎外,也还有一些粗制滥造的作品,不管在主题、内容和艺术上都存在着较严重的问题。如上海华大书局出版、方逸编、王肇龄绘的《苏联少年先锋队》,在内容和人物形象上都存在着十分严重的问题,编者以对苏联少年先锋队的无知与粗制滥造的态度来编写脚本,而画者又以歪曲和丑化进行了创作。北京朝花美术出版社出版的《失掉了的时间》,也是一本画的比较粗劣的连环画,画中儿童的形象,不能引起任何快感。类似的情况在儿童连环画中是很多的,这只能说明某些画家对于为儿童服务是不够负责的。

我想我们每一个文学艺术工作者都有责任保护和培养祖国的新生一代,使他们成为德才兼备的未来建设祖国的有生力量。我们的所谓"为工农兵服务",同时也应包括为工农兵的孩子们服务，否则就是不全面的。事实上，为工农兵的孩子们服务，也正是普及工作中的一个重要环节。在教育少年儿童的伟大事业中，我们不能轻视美术所起的作用。谁都知道，少年儿童是最喜欢看图画的，尤其爱看连环图画，因此图画已成为培养新生一代的很好的教育工具之一。通过优秀的美术作品来教育少年儿童，正如郭沫若先生指出的：除了可以辅助德育、智育、体育、乃至技术教育的进行外，更可以替未来的艺术家的造就工作奠定基础。因此，全国的美术工作者和画家同志们，就应当明确认识到在培养新生一代的事业中，我们有不能忽视的神圣责任。然而，在我们中间，有些画家同志们对于这一工作却太不够重视了。例如有的美术家认为为儿童创作成不了什么气候，如中央美术学院所培养的学生中甚至有人认为搞连环画的都是"臭东西"，在这样的空气中当然很少有人愿意为儿童创作，更不要说有人愿意终生献身于以儿童为对象的美术创作工作了。据统计现在全国六岁到十五岁的少年儿童近一亿二千万，也就是说我们成千上万的儿童需要图画和连环画看，因此不仅每个美术家在订创作计划时应计划到为儿童创作，而且培养很大数量的一批专业的为儿童创作的美术家也是十分必要的。否则满足少年儿童美术读物的要求就始终会成为问题，但可惜这样的工作直到现在还未曾开始。

然而在苏联的情况却不是这样的，苏联不但有很多终生献身于儿童图画的美术家，而且一般的画家也是非常注意为苏联儿童服务的。我们曾经看到许多有名的画家为儿童读物所作的出色的插图，例如盖达尔的小说"丘克和盖克"的插图就是名画家杜宾斯基画的。我们也时常从银幕上看到苏联画家为儿童创作的精彩的动画片；此外，我们从北京的国际书店里也时常能看到苏联画家为儿童创作的油画、政治宣传画等作品。我想，苏联的这种情况是应该成为我们的榜样的，我们应该大大改变目前为儿童创作的冷落情况。

当然要改变这种冷落情况，单靠美术工作者和美术家们的主观努力是万万不够的，还有赖于整个社会的支持和重视，从而促进美术工作者和画家们真正从思想上有所改变与重视；也有赖于美术学校有计划的培养专为儿童创作的画家，使美术工作有周密的分工，以利业务的提高；也有赖于儿童美术读物的推广与介绍，以利儿童的选择，并可使销量扩大有利于营业。

以上诸问题的解决当然愈快愈好，但更快的是需要我们美术工作者和画家们的思想改变。愿我们大家把为新生一代的服务看成是一件十分光荣的任务吧！

发表在1955年9月《中国青年报》

《蒙古人民共和国美术作品选集》序

　　蒙古人民共和国美术展览会于1954年5月间在我国首都的举行,使我国人民第一次大量的看到蒙古艺术家的优秀的作品,使中蒙两国文化的交流为之增进,因此,中国人民对这个展览会表示了热烈的欢迎。我们从展览会的二百九十余件作品中选出绘画、雕塑、图案共三十一幅,出版这个画册。一面作为蒙古人民共和国美术展览会在中国首次举行的纪念,一面也为了使中国人民有更多机会欣赏这些美好的艺术作品。

　　蒙古人民共和国的年轻的美术,从来没有受过西欧资产阶级近代诸流派的形式主义的不良影响,它是在伟大苏联兄弟般的帮助下,同时汲取了民间艺术的优秀传统而发展起来的。积极的民主的内容和社会主义现实主义的方法是蒙古现代美术的特点。因此,出现在蒙古人民共和国美术展览会中的作品,对于蒙古社会的发展,以及对于蒙古人民的生活,都能做到极其广泛忠实的描绘。

这个选集的出版,不但使中国人民能看到蒙古人民共和国在蒙古人民革命党领导之下在文化建设上的伟大成就,而且能看到他们在社会主义工业化和社会主义改造道路上的伟大成就。不但使中国人民有如身历其境,看到蒙古人民的新的生活面貌,而且也能看到蒙古国家的美丽而辽阔的草原和雄伟而壮丽的河山。我们相信广大的读者,将会被我们邻邦的社会建设的伟大成就所鼓舞,将会为我们邻邦人民生活的幸福和不断的改善而欢乐。更愿这个选集的出版对于我国广大的美术爱好者的学习上有所帮助。

这个选集中有关于蒙古人民领袖生活的作品六件,这些作品是对于伟大历史事件的纪录,是对于人民英雄的歌颂。在伟大的俄国十月革命的影响下,蒙古人民于1921年3月1日建立了蒙古人民革命党,在党的领袖苏赫·巴托尔和乔巴山的领导下进行了反帝反封建的革命。在同本国封建宗教贵族、帝俄白卫匪徒及中国反动军阀进行斗争中,苏赫·巴托尔曾担任当时人民军的总司令。蒙古革命在苏联的积极援助下获得成功后,当时旧封建统治阶级的喇嘛和王公们勾结了日本帝国主义以及残余的白俄匪军在各地继续骚扰并且毒害了苏赫·巴托尔。此后蒙古人民的革命事业就由乔巴山领导,在他的英明的领导下,1924年3月13日蒙古人民政府决议废除君主立宪制,宣布蒙古为共和国。1952年1月蒙古人民领袖乔巴山元帅逝世后,总理一职由泽登巴尔继任。画家卢夫山查姆茨用彩漆画的《苏赫·巴托尔》,是描绘苏赫·巴托尔在蒙古人民革命成功后，正在办公室里工作时的情景。他把苏赫·巴托尔描绘得非常严肃，使人面对着他的形象，产生无限的敬意。油画"乔巴山在伊尔库茨克"是曾经两度获得乔巴山奖金的蒙古功勋艺术家采布格札布的作品，它描绘青年时代的乔巴山于蒙古革命前在俄国伊尔库茨克的中学里读书时候的情形。事情的经过是这样的：乔巴山的家里非常穷苦，当他十七岁的时候，家里人要送他去当喇嘛，他不愿意，便离开家乡来到远隔千里的库伦（即今乌兰巴托市）。他起初在街头流浪，后来认识了一俄国教师，由这个教师介绍进了库伦的一个俄文学校读书，教师看他很聪明，就把他介绍到俄国的伊尔库茨克去上中学。在当时，只有蒙古的贵族才有被介绍到伊尔库茨克去学习的资格，老百姓的孩子是不让去的，而乔巴山则由于学习的成绩好以及那位俄国教师的帮助，例外地被介绍到伊尔库茨克去了。蒙古青年到了伊尔库茨克，为了学好俄文，都住在俄国老百姓的家里。乔巴山约于1913年来到伊尔库茨克，学习了数年之久，于1918年左右才回到蒙古。他在伊尔库茨克的期间，亲眼看到俄国的工人革命运动，这对他后来从事革命活动是有影响的。这幅画所描绘的正是乔巴山在伊尔库茨克的俄国老百姓家里居住时候的情形。根据墙上挂的钟，可以看出时间是深夜两点三十分钟了，乔巴山披着衣服仍在蜡烛前读书。他右手拿着一支铅笔，左手拿着一本书，桌上放着纸，好像在做笔记。此刻他正在思考什么问题，表情严肃而沉静。从形象性格的刻划上使人感到他是一个富于思想的坚强的人。这个作品既表现了乔巴山的刻苦学习,也很容易使人联想到他是为了蒙古人民的命运而沉思。油画《毛泽东和泽登巴尔》是蒙古功勋艺术家,乔巴山奖金获得者,大人民呼拉尔代表,天才艺术家却多克画的。它描绘的是1952年9月28日以泽登巴尔总理为首的蒙古政府代表团来北京后,泽登巴尔总理和毛泽东主席会见的历史事实。作者通过中蒙两国领袖的会见,表现了中蒙之间的友好合作和中蒙两国人民的友谊。

在这个选集中关于蒙古人民生活题材的作品占绝大多数,其中优秀的作品也很多。青年艺术家奥敦的"工作之后"(见图51)十分出色地反映了蒙古人民在畜牧业集体化道路中的真实的生活面貌。

他描写在一个牧业生产合作社里,晚秋时分,大家正在从事集体的割草劳动,其中一个吃醉了酒的青年,却出去游荡。当大家休息的时候,他才回来。画面表现在帐篷前的一个小桌旁,大家一面在用茶点,一面在对这个青年进行教育。图画的背景上画着休息着的割草机和堆积起来的草垛,使我们明显地看出这些人们在休息之前所做的工作。此刻群众的眼光都注视着被批评的青年,大家对他的醉酒与无故离开工作岗位的行为表示不满。其中坐在画面的正中间的年长者是牧业生产合作社里的工作队队长,他正以关切而严厉的语言对这个愉懒的青年进行批评。而这个青年,可以看出他已经在酒后清醒了,一面在静静地听取批评,一面在思考着自己的过失。画家在这个作品里,较为成功地刻划了不同人物的形象和性格。其中有刚从大城市里归来的女学生,在很虚心地以学习的态度观察大家对这个问题的处理。此外还有退休的军人和一个手持报纸的知识分子。画家对于被批评的青年的描绘是花了心血的。这个青年的怀里还藏着酒瓶,通过对于衣服的凸起的描绘可以看出酒瓶的模糊的轮廓。火热的批评使他感到羞愧和不安,他为了自己的过失心里很苦痛,因此他把香烟扭成两节丢在地上,一面用一只手托着腮巴,一面顺手在地下拾起一条草叶放在口里咀嚼。这种极其细微的细节描写,增加了这个人物在这个具体环境中的真实感,说明画家平素对于生活的观察是细致的。青年咀嚼着草叶,意味着他内心的痛苦的斗争,并预示着他改正错误的前景。这种细节的描绘有力地表现着人物的心理和性格。画家对于年长者的严肃的描绘,使人明确地感到他对于集体利益和对于青年人的教育的责任感。整个画面流露着一种严肃而平静的空气。奥敦的这幅作品是以提高人们对于劳动的热爱和对于集体事业的责任心为主题的,是对于生活中的落后现象进行批评的有力武器,这样的作品是有助于改造人们的思想的。

采布格扎布的"旷职"和奥敦的"工作之后"所表现的是十分类似的主题,所不同的是一个事件发生在草原上,一个事件发生在工厂里。"旷职"表现在一个铁工厂里,一个青年工人迟到了之后受到同志们责备的情形。画家所描绘的迟到者是一个非常狼狈的形象,而进行批评的人也表现的非常认真,他们对于不遵守劳动纪律的行为表示不能容忍。以上这两幅画都表现了在社会发展过程中新旧思想和新旧作风之间的矛盾和斗争,在这种矛盾和斗争中,显示了蒙古人民生活的前进。

采布格札布的另一幅作品"挤马奶"表现了一对蒙古男女青年的幸福的爱情生活。那个年轻的姑娘在甜蜜地笑着,她是那样的美丽,她的笑非常具有感染力——这种笑是对于和平生活的有力的歌颂。

蒙古青年艺术家高姆波苏伦的油画"矿工们的早晨"是一幅歌颂矿工英雄的图画,表现在夜班工作的矿工当中,有一个工人在生产竞赛中超额完成了生产任务,在早上换班时,党和政府的代表向英雄授奖旗祝贺。这幅画的场面很热闹,人们的感情在沸腾着,都为这位英雄的创造所鼓舞。此刻,少先队员们正给他献花,新闻记者也忙于访问,上早班的矿工们兴奋地走进矿井。早晨的阳光照耀着英雄的愉快的面部,大家都向他挤来,整个画面的描绘能够引起观众对于英雄人物的敬仰。这幅油画的火热而明快的色调和所表现的内容也非常协调。

蒙古艺术家的雕塑,一般的都能表现出蒙古人民的坚强性格和每个人物特有的个性以及他们在历史的新时代中的乐观主义的精神,而蒙古艺术家的图案却最富于民族色彩。所有这些作品都使我们喜爱。

这本画集所选的作品虽然只有三十一件,但它的出版,将不但帮助中国人民对蒙古人民的生活和蒙古人民的艺术得到进一步的了解,而且也一定会使中蒙两国人民之间的友谊更加巩固。

1954年5月于北京

《参加第五届世界青年与学生和平友谊联欢节中国美术作品选集》序

　　青年美术工作者和青年美术家,是我国人民美术事业中最有生气的和最可贵的力量。新中国成立以来,他们在美术领域的各个方面都表现的非常活跃。由于他们接受了党的领导,党以科学的马列主义理论和马列主义的文艺思想武装着他们,由于他们执行了党的文艺方针,在不断深入工农兵生活的过程中,改造着思想感情,获得了创作源泉,因而他们在美术创作上取得了显著成绩。这些成绩无疑是他们辛勤劳动的结果,但和老一代的美术家们在业务上的教育和帮助也是分不开的。

　　这个选集中的五十件美术创作,是我国青年美术工作者和青年美术家参加在华沙举行的"第五届世界青年与学生和平友谊联欢节"的美术竞赛会和美术展览会的作品。它们曾受到参加本届联欢节的各国青年的欢迎,波兰艺术家们曾表示对这些作品很感兴趣。美术竞赛会的评委们认为周昌谷的《两个羊羔》(见图52)很好,说它反映了生活,而且具有中国优良的民族传统,一看就感到是中国人的作品。认为刘继卣的《武松打虎》(见图53)也是好作品,说它对人物刻划的很细致,背景和猛虎都画得好。此外,认为查文生的漆器"金鱼盘"也有民族色彩。因此周昌谷的"两个羊羔"荣获了国际一等奖,刘继卣的"武松打虎"和查文生的"金鱼盘"荣获了国际三等奖。此外,他们也曾善意地提出批评,认为我们的某些作品由于吸收西洋的东西太多而把原有的优良传统给予损害,使它看不出独特的风格,好像是别个国家的作品。因此希望我国青年画家在吸收外来的东西时,千万不能将原来好的东西也抛弃了……这些批评无疑是非常正确的。中国的美术工作者对这些宝贵意见是会加以重视的。因此这个选集,不仅是中国青年美术创作在社会主义现实主义道路上前进的收获,而且也是这次参加"世界青年与学生和平友谊联欢节"的美术竞赛会和美术展览会的一个纪念。

这些作品是由中国新民主主义青年团中央委员会和中国美术家协会负责组织的,它们组织这些作品参加"世界青年与学生和平友谊联欢节"的美术竞赛会与美术展览会是为了各国青年在艺术创作上互相学习,为了通过这些创作向世界青年宣传我国社会主义建设和我国青年艺术的新成就。同时也是为了得到国际友人的批评,有利于我国青年艺术创作的发展。

这个选集中的美术作品,通过各种题材和形式在不同程度上反映了祖国人民的新生活和新的精神面貌,以及祖国的社会主义建设在人们生活上和心理上所引起的深刻变化。同时也反映了中国青年在人民时代的新的土壤中他们的艺术才能的蓬勃发展。

从国画方面可以看出近些年来努力面向生活,努力为新的社会经济基础服务,已取得的初步成绩。我们始终应该把向新的一代提倡学习国画看作是一个重要任务,这就因为它是我们祖先遗留下来的,为广大人民所喜闻乐见的民族绘画。如果新的一代对它加以轻视,拒绝学习,这不但是一种反爱国主义的丧失民族自信心的表现,而且也必然会使我国传统的绘画为之失传。

这里所选的十二幅国画,首先说明了我们的青年美术工作者和青年画家由于有了一些新的思想武装,由于努力继承民族绘画遗产,努力面向人民生活,因而创作了一些较好的表现人民的新的精神面貌和内心生活的作品(如《两个羊羔》《和解》),有的并通过人物形象的生动描绘和环境背景的巧妙安排,表现了祖国建设在人民心理上所引起的欢喜,从而歌颂了祖国的新事物(如《古长城外》),有的作品生动地表现了古代英雄人物的勇敢和美德(如《武松打虎》),有的歌颂了我国人民的新的精神品质(如《出诊图》)……这些成绩是值得我们表示高兴的。

这里所选的十二幅国画,同时也说明它们在形式的发展实践中也前进了,这些作品既说明我国绘画的原有技法能够发展,同时也说明要创造新的中国气派的国画,决不能脱离传统的表现方法,必须继承遗产(否则就丧失了国画的民族特色)。当然,我们决不能以现有的收获而满足,它们还只是国画改革工作中的初步成绩,缺点还是不少的,如题材还很不广泛(偏重于少数民族的生活),表现重大政治主题的作品也较少,内容与形式还没有达到理想的和谐,画面还不够应有的完整……但这些大都是新生的艺术在发展过程中必然难免的缺点。我们相信这些缺点会在今后新的国画的创作实践中,在画家继续深入人民的生产、斗争生活中,在画家的政治思想水平的不断提高中,努力学习民族绘画遗产的过程中,逐渐克服的。

中国的新兴木刻是具有革命传统的人民艺术的一个重要部分,它一向为中国的革命青年所掌握,二十余年来已获得较大成绩。从这里选的这些版画作品,可以看出中国的新的青年一代在木刻画、铜版画、石版画方面已达到新的水平,显示了他们在刻划人物形象,创造新的风格,发展版画艺术的特长,学习民族遗产等方面的成就。就全国范围来说,近一、二年来的版画艺术的繁荣主要是由于新的青年版画家的不断出现和他们的积极努力所形成的。就作品题材的广泛性来说,比起过去来有了很大的进步,但在表现社会主义建设和社会主义改造中的新的英雄人物和典型形象方面,以及在使作品更加有民族特色方面还值得大家多加努力。

我国青年美术工作者较普遍的从事油画创作虽然为时不久,但在这一方面的进步还是较快的,这里虽然仅选了一幅油画,但多少可以看出青年美术工作者在这一领域中的情况。我们相信油画在我国艺术的"百花齐放,推陈出新"的方针下,定会产生具有民族风格的新的油画艺术。

在这个选集中,雕塑作品选的较多,虽然在目录中把瓷雕另行分类,但其实它也是雕塑的一种。看了这些青年人的作品,使人非常高兴。由于他们懂得了熟悉人民生活,体会人民思想感情的重要,了解到雕塑应该通过表现人民的新的精神,刻划他们的新的内心世界而表现新的思想,了解到雕塑的形式应不违背人民的欣赏习惯和爱好……有了这一系列的对于雕塑艺术的新的观点,就使他们的作品有了崭新的面貌,因此不论雕塑中的《广岛被炸十年祭》《小画家》《节日》《当我长大的时候》……不论瓷雕中的《绣花》《收获》《东北舞》……就有了比较强烈的感染力,使人感到冷冰冰的泥石和瓷器有了生命,不但作品中人物的感情能引起我们的共鸣,而且能使我们对这些艺术品发生爱。这就是青年美术工作者和青年美术家不论在雕塑方面和瓷雕方面所获得的可贵成绩。

新的瓷雕在最近的产生,应该表示热烈欢迎,它是雕塑深入广大人民群众中的一个很好的形式,它的出现给雕塑的普及找到了很好的门径。青年雕塑工作者和青年雕塑家应该重视这一工作,应该从雕塑和瓷雕中看出它们之间的区别和联系。未来的前景将会证明瓷雕对雕塑的发展,雕塑对瓷雕的提高的积极意义。

漆器是我国工艺美术品中的一种,近年来有新的发展,它的前途是很可观的。漆器艺术价值的高低以及它的民族特色，基本上决定于它本身的造型和装饰图案的造型，以及两者之间的巧妙而和谐的结合。我们的青年工艺美术工作者在漆器工作上的创造是有成绩的，这里选的八件漆器作品可以说明他们在这一领域内所达到的水平。我们的祖先在长期的劳动中，在图案艺术上给我们留下了最为丰富的遗产，新的青年工艺美术工作者和工艺美术家们如何接受民族遗产，如何发展这些遗产同样是一个重要问题。

总的说来，我国青年参加在波兰举行的"第五届世界青年与学生和平友谊联欢节"美术竞赛会和美术展览会的各种作品，都是比较好的。从内容上说，大都在不同程度上反映了我国人民的新的生活，新的思想感情。从形式上说，也大都在不同程度上具备了民族色彩。然而也还有某些作品在民族形式的问题上注意得不够。《两个羊羔》《武松打虎》《金鱼盘》的得奖固然首先和它们较好地描绘了新的人民形象，较好地刻划了古代英雄人物的形象，较好地设计了工艺品的图样有关。但作品的形式也是一个重要条件，由于它们比较起其它作品来更富于民族特色，更能够代表中国，所以受到了评委的重视。鲁迅先生曾经说过："保持着地方色彩，反易成为国际的，即为别国的人所注意。"这就是这次得奖作品的很好的说明。

当然我们的提倡民族形式，还并非仅仅为了这种作品"成为国际"的，而重要的是为了更能为中国人民所接受，所喜爱，从而有利于发挥它的思想教育作用。因此我们还必须再一次地向美术领域内各方面的青年艺术工作者和青年艺术家提出重视民族传统，创造富于民族特色的艺术的要求。因为这不仅是国际朋友的要求，同时也是中国人民的要求。

1955年12月于北京

新颖美观的波兰宣传画

波兰的宣传画在我们首都展出,像不同品种的美花开在我们的花园里,它以特有的民族趣味,大胆有力的创造,丰富多样的风格,强烈的装饰性,单纯明朗的色彩和鲜明的个性等特色吸引着我们,使我们面对着这些新颖美观的艺术,不能不加以赞叹[①]。

每个国家的艺术,都应该有它自己的民族色彩,各种美术作品都应该发挥它自己的特点,每一个画家都应该有他自己的艺术语言。这从理论上说,是大家都知道的,可是表现在具体作品上常常就完全是两回事了。而波兰的宣传画却真正做到了这些要求因此它就显得不平凡,显得新鲜,能够把画家想要表达的事物和思想突出地表现出来,能够在我们的脑中留下深刻而美的印象。

波兰画家的大胆的创造,大大地丰富了波兰的宣传画艺术。那么,什么是大胆的创造呢?在我看来,就是抓住了宣传画的特点,敢于根据宣传内容的要求,在造型上把可有可无的东西大胆地省略,把必要的东西大胆地夸张,以及表现手法的多样性……因此在波兰的宣传画里,没有自然主义和它的残余⑦。可是,也许有人说:波兰的宣传画既然没有自然主义,那么会不会因为某些作品过于强调装饰性而变成形式主义呢?我认为艺术品的是否形式主义,主要以有没有思想内容为标准。波兰的富于装饰性的宣传画之不能称为形式主义,就因为它既表现了事物的特征,又通过这些特征表现了显明的主题思想。因而它能够成为对人民进行思想教育和美学教育的一种强有力的工具。听说,波兰人民喜爱看宣传画,就像我们中国人民喜爱看政治讽刺画一样,这和它具有思想内容是很有关系的。

在展览会中展出的宣传画,介绍了最近十年来波兰绘画艺术家们在这一艺术领域内所取得的成就。其中以电影宣传画较多,而关于政治的宣传画虽然数量较少,但并没有因此而显得减色。耶得洛夫斯基·塔结乌什画的"人民波兰建设十周年"宣传画(见图54)是一幅别出心裁的大胆创造的作品,它可以叫做静物的宣传画。图画的基调是热色的,在广阔的鲜红色的平面上画着一个建筑工人用的白色的瓦刀和在它上面放着的一个勋章,显得十分醒目。整个作品的色彩热烈而庄严,画面上没有出现人,却以高贵的劳动工具和勋章等简单的可视造型做了我们联想的线索,使我们想到十年来劳动人民在建设工作中的伟大贡献和成就。而其强烈的装饰性,则更有助于主题的鲜明和宣传画作品的美感。已故的画家特列甫科夫斯基·塔结乌什画的"不准再有战争！"和"第五届国际萧邦钢琴比赛宣传画"也是很有创造性的。前者在画面上画了一个炸弹，投在天蓝色的和平环境里，并在炸弹上画出了它对于人类文化和生命财产的破坏性，从而引起人们回想起战争的情景，和对于战争挑拨者的憎恨。它相当充分地表达了反对战争的思想，而画面是那样的单纯，主题是那样的显明。后者基本上是用抒情的风景画来表达音乐的情调的，前景上没有画出钢琴的全身而仅仅画出了钢琴的键盘，整个图画富于音乐的意境和造型的美。

范哥尔·渥依杰赫和图弗日夫斯基·耶日依的"1955年华沙举行的第五届世界青年与学生和平友谊联欢节"（见图55）以装饰风的和特写的手法画了一个美丽女郎的半身像，她庄严地仰视着，显得富于理想和信心。在她的颈上用世界各国的国旗做成了她的珍贵的项链，以表明她的形象是世界青年与学生的化身。她肩上有一个白色的和平鸽，说明了联欢节为世界和平而斗争的愿望。在远处还画了一个迎风飘扬的波兰国旗，以表明举行联欢节的场所。整个图画庄严大方，能够引起人们对于这个联欢节的正确的认识和崇高的感觉。马耶夫斯基·古斯塔夫的"我们的五一劳动节万岁"也很出色，只画了几只高举起帽子和花束的手，然而由于手的动作和表情，由于花和帽子的新艳，使我们感到了节日的庄严以及人的热烈的感情和欢呼的声音、游行队伍的盛况、人海的沸腾。它能够借助于有限的形象，给人以广阔的意境。这是由于作者善于把最主要的东西加以集中表现的结果。他对于宣传画的特点同样是抓得很紧的。

在波兰绘画艺术的成就中,电影宣传画和戏剧宣传画占着重要的地位。波兰的造型艺术家十分重视这门工作,油画家、讽刺画家……都同时是宣传画的制作者。因此这些宣传画,就根据不同作者的趣味和不同的内容而采用了各种各样的造型方法,有的富于幽默感,有的富于讽刺意味,有的像电影的特写镜头,有的用造型艺术的比喻方法,有的用黑白画的形式,有的用单线平涂的手法……不过,尽管形式和风格怎样不同,但它们在一个问题上做到了统一,那就是它们都具有明显的宣传画的特点和波兰民族艺术的基调。以斯洛科夫斯基·耶日依为电影"小山羊"所作的宣传画为例,可以看出它基本上是用漫画的夸张手法画成的,但其结构却有图案风味。图中只有两只狼在窥伺,但当中的两个羊角却使我们想到了小山羊的不幸遭遇。它用红、黄、绿等鲜明的色彩画成,单纯明快,谁也不会怀疑这是一幅非常富于童话意境的宣传画。

我们说波兰的宣传画善于根据宣传内容而采取不同的手法,还可从穆洛什恰克·约瑟夫为一九五四年在波兰举行的中华人民共和国工艺美术展览会所作的宣传画得到证明。这幅画的特点是用图案的方法画成的,图中画了一个中国的花瓶,并用中国的剪纸作了装饰,这样的作法和其所要宣传的内容非常切合。

看了这些作品,使我们感到波兰宣传画家,还善于利用文字作为图画的有机部分,使它起装饰的作用和说明的效果。这种优点在很多作品中都可得到证明。

波兰的丰富多样的宣传画,会使我们有很多感想。无疑的,我们的宣传画在近几年来获得了一定成绩是谁也不能否认的。但应该说我们的作品是比较缺乏创造性的,很多宣传画既看不出民族的特色,也缺乏显明的个性,令人有千篇一律之感。甚至很多作品和其他画种不分界限,看不出宣传画的特点。所以有人说好像是连环画的一页,或油画的一个部分,这种说法,不能说毫无道理。我想,波兰的宣传画是会给我们许多启示的。我们的画家一定会在中国的土壤上,培植出更多样更丰富的宣传画来。

1955年12月发表在《北京日报》

注释:

①"波兰宣传画和书籍插图展览会"于1955年11月18日起至12月11日止在北京市劳动人民文化宫举行,本文仅谈其中的宣传画。

②自然主义从它未能表现事物的本质,即缺乏思想性来说,也是一种形式主义。这里是指的它的表现方法上的追求照相似的"真实",不敢集中、提炼而言。

谈青年美展中的几幅油画

一

在一次为了讨论青年美展中的油画而召开的座谈会上，有人表示他看了这些作品很失望。可是马上就有人表示不同意，认为对青年画家的作品不应有过高的要求，而且应从这一年轻画种的历史发展上看，并说这些油画作品比起新中国第一届全国美展中的作品来，要好的多了……这个意见立刻得到了在座的很多画家的赞同，而且连表示失望的那位同志也声明应该改变自己的看法了。

我想，在那次座谈会上的这些不同看法是有代表性的，它反映了社会对这些作品所流露的各种态度。但在我看，说它看了令人失望，显然是不公平的。一来中国人画油画，才只有四十来年的历史，比起国画的高寿来油画简直还是个毛孩子；二来这些作品根本不能代表目前青年油画家们的创作水平，因为展出在这里的，都是一年以前的旧作，现在已经有很多高出这个展览会的水平的新作出世了。然而即使如此，这个展览会还是有很多值得赞扬的东西和不少令人感到美的作品的。

如果我们作一比较，就会发现整个青年美展的作品中以油画部分用较多的画幅反映了我国当前的社会生活，描绘了我国社会主义建设和社会主义改造中的新题材，刻划了社会主义时代的我国人民的新的精神面貌。不管他们反映的、描绘的、刻划的还有多少缺点，但他们努力的基本方向，他们的用心总是好的。而且有的作品也曾受到过社会的好评，有的作品中的人物形象也塑造得颇为动人。所有这些不是首先值得我们加以赞扬，加以欢迎的吗！

二

在这里，我想首先谈一些颇有生活感受，比较引人注意，但还带着不同缺点的作品，这些作品我深为它们所表现的生活情节所感动，而为它们的缺点而可惜。如高庶绩的《母亲》（见图56），他画的是一个很有意思的场面，描绘在朝鲜的两个中国人民志愿军，于雪后的冬夜宿在朝鲜老大娘的屋檐下，老大娘发现后，和她的小女儿出来把自己的被子给他们盖上。画面描绘的孩子在风里持灯，以及老大娘轻轻盖被的情景令人感动。这幅画的取材和表现方法是最符合造型艺术的特点要求的，它不需要文字说明，甚至不需要我们看标题，也能令人理解它的全部内容，并受到感染。这里没有不自然的情节和装腔作势的人物动作，不是表面的记录生活。这里表现了中朝人民之间的亲密关系，但不是生硬的说教，而是通过令人信服的具体形象表现了这一重大主题。不管作者是来自直接的生活感受，或是间接的生活感受，总之是令人感到它有生活气息。但可惜在使用油画色彩上存在着缺点，整个的画面为过于火气而刺目的紫色调子所侵害。作者把冬夜的雪和屋檐上的冰箸都用带暖味的紫色来描绘，不但不真实、不美，而且不能更有力的衬托主题。因为画面的雪、冰描绘得愈使人感到寒冷，那么给中国人民志愿军盖被子这件事就愈有意义，愈令人看了感动。反之，如果画面不能造成这种环境气氛，当然就减弱了它和主题的有机的配合，减弱了它的真实感和它对观众的感染力。此外，这幅画就其整个背景来说也是失败的。它令人感到是一个不高明的舞台美术家设计的布景，景既单薄而色彩又不美，因而损害了作品的艺术性。

又如潘世勋的"访问"，这位青年画家在比较认真地体验生活之后，创造了这幅有生活感的，意在歌颂合作社的女饲养员的油画，它比起"母亲"来，显然有较好的油画技术，从构图、色彩和那位老农（村干部）的形象来看，都有它的成功之处，因而受到了不少群众的喜爱。但可惜在塑造女饲养员和另一位女同志的形象时，没有达到令人满意的成果。因此减少了作品的深刻性和魅惑力。这些缺点的来源，固然和在生活中缺乏深入了解和观察农民有关，但由于油画技术修养的限制，手不从心也是事实。

以上的这些多半属于技术上的缺点，有赖于我们的青年油画家在今后的创作实践中不断克服,但也正如人民日报四月三号"培养青年美术工作者"的社论所提出的"……需要有关领导部门和美术界先辈的耐心培养和帮助"。

三

下面我想谈谈《小会计》和《关怀》。

《小会计》描绘一个戴红领巾的学生,在夜晚的灯下,正在农村合作社里打算盘,周围有一群农民在观看。从这作品所选择的生活主题来说,是有意义的;从人物的写实工夫和质感,从画面构图的稳当和画面的光感、空间感,以及色彩的调和和笔触的自然,从透视学和解剖学的要求等方面来看,它是比一般作品较有修养的,是较少缺点的。然而却总显得画面内容缺乏从生活而来的感人之力,那些人物或多或少总令人感到是根据"模特儿"硬摆姿势画出来的,而不是从生活观察、感受、选择、概括、提炼的结果。因而使人觉得不够真实,缺乏生命,缺乏典型;并且感到画家对他所描绘的人物缺乏感情。这些由于缺乏生活实感、缺乏较深刻的观察力和概括力而形成的缺点,就大大影响了作品的思想性,使得它减少了作为现实主义绘画应有的生命和光彩。

《关怀》表现一个人民解放军的首长,去到连队的伙房来尝汤,借此描绘人民军队的官兵关系。这种主观愿望自然是好的,但这种题材却并不典型。关于我们的官兵关系,能够揭露它的本质的题材很多,而这一题材本身就限制了作品的深刻性和感动力。如果我们就画面的人物关系和人物形象来观察，就会觉得它和画家企图表现的主题思想是矛盾的。由于画家仅仅从生活的某些表面现象去着眼，而没在生活中选择最能够代表本质的现象，所以产生了很不好的效果。因为从画面的人物形象来看，画家把那位首长塑造得颇为威严，首长架子十足，这样的首长是令人可敬而不可爱的；从人物关系上看，画面表现首长走来了，在装模作样地尝汤，而旁边的战士们却似乎是战战兢兢，很害怕他的样子。这和人民解放军中的官兵打成一片，亲如家人的本质是相矛盾的，不典型的，而且和作者的主题思想相违背的。这是我个人对这幅画的看法，愿提出来和大家讨论。

总的说来，青年美展中的那些描绘社会生活主题的作品，有些看出是有生活的，但有很多还不能够令人看出它们的根毛深深地扎在工农兵生活的现实沃土中；有的只描绘了一些和生活本质关系不大的生活现象，加以油画技术和素描修养上的限制，以及其他艺术修养上的问题，因而显得它们的艺术花朵开得还不够肥硕，不够美丽动人。愿我们的青年美术工作者们在今后加强政治修养艺术修养的同时，能长期地全心全意地深入到工农兵生活中去。我们有充分的信心相信他们在未来的日子里，在党的关怀下，定能创造出在新的现实土壤中开放出来的具有民族特色的灿烂的油画花朵。

发表在1957年5月《美术》月刊

附图目录

1. 牵牛花
2. 春到西藏
3. 南京梅花山
4. 修纺车
5. 送马
6. 娃娃戏
7. 劳动换来光荣
8. 新中国的儿童
9. 渔港之春
10. 船
11.
12. 羊群
13. 哥哥的假期
14. 人民的刘志丹
15. 减租会
16. 细雨
17. 粮丁去后
18. 挣扎
19. 华威先生
20. 织毛毯
21. 从前没有人到过的地方
22. 甘蔗园
23. 布谷鸟叫了
24. 阿诗玛插图——吹口弦
25. 母爱
26. 李卜克内西遗容速写
27. "纪念李卜克内西"草图
28. "纪念李卜克内西"腐蚀版画
29. "纪念李卜克内西"炭来稿
30. "纪念李卜克内西"石版画
31. "纪念李卜克内西"木版画
32. 牺牲
33. 在美军基地
34. 水
35. 钢铁延压厂的工人
36. 鲁尔人民的起义
37. 地主的残暴
38. 玛鲁艾那·桑切斯
39. 拉丁美洲的土地问题
40. 逃亡者
41. "鸡毛信"之一

42."鸡毛信"之二
43."东郭先生"之一
44."东郭先生"之二
45."童工"之一
46."童工"之二
47."我要读书"之一
48."我要读书"之二
49.桶里出莲出桂花
50.织布
51.工作之后
52.两个羊羔
53."武松打虎"之一
54.1955年华沙举行的第五届世界青年的学生和平友相联欢节
55.人民波兰建设十周年
56.母亲

附图

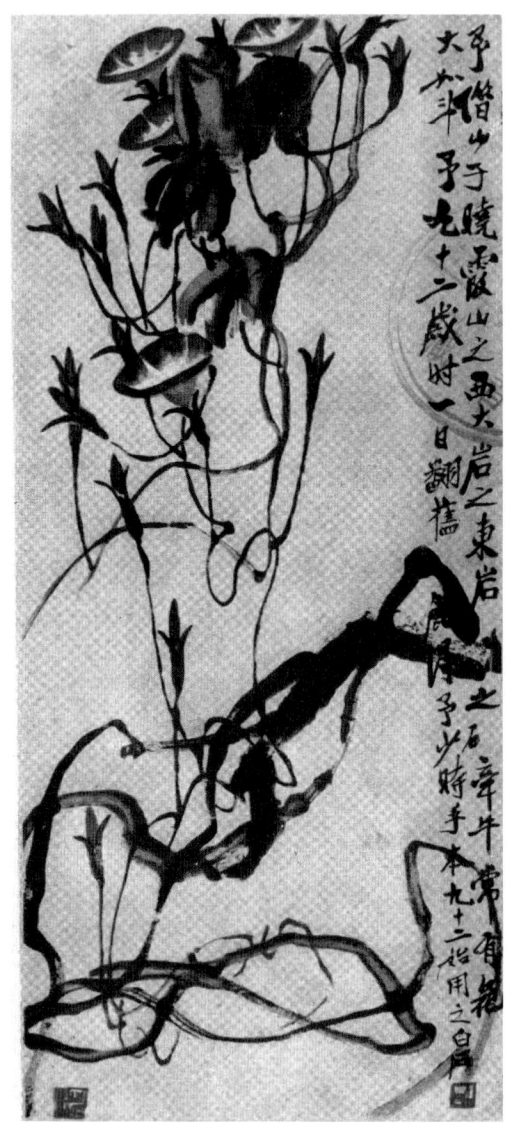

1 牵牛花　　齐白石作

2 春到西藏　　董希文作

3 南京梅花山　　魏紫熙作

4 修纺车　　　　　　　　　　力　群作

5 送马　　　　　　　　　　　力　群作

6 娃娃戏　　　冯 实作

7 劳动换来光荣 古一舟作

8 新中国的儿童 张仃作

9 渔港之春 温勇雄作

10 船 　　　　　　　　　　　张　望作（约 1934 年）

11　　　　　　　　　　　　　　　何白涛作（约 1933 年）

12 羊群　　　　　　　　　　　　古　元作

13 哥哥的假期　　　　　　　　　古　元作

14　人民的刘志丹　　　　　　　　　　　　古　元作

15　减租会　　　　　　　　　　　　　　古　元作

16 细雨　　　　　　　　　李 桦作

17　粮丁去后　　　　　　　　　　　　　　　　李　桦作

18　挣扎　　　　　　　　　　　　李　桦作

19　华威先生　　　李　桦作

21 从前没有人到过的地方　梁永泰作

20 织花毯　李唤民作

22 甘蔗园　　　　　古　元作

23 布谷鸟叫了 吴 凡作

24　阿诗玛插图——吹口弦　　黄永玉作

25 母爱　　　　　　　庄　元作

26　李卜克内西遗容速写　　　　　　凯绥·珂勒惠支作

27　"纪念李卜克内西"草图　　　　　凯绥·珂勒惠支作

28 "纪念李卜克内西"腐蚀版画　　　　　　凯绥·珂勒惠支作

29 "纪念李卜克内西"炭画稿　　　　　　凯绥·珂勒惠支作

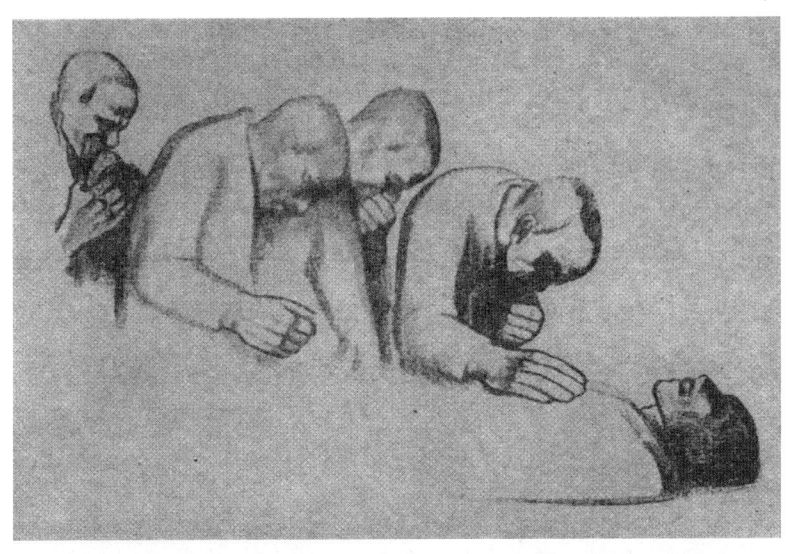

30　"纪念李卜克内西"石版画　　　凯绥·珂勒惠支作

31　"纪念李卜克内西"木版画　　　凯绥·珂勒惠支作

32 牺 牲　　　　　　　　　　　凯绥·珂勒惠支作

33　在美军基地　　　　　　　　　铃木贤二作

34　水　　新居广治·上野诚作

35　钢铁延压厂的工人　　　　　　　　　　阿尔诸·莫尔作

36　鲁尔人民的起义　　　　　　　　　　克劳斯·章伯作

37 地主的残暴
列奥波多·孟德斯作

38 玛鲁艾娜·桑切斯　　阿尔培脱·贝尔特兰作

39　拉丁美洲的土地问题　　　　　　　　阿尔培脱·贝尔特兰作

40　逃亡者　　　　　　　　阿尔图罗·加尔西雅·布斯多斯作

41 "鸡毛信"之一（第51图） 刘继卣作

42 "鸡毛信"之二（第56图） 刘继卣作

43 "东郭先生"之一(第 31 图)　　　　　　　　刘继卣作

44 "东郭先生"之二(第 45 图)　　　　　　　　刘继卣作

45 "童工"之一（第1图）　　　　路　坦等作

46 "童工"之二（第3图）　　　　路　坦等作

47 "我要读书"之一(第 6 图) 王绪阳等作

48 "我要读书"之二(第 80 图) 王绪阳等作

49　桶里出莲出桂花

　　　拉　子等作

50　织布

　　力群、石桂英合作

51 工作之后　　　　　　　　　　　　　　奥　敦作

52 两个羊羔
周昌谷作

53 "武松打虎"之一(第4图)　　　　　　　　　刘继卣作

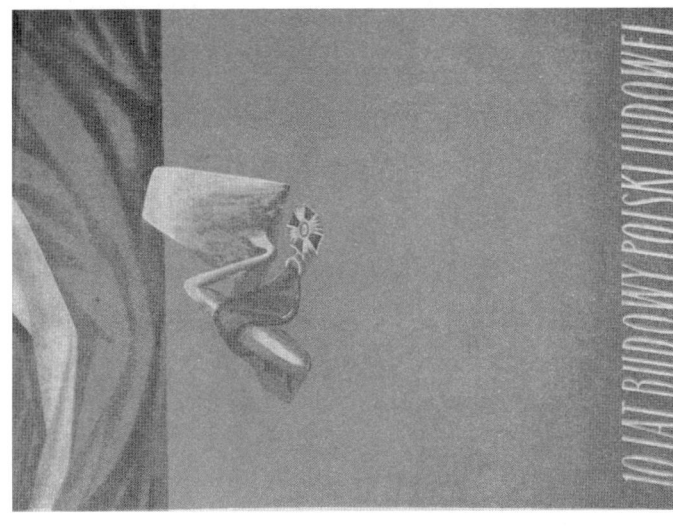

54 1955年华沙举行的第五届世界青年的学生和平友祖联欢节 〔波兰〕范哥尔·渥依杰聂复作

55 人民波兰建设十周年（宣传画） 〔波兰〕耶得洛夫斯基·塔结乌什作

56　母亲　　　　　　　　　　　　　高庶绩作

力群散文荟集

救亡与木刻

在上海文化界救国会第二次宣言中,有这样使我兴奋的恳切的话:"我们文化人在当前爱国救亡运动的高潮中,实在还没有能尽我们时代的任务。全国各级教师们,还未站在学生的前面,负起领导学生救亡的责任;从事新闻事业的人们,还在新闻检查制度下,隐匿现实,颠倒是非,没有站在大众前,负起舆论的领导;杂志编辑及作家们,尚未做到尽自己的良心,用自己的笔代表大众说话,并指导大众的行动;其他如出版、戏剧、电影等部门的工作者,也未能尽自己的领域内应尽的天职。这不能不说是我们的耻辱。"

是的,"这不能不说是我们的耻辱。"因此,我联想到木刻上。

木刻也是文化领域中的部门之一,在这种严重的民族危机的大关头,木刻家们有没有用自己的武器——刀,跑上反帝的英勇的战线,为民族争取独立的自由呢?我也看到有些青年木刻家觉醒起来参加这个伟大的斗争了。但是,可怜的毕竟还是少数,有大部分的木刻家逃避了这个当前应担的任务,还"闲适主义"的地刻些风景的静物的富于诗意的作品,有些还"旁观主义"地刻些无所谓的人物及事件,也有些还"唯美主义""色情主义"地刻些裸体女人及肉感的大腿。"这不能不说是我们的耻辱"!

最近李桦给我来信也愤慨地说:"木刻以它特有的特质,应该是属于大众的产物,意识是前进的,还是徘徊于窗明几净的情调,春风秋雨感慨,实轻视了木刻的使命。尤其是在整个中华民族已达到最危急存亡境界的现在,这样轻描淡写的抒情,实在不能满足大众的欲望。所以今后我们要迫切地克服这一点,反面说,即是要更鲜明地表白我们对艺术的见地,向同一目标迈进!我主张木刻是大众精神的重要粮食之一。我们木刻从事者不要犹豫,马上负起挽救中国既已颓唐的民族是需要什么食料就去创造,去满足它。所谓救亡我们也有一分责任的。"这话,我完全同意。尤其,我认为目前唯一需要的是代表大众的情绪而当于革命热情报的作品。木刻家应尽自己的力量,用木刻这种优良的工具来领导大众让他们在反帝的苦斗中使自己更健全起来,觉醒起来,这样我们才不愧我们是这个大时代里的"文化人"。不然那将被大众所唾弃而毁灭在转动中的时代的巨轮之下。

醒来吧!全中国的木刻同志们,用我们的武器扫除所有的丑类与汉奸,夺取我们民族的独立与自由!奋斗到底,最后的胜利是属于我们的。

原载《木刻界》1936年第2期第45页

给我的伙伴们
——送"抗敌演剧队第三队"战友们

现在摆在我面前的村庄还是这个初夏的村庄,有初绿的枣林,有初绿的古槐,住的房子还是这个没有门扇的破庙楼,墙上画着一只老虎,地上安置着石台。所遇到的生物也还是那些干瘦的牛羊,肥得发光的马匹,营养不良的老太婆和孩子,"天才军官"与军官的大肚子太太……总之,一切都还和我们队在的时候一样,然而你们的去,却把我的整个世界改变了,从第一天起我就成为一个孤独的人!像突然变成寡妇了似的,我带着一股凄酸的心情徘徊在黄昏的空场上。好久好久地凝视着那山下的碧绿的麦波,凝视着那岸石间的明镜般的河流,凝视着那石板道上格格地跑过的马匹,凝视着那吞没夕阳的褐色的山峦……好像希望能在那山坡上河桥上发现了你们归来的影子似的,我一直地发痴地凝视着,直到夜幕的垂挂下来。

是的,一切的凝视都是徒劳的,我知道你们是走上去晋东南去的征途,你们将要在炎日的毒火之下走你们的风沙的路!走过宜川,走过三原,穿过潼关,越过黄河……终于走上那乱山荒川的中条山脉。是的,你们长征去了,我遥看你们的胜利的归来。

你们一走,我就把屋子重新整理过一次,为了怕再发现可怕的跳蚤,墙根的四周都糊上纸了,本来想弄块木板搭一个床,可是弄不到,因此我还是铺着毛草睡在地下。近几天来我每天在看画,或者到拴马的地方去画几笔速写,剩下的时间就做了温习我们的生活这门功课了。从我在武汉加入你们一伙起,一直温习到我们在汾西的被围,在延安的乡村的公演,以至今天的宣告离别。在你们当中,从"妈妈"到"小妹",每一个人都像我的亲兄弟姊妹似的,留给我的面影是如此的清晰。

现在我再听不到你们的歌声了,也看不到你们的生动的身影了,我每天只能听那些麻雀的哓舌,看些苍蝇的雄姿……一切都是褪色了的啊!

伙伴们,那个无线电台的马达又在叫起来了,突突地带着一种呆板的疲倦的调子,像你们在时所听到的一样,我实在怕听这声音,它总是突突地响,我就愈觉得我的生活是异常单调的……

现在我希望你们勇往直前,不要忆念我,我相信这守寡似的寂寞的工作不会长久和我作伴的,当时间到来的时候,我将要鼓起翅膀飞向你们的当中。

1936年6月3日于张里

原载《西线文艺》1939年第1期97页

透过死神的罗网

××先生：

接到你的信不久，我即离开上海，现在我已透过死神的罗网，来到安庆了。

离上海的那天，是一个皎洁的月夜，房屋和树丛都看得非常分明，走上西车站，一颗饱受重骇的心就直提起来。刚上车便听到敌机在不远的附近盘旋。于是，我就屏着气静待那轰然的一声。但很好，车终于安然出站了。虽然一路也有过几次的警报，可是除害得我们下车往田里藏，弄得一身泥水外性命是总算保全的。只是车在路上停得时间过多，有许多乘客都等得骂起来："妈的，再不开，等天亮了，东洋飞机就要把我们全炸死的！……"以致到嘉兴时已是十月十七日的早晨了。太阳像火球似的从原野的林中升起，照得深秋的稻田上霜露发金光，但在车里的睡意朦胧的乘客的脸上却更加深了一层的愁痕。

我因为买票买到嘉兴，便下了车。从破烂残缺的车站走到旅馆，刚刚地吃过早饭，好，警报响了，说话间就在旅馆附近投了三个炸弹，我连忙从震动得就倒下来的楼上跑下楼去。一刻间消息来了，说炸死三个警察。

为了有点小事，我得到杭州，当晚即乘夜车离嘉，又是到次日早晨才到了目的地。一夜为了警报，上下车共十二次，真是麻烦透了。车过长安站时，在月色中看见站旁堆着两部残破的车箱，问新上来的乘客，才知道我们昨夜所乘的那列车，在这里被炸了。共投九弹，死伤四十多，我发了愣，于是在我面前立刻浮现了一个工人模样的面影：

"妈的，再不开，等天亮了，东洋飞机就要我们全炸死的！"他的怨语难道竟像预言似的实验了吗？

杭州站比嘉兴站的车站还要炸得可怜，但杭州城里却还没有遭过毒手的屠杀呢。

我在杭州住了两天，即乘长途汽车到南京。在下关住了一夜，次早就乘"长兴"号华轮来安庆。虽然自嘉兴、杭州、南京、下关而安庆，都是敌机的袭击与轰炸，但这些地方的防空洞设备在消极与积极方面都很好，在我是觉得并不可怕的：因为走到哪里都有防空壕，人们可随处躲避……

原载《烽火》1937年第×期第160页

太原西郊的碉堡

近来我时常念忆起太原——这悲哀的古城,现在是喘息在敌人的铁掌下面了。

但也奇怪,当这古城的黑黢(音曲)的面影浮现在我脑际的时候,我没有想到那大街上染红了的同胞的血,那在敌人的胯下攒动着的无耻的奸类,甚至没有想到那在城头上飘动着的敌人的太阳旗。我所放心不下的却是那些蹲在西郊外面的像坟墓似的一琢一琢的碉堡。

我为什么想到这些碉堡呢?因为这些碉堡是内战时代老阎(锡山)为了准备迎击进攻太原的红军而建造的,但当时的红军并没有进攻太原就回去了。因此这些碉堡也就没趣地像古迹似的遗留在古城郊外的汾河边上了。一直到我当年夏天离开太原,那些坟墓似的碉堡还静静地蹲在西郊的汾河岸上。

如果太原被陷时,那些失魂似的官长们并没毁掉呢?

(这是完全可能的)那么,敌人不是要钻在我们手造的碉堡里面迎击我们从汾河西岸进攻太原的游击队吗?——我想:如果真的竟然是这样,那可使我太心痛了。

对于这些碉堡,我是亲眼见过的。那是一九三六年的春天,当春的消息透露在古城时,红军要进攻太原的消息也就袭击了古城了。纷乱了一阵之后,就听说汾河岸上已造起碉堡来了,但仅仅是听说而已。因为那些探头探脑的人们连城门都不敢出,谁还能亲眼看到呢?

终于红军渡过黄河回去了,那些要求太平的小市民终于得到了太平。于是古城开始了往昔的熙熙攘攘,人们不再是提起心来过日子了。因此也就开始准许出城,不再是闷窒地被人家锁关在铁桶似的古城里。

在当时,长久禁锢在城里的我,居然能出到春天的郊外呼吸点新鲜的空气,真是一种莫大的享乐。

我记得非常清楚,在一个明朗的日子里,我和杜妹出城了。我们在碧绿的草地上迈着步,田野间不时送来了马兰的幽香——这种花有一种紫蓝的美丽的颜色,路边也点缀着黄花。我们明知道这里是没有作过战的,但当时的心情却总觉得自己是跨步在战后的田野上,有一种无名的感奋了。待到我们走近汾河岸边,在我们的前面出现了灰色的碉堡时,这种感奋就更加强烈起来。

那些碉堡并不高,是圆锥形的,碉眼很多,在它的足下插着木桩,在木桩的行列上绕箍着铁丝网,带着铁刺,像棘木的刺牙!当我们走近它的身边时,就从我的心底涌起了憎恶了。但在碉堡的附近却开着春天的花,在汾河的西岸是静静的一片田野,春风吹掀起麦浪,也吹拂着杜妹的发丝,这使我感到愉快。

在汾河边上的战壕边,有发芽的树林,在树林上有歌唱着小曲的野鸟……

如今,这些祖国的土地已经被敌人所侵污,这些祖国的田野已经被铁蹄所践踏。现在残存在我脑海里的,就只有这些空漠的绿色的草地,马兰的幽香,灰白色的碉堡,交织着的铁丝网……

但绿色的草地,马兰的幽香我都不怀念我所放心不下的是那些蹲在太原西郊的汾河岸边的一琢一琢的碉堡,如果真的敌人竟利用了我们内战时代的手造的碉堡,从那些炮眼里迎击起收复失城的游击队来,我们将会怎样的心痛呢!

可是单单心痛是无补于我们的抗战的。我愿这种被敌人利用了的内战时代的碉堡像碑石似的永立在国共两党的中间,因为这碑石将会严厉地作证:两党的分裂,不但自相残杀了自己的兄弟,耗费了民族的精力,更不幸的是替敌人造下利刀来屠杀自己的军民。

此刻如果有人反对国共两党为基础的统一战线,无疑的,要不是拿了敌人的津贴,那他十定是瞎眼,因为他的眼睛竟不能看到存立在于国共两党之间的那巨大的痛心的碑石。

原载 1937 年《七月》第 3 期第 164 页

从太湖县寄到武汉

胡风在1937年《七月》第九期刊发这两封信时,加了《从太湖县寄到武汉》的题目:

胡风兄:

我的爸爸最近给我寄来一封信,去年(1937)十二月二十九日期从山西灵石发出,一直到今年一月二十六日才收到。在路上竟走了这么长的时日。看过之后,没有想到竟会使我感动地失了一夜的眠,给别的关心山西的朋友看了,也异常感动,有的竟说这封信是一个剧本的材料,有的劝我把它发表出来。现在给你寄上,请你看看吧。如果有发表的价值,就把它发表出来,如果没有,看过之后,就随便丢掉吧。

不过,给大家看也好,给你看也好,有几个地方却需要说明一下的,否则怕看不大懂。

首先我要告诉你的是,我的爸爸是一个地主,我的母亲是一个地道的地主家里的主妇。她像所有的地主家里的主妇一样：吝啬，保守。

至于我的叔叔，却是一个"半自耕农"，就是说，一面他耕种自己的土地，一面又耕种着我家的田——但这是需要出租粮的。当我还是小孩子的时候，我的叔叔还是一个很富足的"全白耕农"，住着很好的窑房，但因我的婶母和大伯父相继死去，加以连年的水旱天灾，苛捐杂税，叔叔积下很大的债，没法还，就把窑房和一部分田卖给我家了。可是父亲因为叔叔到底是自己人，所以，窑房的主权虽然属于我家了，但还允许我的叔叔住。到底主权是不属于自己了，所以我母亲一不高兴，就下逐客令，驱逐我的叔叔出院。信里的力章，就是我叔叔的孩子。

此外，我需要谈谈我的两个"当兵"的妹妹了。力英是我的大妹，今年十九岁，但从来没有读过书，仅识拉丁文新文字，在以前，她是个十足的地主家里的小姐。我的二妹力妮，今年十五岁，是小学三年级生。

最后，我要说到的是我的弟弟力光，他是一个"主张公道团"团长，经过军训而成为区长的二十一岁的青年，小学没有毕业，后在天津当了几年店员，失业后在家乡被选为"主张公道团"团长了。但他还不差是一个拉丁化的运动者，也是一个负责的区长。不是么，他的老婆书香和他的儿子学感为了带在身边受累，不是就送到他岳父家了吗？信里的樊善堂就正是他的岳父。

虽然我的爸爸的信，写得并不高明，但这一封平常的家信,却带着很沉重的东西出现在我们面前了。在这里有黑暗,也有光明,夸大点说实扣电显示了抗战中的祖国的一面与全部,腐烂与新生了!

祝康健!

        力群自皖太湖县深山中

        1938年2月6日

力群我儿:

  有一个多月,咱家乡变乱得不成样子了。前一个月时,从前线退南的队伍,经过咱村,有好队伍,来要吃,要米面;有要驴的,走过去人民也不怕。但有一日,日落后,来了一群队伍,却把咱家的东西——包袱、洋钱、眼镜……都拿走,把我脚上的鞋也换走了。这个队伍太坏,最后装下一口袋东西,逼我送到对面山项上郝球铺去。我说:"年老拿不动。"他们就立时拿枪把打我。吓得我倒在野地,才免了这个苦。

  这群坏队伍过去,忽然又来了一连,住在咱家,咱家男女立即给他们做饭,但说话很和气。咱们全家人商议要离开咱村,随军队逃难去临汾躲乱,全家人过了韩信岭,再过黄河(就)靠你去。最后大家计议妥苴,就决定要随他们去。

  这连队伍在咱村又住了一天,仁自杀羊磨面,叫他们全连吃了,把咱的酒有十数斤,也全教他们吃了。到第二天半夜动身,把家一切完全嘱托你叔叔与力章看守,天明走到霍县,连走三天到了临汾,在河西汾河北刘村住了一月,以后听说咱灵石能回,全家人才又回到郝家掌。

  当走的时候,就是我和你母亲携力英、力妮四人,沿路

（承）蒙这连人保护得很安全。这部军队是新编十团三营八连,排长是阎宗仁,二排长是姓董的。到了临汾时,力妮又认下阎排长太太做干娘。还有中士丰子才、书记张国兴,对待咱全家都非常好,等时局平定了,可在报上登报,声明感谢。

再写我们回来走路的情形:由临汾刘村起身,是十二月十日,头一天住在洪洞西程曲村,又在洪洞城里买东西住了两天。才由此起身到赵城河西之好刘义村。刚巧就遇见温一斋,他在赵城成立随营学校,力英、力妮二人愿意当兵,我同一斋商议,遂教她二人当了女兵。当时我同你母亲当面嘱托一斋,把力英、力妮交随他学救国的正作。我对一斋说:"你既同力群相好,力英、力妮二人好比你的两个妹妹,你照应她们吧!"

就照此办法,把她二人入了第一随营学校。又住了三天,把她们安置好,才又由赵城起身回家。在霍县住了一天,于十五日到了咱村,沿路很平安。咱家有藏的东西粮食(藏在土窑里的麦二十官石,豆子、玉茭卅二石,是砖泥封好的),蒙你叔叔照应的很好。有藏的二十来斤枣,十斤蜂蜜,力章家吃了。(粮食教军队上吃了四石到,杂粮教村人吃了五六石)你母见了心痛,把你叔叔及力章闹了两天,号哭了一顿,大骂了一顿,你母叫力章出院。此刻有英兰、燕德明调和留力章,才算暂时不走了,从此再不追究了事。

你母时刻说我的不是,吵闹得实在无法,我心中终日的烦恼。

此刻力光已把书香、学忠送回烈村,樊善堂昨日来咱家,述力光仍在川口区公所,区长的责任此刻辞不了。川口、隰县有兵尚多,政治不乱,你不要挂念。

灵石现时安稳,远近的村庄都住上兵,仁义、消遥至逍千、庄立村都住着,纪律非常的好,就是天天要吵(指群众"议论"),阳历年有许多的村子正组织游击队,军民合作打成一片,整理(即"整体")抗战。现时咱一家人,你们姊妹兄弟都做救国的工作,我心中非常高兴。现时家中就是我和你母二人过日子,再盼望咱一家人团圆了,就谢天谢地。希望常来信为盼!

父字在郝家掌

(1937年)十二月二十五日

原载1937年《七月》第9期

注:原信没有标点,是用的一个个小圆圈,也不分段,我为了给大家看,为清晰起见,所以加了标点,分开段了。再者,原信的日月用的是旧历,我也把他改成新历的了。

维族青年献金

在抗战爆发后,"有钱出钱有力出力"的号召终没有引起很可满意的响应,特别是有钱出钱这一点,大批买外币飞香港的富翁根本不曾破费他们的悭囊,只有从一般中下阶层的同胞口袋里榨出一些可怜数目(虽然这并非没有意义)。

现在却看到一个好的现象。新疆维吾尔族青年阿里阿塔君给抗日后援会捐了省币三千万两(合法币二万五千元),又捐了一万五千两修公路。

虽然,他是一个大资本家的儿子,又住在中国西北角的新疆,敌人打不到他,飞机炸不到他,确乎有些与抗战"无关"的感觉,即使西北成了战场,他也尽可以"席卷软细"到他父亲设有公司的莫斯科或者柏林去当"寓公",比住孤岛的富公安稳。但是,他没有这样。理由很简单,他爱国,他是青年。

"青年"同"爱国"常不可划分,不爱国的青年是极少数,爱国青年的爱国表现,除了尽他们的力以外,也应该出他们的钱。一个吝啬他生命不愿为抗战牺牲的青年,不能算作爱国者;一个吝啬他的金钱不愿为抗战破费的忘义的人,简直有愧于当一个中国人,更无从对得起千万为抗战而牺牲的"出力"的人。

我们希望这位青年献金的行动,能展开一个广泛的有产青年献金运动,只有有产青年都为国献金才可推动有产的富商巨贾慷慨为国捐款,青年都是起先锋作用的。

阿里阿塔是中国有产好青年的模范!

宣传画在农村

我加入"上海救亡演剧队第六队",在浙江境内整整做了一个月的宣传工作,经过的村镇,大大小小不下十几个。我们每到一处,都是用了歌唱、演剧、讲演、图画来作为主要宣传工具的。但不论在任何场合,都能招引大批农民,而且能使他们立刻发生兴趣进而了解的,那就唯我们所带的那一大批巨幅的宣传画了!

虽然歌唱也可以使农民发生兴趣,但多因词句不通俗化,而且我们又是唱的国语,所以他们大都听不懂。

至于演剧,一来因为适当的场所难找,二来又因演起来观众不守秩序,任意叫嚷,以致使大家听不清台词,结果竟不能像在上海的戏院里的那样收效。

至于讲演,每每又因演讲者的口技不佳,终于使听众感到干燥,而中途逃走了。这都是我们一月来所亲身经历了的事实。所以上面四种比较起来,在农村到处适合,到处受农民欢迎而了解的,首推图画。各宣传团体到农村,对于图画这种有力的工具,应充分的来利用才是。

现在,我不妨来谈谈,我们做宣传工作时利用图画的情形。比方我们到茶馆或街头去讲演,总是一去先把剌人心目的巨幅图画张起来,果然,不几分钟就拥来一大批的观众,于是我们就再唱一只歌,等观众聚得更多了,便趁机演讲起来。而且所讲的话,务须和图中的故事连在一起。这样,图画本身尽了宣传的任务外,而且还兼做了招集观众的工作了。就是演剧的时候,也是这样,在未开演时,我们总是把画挂在门口来招引观众。

但这里我要向以农民大众做对象而作画的画家同志们贡献点意见了。就是,希望大家作画时,不要画得太抽象,因为农民大众的理解力是薄弱的。现在就举一个例子吧。我们的队里,带着这样一张漫画,画的是一个张牙舞爪而满身长毛的恶魔,现身云端,手里拿着炸弹和毒瓦斯向闸北丢,这当然是要告诉大家说:敌人像恶魔似的凶残了。但许多农民就看不懂,他们反而以为日本真有这么个魔物,来中国作乱的。所以他们立刻互相议论说:"我们把这个野人捉牢,东洋兵就要吃败仗了!"这样倒反而把他们引上了迷信的路。后经我们再三解释说:"这不过是一种比喻罢了。"但他们还是表示着疑惧的样子。

可是几幅以写实的手法所画的《我空军大显神威,轰炸敌人出云舰》和《东洋兵活绑我难民于铁丝网》等挂图,却大大地激动了他们的原始的情绪了。从这里就不难看到他们所需要而能了解的是什么,同时也就很分明地给以农民大众为对象而作的画家同志们指示了一条作画的路。

10 月 16 日

安庆一斑

——截来信的一节

我初来安庆做救亡工作,完全是"盲干"的,这并不说我闭起眼睛来胡干,而是说,我初来这里,生,并不知道什么地方有暗礁,在毫无忌避一切地向前走,正好像一个怕鬼的人,因为不知道某路曾有过吊死的人,他走过时毫不觉得"毛发懔然"的一样。所以我把这谓之曰"盲干"。

现在来此已一月多了,才知道这里的老爷们互相间磨擦极大,尤其是忌妒青年们做的救亡工作有成绩。当我预备提倡拉丁化的时候,突然有两个不相识的青年跑来了,他们再三好意地叮嘱我,不要开快车,说不然将会妨害到整个工作前途的,而且会飞来什么"帽子"!这样一来,像在帐幕里发现了蛇蝎似的把我却吓了一跳。这里我不愿多说了……

在现时教育制度下争取某种程度上的改造

中国几千年在"万般皆下品,惟有读书高"的口号之下,造成教育和学问之类的事,并不多只是"士大夫"的专利品。就现在说,能受中等教育的,大部分仍然是买办、官僚,或者乡村中豪绅地主的子弟;一个中农和贫农、工人的子弟能够送进学校受中等教育那是万难的事,即使能够勉强送进去,学校里所学到的,也完全和他的实际生活无关。这种教育,只教人吃饭不劳动,教人一个个都变成书呆子。中学以至大学里的学生,整天在考试,一个大学生,就使他很专心去学习一种专门学问,那不外也只是预备回去再依样教别人,而结果也只是去教别人,至于究竟为什么有这种知识,又为什么要教别人求取这种知识,则往往茫然不辨。于是学校里各种科学仅仅成为学校课程的项目,此外就很少其他的意义,这就是说,这样的学校教育,只在使学生与社会的实际生活隔绝。

为什么中国的教育会变成教人吃饭不劳动和教人一个

个都变成书呆子呢?这就是因为中国教育制度,不是根据中国社会生活实际需要的创造物,而是资本主义社会教育制度的移植,即使中国经过几回的变更,那也不过只是搬运外国现成的东西装制后贴上"国产商标"罢了。这样一来,必然会起"削足适履"的痛苦。

这种痛苦已经使我们受够了,我们迫切地冀求一个合理的教育制度。然而"不是人类的意识决定其存在,而是社会的存在决定其意识。"目前正是青黄不接的过渡期,旧藩篱已撤毁,新迹垒未造成,在客观条件尚未成熟之之际,自然不能凭主观的幻想。但是在可能的范围内,我们仍要致力于某种程度上加以改造和充实它,特别是在抗战进行了两年多的今天,我们不能让教育依然跟平时那样闲情逸致,还美其名说:"教育是百年大计"的,把那些陈腐的教育精神在战时的今天保存,极力使教育避免与抗战接触,把学校看作休息避难的场所。然而,我们也反对把抗战与教育截然分开,把抗战当作一个形容词而加在教育上面,于是在上正课之外机械加一点关于某国侵略中国的的历史,一点防空的常识,或再加上几点钟的军事常识之类的东西,这样来应付学生的要求。可是可怜得很,连这些点缀的装饰在上海的学校中,却干脆地除掉了。

抗战教育必须是一个有机的统一体,它有一种完整的意义的。这个意义就是"使教育作为抗日自卫战争内部运动过程的一个因素,在于团结全民族以实现抗战的胜利上发生作用,来发挥它的战斗本质,因为教育只能是一种工具和武器,教育的过程就是有计划有组织之现实的综合批判过程。就是教育应该服役于抗战的最高原则。"

话又说回来了,我们要争取教育真正与抗战的目标相配合,真正的深入到全民族最广大的人民生活中间去,来完成教育战斗的任务。

我们争取的目标是:

一、改善学校课程,充实各科的内容,如教材内容必须切实,空洞的理论要尽可能减少,几年前甚至几十年前的旧讲义和旧教本决不能在今天应用。

二、改进教学法,尽量避免注入强制的教学法,注重自我教育和主动的自由研究的提倡。

三、废除不合理的管理制度,实行集体化的生活。所谓集体生活,不是死板机械的军事管理,而是师生共同生活。不是偏面的导师制,而是一个健全的组织,师生都要参加。训练学生,应以学生自治组织为最高原则,使学生有充分之机会,亲习民权之运用。

四、学校行政民主化,全校行政方针应由全体教职员会议或校务会议决定之。如经济公开,一切收支应有预算决算,教职员对于学校行政必须充分负责帮助学校研究、改进方法,校长对于教职员,应予以充分之职业保障,学生有选择教师的权利。校长、教职员、校工、学生同为学校之一分子,在生活上应打成一片,精诚合作,共谋学校之发展。

五、最后是现实抗战教育的民主化,使全国人民不分阶级、职业、地位、性别等都应当有享受教育的平等权利,而在法律上得到完全的保障。

关于争取目下教育在某种程度上的改造,使得教育真正与抗战的目标相配合的工作,我们原约定好几位作者执笔,但因时间上很匆促,除了在这期发表的一篇外,我们还准备不断刊载关于这项工作的撰述,聊尽我们抛砖引玉的绵力,要是能引起上海师长和同学们广泛的推动,那我们就更欣慰了。

原载《抗战青年》1938年第1卷第6期第7页

张培梅

在3月15日的《大公报》上,有北鸥的一个通讯,那夺目的标题是《西线上的血肉长城》——我一看到就狼吞虎咽地读起来。这是生长着我的故乡山西的消息呀,怎么能怪我要特别的关心呢!在故乡,在那汾河的岸旁,吕梁山的林间,霍山的沟壑……不是到处都展开了英勇的战斗图画吗?

呦,怎么呀!

"近六十岁的第二战区执法总监张培梅……他能决心地要守卫着临汾。不但指挥着决死队,游击队,正规军,在同敌人死拼,更身先士卒地参加着这战斗,终于以最后的一滴血,保卫了祖国,保卫了家乡。"

张培梅吗!——我的心紧束起来,凝视着《大公报》默然了。

但当我长大起来时,张培梅已经不是我们河东道的道台了,因此,他的威名也就渐渐的自然的随着时光从人们的心上冲洗去了。他被忘却，人们不再谈论到他。

只是我在道美的高校里时，曾自从太原归来的朋友那里偶尔听得：似乎是说张培梅当了什么军长了，杀了两个旅长，因此老阎（锡山）就怕了他，请他下野了。但这些传说到底确不确呢？我不知道。

可是当我在太原成成中学读书时，却曾听得一位张培梅的同乡说，说张培梅确实在家里，腰里系一根粗皮带，穿的老百姓的衣裳，拿一把铁锨，农村的×××！这就是张培梅的同乡说的，大概是真的了。

这以后就真的再也听不到别人提张培梅了。自然也是因为我离开了山西，七八年来漂流在江南的缘故。

1935年秋天我回到太原，接着次年的春间就是红军为了要开到河北抗日而借道山西，以致内战起来的时候。一天上午，忽然看到报载"张培梅来太原，出任戒严司令"的消息。朋友们的心都提起来了。

"妈的，这个刽子手，杀人不眨眼，咱们还是逃吧！"

许多朋友都化装逃了，但真的战士没有逃。好，没有几天，国民师范就有六个青年祭了戒严司令张培梅的刀了。中国的很好的青年死掉了，我悲痛到提不起手来。

至此，我就更其痛恨张培梅。

前年，在上海和我的同乡（车）梅樵提到他时，我还说："妈的，这老家伙等着吧，将来看我们算账！"

但他现在死了，"更身先士卒地参加着这战斗，终于以最后的一滴血，保卫了祖国，保卫了家乡……"让我还有什么话说呢!他杀死过我们的同胞,但却英勇地杀死了无数的中华民族的敌人——甚至连自己的生命也献给中华民族了。

此刻,我要摔掉我对张培梅的一切仇恨,遥远地隔着万里河山向他的光荣的遗体致民族革命的最后敬礼!伟大的怪人,伟大的民族英雄,从此后,你将在另一种威望上永远地活在故乡人们的心里了!

1938年3月27日于太湖山中

原载1938年《七月》第12期第353页

我的抗议

住在这闭塞的山谷里,觉得自己的天地是很小的,然而使人生气的事,倒非常多,我想如果不向他们提出抗议,以后还会愈来愈走到你的头顶上来的吧。

两月前我看到西安出版的《抗敌画报》新五期上突然出现了我的一幅木刻,题名为《山西第三决死队员生活不断的学习》。是的,我曾有过这样的一幅木刻,但此处所载的已非我的原作了,却是别人仿造的,因此刀法已粗劣不堪,而且标题亦不是我的标题,我想我还不至于标出那种似通不通的标题来吧。仿造别人的作品还要混充别人的原作,真是无聊。当时我是非常生气的,然而我忍着了。也许正因为我忍着的缘故,所以同样的事就又来了!

前些时候,看到本战区出版的《阵中日报》国庆纪念特刊上也出现了我的一幅木刻,标题为"为战士制寒衣"!同样的标着力群作,真是惊讶之至!我何时给《阵中日报》刻过木刻呢!详细一看这是仿造,然而仿造别人的作品,为什么还要混充别人的原作呢?除无聊外,这真是对我的一种莫大的污辱!

然而污辱的事还有呢!最近有周到先生者在十一月一号的《阵中日报》上大大地发了一篇通讯,标题为"一个隆重的纪念",即其内容多与当时事实不合,我的报告亦多为该周到先生的杜撰,捕风捉影,实属扯淡!

民族革命的过程中,固然吃摩擦饭者大有人在,然而在今天我才知道无聊和扯淡的人也实在不少。

原载《西线》1939 年第 2 卷第 8 期

怎样锻炼自己的意志

要有丰富的知识　　要有明确的目标
要有坚定的信心　　要有果断的决心
要有坚韧的精神　　要常做自我批判

意志是决定一个人成功与失败的主要动力,凡是意志坚强的人,一定可以有伟大的成功,意志薄弱的人,必然是要遭到可耻的惨败。所以意志对于每个抗战青年是有极重大的关系抗战事业的成功与失败,就在于每个抗战者的意志坚强与否,但坚强的意志,必定经过艰苦的锻炼。

第一,要有丰富的知识:因为纯粹的意志动作,全是理智的,一举一动,都是有知识在内,绝不是盲目的,或者是一时的感情冲动。所以吾人要有使意志坚定,必须首先努力培养自己的知识,能够认识清楚什么是应该做,什么是不应该做。如果一定是应该做的,就要拿出坚强勇敢的精神,努力去做,不达目的不止,这样,意志才能更坚定起来。如果没有丰富的知识,就不能有深刻明确的认识,诚然自己一时立定一种意志,经过一个相当时期,或者逢到艰难困苦的环境,就容易发生动摇,以至完全改变了原来的意志,因为这种意志的决定,是一时的冲动,并未经过理智的辨别。所以凡是有远大志趣的人必须培养自己的丰富知识,练成一种正确的判断能力。

第二,要有明确正当的目标:目标是带头人应该有的,如果没有确定的目标,无所确性,盲人瞎马,绝不会有所成就的。但对于自己将事业的目标,必须根据自己的知识,还是口明确正当,才不会遭到失败的。比如参加革命事业的人,就应该以革命事业为终身努力的目标,不论环境如何,生命如何,均应一心一意向着这个目标前进,把革命事业彻底地完成。

第三,要有坚定的恒心:把终身目标决定之后,就应一步一步地,不怕打击和失望,百折不回地努力干去,这种恒心是用有效的方法向目标做去。并且每分精力都用得适当,不随意,不散漫,不浪费。如果要养成这样的恒心,必须有一种良好的习惯为根基,凡平日的思想、行为、感觉等,都是要很有规律地发展,才能成功的。

第四,要有果断的决心:意志是根据抉择而进行的,一个人在许多途径中,抉择一种之后,就应有果断的决心,不必再三疑虑,踌躇不定。因为你思想上踌躇的太多,决定后往往又会翻悔。那些常常改变意志,随便因一时的冲动而出新花样的人,一生是难有成就的。

第五,要有坚韧不拔的精神:凡百事业都是有困难的,都是循着曲线的道路前进。所以,一个人必须具有坚韧不拔的精神,遇到困难并不畏惧,遇到失败,亦不灰心丧气,再接再厉的勇猛精进,才能完成伟大的事业。古今中外,许多伟人的成功,都因具有这种伟大的精神。

第六,要能做深刻的自我批判:一个人必须经常地做深刻的自我批判,随时检查自己的观念与生活,有不正确的地方,立刻改正。意志如有动摇,即须找出意志动摇的原因,根据所找出的原因,立即纠正过来,久而久之,意志自可坚定起来。

原载《抗战青年》1939年第×期第6页

论木刻与绘画

许多想要动手学木刻的青年,欢喜问:"不会绘画,也可以学木刻吗?"发出这样问话的人,正最老实地表明了不懂木刻发是。这好像农事的学者问农夫:"不要耕种,也可以取粮吗?"是同样的标准外行的滑稽谈。因为今天的所谓木刻工并"不是古代假手于刻工印工的"复制木刻画家,而是一种纯属于作家自画自刻自印的"创作木刻"了。用导师鲁迅先生的话来说,就是:"艺术家直接的创作品。"

在农业上,耕种与灌溉的加工,那就取粮的越丰,将是不成其为问题的,而在木刻上也和这完全相同:木刻家的绘画的修养愈高,刻出的木刻也就愈好,这是千真万确的事!

为了论理上的正确,我们是需要更加如此注明的:一个优良的画家虽不一定同时就是一个优良的木刻家,但一位优良的木刻家却必须同时是一位优良的画家。正如一位伟大的政治家不一定同时是一个伟大的艺术家,但一位伟大的艺术家他就应该同时也是一位伟大的政治家一样。——作为一个现实主义者的最正确的观点应该是如此的吧。这在历史上的例子是很多的,伟大的高尔基是如此,伟大的巴比塞是如此,同时伟大的鲁迅先生也是如此的。

论到我们的木刻上,最好的例子是德国的伟大的革命艺术家珂勒惠支(kathe kolwtz)了,她不但是一位伟大的木刻家,一切的版画家,而且根本就是一位伟大的画家。否则,她就不能创造出她的最辉煌的作品来。这几乎是不能分开来讲的,因为木刻也正是绘画之一种。此外,谁还能举出哪一位木刻家的而同时不是画家的呢?

因此今天要学木刻的青年,就不应该再问"不会绘画,也可以学木刻吗"的话了。他不但懂得绘画,而且更其需要加紧学习绘画的。

而一切绘画,又都是建筑在"素描"的基础之上的。"素描"不好,不但不能成为一个很好的画家,也不能成为一个很好的木刻家,而且也不能成为一个很好的雕刻家的。所以文艺复兴期的伟大的雕刻家米开朗(Micheleb8gjo)同时也是伟大的画家,十九世纪的伟大的罗丹(RDdirl)也是有很好的绘画的技术的。因此,"素描"本身,更是一切造型艺术的基本工夫了。木刻是造型艺术,当然这种基本工夫是更其必要的。

我们的导师鲁迅先生给作家曹白的信中,当论到木刻时说:"中国的木刻家,最不擅长的是木刻人物,其病根就缺在基本工夫,因为木刻究竟是绘画,所以先学好素描。"

当然,木刻发展到今天,由于制作工具与表现方法上的特殊与绘画已有显然的不同——比如黑白与刀法上的巧妙的应用,构成了木刻上的形式的美,因而形成了独特的强烈画面。但木刻中的人物轮廓与动态,风景的透视与远近,静物的形体与光暗,画中的取材与构图,谁还能说不是与绘画完全相同的呢!

因此,今日从事新兴木刻的青年,为了提高技术的水准,为了创造民族形式,为了使中国木刻在民族革命中担负起伟大的任务,为了使中国木刻成为世界艺术的美花,他都必须加紧学习绘画,加紧练习素描。

1939年10月30日于(陕西省宜川)莫旺镇

原载《西线文艺》1939年第1期第5页

西战场上的木刻运动

中国新兴的木刻运动，自"八·一三"之后，即随着整个抗战的演变而离开大都市，走向了城镇，走向了农村，到今天已将要普遍到中国最偏僻闭塞的角落里去。所以木刻本身也更其走向了现实化与大众化。由于它展役于这伟大革命事业——抗战的积极，所以它从抗战中所受到的滋养也特别丰富。不是吗，一面是木刻艺术帮助着今天的抗战——作为宣传和教育的工具，一面也正是今天的抗战给木刻本身创造了新的广阔的道路。

今天全国整个的木刻运动有着怎样的新的发展，我是无从知道的，因为我一年来来往于黄河下岸，一切的消息都不大容易获得，但对于西战场上的木刻运动却并不生疏。

在整个的西战场上，木刻运动肯定是以延安的"鲁迅（文学）艺术院"做大本营的，那里最先有铁耕、胡一川、沃渣、江丰，跟着有罗工柳、马达、刘岘等作家相继涌来，因此曾有一个时期延安的木刻运动是异常生动的,他们不但在培养着新的作家,经常的举行展览会,而且把许多单色木刻、套版木刻也散播在延安的墙头、饭店、农村里去了。

在内容上说,他们的师生的作品都能很紧地把握着现实,配合着当前的政治上的号召与军事上的要求。比方,生产运动在一开始进行的时候,木刻工作者,除了本身要从事于生产外,他们就完全以作品从事于这种运动了。这里使艺术与劳动的一种合流,我们知道,这种合流恐怕只有原始社会才有过的吧!

在形式上说,鲁迅(文学)艺术院的木刻工作者们,为了配合抗战新阶段的需要,他们正在从事于挖掘与运用美术旧形式,现在埋头于这方面的有马达、江丰、沃渣诸作家。

除开延安这个木刻运动的大本营而外,今天在西线上的敌人后方——晋东南长治也开辟了新的根据地,最先到的有作家铁耕,接着于去年底胡一川与罗工柳诸作家也去了,他们是活动举行着木刻展览会,通过最前线敌人的封锁线而去的!最近沃渣与丁里(他现在也刻木刻)诸作家亦相继而往。在不久的将来,处于敌后方的晋东南将会有木刻的灿烂的花朵盛开的吧。

此外,我要提到的是黄河西岸的这个宜川县的英汪镇了,这里也将要成为一个木刻运动的新的园地的。因为此地正在创办了一个"民族革命艺术院",在美术系里就正是以木刻课程为主课的。现在来到这里的从事木刻的工作者,除我自己外,尚有刘镇华、安林、庄言诸人。在内容上我们将尽量以西线的抗战动态为反映对象,在创作上,我们正准备着出版木刻刊物,开盛大的木刻展览会。

最后,我正得提到"军事委员会政治部抗敌演剧队第三队"也为木刻工作的发展出了很大的力,他们一年来跟着大队将木刻作品在西战场上到处展览,带着它,许多连木刻这个词都没有听过的人也看到木刻了。这是极有意义的。

以上是西战场上木刻运动的情形,但愿其他各地的木刻运动都能有新的发展。

1938年8月11日于宜川(县)英汪镇

原载《文艺阵地》1939年第5期第1311—1313页

论木刻的"黑白"

宇宙间万物，每一件东西，都有着它本身形态的和颜色的客观存在，具有一个条件，那就是必须通过了或极光辉之照耀的美方面的不同也就使万物的面目变幻着各种微妙的现象。

举个例子来说吧，通常中国人的头发是黑色的，面容是一律黄色的，而且头发与面容各具有各的不同的形态，然而在繁星照耀的黑夜里，头发和面容，却都因为光线过于暗淡的缘故，变成模糊一团的黑暗了；而且在毫无光线的黑洞子里，所有形态的颜色也就都消失了。在毫无光线的侧射之下也就一半显得色轻一半显得色重；而且在正午的太阳光下，头发与面部的光暗也就又有了变化，这种变化，通过了照射表现出来，就往往可以使同是一个人的面部，而有了好像是大不相同亮光。

这种现象在大自然中更其明显，太阳光照射着的草原是浅绿色了,而且夕阳西下的草原和正午的草原形态与颜色也有不同,在正午太阳的直射之下草原似乎是很平的,淡绿的,但一到夕阳西下时草原就照得似乎成为高低不平的黑绿色的了。

我们木刻书上所描绘的正都是以上所说宇宙间的一些各种不同的事物,在不同的光辉的条件之下所显现的各种不同的形态与颜色。

所以作为木刻家的,为了要表现这些形态与颜色,对于各种现象的细心的观察与研究是异常必要的。

但我们这里所讲的木刻,却并不包含套技的有色彩的木刻在内了,而是仅仅论及通过木刻上的"黑白"来表现了。

因此"黑白"的巧妙的运用与严格的分析也就形成了木刻画上的重要根据。那就是说木刻家不但要通过"黑白"表现出万物本身在不同的光线下的各种不同的形态与颜色,同时还要表现出物体的重量和体质以及它的不同明暗来。而且木刻发展到今天,所以能在艺术部门中占有独特的地位,除了它的普遍性而外,也就是由于木刻对于"黑白"的运用已经创造了独特的境界的缘故。

事实上,"黑白"在今天的创作木刻上,已经形成木刻艺术的形式美的生命条件之一了。正像音乐上的音节似的,"黑白"造成了木刻上的色彩旋律。

在伟大的作家珂勒惠支(kath koltz)和名作家麦绥莱勒(Fransm aserecl)以及梅斐尔德(Cfrli moshcrz)的作品上对于"黑白"的强烈的对比上都是有很大的贡献。这我们只要有珂勒惠支的纪念李卜克内西的《一个人的受难》,梅斐尔德的《〈土敏士〉之图》就会明白。

但苏联的作家除了对于"黑白"的强烈的对比并不放松外,对于"黑白"的分析上是更其下工的。他们为了使描绘的对象表现得更其充分起见,于是从"黑白"的最黑到最白的图中,分析了数十个阶层的颜色,因此,在苏联木刻作家的作品上就构成了特殊深厚的油画作品时的面目。作为这种作品的代表的,又要看《引玉集》上法服尔斯基的《新年的夜晚》的插画,莫察罗夫的《愉乐画室》的插画以及《苏联版画集》(良友版)上的索格维赤克的斯大林像高尔基像和克拉甫琴珂的《尼卜尔木闸》《巴古油池风景》就会明白了。而毕斯卡莱夫的《安娜·卡列尼娜》插图之三,对于"黑白"之运用也就是更妙了。假如我们把那沙发后的一大块黑给去掉,这副木刻还有什么生命呢?

此外作家对于"黑白"的分析上也是很下工夫的。

这些作家把"黑白"分析了深黑次黑再次黑深灰次灰再次灰……那末多的不同阶层的颜色,正为了要代表宇宙万物本身的不同的色彩,不同的明暗,不同的形态。

但这绝对不是说木刻家把现实中的事物的色彩和光暗原形搬到画中,通过"黑白"的色层表现出来就算画美,自然那是还离不开通过作家的心血,加以组织、增减、调和、统一,而创造的,否则那也就会成为照像片上的"黑白"。然而照像片上的黑白,除了有美术价值的摄景片外,却大都是非艺术的卑劣的东西。

但我们国家里的初学木刻家是弄不清楚这些的,他们大都把握不住不同的条件在同样受光之下,却因本亮的光彩上同时有"黑白"阶层的区别。因此他们往往把人的头发和面孔以致衣服、手臂在最明的光线下都刻成一种的层次,或刻成数口毫无秩序的色层这种毛病,表面是由于对于"黑白"缺乏研究,或刀法运用的不佳,但其主要的层次是对于绘画是我们口似的太美的缘故。

所以初学木刻为了对木刻的"黑白"应提高修养,除了须更向自然观察体会,向木刻名作精读研究,在刀法上多下工夫外,那末,有在绘画和素描上以及黑白青上,多加努力!

原载《西线文艺》1939 年第 1 期第 198 页

木刻工作者的纪念

鲁迅先生深深地爱护着中国新兴的木刻,他苦心地给它以哺育,给它以指导,给它以保卫,使他能在冰霜中壮大起来,有如母亲之爱护她自己的孩子。这不仅因为它是他自己所提倡的,尤其因为它是以战争的姿态出现,关切着大众的命运,为大众的艺术的缘故。

因此,一提到中国的新兴的木刻,就和鲁迅先生的名字分不开,正如提到中国的新兴文学不能和鲁迅先生的名字分开一样。

而事实上,今日中国的木刻也并没有辜负了鲁迅先生的苦心,它不但继续在扩大成长,继续为大众所支持,而且已成为一标有力的军马参加着祖国的解放战争,带着火药的气息,染着中国人民的冤血,照出中国战士的英姿,"跨出世界上去"了。我相信就大体上说,是可以给作为新兴木刻的母亲的鲁迅先生以安慰的。

然而，当着鲁迅先生逝世三周年纪念的今天，我们全体木刻工作者是需要认真地来检阅我们的工作的。为了使鲁迅先生所种植的遗留给我们大家这块园地更其灿烂，我们必须首先指出我们自己的缺点与一切努力的不够的地方来，作为今后需要大家一起克服、一起努力的方向。

我们的导师死去已整整三年了。这三年来，我们全靠着自己的选弃微弱的脚步行进着。在今天的炮火中，一面是抗战给木刻开辟了广阔的新道路，一面是木刻艺术帮助着抗战的进展。但是，我们的努力还是异常不够的。除了我们的内部团结并不坚固，木刻运动还不深入外，今天笼罩在所谓青年木刻家的作品上的，还有普遍地粗制滥造的恶劣倾向。这就证明着我们并没有很好地执行了而且完成了鲁迅先生所指示给我们的任务。

先生不但在给私人的信中一再指出，我们的制作不认真、不严肃；而且临死之前，在苏联版画集的序言中常提到克拉甫兼珂时也说："我们的绘画，从宋以来就盛行'写意'，两点是眼，不知是长是圆，一画是鸟，不知是鹰是燕，竞尚高节，变成空虚，这弊病还常见于现在的青年木刻家的作品里，克拉埔兼珂的新作'尼泊尔建造'是惊起这种懒惰的空想的警钟。"

作为中国的努力于创作的青年木刻家，是普遍地犯着先天的素描修养不足的，这正如先生在"全国木刻联合展览会专辑"序中所说："而现在最需要的，也是作者最着力的人物和故事画，却仍然不免有些逊色，平常的器具和形态，也有不合实际的。"这就完全是由于素描修养不足的缘故。

要克服这种先天不足,除了需要我们自己刻苦地经常练习素描,经常走在大众中画速写外,就只有在制作过程上来补救了。然而,一般的所谓青年木刻家,还是害着急性病的,他们在几点钟内打好底稿,不假思索,然后拿起刀来就那么一挥而就了,宛如天才的国画家用毛笔大挥了几株兰草。基于这种态度所构成的,是人物的畸形八怪,画面的乱七八糟,一言以蔽之,粗制滥造而已。我觉得这只有素描修养很好,而且又是"天才"的木刻家才可以如此做的。如果自己的素描修养既不好而又不是"天才",那就最好还是做点死功夫的比较好。当打底稿时尽量地修改,尽量地找实物对照,一幅木刻花上两三天或四五天的功夫,一直改到再没法修改,自己认为完全满意为止。之后,刻的时候也再聚精会神地刻个两三日,我想这样的努力才会有飞快的进步。

克服这种恶劣倾向,除了需要全体木刻工作者努力外,是首先需要先进的木刻家做模范的,如果起领导作用的木刻家也不严肃起来,那就只有影响得整个木刻界更其糟糕。

为了配合抗战新段的要求,在艺术上又重新提出旧形式的采用问题了。在戏剧上的口号是"话剧中国化","旧剧现代化",以期殊途同归,自然在美术上也已有人在讨论在研究,但是也有一部分人要弄得傍徨失措的。其实所谓采用旧形式或使外来形式中国化,都无非是想要探求新形式,想要创造新时代的民族艺术形式的。

关于木刻的前途问题,鲁迅先生在《木刻纪程》小引里的最后说:"采用外国的良规,加以发挥,使我们的作品更加丰满是一条路;择取中国的遗产,融合新机,使将来的作品别开生面也是一条路。"所谓"择取中国的遗产",就是和采用旧形式分不开的,但是我们怎样具体地来采用呢?先生在《论<旧形式的采用>》一文里说:

"我们有艺术史,而且生在中国,即必须翻开中国的艺术史来。采用什么呢?我想,唐以前的真迹,我们无从目睹了,但还能知道大抵以故事为题材,这是可以取法的。在唐,可取佛画的灿烂,线画得空实和明快。宋的院画,萎靡柔媚之处当舍,周密不苟之处是可取的,米点山水,则毫无用处。后来的写意画(文人画)有无用处,我此刻不敢确说,恐怕也许还有可用之点的罢。这些采取,并非断片的古董的杂陈,必须溶化于新作品中,那是不必赘说的事,恰如吃用牛羊,弃去蹄毛,留其精粹,以滋养及发达新的生体,决不因此就会'类乎'牛羊的。

"只是上文所举的,亦即我们现在所能看见的,都是消费的艺术。他一向独得有力者的宠爱,所以还有许多存留。但既有消费者,必有生产者,所以一面有消费者的艺术,一面也有生产者的艺术。古代的东西,因为无人保护,除小说的插画以外,我们似乎什么也看不见了。至于现在,却还有市上新年的花纸,和猛克先生所指出的连环图画。这些虽未必是真正的生产者的艺术,但和高等有闲者的艺术对立、是无疑的。但虽然如此,他还是大受着消费者艺术的影响。例如在文学上,则民歌大抵脱不开七言的范围,在图画上,则题材多是士大夫的韵事,然而已经加以提炼,成为明快、简捷的东西了。这也就是蜕变,一向别谓之'俗',。注意于大众的艺术家,来注意于这些东西,大约也未必错,至于仍要加以提炼,那也是无须赘说的。"

在该文末了又说:"为了大众,力求易懂,也正是前进的艺术家的正确的努力。旧形式是采取,必有所删除,必有所增益,这结果是新形式的出现,也就是变革。"

我深信鲁迅先生在生前给我们所开就的这些道路,在现在是大可以让我们放开脚步跨上的。

当着鲁迅先生逝世三周年纪念的今天,我们除了需要重新提出鲁迅先生要我们克服的缺点,以及我们今后应当努力的方向外,我们还得请求一切同情木刻及愿意支持木刻的先生们给我们多多地介绍外国的作品。因为自鲁迅先生死后,我们的木刻界已经有营养不足的面相了,这是大大地影响着它的成长的。

我相信只有把开在木刻园地里的更其灿烂的花朵摆在鲁迅先生的墓前,才是纪念先生的最好的方法。

1939年8月27日于陕北宜川山中

原载1939年《七月》第四期

"胖专员"和"糊县长"

我说,我们这个县长就不应该姓"胡",他倒是应该姓加米字旁的那个"糊"字的——"糊县长"!

真是个宝贝,什么也做不出,什么也骇怕。

年青的,他怕是"共产党";年老的,他怕是"汉奸"。

你在县里住过好久,大概见过专员吧?就是那个胖胖的家伙,他近来很苦闷,有一天去见民众教育馆馆长去了,也和往常一样,一见面就发牢骚:

"胡县长太不行!"他说:"这人简直有些糊涂,什么事都不敢做,什么事都做不出;把我弄得没办法,说起来,是我保他的,要呈请免他的职吧,这怎么好开口呢?……"

你看专员多苦闷,说起来专员比县长的官大,但却没有直接委派和免职的权。才有趣呢!有一次他又到馆长那里去坐了:

"闷得很",专员说:"公处里有两个人就把什么事都办啦,弄得我倒没事做。胡县长是说不听!真闷气。馆长,不是说笑话,你给我找点工作做吧,最好是让我管理图书馆……"

最后临去的时候说:

"有什么新鲜的书借给我看吧,要'左倾'一点的,我现在连讲演的材料都弄光啦。"

你看我们的"胖专员"和"糊县长"有趣吧?

原载《文艺阵地》1939年第1卷第12期

三晋之荣
——读了《卫天霖油画回顾展》之后

从北京来并负责《卫天霖油画回顾展》的章文澄同志要我为画展写几个字,以留纪念,我写了"三晋之荣"四个大字,算是我读了回顾展之后的表态。

真的,我省能出现卫天霖教授这样的老一辈卓有成就的油画家和艺术教育家,真是山西的光荣。可惜山西在这之前,连他的家乡在内,却很少有人知道他,更不要说欣赏他的作品了。因此,这次的回顾展是很有意义的,不但使三晋人民能知道卫天霖其人,也能使他们有幸欣赏和学习他的色彩灿烂的油画作品,真是非常难得。

可惜的是仅仅展出了三十九幅,这样少的作品,难免会有"管中窥豹"之感,有什么办法呢,十年浩劫中,卫天霖数以百计的油画作品,都被红卫兵、造反派认为"充满毒素"而加以销毁了,这竟使这位古稀老人肝胆俱裂、痛不欲生。然而就这难得的三十九幅也还是可以看出他在油画上的功力和成就的。

　　社会对待艺术家,有时也是很不公平的,有的成就并不火的画家声名倒捧得很高,而真有成就的艺术家,他倒反而得不到与其作品相称的荣誉,而卫天霖正是后者。我想,现在是应改变这种不公正的情况的时候了吧!

　　卫天霖教授是我省汾阳县人,1898年出生于一个诗书门第之家。在"文化火革命"中因饱受林彪、"四人帮"的残酷迫害于1977年在北京含恨默默去世,享年79岁。他早年与我省老画家赵缵之先生大约同时留学日本,考入东京美术学校绘画系,毕业后任该校研究员。1928年回国后,曾任北平大学、中法大学和北平艺术学校等校教授。他受到国民党反动派的迫害,因而于解放战争初期即克服重重困难,转入中国共产党领导下的解放区,任华北大学文艺学院教授。全国解放后,任北京师范大学美工系主任,后历任北京艺术师范学院、北京艺术学院副院长及中央工艺美术学院教授等职。

　　教授早年多画肖像画和风景画,晚年的静物花卉十分出色,他吸取了西欧印象派在色彩上的特点(此处文字漫漶——编者),工艺美术的装饰性特色,创造了自己色彩绚丽的油画风貌。他作画采取层层积色的手法,使画面不仅色彩丰富灿烂,而且笔触斑驳苍劲,具有中国书法篆刻之美,我们欣赏他的油画感到是一种莫大的精神享受。

　　但要欣赏卫天霖的作品,就应对法国印象派艺术有所了解。法国的绘画发展到十九世纪印象派,形成了一次在色彩上的革命。这之前,不论古典派、浪漫派、写实派的画家们全都是在室内作画的,他们的作品虽然也很美,但画面的色彩多半显得灰褐阴暗。到印象派的画家则走向:大自然,在室外作画。他们根据太阳光谱所呈现的七种色相——赤橙黄绿青蓝紫,注重表现大自然灿烂的阳光和鲜艳的色彩变化在画面上构成的形式美感。卫天霖在日本师从法国归来的印象派画家藤岛武二教授,因此他的油画就接受了印象派的画法。他是中国最早用印象派的技法作画而取得卓越成就的艺术家。

我认识卫天霖教授始于 1949 年初春,那时北平刚刚和平解放,我从山西先到天津,而后又来到这个古城看望江丰同志。他当时领导了一个华北大学的美术工作队刚刚进城,我住在工作队所住地北池子草垛胡同。队员中除了彦涵、洪波、邓澍、顾群、冯真诸同志外,其中就有卫天霖教授。他说的一口汾阳话,我们一见如故。他喜欢侃侃而谈,烟斗不离嘴边。从谈话中得知他是留学日本学油画的,但可惜当时我还不能目睹他的大作。这之后,待全国解放,我也从山西调到北京工作,和他就常在艺术界的会议上相见,并终于参观了他的油画展览会。那色彩艳丽、笔触苍劲的静物花卉给我留下了深刻的美的印象,迄今难忘,深感他在油画上的功力之深、成就之大。

但人们毕竟要问,卫天霖教授在油画上既有如此之高的造诣,而为什么在当时的北京美术界竟没有引起足够的重视而赢得应有的社会地位呢?这是因为虽然当时中央已提出百花齐放、百家争鸣的文艺方针,但"左"的艺术思潮还统治着艺坛,表现工农兵生活为政治服务的较好作品很容易得到社会的赞扬,而描绘山水花鸟和静物的美术作品即使出色也很难引起重视,因为它们不能直接为政治服务。只有已具盛名如齐白石者,他的作品可以例外。当时是一个在艺术上重内容轻形式的时代,同时也是在政治上艺术上一边倒向苏联的时代,美术界权威人士对法国的印象主义是持否定态度的。在这种历史条件下,当然卫天霖学印象派的静物画不为当时社会所重视是理所当然的。再加上他本人又不会自我宣扬奔走权门,因而自然也就难于获得高的声誉和高的社会地位了。

然而艺坛大师刘海粟却是很欣赏卫天霖的作品和人品的。他俩是同时代人,虽然生前未曾见面,但却是卫老难得的知音。他在卫天霖逝世十周年纪念会上的讲话,真是一篇热情洋溢、真情实感、有识有据的动人文章(见1987年11月7日《山西日报》美术副刊),我欣赏他的讲话有如欣赏卫天霖的作品。

他对卫天霖的油画有很高的评价,也知之较详。他说,卫天霖在日本时的"成绩高于同辈人,使东邻的同窗感到羡慕、惊奇。"又说:"卫老继承了印象派之长。他最成功的作品,尤其是后期的静物,其色彩的丰富,情绪的饱满,对美的把握能力,可以说不比任何日本画家逊色。即便和老师比较,也有他个人的特点,更多的书卷气。那是中国民间艺术的陶冶,傅山草书的启示,长期与人民同甘共苦的深切体验,所以有青出于蓝而胜于蓝的地方。……卫老的画法,有浓郁的乡土诗情,只有用诗人的眼光来看待世界的人,才能默默地画出那么多好作品。他又吸收了塞尚的构图原理,梵高的热情,高更的厚朴。他又得天独厚地是中国人,东方文化之美滋润着他的创作。所以比起法国、日本的印象派是有所前进、有所独创的。仅仅重复西方任何一个画家,成不了卫天霖。"

而刘海粟对卫老生前未能享受应有的荣誉也深表不平,他说:"在国内,他也未享受到应得的光荣,知名度和他的作品质量不相称。我们要尽最大的努力达到相对的公平。"最后他赞扬卫老的人品说:"不打击别人抬高自己,不依附名人以求闻达,卫老可谓身体力行。"

其实不仅刘海粟大师对卫天霖的艺术评价很高,而且日本的艺术家也是非常推崇他的。当卫天霖教授的遗作于1982—1983年东渡赴日,在东京等地巡回展出时,评论家称他是"中国近代油画界的先驱者,把终身的生涯贡献给油画创作的中国伟大的油画家",并说他有"辉煌的成就"。当《每日新闻》文艺刊评论他时说:"卫天霖先生这位中国近代油画的开拓者,其所以伟大,就在于他无论受到什么样的迫害,也从不改变自己的艺术道路,一直在继续他要描绘的花、他的静物和风景。"在学习油画的许多同事中,不少人都在中途转到东方绘画方面去了,但他却始终没有放弃自己的油画的笔。

当卫天霖教授在东京美术学校绘画系搞毕业创作时,以他的日本女友为模特儿画了一幅《闺中》。章文澄同志介绍这幅画时说:"画中的她安详、幸福地坐在床上,却着当时中国女人学生装束,下穿黑裙,衬着上身粉色开襟中式上衣,人物前方有插花一枝。整个画面给人以幽雅、娴静的感受,少女的形象则以浓艳的色调体现了人物的深情。这幅画的制作大部分时间是在他的公寓里,当移到画室接受藤岛先生指正时,先生赞不绝口,说:'这幅作品体现了你在日本学习的全部经历,你的构思和意境殊具东方的特色,你的构图与技法使东西方绘画语言得到极好的交融。'并说:'藤岛先生兴奋之余,特意整装,身着礼服,同卫先生携手在画前留影。'"

《闺中》这幅油画未能以原作在并展出,仅以一幅日本的印刷品出展在有关资料的镜框内,也算饱观众的眼福。

当李瑞年同志在《试谈卫天霖先生绘画艺术的特点》时说:"在运用油画颜色方面,卫先生是下过一番苦功夫的。他经过实验总结出哪种颜色可以较长久地不变色,哪种颜色在什么条件下会变色,哪些颜色可以混往一起调,哪些不能,哪种颜色会透上来,哪种颜色可以覆盖……等。所以他的作品中能出现色泽丰富、斑烂多彩的效果绝非偶然,而是科学的必要。他的画经过多年它还颜色鲜艳。"

当吴冠中回忆卫天霖老师时,说他的作品:"既有印象派画面色彩的和谐、呼应和新鲜感,又具备中国工艺美术中华丽的装饰效果。印象派追求刹那间的印象,重视即兴的手法,卫老与此截然相反,他刻意推敲,一如贾岛的苦吟。卫老一幅画经常要画上十天、八天、二月、三月,层层积色,组成斑驳陆离、错综复杂的色彩效果。当他感到某一幅旧作不满意时,他又在其上覆盖作新画,提提他的画试试,画也够重的,画下有画,心压着心,他少有知心!"

卫老生前曾说:"画家的传记是用他的作品写出来的。"而我觉得,他的传记则不但用杰出的油画作品所写,而且也为他的教学贡献和高尚的人品所写。

卫天霖逝世已经十年了,"回顾展"在他的故乡所取得的巨大成功,将使他含笑九泉。

他的成就真是三晋的光荣。

读《心儿,在飞扬》有感

我带着一颗激励的老人的心,一口气读完了朦胧的处女作《心儿,在飞扬》(《火花》第四期)。感谢编者向我们推荐了这篇小说。我为我们的十八岁的农村少女能写出这样感人的作品而高兴。

这篇小说以真实的感情,生动有趣的描写而吸引了我,洋溢着新农村的生活气息,揭示了正气和歪风之间的矛盾,新思想和旧传统观念的抗争,令人感到了时代脉搏的跳动。

作者塑造了三个善良纯洁的姑娘,其共同点是三人都不幸失学了,有的是因为高考落榜,有的是因为母亲去世,不同的命运使她们各有各的烦恼。她们不满于重男轻女的封建思想作祟,不满于招生考试中的权力与地位之争,敢于不顾逆风和冷嘲而坚定地走自己的路。

对一个初学写作的姑娘来说,敢于在作品里同时描写三个不同的少女,应该说是难度较大的,因为既要写好三人之间的关系、交往,又要在结构上对三人的出场有较好的安排,还要尽可能写三人不同的命运和性格。但就《心儿,在飞扬》所达到的成就看,还是比较令人满意的。

小说的一开头就展开了关于男娃好还是女娃好的争论。初读,会以为是姑娘们信口回答的,细读就知道答案都和自己的身世有关。例如小雅就认为男娃好,她说:"男娃不想上学,家里逼着上,我们想上却不能上。还有,男娃虽然干得活重些,但不操心。你看我们女娃,做针线、做饭,还得上地,真够劳心的!"这里所说的女娃,却正是小雅自身的写照。而且敏娟的答案其实也和自己的处境相关。这说明朦胧描写这三个姑娘,既有深厚的生活基础,又有写作的严谨。

当朦胧描写春鹿眼中的妈妈生了气的脸色时用的比喻很精彩。如:"她发现了妈妈那乌云翻滚的脸,才知道一定出了什么不好的事,光看那脸色,不下雹子也准是狂风暴雨。"

妈妈终于开口了:

"我说不让你考吧,你还难受得不得了!"作者接着描写道:"铜钱大的雨点开始往下砸"……类似的生动描写还很多,就不一一举出了。

我特别欣赏敏娟相亲的一段。寥寥几笔把敏娟的对象刻画得凸出纸上。作者描写道:

"她陌生而大胆地打量他——高高的身材,白净的皮肤,英俊的脸庞,羞怯而深情的眼睛。他矜持地站在门口边,脸上绯红,微低着头不敢正眼打量她,仿佛一个俊俏羞涩的大姑娘。"这之后,当敏娟和小伙子对话时,作者又描写小伙子:"……像做了见不得人的事,脸涨得更红了,头垂得更低了,手也不知往哪儿放。"

这描写一面突出了小伙子在异性面前有如大姑娘的性格,同时也就更衬托出敏娟这姑娘的"假小子"的姿态,她真是"一个天不怕,地不怕,爱说爱笑,敢想敢做的'现代派'小姐",是一个新时代的女性。"

我感到小说中的对话也是写得真实动人的,如春鹿妈和春鹿的一场争执,以及敏娟和她妈的一场唇枪舌剑。这些对话,一方面能使读者身临其境,感到情节的紧张,同时也揭示了新旧思想的矛盾。说实在的,小说如果没有矛盾,读起来就不会使人感到兴趣,就缺乏吸引力。而生活本身就是充满了矛盾的,就看作家是否善于描写,而朦胧是描写的动人的。归根到底,从以上所说的对话,也看出作者对于生活的向往。

小雅是小说中最令人同情的姑娘。朦胧对小雅的处境和他爹要给她"找个新妈"时父女的对话描写虽然很简单,却很感人,从而给我留下深刻印象。

总之,朦胧的文笔我是很欣赏的,她不像王安忆的过于繁琐,有自然主义倾向,也不像老一辈作家赵树理的偏重于口语化。她有她自己的风格。

我现在深感一些无名的初登文坛的新手,倒往往写出了感人的好作品,而有些有名的作家(即使是文坛元老)有时写出的作品却使人读了感到失望。其所以如此,就因为那些初登文坛的作家具有丰富的生活,而某些成名的作家其创作源泉已枯竭而又不肯深入生活,于是写出来的东西就难免淡而无味。例如,我曾读了人民文学出版社一九八〇年出版的

《短篇小说选》,其中一篇不大有名的作家李惠薪写的《老处女》就使我深为感动,而鼎鼎大名的已故老作家茅盾的一篇《一个理想碰了壁》却不能感动我。其原因就因为《老处女》是作者的实感,而《一个理想碰了壁》其素材可能是道听途说。这样讲绝没有要贬低茅盾之意,他曾写过轰动一时的三部曲和《子夜》,在社会上赢得了很高的威望。然而单就《一个理想碰了壁》来说,却是相当无力的。

因此要写出好的动人的小说,真还需要"长期地无条件地全心全意地"到人民群众的生活中去。马烽同志作为人大代表最近在接受中外记者采访时希望作家"投身到改革开放的火热斗争中去",不要"坐在家里去写那些与广大群众无关痛痒的题材,在所谓技巧上玩弄花样"。他的这些话我非常欣赏。愿我们的新老作家能在这些重要的问题上沉思。

愿朦胧沿着自己的路走下去而不动摇。

复刊词

《火花》文艺月刊今天又和广大读者见面了。

由山西省文联主办的《火花》于1956年10月创刊,到1966年8月,在"文化革命"的冲击下,被迫停刊。十年间,它共出版了一百零九期,发表过许多好作品,特别是发表过不少通俗化、群众化的优秀作品,培养了一批作者,形成了以赵树理为代表的具有山西地方特色的文学流派,在一定程度上满足了广大读者的要求。当时,它是全国同类文艺期刊中颇具个性特色的一种,曾受到过中央宣传部和山西省委的表彰,在全国也有一定的影响。

今天,停刊二十年的《火花》复刊了。它为我省文艺界恢复了一块文艺创作园地,为广大读者重新奉献出一份精神食粮。

复刊后的《火花》,仍然是综合性的文艺月刊。它立足本省,面向全国,团结广大作家、艺术家,为繁荣我省文艺创作,出作品,出人才而不懈地开拓。在全国数百种文艺期刊、小报和副刊中,它将仍然追求自己的个性特色:革命化、民族化、群众化。

革命化就是坚持四项基本原则,坚持文艺为人民服务、为社会主义服务的方向,坚持百花齐放、百家争鸣的方针,坚持文艺创作和伟大的四化建设事业挂钩,和人民群众的思想感情挂钩,以社会效益作为衡量刊物质量高低的唯一标准,并且倡导创作自由、艺术民主和批评自由。

民族化就是继承和发展民族文化的优良传统,创作具有中国特色、中国气派的文学艺术。既不排外排他,封闭保守,也不以虚无主义的态度对待民族文化传统,而是继承和发展、吸收和溶化,两者均不偏废。

群众化就是走通俗化的道路。通俗化、群众化绝不是庸俗化,更不是迎合一些人的低级趣味。那些利用通俗化的名义,传播剥削阶级腐朽思想,追求感官刺激的读物,只能说是对通俗化的亵渎。而我们所坚持的群众化,是指具有健康的思想内容和完美的艺术形式相统一的,又为广大读者喜闻乐见、雅俗共赏的作品。它与供一部分文化水平较高的人们欣赏的"雅"的作品,仅有风格上的差异,而无尊卑荣辱之分。《火花》将以自己的实践来消除对于通俗化、群众化的歪曲和误解。《火花》注重可读性。可读性和深刻的思想内容、完美的艺术形式并无矛盾,而是可以统一的。一部数千年的文学史,不就是俗与雅相互补充,相互影响,共同发展的吗!《火花》要继承传统,继承是为了发展。《火花》将锐意改革,改革是为了满足新时代的读者的审美需求,在建设社会主义的精神文明中贡献自己的一份力量。

《火花》文艺月刊过去曾经受到广大读者的喜爱,享有一定的赞誉。二十年后的今天,它将更加贴近时代,更加亲近读者和作者,响应胡耀邦同志提出的"团结奋斗,再展宏图"的号召,为文艺百花园赢得更加迷人的春色而努力!

在《火花》复刊之际,我们谨向作者和广大读者致意,祝愿大家身心愉快,工作顺利,迎接更加光辉的一九八六年。

我也和邢小群同志对话

当1989年第五期《火花》发表了我写的《从现代派美术谈起》一文的同时也发表了邢小群写的与力群先生对话的《艺术欣赏的几个问题》。

我想,中国作为一个社会主义国家,它的文学艺术总是应该和西方资本主义国家的文学艺术有所区别的。判断文学艺术上的是非,就应以毛泽东文艺思想为依据。马列主义的文艺观既是指导文艺创作的明灯,也是批评文艺现象的准绳。

第一,邢小群不同意我在文艺批评和文艺鉴赏方面沿用毛泽东用惯了的"人民"或"人民群众"的字眼,主张用"读者层"、"观众层"、"欣赏者层"等字眼。我觉得首先"人民"这个字眼彼此既已用的习惯了,没有改得必要;其次是我们的文艺政策中就明确规定"为人民服务"。为人民服务,当然也就包括为人民所鉴赏,同时也包括站在人民的立场进行文艺批评。所以"人民"这个字眼还是必须用的。否则"名不正则言不顺。"

邢小群还说:"我觉得一个真诚的务实的艺术家、评论家,最好以'我'出现,无需硬把自己扮作'人民'的代言人。"这个观点我不能苟同。在我看来,一个共产党员的艺术家、评论家就应该站在党的文艺政策的立场上,力求作为人民的代言人进行文艺批评。就是一个非党的艺术家和评论家也是应该力求站在人民的立场上的,而现在发生的文艺问题,恰恰就出在不少艺术评论家不是站在广大人民群众的立场上,即不是站在广大工农兵和广大脑力劳动者的立场上,而是站在什么个人的立场或极少数人的立场上。所以他们未能作到真正的人民的代言人,而却把我们社会主义的文艺批评界搞得是非不分,异常混乱。

我们马列主义者认为,作为意识形态的文学艺术,是有阶级性的。西方现代派艺术,连毕加索的作品在内(虽然他名义上是一位共产党员)也是属于资产阶级的。而文学艺术作品一经发表、展览,就属于社会的了,因为它不可能不对社会发生作用。有的好作品能起教育人民,鼓舞人民,给人民以美的享受的作用;不好的作品则能毒害人民的精神,瓦解和涣散人民的斗志,使人民的奋发、进取精神失落。作为一个人民的艺术批评家就有权进行赞扬或加以批评指责。在我的文章中因为引用了列宁对现代派艺术的批评,邢小群就说:"列宁在政治上是革命的先行者,但在艺术趣味上却偏好传统和古典的作品,这毫不奇怪。我们既不必因此而责备列宁,也不必拿列宁的趣味去统一别人的趣味。"这样来理解列宁对现代派艺术的态度显然是不正确的。邢小群把列宁对现代派艺术的批评,仅仅看成是由于在艺术趣味上的个人偏好,那就未必妥当了。由于邢小群个人对西方现代派艺术的偏好,所以就难于理解列宁是代表广大劳动人民执言的。好像邢小群并没有注意我所用的列宁下面这一段话:"艺术是属于人民的,它必须为这些群众所了解和爱好。它必须结合这些群众的感情、思想和意志,并提高他们。"显然列宁认为现代派的作品不为广人劳动群众所了解和爱好,不能结合这些群众的感情、思想和意志,也不能提高他们。所以才说:"为什么只是因为'这是新的'就要像崇拜神一样来崇拜新的东西呢?那是荒谬的,绝顶荒谬的!"

邢小群说:"在艺术面前,喜欢什么,不喜欢什么,完全是欣赏者自己的事,在艺术面前人人平等。"是的,作为欣赏者应有这种喜欢什么,不喜欢什么的自由。但作为一位人民的艺术批评家,也有自由和责任对那些颓废的、下流的、腐朽的、黄色的,进行精神污染的、不健康的艺术品提出批评,因为它们造成人们意志的沦丧,奋发、进取精神的失落。正好像国家对于贩卖鸦片和吸毒必须干涉禁止一样。因为自由不是绝对的,也有限度,在社会主义的中国就没有贩卖鸦片和贩卖精神鸦片以及吸毒的自由。

是的,我们老一辈的革命文艺工作者,都经常说要"深入生活",不要"远离生活";或者说不要脱离人民,脱离现实,都是一个意思。现在有些人听到就非常反感,他们说:"难道我们的生活不是生活吗?"自然我们所说的这个"生活"的含义是来源于毛泽东《在延安文艺座谈会上的讲话》。所谓"生活"就意味着工农兵生活,因为他们的生活,他们的思想感情更易于代表一个时代,更易于看出历史向前发展的主流。因此我们曾经力求和工农兵相结合,因而也创作出不少反映工农兵生活的动人的优秀文学艺术作品,我认为这样做并没有错。如果延安的木刻不表现边区劳动人民的和平民主幸福生活,不表现敌后军民的英勇抗日斗争,而只表现艺术家的身边琐事,家庭生活,能有那么大的国内外影响吗?试想,如果没有反映抗日战争的文艺作品,我们的后代将如何了解那个人民战争的伟大时代?

但艺术家只能表现他所熟悉的生活、感兴趣的生活,这是文艺创作的规律。可是为了更好地反映惊天动地的人民时代,也应主动到火热的生活斗争中去,把不熟悉的生活变成熟悉的生活,把不感兴趣的生活变成感兴趣的生活。这种熟悉,当然应该全然是有意的,但有时也有被迫的被动。例如,有的作家所写的右派的非人生活,他们对右派生活的熟悉就是不自愿的,全然被迫的。自然今天看来,当时提工农兵生活,未免有点不够全面,不够广阔,而这是必须用历史的观点来看待这个问题的,绝不能因此说深入工农兵生活就错了。自从《讲话》发表以来,我切身为之实践历时四十余年,深感"生活是艺术的唯一源泉"是无可争辩的真理。也有人说"到处有生活",但不见得到处的生活都有意义,都值得描绘,并不是吃饭、睡觉、拉屎、尿尿都能成为文章。就是《红楼梦》

中经常描写吃饭吧,也不过是借着吃饭描写人与人的关系,描写人物的性格。文艺既有教育的功能,也有给人以知识的功能,还有使人娱乐的功能,所以所谓生活也就是具有以上功能的生活。而邢小群对这个问题是怎样看的呢?她说:"从那教条主义主宰的年代过来的,是不难理解先生所说的'生活'内涵的。在强调工农兵是主体的年代,工人做工,农民种田,解放军搞军事就是生活,而其它社会生活方式都被划在生活之外,今天这个问题已不值得深究细研了,很多人著文将过去所谓含混不清的'生活'概念彻底否定了"。所以她主张"最好不要把脱离生活、远离生活、深入生活这样的概念拿到艺术文学领域了。"这里必须弄清楚,第一,毛泽东的《讲话》并没有把"其他社会生活方式都被划在生活之外",而我们也没有这样理解,我们仅认为工农兵是社会的主体,"是中华民族的最大部分",因为他们人数最多,又和我们祖国的命运关系至密,所以我们很重视深入工农兵生活。其次,她说的"很多人著文将过去所谓含混不清的'生活'概念彻底否定了",实际上是只有受资产阶级自由化思潮影响的人才把"生活"的概念彻底否定了,并非"很多人"。所谓"含混不清"也只是邢小群个人的看法,而我们这些当事者倒是从来就感到非常明确清楚的。

更为严重的问题倒是邢小群竟然把毛泽东的《讲话》发表以后相当长的一个历史时期,笼统说成"教条主义"年代"主宰的"而加以贬斥。

为了研究邢小群的艺术思想,我又特意拜读了《火花》

1989年第六期上她和丁东、陈坪三人合写的《中国现代艺术大展三人谈》一文。

总的看来,三人对于今年春间在北京中国美术馆举行的《中国现代艺术展览》是完全肯定的,赞扬备至,不愧是中国现代艺术的拥护者。然而今年四月八日《文艺报》发表的一篇千端廷写的《中国没有现代艺术》一文,却对这个展览持否定的态度,文章说:"这里除了极少数作品显示了艺术家的创造性并具有中国艺术的品格外,大多数展品是对西方各现代主义流派的搬演。这使人很难不得出……个结论。中国没有现代艺术;中国没有中国的现代艺术;中国的'新潮美术家'是一群'艺术倒爷',他们所'贩卖'的是一种'倒爷艺术'——虽然这不是一种严格的艺术批评的语汇,但它却准确地表达了事物的真相。"同样是这个展览会的观众,其看法却绝然不同,但我却非常欣赏作者干端廷的论述。因为他起码是一个并非崇洋媚外者的中国人的观点,虽然他还没有说这是资产阶级自由化在美术界泛滥的产物,也没有说是和毛泽东文艺思想背道而驰的。但他总是站在爱国主义的立场说出了真话。我们中国美术家协会的副主席蔡若虹同志也是看了这个画展的,他说:

"在展览会上,不但出现了枪声,而且出现了荒诞不经的行动艺术表演,美术变成了丑术,引起了很多观众的惊奇和不满。本来是西方资产阶级腐朽艺术的残枝败叶,一搬到我们社会主义的中国,就被吹捧者捧为鲜花,尽管吹捧者为数不多,可是他们招摇过市,蔓延成风,对广大的青年美术爱好者危害极大。"

而邢小群等三人却正是蔡若虹同志说的"对广大的青年美术爱好者危害极大"的"吹捧者"。

那么,他们是怎样吹捧这些所谓的"倒爷艺术",即所谓的"西方资产阶级腐朽艺术的残枝败叶"的呢?请看下面的引文:

"中国的艺术发展到今天,以这么完整,这般庞大的规模来表现一种背叛精神确实还是第一次。它可以说是十年来中国现代艺术的一次检阅和总结。它也显示旧中国现代艺术开始走向成熟。""现代艺术,越阐释不了的,越让人觉得意味繁复,回味放无穷。"又说:"换个说法,在培养对反传统艺术的宽容精神和欣赏态度上,这次展览功不可没。"接着就是离开"艺术"向社会提出的政治要求,他们说:"现代艺术展览""是对社会生活、政治生活民主化所必须具备的国民基本心理素质的一次训练。很难想象,在艺术趣味上都不宽容的人,怎么可能在社会生活、政治生活中真正渴望实现民主。"

那么,具有"这么完整"的"背叛精神"的和"回味无穷"的中国现代艺术究竟是些什么货色呢?

"我印象极深的一个作品是悬挂着的用塑料制作的一串串肠肠肚肚及蛔虫之类的玩意儿,相当逼真,让人看之欲呕。你很难想象出有比这更为恶心的东西了。这种东西,连作者本人也未必愿意挂在他家里的墙壁上欣赏。这应该理解为一种有意为之的极端行为,目的就是为了对既成艺术观念和艺术理解起根本的颠覆、刺激和破坏作用。你们不是认为艺术应该怎样怎样？我偏偏把这些玩意吊上去。你与其傻里傻气地去质问这些作品有什么意义，不如通过作品去揣度作者所持的艺术观念是什么。"又说："作者的表现意图很明确，他就是要让你感受恶心。""他显然对艺术一直担负着传教士的使命非常反感，所以反其道而行之。我理解作者是急于要破坏社会习惯心理平衡。""除了破坏艺术的说教性、宣传性、陶冶性外，它还要破除一些东西。"这段话的真正意思究竟是什么内涵呢？说穿了，不论"现代艺术"也好，不论邢小群等三人也好，又不论画画也好，写文章也好，就是要破坏他们深恶痛绝的所谓"教条主义"的毛泽东文艺思想及其指导下的革命现实主义艺术。

为了要破坏马克思主义的文艺思想，他们大胆地宣传如下的艺术观点：

"这次现代艺术大展给我们最大感受是艺术并不一定要表现美，而且这种作品本身具有的感性力量也是令人信服的。"又说："丑大量进入艺术是现代艺术的一个特点。""所以他们（指现代派艺术家——作者注）热心去表现人的苦闷、困惑、恶心、自恸和自谑。参加这次现代艺术大展的一个画家就把艺术创造比作精神排泄，把艺术比作使用过的手纸，把去美术馆、音乐厅、电影院欣赏艺术比作上厕所。"这真是前所未有的新奇观点。接着又说："这些独白是尖刻的自嘲和讽刺，却充满了智慧。我们也应该幽默地看待它并自意它的弦外之音"。"实话说，这次展览的大部分作品是外国人干了的咱们又干了一遍。"从这些话里我们就不难理解邢小群他们所赞扬和吹捧的是些什么货色了。这样的货色要强塞给人民,人民群众怎么能接受呢?!但邢小群还不高兴我说"人民不喜欢"。她责备道:"尤其是有的人喜欢以人民的代言人自居,他不喜欢就是人民不喜欢,他看不懂就是人民看不懂。"然而,就是在邢小群等三人的文章一开头,提到人体艺术大展时也不自觉地为我的观点提供了佐证,他们说:"人体艺术大展中古典的写实作品大多是匆匆而过。"难道这还不足以说明"人民不喜欢"你们所吹捧的现代派艺术,同时也证明我力群能"以人民的代言人自居吗"?我想这次文艺界的反对资产阶级自由化,就是必须坚持四项基本原则,必须坚持创造有中国特色社会主义文艺,反对"外国人干了的咱们又干一遍",从而使中国社会主义的文艺和资本主义的文艺同流合污,毫无区别;更要反对文学艺术家脱离人民、脱离现实,就是要坚持社会主义文艺的教育性、宣传性、陶冶性和娱乐性。所有这些都是绝对不允许让坚持资产阶级自由化的人来破坏的。

艺术欣赏的几个问题
——与力群先生对话

邢小群

力群先生是我的前辈,他的画作曾赢得我的敬重。读了他的文章《从现代派美术谈起》,我仍然敬重他,尽管他对现代派艺术有诸多非议,然而作为一种艺术观,却有其独立存在的价值。当今现代派艺术已得到了许多人尤其是青年人的普遍认同,力群先生仍直言不讳地将不同意见公诸于世,这正是他性格的宝贵之处。今天,人们在艺术上趣味相左的现象已十分普遍,但多流于窃窃私议,而公开争鸣不多。艺术见解的碰撞也应当公开化。应该说,力群先生在促进这种公开化方面,是起过带头作用的,如去年在《山西日报》。

当然,理解并不等于赞同。在某些方面,我与力群先生有不同的认识。今且略陈几点,向先生讨教。

一、关于人民

在力群先生的文章中,"人民""广大人民群众",都是经常出现的字眼。比如他提出某些作品,广大民群众无法欣赏,无法接受。某些艺术倾向"脱离生活,脱离人民"。

的确,几十年来,在我国的文艺理论批评和鉴赏方面,到底有多大的适用性,却是一个值得认真思考的问题。

人民,本来是一个政治范畴。马克思主义者在革命过程中,按照不同的社会历史条件制定斗争策略,就需要在阶级分析的基础上,把一些阶级、阶层、社会集团划在人民的范畴之内,把另一些阶级、阶层、社会集团划在人民的范畴之外,以便争取多数,反对、孤立少数,夺取胜利。

这个范畴用到文艺评论中,如果仅是对文艺作品的社会历史内涵进行分析评论,还是可以的。但用于一般的文艺鉴赏,就不如读者层、观众层、欣赏者层这样一些概念更为适宜。因为从政治角度把某些人群划为人民,但这些人在欣赏文艺时,尤其是在品味艺术品的审美意味时,其中的差别却可能很大。相反,某些人在艺术趣味上可能极为相近,但从政治上又不一定都可以划入同一范畴。

艺术欣赏,首先是一种个体精神活动。萝卜青菜,各有所爱。艺术趣味完全相同的两个人是很难找到的。也许在某个方面两个人一致,但在另一些方面两个人又会出现差异。依照不同的文化背景,人们大体上可分出不同的读者层、观众层、欣赏者层。一层人之内,彼此间趣味比较接近,而与另一层人之间,又有明显区别。比如过去常举的阳春白雪,下里巴人,实际上就是说这种层次的区别。

这种读者层、观众层、欣赏者层的划分,完全是着眼于审美趣味的不同,因此这样分析问题可能更接近艺术欣赏的实际。如果硬把人民这样的政治范畴搬进来,必将显得大而无当,说不明问题。尤其是有的人喜欢以人民的代言人自居,他不喜欢就是人民不喜欢,他看不懂就是人民看不懂。这种逻辑其实站不住脚。比如现代派艺术,要想找出几个在政治上属于人民的反对派是很容易的,但找出喜欢现代派的"人民"同样很容易。这样争来吵去,实际上什么问题也说明不了。又比如前一段争论不休的电影《红高粱》、《老井》,看不惯它的观众从政治角度可以划入"人民",但拍手叫好的观众又有几个从政治上可以划出"人民"呢?因此,我觉得一个真诚的务实的艺术家、评论家,最好以"我"出现,无须硬把自己扮作"人民"的代言人。

二、关于保守与创新

一部人类艺术发展史,就是一部艺术创新史,美在新。一件艺术品的价值,一个艺术家创造的价值,确实是离不开创新二字的。这是就创作而言。

但说到艺术欣赏,则与创作不尽相同,有人喜新厌旧,有人喜旧厌新,有人新旧都爱,这是每个欣赏者的自由,谁也无须为自己的欣赏趣味而自豪或自卑。

艺术趣味的趋新与趋旧,既不能与政治倾向划等号,也不应与道德倾向划等号。列宁在政治上是革命的先行者,但在艺术趣味上却偏好传统和古典的作品,这毫不奇怪。我们既不必因此而责备列宁,也不必拿列宁的趣味去统一别人的趣味。

艺术的发展与社会的发展还有一个区别,即社会发展必须是新陈代谢,旧体制不破除,新体制无从建立。而艺术不需要以新代旧,可以新旧并存。流行歌曲走俏,古典音乐也可以演唱;实验小说出台,传统小说也可以发表;现代派绘画上场,现实主义绘画也可以展览;艺术呈现出了它本来的生命态势。现在进入了各种艺术风格流派自由竞争、自然发展的时代,那种人为指导、规范艺术的作法应该结束了。人对世界有多少种理解,多少种追求,多少种需要,艺术家有可能有多种表现世界的方式。我以为,艺术创作不存在对立的格局,艺术欣赏也不能以持保守或趋创新来审视人们审美趣味的高低。人们是以自己的方式达到心灵与世界的沟通。无论古典的还是现代的,传统的还是创新的,只要人们需要它,它就有存在的价值。

还有一种现象应该正视。很多人,特别是青年人,对传统的艺术表现不满足,但他们希望看到什么,他们也不清楚。我国有一位美术家,曾在纽约现代艺术馆前看到,这个馆从来都是开馆前便开始有人排队守候,观众中有青年学生,白发老人,甚至有带孩的家庭主妇。这位美术家曾在画展上问过不同的观众,"你看明白了吗?""不明白。""那为什么要看?""因为有趣。""下回还会看吗?""只要有新鲜的,还看。"看来,不能不承认,看新鲜也是一种欣赏。人们从艺术中不一定都能找到心灵的对应,但愉悦情致总是可以的。前些时,几位世界著名的艺术家在北京举行"拯救威尼斯,修复长城"的义演。一位法国画家即兴作画,他将一个大提琴和一个小提琴刷上颜料往画布上猛地一摔,颜色上了画布,画便作成了。这幅画很难说主题是什么,内容是什么,但很多人看得津津有味,感到分外新鲜,过后仍觉得饶有意味。这是不是又应了这样一种说法:现代艺术家(指脱离传统规范的艺术家),往往不重视要"画什么",而更重视"怎么画",即传达一种创作情绪。就创作者而言,它是有一种趋向但并不明晰的追求;就接受者而言,它便是一种既可能释读,又可能是一种不断延续的期待。而就作品而言,它可能具备相当的多义性,起码能开拓人们的想象空间。

在艺术面前,喜欢什么,不喜欢什么,完全是欣赏者自己的事,在艺术面前人人平等。我们没有必要为自己是保守派或是创新派或是现代派这样的问题伤脑筋。那么,也就不会人为地创造出护守与阻挡的阵线了。让各类艺术尽可能满足不同人的审美需要岂不更好!

三、关于"远离生活"

这个问题若向今天二十几岁的青年人提出,他们是费解的,什么是生活?难道我们的生活不是生活?从那个教条主义主宰的年代过来的人,是不难理解先生所说的"生活"内涵的。在强调工农兵是主体的年代,工人做工,农民种田,解放军搞军事就是生活,而其它社会生活方式都被划在生活之外。今天这个问题已不值得深究细研了,很多人著文将过去所谓含混不清的"生活"概念彻底否定了。我只想说,面对一个无所不包的生活界——物质的、精神的、感情的,个人的、群体的、人类的,社会的、历史的、现实的生活,最好不要再把脱离生活,远离生活,深入生活这样的概念,拿到艺术文学领域了。我们可以在"表现了什么,表现得怎么样上做文章"。这样,似乎更切近艺术审美本身。

力群先生最近的一些文章之所以引起争议,说到底是我国在精神领域已经形成了鲜明的"代沟"。中国文化传统喜合不喜分,喜聚不喜散,喜一不喜多。对于代沟的强化,总有人感到心理不适应,总想填平它。其实没有这种必要。我们不妨提一下代沟形成的大背景。在这个问题上,我觉得秦晓鹰概括得很好:

"由于我国长期处于商品率低的自然经济社会,严格的家庭伦常和政治伦理关系,使在天下一统的国度里形成了上至皇帝下至子民的垂直社会结构。由血缘关系扩展而成的尊老、唯上的理念是这个社会最基本的思维模式和行为准则。……在这样的宗法社会里,当然是师长师尊师老之风盛行,还说得上什么政治、经济、文化、人格上的'代沟'呢?今天,商品经济的发展,国内国际上的社会化生产和横向经济联系的广泛化,使各种年龄段的人都有了淋漓尽致地发挥各自潜能的机遇和天地。共同的志趣、爱好、生活方式、情感甚至共同野心的人际组合越来越多。这种人际自由组合所产生的力量和在平等基础上形成对人格的保护,使人们不再抱有一旦脱离了原来的社会发展和社会的垂直系统,就会失去前途失去希望的恐惧。这以后,'每颗小星都可以闪烁天国的光芒'!"(引自《百年之旅》)

至于艺术领域,代沟的意义就更为明显。在我国,百花齐放的口号喊了三十多年,实际上艺术界并没有百花齐放,而只有一种颜色,充其量是一棵树上开放出许多花朵。直到进入八十年代,尤其是最近三四年,才真正有了点百花齐放的味道。下一代和上一代的审美追求不同,才使多元化的艺术格局具有社会前提,才使百花齐放成为不可逆转的趋势。所以,"代沟"的形成和强化,实在是一件好事。

一位老艺术家的成功之路
——《力群传》读后

力群是我国新兴版画运动的前驱者之一,当代著名的版画艺术大师。齐凤阁同志将他所著的、吉林美术出版社刚出版的《力群传》寄赠给了我。我欣喜之中,一口气将这本12万多字的传遍读了一遍,我所熟知的这位享誉国内外的老艺术家形象,就像我常见到的力群同志一样,真切而生动地出现在我面前。

《力群传》的作者近年潜心研究中国新兴版画史,为撰写《力群传》曾专程来山西拜见力群,并沿着力群的足迹进行采访,获得了不少第一手材料。因此,《力群传》确是一本内容翔实丰富、评价恰当、令人可信的传记书。

《力群传》采用编年的顺序,分章节叙述的手法,写下了老艺术家从1912年12月出生至今名声不衰的山西灵石县,到1983年回到家乡举办他的画展这71年间的行迹:有童年的梦幻,有闹市里的挣扎,有铁窗生涯,有明灯指引下的成功探索,有在"大鲁艺"的创作丰收,有噩梦般的动乱岁月,也有梅花飘香的时节……《力群传》是力群70多年生活历程的形象记录,是力群在党的文艺路线指引下,历尽坎坷,通往艺术殿堂成功之路的生动写照。

力群的成功之路,是来自他远大崇高的革命理想和对民族的责任感,来自他和人民的密切联系和对生活的挚爱,来自他的博学和执着追求。

力群是在鲁迅先生倡导的新兴版画运动的指引下拿起木刻刀的。鲁讯在给曹白的信中,多次表示了对力群政治上的关心,艺术上的亲切教诲和指导。在三四十年代国统区白色恐怖的岁月里,木刻青年追求进步、向往革命,包括力群在内的许多木刻青年都曾遭到反动派的迫害和监禁。这些在《力群传》中都有详尽的介绍。我们后辈读后,深感今天能在党的文艺路线指引下自由创作来之不易,无比幸福。

力群是在毛主席的关怀和《讲话》精神的哺育下成长起来,获得卓著艺术成就的艺术家。他是1942年延安文艺座谈会的参加者,亲聆了毛主席在座谈会上发表的著名讲话,《力群传》重笔写了力群在《讲话》发表前后的活动和《讲话》发表时的情景。在写到毛主席发表《讲话》时作了这样绘声绘色的描述:"毛主席身材魁伟,衣着朴素,面带笑容,和与会的同志一一握手寒暄,然后便开始讲话,讲话的内容就是后来发表的《在延安文艺座谈会上的讲话》的引言部分。毛主席一口湖南腔,不断地作着手势,讲得幽默感人,会场中常常荡起一片笑声。""经过两天的讨论,5月23日下午,由毛主席作《结论》……从下午一直讲到夜里,会议也从办公厅的会议室移到了院子里,汽灯在夜空中发出耀眼的光芒。"

这是一幅闪烁着时代光芒的历史画卷。《讲话》"像一座灯塔引导力群的创作走上了正确的航道"。

《力群传》还向我们讲了这样一个感人至深的故事。1942年春天,力群刻了一张毛主席像,鲁艺的教员陈荒煤、周立波等看了都说刻得好,建议力群把它送给毛主席。于是力群便拿着这张小刻像来到杨家岭。

"……走到毛主席的窑洞前,毛主席住的也是土窑,只是正墙用石头垒成。力群正看得出神,秘书迎了出来,和气地问道:'您有事吗?'"

"我来看毛主席,给他送来一张自己刻的毛主席像。"力群一边打开手里的木刻,一边说。

秘书笑着说:"谢谢你,可是毛主席正在睡午觉,如没有别的事就别惊动他了,他醒来就要开会,您的画我一定转给主席。"

力群犹豫了一下,便轻声告辞了。

过了一个多月,力群在一次清晨散步的时候,遇到了戏剧家张庚。张庚像发生了什么事似的说:"力群,你昨晚到哪里去了?毛主席找你,我们找遍礼堂也没找到你。"

力群以为他在开玩笑,漫不经心地说:"你尽胡说,毛主席怎么会找我呢?"

张庚严肃地说:"毛主席来看戏,刚坐下就问:'你们这里有个力群同志吗？'我们就在剧场里找，前前后后都找遍了，就是找不到你。毛主席说：'那就别找了，他送给我一张木刻像，谢谢他啦。'"

故事表现了力群崇敬领袖的纯真感情，也表现了领袖和文艺工作者之间的亲密关系。读后令人心情久久难以平静。

毛主席当年把火热的斗争生活比作"大鲁艺"。1945年之后，力群以渴望的心情，带着妻儿来到晋绥边区，深入群众生活。在山西孝义县，他和一位民间剪纸能手石桂英合作了剪纸《织布》。《力群传》中有这样一段文字："石桂英把织女衣服上加了许多图案，这些图案既美观又灵活，在浓黑的头发上剪了一个发卡，犹如画龙点睛，使得黑中有白，虚实相生，尤其是力群原画的侧面，织女因透视关系只能见到一条腿，而石桂英进行了再创造，剪成两条腿，这样，显得不呆板，有变化。力群深深感到这位寻常妇女真有不寻常的才华。"毛主席在《讲话》中说："我们的美术专门家应该注意群众的美术"、"吸收由群众中来的养料，把自己充实起来，丰富起来。"力群正是遵照毛主席说的去做了。在"生活这棵长青藤"一节中，记述了力群60年代在宁夏较长期深入火热生活斗争之后，是如何创作出《春夜》等一批浓郁生活气息的作品，形成一个创作高潮的，进而作了这样的概括论述："生活对于任何人都是平等的，她无时无刻不在为艺术家提供审美对象或艺术的矿藏，但有些人对于她的赐予却毫不珍惜地丢掉了，或者根本就视而不见。"而力群"像一位经验丰富的老猎手，不断地去观察、发现、捕捉、猎取，无论是在繁忙的劳动中,还是在开会的间隙,他随时记下自己对生活的感受,去充实自己的原料库,然后酝酿、发酵,一旦条件成熟,便加工为成品。"《林间》是力群在80年代创作的一幅代表作,它的构图并不复杂,在树枝交错的林间,两只活灵活现的小松鼠追逐、跳跃,作者把松鼠人物化了,像两个活泼伶俐的儿童,着实可爱,作品为何具有这样的艺术魅力?《力群传》作了这样的回答:"从1959年开始,力群便在家中养松鼠,一直到现在。有时,早晨宁可自己少喝几口豆浆,也要让松鼠吃饱,对松鼠可谓情深意厚",这正如鲁迅先生所说:"能憎能爱才能文。"

力群的成功之路,还在于他善于广征博采,他注重理论学习。他认为"一个画家不思考艺术理论问题,只知道埋头作画,是不可能成为一个有出息的画家的。"他爱好文学,在延安时,他是"鲁艺"文学系的旁听生,而今他成了中国作家协会的会员,且有文学作品获奖。"他深知,一个人要想在艺术上有所建树,必须有对知识的巨大吞吐力。"50年代,为了更好地借鉴外国艺术,他刻苦学习俄语,并达到了笔译的水平。在木刻的创作上,他广泛从民间艺术中汲取营养,从而创作出了富有时代精神、民族情韵和个人风格的作品,其中,有一些堪为我国新兴版画史上的不朽之作。

《力群传》在写力群的婚恋和家庭时,着力写了妻子刘萍杜对力群的支持和帮助。请看下面这段抒情的描述:"延安的冬天是寒冷的,延河水停止了欢唱,在冰雪覆盖下疲惫地喘息着。空气中凝结的冰屑,在寒风中打着人们的脸庞。但力群他们的窑洞里却是暖融融的,炭盆里的红红焰火,驱赶着严冬的寒气","刘萍杜坐在炭盆旁的小凳子上,膝盖上摊着笔记本,右手的钢笔像在记着什么,头抖向一边似乎在听着讲演,怀里的孩子香甜地吮着她的乳头。原来是她在为力群做模特儿。"力群表现延安新生活的木刻《听报告》就是在他感受生活之后得助于萍杜而创作出来的。

《力群传》出自一位美术工作者之手是值得称赞的。除作者严肃认真的写作态度外,其文笔也是好的。应用分章节的写法,章节之间衔接自然,这不仅增强了可读性,且引人入胜。作者不是孤立地去写力群,而是始终把力群的活动置于历史的大环境大背景中来描写,写了时代对力群的影响,写了力群与其周围人的关系,也写了自然风物,使这部传记更具有鲜明的时代气息和浓郁的生活趣味。

《力群传》在毛主席《在延安文艺座谈会上的讲话》发表50周年之时面世,是很有意义的。前些年,由于资产阶级自由化思潮的侵袭和影响,在文艺界不少人对党的文艺方向观念淡薄,特别是一些文艺青年对《讲话》精神了解甚少,对在反动派统治下革命文艺工作者的艰苦斗争一无所知,对艺术劳动的艰辛也少有体会。而《力群传》也正可在这几个方面为当今文艺青年提供一份形象生动的教材,就是对老文艺工作者来说,也可起到温故而知新的作用。对研究我国现代美术史也是难得的宝贵资料。

吉林美术出版社此前还出版了《古元传》《罗工柳传》《叶浅予传》。为我国一些在文艺史上有影响的文艺家立传,是一项刻不容缓的工作,愿有更多的像《力群传》这样有价值的传记书问世。

1992年3月于太原

力群的艺术

韩惠民

毛泽东同志《在延安文艺座谈会上的讲话》发表五十多年了。半个世纪里,《讲话》像灯塔那样,指导着中国文艺发展的方向,使中国的革命的文学艺术取得了巨大的成就。对抗日战争、解放战争的胜利以及对社会主义建设的伟大成就无不产生积极的作用。三十年代,由鲁迅先生提倡的中国新兴版画扎根于当年的延安之后,由于《讲话》精神指引,木刻家们创造了既有革命内容又有中国气派的广大群众喜闻乐见的中国木刻艺术。岁月如流,五十年如弹指一挥,那时能亲自聆听《讲话》而今健在的版画家已寥如晨星了,已经八十高龄的著名版画家力群先生就是其中之一。

我有幸认识力群先生并追随他学习版画已经三十年了,在得到他的教诲又研究他的艺术成就的过程里,就如著名诗人艾青在《木版上的抒情诗》一文中说的:"力群是三十年代开始艺术创作生活的,他是和中国革命的新木刻一同成长起来的木刻画家。"①纵览他六十年的艺术生涯,就如同看到中国新兴版画发展的一个缩影。他不仅起步于鲁迅先生的培养,与曹白等于1933年组织"木铃木刻研究会",同时参加了"中国左翼美术家联盟",要为劳苦大众服务。而且又于1940年奔赴延安,参加了延安文艺座谈会,使他的木刻艺术发生了巨大的变化。因为:在这之前他虽然参加了革命文艺工作,已从"象牙之塔"走向"十字街头",再不"为艺术而艺术",而要为劳苦大众服务,但因为如何为法等问题未曾解决,所以他的木刻作品尚不能为广大群众喜爱和接受,直到聆听了《讲话》之后,解决了立场、态度、源泉等问题,从而在实践毛泽东文艺思想的半个世纪的艺术生涯里取得了卓越的成就。

在《讲话》发表五十周年之际,研究力群先生的创作道路,剖析他艺术发展的过程,有益于更深刻地理解《讲话》在革命文艺发展过程中的巨大作用。

一

有人认为《讲话》是延安文学艺术发展的分水岭,也是中国革命文艺发展的分水岭。我以为这比喻是贴切的。如果依此把力群的创作生涯以《讲话》发表时间分为两个阶段,那么,前面十年的代表作品如《三个受难的青年》(1935)、《采叶》(1936)、《抗战》(1938)、《人民在暴风雨中》(1939)、《听报告》、《打窑》、《饮》(1940年)、《伐木》(1941)等,究其内容可以看出作者紧紧拥抱着时代,前期以一个爱国热血青年的赤诚，而后则是以一个在共产党直接领导下的战士，先后深刻揭示国统区、沦陷区人民的深重苦难和革命圣地延安那自力更生、努力生产与学习的沸腾生活。从艺术形式上可以看出，从1935年到1941年的作品，无论形象刻划、刀法运用、黑白处理都在逐渐趋向成熟，也可以看出他为此付出了艰辛的艺术劳动，顽强地追求作品的完美。但这时力群先生的艺术思想是崇洋的，因为这是在杭州美专学习西画的必然结果，所以这些木刻在很大程度上受到苏联版画的影响和约束，法服尔斯基等外国版画家的影子仍然可见，以致延安附近的群众感到这些木刻是"阴阳脸""满脸毛"而不能接受，更谈不上喜爱了。在这种情况下，一个革命的艺术家就不能不产生苦闷。

二

1942年5月，力群先生参加了延安文艺座谈会，亲自聆听了毛泽东同志的讲话，通过不断思考，总结过去木刻创作的经验，认识到不仅要真正解决为谁服务的问题，更要重视如何服务，也要搞清楚普及与提高的关系。要使木刻艺术为广大群众所喜爱，就必须改变崇洋思想，研究、学习民间、民族艺术，研究人民群众的审美要求。当时，版画家江丰、胡一川、马达、古元、彦涵等都集中在"鲁艺"。在《讲话》之后，大家都为探究群众喜闻乐见的艺术而努力，热衷于新年画的创作，力群也不例外，因为年画这一民间艺术形式，久为农民喜闻乐见。他们互相切磋、互相影响，在这种氛围之中，力群根据年画稿创作的套色木刻《丰衣足食图》诞生了。当时还有王式廓的《改造二流子》及其他画家的一些面貌一新的作品，都是在这种氛围中产生的。

　　力群从事新年画工作的过程，正是努力抛弃崇洋的艺术思想的过程。这幅木刻作品以及他以前的木刻有着脱胎换骨的变化：浓艳的民间色彩，年画格调的人物，欢快喜庆的气氛，代替了以往黑的体面、光影关系，其巨大的成功就是把苏联木刻的影响一扫而光，为创作具有中国风格、中国气派的木刻，迈出了关键的一步。同这一时期延安的其他木刻作品一样，对以后中国新兴木刻的发展，走中国版画自己的道路，产生了深远的影响。由此可见，一个艺术家解决为谁服务、如何服务的根本问题是非常重要的。周扬同志在《延安木刻选集》的序言中写道："这一艺术上的收获，不是轻易取得的，这不是作者们一个突然的作风转变，也不是一个优越的灵感降临，对于文艺工作者来说，这一文艺新方向的实践过程是等于社会改造和思想改造的总和。我们能够说从《运草》到《减租斗争》的创作过程，仅仅是作者创作年龄上的差别吗？我们能够说从《饮》到《为群众修理纺车》仅仅是作者表现技巧上的转变吗？为人民服务必须要和人民共甘苦，深入生活还要具备正视生活的视角，只有在这样的情形之下产生的艺术，才能够与人民相结合，才能获得绵延不绝的创造力，饱和生命的健康的创造力。"[②]江丰同志在《回忆延安木刻艺术》中也说："延安木刻的思想水平和艺术水平提高很快，它将中国的新兴木刻推进到一个新的发展阶段，成为中国现代木刻史上光辉的一页。"[③]这两位已故的革命文艺家的话，是对《讲话》

之后延安版画伟大成就的最好总结。

三

《讲话》指出:"中国革命的文学家艺术家,有出息的文学家艺术家,必须到群众中去,必须长期地无条件地全心全意地到工农兵群众中去,到唯一最广大、最丰富的源泉中去……"力群半个世纪来就是遵循着这一指示从事艺术创作的。所以在他写的《我的创作道路》一文中这样说:"艺术创作是一种极为复杂的精神劳动,涉及的面非常广阔,其中包括作者的才华、生活经历、马列主义知识、技巧、艺术修养等。我作为一个革命的美术家,真正明确了艺术方向却是在延安文艺座谈会之后,作为一个现实主义的艺术家,对这一创作方法的基本规律认识,则是在总结了较长时间的创作经验之后而愈益明确的。今天看来,毛主席当年对革命的文艺家提出的为工农兵服务(今天谓之为人民服务、为社会主义服务)的文艺方向,是完全正确的,我过去遵循这一方向,今后也决不动摇。"④事实上也正是这样。在他数十年的创作成果里,几次创作较多较好的时期(他称之为"创作高潮")都是在他有机会深入农民生活之后产生的。因为他不是一个专门从事创作的画家,他担任行政领导职务、杂志编辑等,繁忙的工作难得有机会到"火热的生活中"去,因此,一遇到能下去的机会,他是决不会放过的。如1947年到山西崞县参加土改,1960年到宁夏整风整社,1964年到山东曲阜参加社教,1978年到新疆伊犁办"版画学习班",这都是他积极报名和主动争取才得到的。他脱离繁忙的机关工作,下到农村的基层单位,能和农民、基层干部同吃、同住、同劳动,虽然也很忙,很累,要吃苦,但只有这样才能在生活的源泉之中,孕育创作的成果。因此,这几次难得的机会,他就创作了许多很有生活气息的感人作品。如:参加土改后创作的年画《选举图》、套色木刻《向李顺达应战订计划书》以及年画《代耕好了》等。1960年到宁夏之后创作的《春夜》《浪稻季节》《春到山区》《雪后》《宁夏之春》《林茂羊肥》等,到山东曲阜之后创作的《抗旱浇麦》等,1978年从新疆归来又创作了《清泉》、《大山之夏》、《林间》等作品。这些创作,有许多成为广大群众(也包括一些专家)喜闻乐见的作品。例如《春夜》就曾得到我国著名的敦煌专家、油画家常书鸿先生的赞扬;《天山之夏》《林间》更得到许多中外观众的喜爱,后来被法国国立图书馆收藏。而《清泉》更是一件精品,在参加法国举办的"中国新兴版画五十年"展览时,被印作展览招贴和画刊的封面,为中国版画赢得了荣誉。

全国解放后,力群为了使自己的版画更有中国特色,从而为人民所喜爱,他曾对中国花鸟画、湖南印花布和中国石碑拓片、石刻、剪纸、戏剧等中国民族、民间的艺术进行研究、学习。例如他1959年创作的《帘外歌声》,其构图就是受中国花鸟画的影响而创作的。《林茂羊肥》则是学习了湖南印花布和民间剪纸的产物。《清泉》则受启迪于石碑拓片,所有这些都是力群忠于毛泽东文艺思想的行动。

诚然,《讲话》发表后的五十年里,社会面貌已出现一系列的巨大变迁。那么,作为反映社会的文学艺术,能不也随之发生相应的变化与发展吗?因此《讲话》的"引言"在战时提出

"作为团结人民、教育人民、打击敌人、消灭敌人的有力武器，帮助人民同心同德地和敌人作斗争"的要求也是合理的,可以理解的。但时代在变化,对于文学艺术的要求就需要随着时代有所变化,邓小平同志在第四届文代会的《祝辞》中说："雄伟和细腻,严肃和诙谐,抒情和哲理,只要能够使人得到教育和启发,得到娱乐和美的享受,都应当在我们的文艺园地里,占有自己的位置。"这正是在新的历史时期对毛泽东文艺思想的丰富和发展。而力群先生在解放后为了人民生活的需要,除创作了一批反映火热斗争生活的作品外,他的作品题材的范围拓宽了,在新的时期创作了许多美丽的花卉和风景的木刻。对于这些作品,诗人艾青在《木版上的抒情诗》一文中这样评价："力群同志选择了不少抒情诗式的题材,在作品中力求达到单纯与明快,看了他的这些作品,像读一首首小诗,给人以清新的感觉。"例如《百合花》《瓜叶菊》《山葡萄》《石竹花》都带来了山野芳香。其他如《黎明》《长江风景》《鹿园》《清泉》《林间》等也是抒情味很浓的风景画。⑤可见,力群在他的艺术创作中,无不"认真考虑自己作品的社会效果,力求把最好的精神食粮贡献给人民"。

四

综上所述,可以认为力群先生是一位把自己的生命和艺术自觉地与祖国的命运联结起来,投入人民的怀抱,融化于革命事业的艺术家。在他艺术生命的血管里,流动着毛泽东文艺思想的血液。为此,半个世纪以来,他不仅按照《讲话》的精神从事艺术创作；他也以一个战士的姿态和行为保卫着

《讲话》的精神,捍卫着社会主义美术取得的成就。

当我又翻开他的那些著作:《力群美术论文选集》《苏联名画欣赏》《我的乐园》《梅花香自苦寒来》等美术理论和散文作品,以及经他编辑的《晋绥人民画报》《中国现代版画》《版画》及《美术》杂志等等时,就注意到在他的许多评论中,坚持了文艺"二为"的方针,贯彻了《讲话》的精神,为繁荣发展社会主义美术而呐喊。他也发表、介绍了一大批标志着革命美术发展历程的优秀作品,在今年隆重展出的《20世纪·中国》美展中又一次和观众见面便是例证。这些,足见一个革命艺术家对毛泽东文艺思想的忠诚。

在前几年,资产阶级自由化思潮泛滥的日子里,他写下了旗帜鲜明的评论文章,如在《天津日报》发表的《冷静的考虑》,在《美术》杂志发表的《革命美术的精神永存》[6],在《文艺报》发表的《对于"新潮"美术之我见》等,这些评论极力地对澄清当时美术创作思想上存在的混乱起到积极的作用。

五十年来,力群先生能坚持走《讲话》所指引的道路,是非常可贵的。他在创作上表现出不脱离生活和人民,在文艺评论中也不忘为保卫毛泽东文艺思想而战斗,所有这些都显示了他是一位始终忠于毛泽东文艺思想的战士。

注:①见《力群版画选集》之《木版上的抒情诗》,艾青作,山西人民出版社1985年出版。

②见《延安木刻选集》之《序》,周扬作,张家口出版。文中

提到的两位作者指古元和力群。

③《回忆延安木刻运动》,江丰作,见《中国版画年鉴》。

④见《梅花香自苦寒来》58页,《我的创作道路》,力群作,四川人民美术出版社1985年出版。

⑤同①。

⑥见《美术》1991年第1期12页,《革命精神永存——驳否定革命美术的观点》,力群作。

我不等死

人老了,由于心理和生理上的种种因素,各人有各人的情怀。例如有的老年人离休后,你问他:"近来做什么?"他的回答竟会是:"还能做什么,等死!"这也是无意中流露的一种老人的情怀。而我今年已八十岁了,事情却一直做不完,画国画、刻木刻、写文章……事情多得很,根本没有等死的心情;而是怕死,总想多活几年,看看祖国的日新月异,看看儿孙们的日渐成人。计划能多下几次乡,能写出些好散文,刻几幅像样的好版画,这就是我目前的情怀。这不叫等死,而是要和死争时间。

万物有生就有死,这就叫自然规律。但人的童年时代,青壮年时代是不会想到死的,因为那时按人的寿命来说,离死还远得很,所以不想。然而生了重病就难说了,可能也会想到死的。但人一到老年就总会想到死的,因为你不管多么长寿,也总是离死比较近了,好比快到落山时的夕阳,虽然红霞满天，一轮血色的圆球悬在西天，感到大自然的美丽，但人们看到这种景象，总会想到不久黑夜就会来临吧？

在鲁迅逝世之前，曾写过一篇名为《死》的文章，其中说到当美国的革命女作家史沫特莱女士问到德国伟大的女版画家凯绥·珂勒惠克："从前你用反抗的主题，但是现在你好像很有点抛不开死这观念。这是为什么呢？"用了深有所苦的语调，她回答道："也许因为我是一天一天老了。"这也说明老了就"抛不开死这观念"。

而鲁迅也说："我今年的这'想了一想'当然和年纪有关，但回忆十余年前，对于死却还没有感到这么深切。"说这些话时鲁迅仅有五十五岁。鲁迅之对于死感到深切，一面和年纪有关，一面也和病体有关。

但当他感到死时就对"做什么文章，翻译或印行什么书籍""要赶快做"了，并说这"要赶快做的想头，是为先前所没有的，就因为在不知不觉中，记得了自己的年龄。"他才五十五岁就"要赶快做"了，可我今年已八十岁了，岂不是对于计划写的文章，计划要刻的木刻……更加"要赶快做"了吗？

这种"赶快做"的情怀，同时也表现在我对于时间的特别珍惜上。我为了和死争取时间，既不打扑克，也不下棋，更不搓麻将，感到这都是对于生命的浪费。如果把时间比作金钱，我就感到青年人口袋里有一百元，而我则顶多有五元钱，一定要花在事业上。但我一礼拜打三次网球，每次打两三小时。花这些时间是不可惜的，因为这有利于锻炼身体，减少疾病，延年益寿。此外就是不可惜睡觉的时间。我很能睡，每夜必睡八个多小时,也不可惜,因为休息好第二天才会有充足的精神工作。我最怕的是客人来访,坐下不走,这就逼得我不得不下"逐客令"了:"对不起,我不能陪你了,我正作画,画了一半!"因为客人不知道我是一个对于"时间"的"吝啬鬼"。

有这样的谚语:"雁过留声,人过留名。"怎样理解这句话呢?我的理解是,一个人来这世上一回,死活总该在人间留点名声。但留名也有两类,一类是列宁式的留名,一类是希特勒式的留名。前者是流芳百世,后者是遗臭万年。其实列宁也并非为了要留名而搞十月社会主义革命,他只是为了要解放无产阶级,创造无产阶级的新世界。我等小子怎敢和列宁相比?但为民多做些有益的事,总是办得到的。例如太行山上的全国劳模武侯梨,领导村民绿化童山改变了自然面貌造福于后世也会留名,这名的后面就有一个为人民办好事的观念。鲁迅之"要赶快做"也是为了要争取为民多做点好事。他当然不是为了留名的?然而他倒真正流芳百世了。"沽名钓誉"是可耻的,但真心实意要为人民做点有益的事,总是人生的价值和意义,也是生活的一种崇高的乐趣。因此我过了古稀之年,特别珍惜时间,"要赶快做",也是一种乐趣。

我这个人是一向乐观的,医二陆上说:"乐观表示心理健康。"大概我不等死而要和死争时间,是和热爱生活、热爱大自然、热爱艺术事业、身体健康、心理健康有关的。

浓妆淡抹总相宜
——评裴文奎的花鸟画

宋代诗人苏东坡咏西子湖时,有这样的诗句:"欲把西湖比西子,浓妆淡抹总相宜。"当我读了裴文奎的中国画作品时,不论工笔,不论写意,不论花鸟,不论山水,也总有"浓妆淡抹总相宜"之感。我欣赏他画的牡丹,细读他画的梅花,研究他画的墨竹……无不给我一种舒服感,愉悦感。而且由于作品所具有的那种强烈的气势和生动,能给人一种精神上的鼓舞,感到生命的放发,花木的放唱。而其笔墨之苍劲流畅及其洋溢的韵味,则又令人感到有大家风度,真是一种艺术美的享受。

裴文奎于1949年生在山西侯马,1967年毕业于山西轻工业学校美术专业。1981年进修于景德镇陶瓷学院美术系。曾任山西省陶瓷研究所艺术室主任。1991年进修于中央美术学院国画系,现任太原画院专业画家,高级美术师。他的名字已被收进《中国当代美术家名人大辞典》《中国当代美术家人名录》等多种辞书。

裴文奎自幼喜欢画画。上中学时,为语文课本的每一个小故事配插图。上外语课时,在课本上给老师偷偷画像。学校毕业后,曾经当过司机,每次出车都要带上速写本,安全行车20万公里的过程中,雁北的山山水水、关外的朝霞落日也尽收笔底。业余时间,他看画史,读画论,画头像,做雕塑,油画,版画,水彩,国画无不涉猎。这都说明他在绘画上的努力与勤奋。

按裴文奎今年还不到50岁,刚刚走出青年的藩篱,进入了中年的门栏,然而他的那些美好的作品却大都创作于青年时代。一个青年人他能画出如此老辣成熟的作品也真属难得,令人惊喜。

裴文奎的中国画既不乏笔墨传统,也不乏新意。例如,他画的墨竹就既不像郑板桥也不像董寿平,比起他们来更放得开,真乃潇洒自得,而不为传统所拘,却又不脱离翠竹之特征,笔墨之淋漓,令人感到或风或雨皆成佳品,处处都显示了他在绘画上的才华。

裴文奎在艺术上所走的道路是很正确的,既不脱离中国画的优良传统,也不为目前在中国艺坛泛滥的西欧现代派所污染。我们是中国艺术家,理应有崇高的民族自尊心,但这不等于说外国的优良艺术不应学习。周总理在谈到艺术的遗产与创造问题时曾说,"在中外关系上,我们是中国人,总要以自己的东西为主",即"以我为主"。我认为这种提法非常正确。只有这样做,我们的作品才能使中国人民喜闻乐见。

而我们有些画家则以创新为名,盲目学习西欧现代派艺术的糟粕,自以为是一种时髦,殊不知这是自绝于中国广大人民群众的一种错误的行径。

裴文奎的作品既表现了描绘对象的精神,而又不作自然的奴隶,充满了画家的灵感和事物的生命力。所谓"外师造化,中得心源"。

裴文奎是善于向别人学习的,我感到他画的葡萄似有他的老师吴德文的味道,而其中的一幅名为《醉春》的工笔花卉,似乎又受到他另一位教师谭兴渠的影响。还有一幅《傲霜》画的繁菊,也许是学点靳及群画家的风味,因为靳及群当时担任太原画院的领导,而裴文奎是该院的画家。但所有这些我都不认为是裴文奎作品的缺点,因为裴文奎作为一个青年画家正需要像蜜蜂似的采摘百花之精华,而后酿造自己的蜜。过早人为地创造自己的风格,就难免有不自然的做作之感。因为画家的风格是在不断地浏览百家,不断地外师造化,不断地在艺术实践中随着个人性格的左右而自然形成的。否则就可能像一碗半生不熟的米饭送到餐桌。

作品的优劣总有共识。出类拔萃的艺术品也会有更多的知音,因此裴文奎以工笔描绘葡萄丰收的《月光曲》能被选入"中国当代工笔画二届大展",于1993年画的《惊梦》入选于"首届全国中国画展览",并编入《首届全国中国画展览作品集》,他画的墨牡丹《夏风》被选入"第八届全国美术作品展览",我当时作为评委,看到这幅山西的作品入选感到非常高兴。他画的另一幅《墨牡丹》曾获"全国牡丹竞选国花画展"优秀作品奖。裴文奎善画风牡丹,所以他的牡丹不是静止的,而是动的。他的作品《鸣春》《山涧》《傲霜》《万花一品》,分别参加第六、八、九、十届全国花鸟画邀请展,又有一幅《牡丹》参加了在台北举行的"亚洲第二届国际水墨画大展",《硕果》《酣醉春风》《秋菊》参加了在日本静冈举办的"中国当代美术精品展"。十余年来,裴文奎的作品除办展览之外,还被美、英、法、日、德、新加坡、马来西亚等国家及港、澳、台地区的不少团体和个人所珍藏。

上面提到的那幅《惊梦》似乎是我所看到的裴文奎的花鸟作品中唯一在石头的灰色中,采用了"特技"手法的一幅。目前在中国画中颇流行各种"特技",运用得好颇能增加作品的特殊效果,令人感到趣味。但毕竟是一种"取巧",而非艺术家硬梆梆的笔墨功力,这就是我对于"特技"的看法,既不反对,也不提倡。

应该说裴文奎在中国画方面是一位多面手,他的写意画之出色就不用说了,而对于他的工笔画我还说得较少,他的一幅名为《鸣翠图》的工笔风景画我非常喜欢。唐朝伟大诗人杜甫在《绝句四首》中曾有"两个黄鹂鸣翠柳,一行白鹭上青天"的诗句,在这幅画中于一片绿色的树丛中飞来两只黄鹂,颇有诗意,画面树丛的疏密、浓淡显示了画家的匠心,而两个黄鹂的进入画中又形成了强烈的动静感,以《鸣翠图》为画题,使我们能想起"两个黄鹂鸣翠柳"的千古名句。除此之外,裴文奎画的工笔画《醉雪》《醉春》《暖冬》《月光曲》也都是喜人之作。

我很少见裴文奎的山水画,而仅仅看到的一幅《萧萧黄叶落无声》就高于时下的一般山水画家,此幅四方形构图的小品,不论画面墨色的浓淡、虚实都是无懈可击的。

我作为裴文奎绘画的知音,情不自禁地对他的作品写了很多赞美的话,愿这些赞美能成为一种前进的动力,使他今后在漫长的艺术征途中取得更加辉煌的成就。

扶桑之行

我有幸和董其中、姚天沐、贺敬才、赵一萍同志应日本埼玉县中日美术家协会之邀,作为山西省版画家代表团(的成员,从12月4日到10日,访问日本埼玉县枥木县和东京。回到北京后,想起这一段的旅游生活,宛如作梦。这是1957年、1958年我两次出访苏联以来第三次出国。我现在年已八旬,今后出国的机会可能不会再有了。然而这次出国,实在也是对我身体的一次考验,总算平安健康地回到祖国了。

12月4日下午两时半,我们走出东京成田机场,和迎接我们的JCAA日中美术家协会的理事长见目阳一先生及版画家石井幸男先生相见。之后,我们乘汽车到埼玉县浦和市,下榻东武饭店。这时已天黑了。我们每人都住一间单人房,这是非常令人满意的,省得彼此打鼾干扰。但据说一天的房费为日币一万多元,合人民币七八百元。

室内除卫生间外,还有电视机、冰箱,只是没有沙发,而有两把类似沙发的椅子。房间比较宽畅,也很暖和。室内温度可由住客随意调控。墙上有一幅近似抽象派的水彩画印刷品但无画家签名。此画我不欣赏。

所好的是窗外的城市风景颇佳。第二天的早晨打开窗帘从九层楼看出去,就看到各种参差相间的灰白色的建筑物,当中点缀着几株黄色的大银杏树和不知名的深绿色的高大乔木。有的庭院里有柿子树,柿叶尽落,但点点红柿仍挂枝间。有的楼顶是青蓝的,也有个别的楼是深红色的。在我的对面的高楼顶上画着一个很大的和平鸽,有鸽群在楼间飞翔。

在当天的晚餐桌上,除见目阳一和石井幸男先生外,还有一位名若生爱子的老太太为见目阳一先生作翻译。她一口地道的中国话,今年71岁。1945年5月她曾到中国的本溪日本医院工作,在那里当教师,当时她只有23岁。4个月后日本就投降了,她没有回国。当八路军来接收医院时,她就和丈夫一起参加了当时林彪领导的部队,当了13年的八路军,直到36岁时才回国。她谈着她的光荣历史,随手就从身上掏出她当年穿八路军军装的照片给我们看。照片上是一个漂亮的女同志。她还有和邓颖超、康克清等同志合影的相片。我未曾见过这些照片在报刊上发表,深感珍贵。听了她的历史,又看了她当年的照片,一下子就感到和她特别亲切起来。她告我们,见目阳一先生和山西美术家协会的不少通信都是由她代笔的,我们用中文写给见目阳一的信也大都是她翻译的。

第二天早饭后,见目阳一先生来,给我们每人发了10包吐痰纸。之后我们坐地铁先到"上野国立西洋美术馆"参观。

一进院子,就看到四周黄色银杏树和深绿色的苍林中陈列着罗丹的铜雕塑《思想者》《加莱义民》《地狱之门》及布尔德尔的《弓箭手赫利克里斯》。这里人很少,安静、清幽,有一种浓郁的艺术气氛。这时的上野气候比太原暖,像长江沿岸的初冬景象,很宜人。

我们先参观素描馆,大都是西洋名画家的创作草图,画幅较小。楼上是拍洋油画,有文艺复兴时期格列柯的《十字架上的耶酥》,凡·戴克的人像,鲁本斯的《两个睡着的婴儿》……此外就是马奈、莫奈和哺斯莱等印象派画家的作品,其中马奈和莫奈的作品特别多。还有梵高的《玫瑰花》,德加的《浴女》,高更的《住海边的两个布列塔尼姑娘》以及两幅雷诺阿早多嘶的作品。特别使我感兴趣的是柯罗的一幅风景画《那不勒斯海滩的回忆》和米莱的一幅《春》。《春》表现两个农村的孩子从树上把雏鸟拿下来,女孩正用食物喂它们的情景。男孩全裸体,女孩半裸体,跪在男孩面前喂五个张嘴的雏鸟。后面有一只母羊和一只吃奶的小羊,还有从树上飞下来、急于想援救它们的儿女的两只大鸟……这在米莱的作品是少见的。这幅画使我感到亲切,因为我的童年就是在这种生活中度过的。在室内给我留下深刻印象的是雕塑家迈约尔的几件铜裸女,虽然可能是复制品,但绝不失原作的神采。迈约尔是一个女性美的歌手,论者认为他的作品所表现的女性裸体具有庄严、浑厚、雄健、敦实的美。总之,我非常喜欢。这是我第一次看到迈约尔如此多的作品。对我来说,能看到这些名作真是一种难得的享受。

我一面看,一面想:我们中国至今还未能收藏西洋名画和著名雕刻,而在俄罗斯收藏的比日本还要多,在这方面我们中国就全然是空白,这就是使我感到难过的。

从美术馆出来,见目阳一先生领我们参观浅草寺。之后在浅草寺附近找了个小饭馆,脱鞋上"榻榻米"吃日本面食。席间我说要找"WC",没想到这个小小饭馆竟有如此干净的厕所,一点怪味也没有,这在我们中国是找不到的。

饭后,去参观银座的一个"日动画廊"。所有的画水平不高,有的风景画色彩单调,缺乏作为油画的魅力,也无美的意境,尤其是地下室陈列的一个画家的作品,变形变得把人全然丑化了,看了令人难过。

之后到新宿京王广场大厦二楼会见日本版画院理事长青木蕾和大内香峰两位版画家。青木蕾先生已71岁了,在中日战争年代他作为"皇军",到过中国,到过山西,参军时他仅有18岁。问他到过山西的什么地方?说记不起来了。他现在画各种画,说单靠创作版画无法维持生活。大内香峰先生今年51岁,很健谈,为人也颇有风趣。

在这里吃了杯咖啡后,见目阳一先生应我们的要求领我们去一个日本现代版画画厅去看画,其中有东山魁夷、加山又造、平山郁夫等人的作品。东山的一幅画定价竟达二百五十万日元,合人民币十二万左右。而我们中国的版画在日本一般只给三万日元一幅,相差如此之大,其中最大的问题是一个知名度的大小。

之后就领我们来到45层的高楼"海山餐厅",有青木蕾和大内香峰两位版画家陪座。在这里见目阳一先生请我们吃生鱼片,这是我一生中第一次吃生鱼。而此为日本名菜,每盘要一万余日元,合人民币六七百元,也算够贵的了。但不吃生鱼片就不算到日本。同时还吃了日本"清酒",这也是我一生中第一次饮日本酒,但总感到不如中国酒顺口。这里的女服务员一色都穿日本和服,是我们来日本后少见的。她们对客人很殷勤,很礼貌,当顾客点菜算账时都以下跪相迎,走时夹道欢送。

从45层高楼下来,看到的已是夜中的东京。见目阳一先生告我们,这一带是东京高楼集中之地,我看到群楼中有明月当空,令人有"山高月小"之感。而东京五光十色的霓虹灯组成的辉煌的夜景,则使人感到了人类物质文明的高度成就。

晚九点多钟才回到浦和东武饭店。

六日中午见目阳一先生请我们到"山繁餐馆"吃涮牛肉。我们到后脱鞋入席,如上中国农村的大炕。在我的旁边有JCAA日中美术家协会理事松本竹韵先生陪座。后来,见目阳一先生把夫人和两个女儿也领来了。

饭后我们一齐到见目的家里。这是我第一次到日本人家作客。在座的除松本竹韵先生外,还有若生爱子:罾太太。见目哲子夫人陪我们每人一杯茶。她们是用煤油炉烧茶的,而且也用电暖气片暖家。我把从中国带来的《力群传》《马兰花》、《野姑娘的故事》及《力群版画选集》赠送给见目阳一先生和若生爱子女士各一份,并赠送见目阳一先生十几张我的中国花鸟画照片。看来见目阳一先生的家里房子还不够宽畅,书籍画册之类到处挤得满满的,女儿们住在楼上,要登梯子入室。我没有进去,仅在楼上看了装入镜框的我的版画作品,这是准备在蒲和举行庆祝我从艺人十年而举行展览会的作品。这种装框的工艺工作在中国还没有地方承办。看了我的那些已装框的版画感到非常满意。玻璃中的厚纸框都是根据不同的木刻画的大小裁制的。

晚饭由蒲和的版画家们请客。

见目阳一先生领我们乘车来到蒲和"聘珍楼"饭店,早有蒲和的版画家在饭店等候。他们是松本竹韵、渡边彰夫、坂本富男、坂井羲彦、石井幸男、片野亲义、松本敬司、谷川俊子、大东浅江、野问多惠、藤井静子、田中贵美子、中条秀宪,此外还有若生爱子老太太也在座。彼此见面即互相交换名片,坂井羲彦是埼玉县总务部国际交流课国际交流系,坂本富男为JCAA日中美术家协、会理事、坂本绘画研究所所长,是一位抽象派的版画家。我们分两桌吃饭,和我同桌的一位名大东浅江的女士告我,她收藏了我的木刻《饮》,另一位女士说她很喜欢我的版画。见目阳一先生还把我赠送他的十明天张花鸟国画照片拿出介绍给大家欣赏。

饭后摄影留念,随后我便告辞,由若生爱子老太太送我回东武饭店,董其中和姚天沐他们还要和蒲和的版画家们座谈。我实在累了,归来后就上床就寝,也不知董其中他们何时回来的。

七日,早饭后本说要到东京商店里买东西,没想到来到东京后,见目阳一先生带领我们竟在东武百货商店内参观了"东武美术馆"。这里正展览意大利画家莫迪里阿尼的油画作品。他的名字早在我于杭州艺专当学生时就知道了,这是一位短命的现代派油画家,只活了36岁。作品大都是肖像画,富有个性。他的画夸张变形,追求人物的性格和传神效果。过去见的复制印刷品较零碎,从来没有看到过莫迪里阿尼如此之多的原作。他是西欧现代派画家中我较喜欢的一位,这次能看到他的名作《梳辫子的女孩》也真是幸事。据说这是他最著名的作品之一。在这里画家很少运用变形和夸张的手法,较写实,真有点像中国农村小姑娘。由此我感到中国的有些油画家也真够没出息,只会学他人作品的皮毛,不考虑中国观众的喜爱,把人物画得只有眼眶而无眼珠。我以为要学莫迪里阿尼,首先是学他的适度的夸张和传神,发挥主体对外界感受的激情。莫迪里阿尼的作品多用线而不重视明暗,好像是受了东方艺术的影响。离开展馆时见目阳一先生赠送我们每人一本莫迪里阿尼的画册。我真高兴并感激。听说这个展览于1992年11月3日至12月23日在东京展出后,93年1月12日要到京都展出,之后还要到大阪、茨城巡回。我们这次来东京能欣赏这个难得看到的画展,也真够运气。

午饭后大家到商店买照相机、刮胡刀……我站在旁边陪伴他们,累得不行了,就在楼梯上坐下来等候。

总算等到大家都把东西买好了就回蒲和,一路多次倒车,真感疲乏。回到旅馆已是下午五点来钟,我就上床睡觉。到日本后已打乱了我多年午睡的习惯,现在是分秒必争地争取休息。晚饭由日立株式会社的副部长久保田芳晴先生请客。他曾在广州工作过,喜欢美术。最初临汾的画家杨立魁来日本举行国画展览就是他的关系,之后临汾的版画家宁积贤和国画家伊向前来日本也是由他接待的。和久保田先生同来的还有他的夫人及林和生先生。林是临汾山西师范大学历史系的毕业生。

给人家端盘端菜的是一个从北京来的中国女留学生,她告我们还没有正式入学,正在攻日语关。过去听说过留学生出国大都要做工赚学费,这里我算亲眼看到了。

8日,吃早饭时天大雨,11点时太阳出来了,由见目阳一先生领我们去埼玉县县政府(相当于我们的省政府)。因县知事十屋义彦先生要在百忙中接见我们,他正举行类似中国人大似的会议。届时我们到他的会客室等候。

在我们面前的小桌上插着中日两国的小型国旗,表示这次我们和十屋义彦先生的会见很隆重。1958年我在莫斯科参加社会主义国家造型艺术展览会,作为中国展品的顾问,曾和苏联美术家协会主席卡年考夫在一起开会时,面前也插着中国国旗和苏联国旗。

十屋义彦先生来到会场,和我们一一握手后,即由董其中同志赠送给他一幅由我画的《农田卫士》的猫头鹰国画,上书"十屋义彦先生惠存,山西省版画家代表团赠,1992年12月。"之后即由十屋义彦先生致欢迎辞。十屋义彦先生一直是日本社会的上层人物,曾为国会议员,并是中国多数人所熟知的大平正芳先生的亲家。他前些时曾到山西,由代省长胡富国接待。讲话后由他赠送我们礼物,送我的是一双日本清水烧的茶杯。送其他同志的是一个有埼玉县县徽的领带卡。据见目先生说,这种礼物只有知事才有权赠授。

午饭后参观"埼玉县立近代美术馆",那些日本近代绘画和近代雕塑一点也不能引起我的兴趣。

从"埼玉县立近代美术馆"出来就去参观埼玉县"蒲和市立赏盎公民馆"(类似中国的"群众艺术馆")。此馆仅有人员三四名,由国家拨款开展工作。我们参观时看到正在练歌唱和舞蹈的妇女,其中竟有六七十岁的老太太,使我感到公民馆是真正联系当地群众的,同时也使我感到日本人民对于艺术生活的爱好。

已近黄昏,但据说埼玉县立蒲和图书馆的工作人员还等着我们去参观,于是就赶往蒲和图书馆。今年五月,中日美术家协会曾在这里举办过《中国山西版画展》,为了庆祝埼玉县和山西省缔结为友好县省10周年。展览会的目录是以我的套色木刻《丰衣足食图》作封面的。当时共展出山西版画83幅,有我的木刻《丰衣足食图》、《黎明》、《百合花》、《荞璐璐花》、《夏风》、《鱼乐图》、《山西北武当山》共倒幅。所以我们和这个图书馆已有一种特殊的关系了。到馆后由馆长新井一久先生,副馆长大熊文也先生等接待。

我实在累了,和馆长、见目阳一坐在沙发上休息,由副馆长率领董其中等同志去参观。

9日,见目先生领我们到日本的枥木县著名风景地——日光国立公园游览,来去要走四百公里,见目先生租了一辆小面包车,由他亲自驾驶,出发后就在高速公路上行驶。

当中途正在枥木县上野市黑裕田丁的茶馆里休息喝茶时,对面也有一老人和妇女吃茶。我们了解到他们也是从埼玉县来的,老人已七十多岁,由女儿陪同出游。当见目告诉他们我们都是中国画家,并介绍我今年已八十岁了还来日本访问,老人就让女儿到点心柜台上买了一盒点心放在我面前,我们的翻译员赵一萍同志说,是送给我的。这我真没想到,只好收下,表示谢意。这盒点心既表示他们对我的尊敬,也意味着日中人民的友情,使我感动。听老人说他曾去过中国。

我们的车盘山而行,看到山上有苍绿的松柏和竹林,间以赭色的树木,稍有秋意。最后来到日光国立公园,首先眺入我眼中的是禅寺湖。那清澈的湖水和环湖的碧色山峦以及那已有白色积雪的远处的山峰,使我联想起曾经旅游过的新疆天山的天池。这时是初冬,公园游人很少,显得特别安静,闲适,清幽。昨日曾下过雨,今天雨后天晴,空气异常清新,更感到舒适而宜人。

见目领我们到一个湖畔的名为"龙头之茶屋"的地方,附近有瀑布,山下有茶店还卖一些食品等物。见目为我们叫了茶和点心,点心如中国之年糕,放在红豆的糖粥里。我取出速写本一面面对瀑布写生,一面吃茶和点心,这种异国情趣是难忘的。

之后见目先生把车开到一个很入画的秋色醉人的风景地,远处是黛色的山峦,有土黄色的秋山相衬,山下为一排赭色的秋林,前景是一片奶黄色的草地,近处有落叶的白桦数株。我画完速写,心想回国后创作一幅套色木刻名《扶桑秋色》以志此行。

之后来到一个名"淹于毫"的风景地,赵一萍同志告我"淹"就是瀑布的意思。在这里我看到瀑布从高山直下,有如从天而降,真是李白诗中所说的"疑是银河落九天"。我们在此摄影留念。

后来又去参观"华严瀑布",还要乘电梯而上,可见其高了。这里的瀑布有点像贵州"黄果树瀑布"的味道,但没有黄果树瀑布的宏伟气势。我在此画了山景。

归路时常看到山里的野猴子向人讨食,它们倒也文明,不像四川峨眉山的猴子那么野蛮,从游人身上抢尔曲。我们喂了一个桔子,其中的一只猴子拿上走了,别的猴子抢它的美食。日光国立公园之行是我这次访问日本的最后一站,非常愉快。

这次日本之行,遗憾的是不在春天,未能看到樱花。而且仅仅一周,当然不可能对日本了解得深了解得透。最大的感受是这个资本主义的文明社会是很注意文化艺术上的建树。例如上野有"国立西洋美术馆",而在资本家的"东武百货商店"内竟会有一个"东武美术馆",展出莫迪里阿尼(Modigliani)那么多的油画作品。其次是清洁卫生方面比我们先进,没有一个人在街上吐痰。我在"日光国立公同"的墙壁上也没有看到"某某到此一游"的胡涂,所有这些都说明国民的素质高。而且在公共厕所里也摆着几瓶鲜花,别的公共场所有花瓶就更为平常了。这些都是值得中国人学习的。

从一则令我高兴的艺术消息谈起

我在中国美术家协、会主办的1994年第七期《美术家通讯》上偶然读到一则艺术消息，真使我高兴，也真使我惊异，像看到太阳从西边出来似的惊异。我不妨把它摘录于下，让艺术界的同志们共赏："据香港及法国报刊消息，法国朝野近期掀起一次巨大批评现代派各种流派及后现代主义的浪潮。首先提出质疑批判的是新闻界和艺术界，近日已发展到万炮齐轰的局势。各界对于这类自己不知所谓，观者一头雾水的'创作'，发出积蓄已久的不满。有文章引述一位现代派剧作家的名言：我的剧本只是'手淫'而已。认为这些所谓突破传统艺术的'艺术'，实际是为所欲为的脱缰野马，这种只要用脑筋就能变出来的作品和现象，长久以来在政府资助下变成了一头怪兽，充斥在博物馆、美术馆、私人场所、公共建筑群。人们纷纷撰文，普遍认为这种皇帝新衣现象再也不该继续下去。值得注意的是有些专业文章对毕加索、马蒂斯以及梵高等人的艺术和现代派艺术起源发展作了深入剖析,对毕和马提出新的定位和评价问题。"

我感到以上的艺术消息,意味着"物极必反"这个哲学道理。实际上是西欧现代派艺术走到了穷途末路,再混不下去的境界了。据蔡若虹同志说他在巴黎参观了蓬皮杜文化艺术中心的国立现代艺术博物馆,看到参观者寥若晨星。而在卢佛尔博物馆参观时,却看到观众人山人海。这就说明那些"皇帝新衣"式的所谓现代派艺术不为群众所欢迎。到现在"发展到万炮齐轰的局势",说明了新闻界艺术界再不能容忍了,他们觉悟了。

然而问题之所在,却在于欧洲的这匹"脱缰野马",这"一头怪兽"竟闯到我们中国的艺坛"为所欲为"。而正是那些打着"新潮美术前卫艺术"旗帜,大喊"全盘西化""否定中国艺术传统"的人是引进这匹"野马"、"怪兽"的罪魁祸首。李琦同志已经提出对此"不能袖手旁观"。因此,我们也应"万炮齐轰"把这匹"野马""怪兽"从中国土地上轰走,也应对毕加索和马蒂斯"提出新的定位和评价了"。

这就因为这匹"野马"、"怪兽"是与我们的"二为"方向对立的,是妨害我们的艺术家成为"人类灵魂的工程师"的。因此我们必须坚决反对它。

我真不知热衷于现代派艺术的先生们看了这则消息作何感想?我认为是应该迷途知返的时候了。

祝　辞

黄河中国书画研究会诞生了,我为之表示庆贺。

如果是一粒花子落在泥土中,从大地上冒出新的花芽来,自然是令人可喜的。这就意味着它在春雨的沐浴下,会有一天开出灿烂的花朵,结下甜美的果实,所谓"春华秋实"吧。黄河中国书画研究会在三晋大地上的出现,就像一朵含苞欲放的花蕾,期待着它能对三晋书画的繁荣和昌盛做出贡献。这既是我的庆贺,也是我的期望。

"黄河中国书画研究会"以黄河为名,就应该像诗人光未然在《黄河大合唱》中所描写的:"风在吼,马在叫,黄河在咆哮!"如何咆哮呢?"奔腾叫啸如虎狼"。那么以黄河为名的黄河中国书画研究会我就希望它能使三晋书画创作犹如"奔腾叫啸如虎狼"的声势和影响。这既是我的祝贺,同时也是我的希望。

以黄河为名,也令人想起:黄河是我们中华民族优秀文化的摇篮,那么研究会的诞生也应该继承黄河文化的优秀传统,对黄河文化中的书画有所发展,有所弘扬。这也既是我的祝贺,同时也是我的希望。

  因此具体说来,它就应该很好地组织三晋的书画创作,认真研究三晋的书画创作成果,从而形成具有理论性的文章以指导创作实践。每年至少举行一次盛大的书画展览会,成为黄河中国书画研究会可观的"春华秋实"。这既是对三晋人民的汇报,也更能求得三晋人民的支持。如此就不辜负我的祝贺和希望。

曹美和他的版画

曹美是一位继承了中国新兴木刻的革命传统,沿着现实主义道路行进的中年版画家。30多年来他在版画园里探索追求,不辞辛劳地用汗水灌溉了他每一个时期的版画禾苗,终于获得了丰硕的艺术成果。这是值得庆贺的。

曹美曾有6年的岁月是在解放军中度过的,但他既然选定艺术作为自己终生奋斗攀登的高峰,因此生活道路的转折也丝毫没有影响他在艺术上的追求。他在部队紧张的战斗生活中,一手拿枪一手拿木刻刀,在出色地完成部队的各项战斗任务的同时,坚持了版画创作。部队的新的生活给他提供了新的创作源泉,而他的作品又从不同角度反映了部队的火热的战斗生活,为部队的文化建设和精神生活做出了贡献。

当曹美还未参军之前,于1962年在山西艺术学院学习期间,作为毕业创作就刻出了山西最早尝试水印套色的处女作《马蹄莲》,显示了他在艺术上的才华,从而引起了社会上的关注。这幅木刻不论构图、刀法、色彩、黑白的处理都令人感到新颖、独特。对一个初登版画之门的青年来说,实在是难能可贵的。

曹美入伍不久就创作了黑白木刻《休息的时候》,这幅作品以其取材的别致和表现的生动而赢得观众的赞扬。1964年当我在北京"第三届全军美展"中看到这幅作品时,就给我留下深刻的印象,并把它发表在我当时主编的《美术》杂志上。这里表现的是部队火热的战斗生活的一个侧面,但却充分反映了战士生活的活跃和欢乐。这张木刻荣幸地获第三届全军美展的优秀奖,并被中国美术馆收藏,后来又被选送参加联合国教科文组织举办的第十三届国际巡回美展。除此之外,他在部队时创作的反映军营生活的版画《解放军叔叔来了》、《总理夸咱打得好》也曾被选入1964年"第三届全军美展"。

1968年曹美由部队转业到山西,被安排在专业创作的岗位上。从此,他开始了新的艺术生涯。他刻苦努力,沿着现实主义道路,接连创作了很多为别人不注意的反映日常生活中的具有诗意的作品,其中《雪中情》《早春》《春到黄河》等成为他这一时期的代表作。《雪中情》在国内外展出时曾得到好评。这幅木刻以一种童心表现了小姑娘对于小鸟的爱。下雪后,小鸟们无处觅食了,小姑娘在林中扫出一块空地,以谷米喂鸟,引来了一群从树上飞下来的可怜的小麻雀,富有一种童话般的美的意境。但根据我的经验,一般说来,在我们山西,麻雀与人并不存在信任。不像澳洲,由于社会对于鸟类的长期保护,它们与人已成为亲密的朋友了。所以按实情,麻雀是不敢飞到小姑娘脚下的,即使它们很想吃。而只有小姑娘离开谷物的场地时,它们才敢飞下来争食。但画家在作品中的处理是正确的,他希望麻雀能信任小姑娘,从而创造了一个美好的诗的画面。曹美是很会用色的。这里他给小姑娘穿了一件红色的上衣,大有助于主题的突出。

《早春》和《春到黄河》都是表现清明时节人们忙于植树造林,绿化祖国的劳动场面的。彼此不同的是前者为黑白木刻,后者为套色木刻;前者是在黄土高原上植树,后者是在黄河之滨植树。《早春》把人物安排在中景,以早年植的树已成林为近景,形成了画面风景之美;并以天上飞过的乱阵之大雁表示阳春之来临。这幅木刻以黑白处理之时,并与树木阳刻阴刻之变化而形成了画面的美感。《春到黄河》则以人物为近景,两个男女青年正从手扶拖拉机上把由苗圃运来的树苗一捆一捆地搬上渡船,船头站的一个船工正面向彼岸,意味着行将把船开到那里去进行造林工作。这幅木刻的构思之不凡与所刻的黄河水流之真实感以及套色之美而赢得观众的高度评价。《早春》曾于1984年参加"第七届全国美展"。而《春到黄河》则于1991年参加了"全国黄河画展",1994年参加了"第八届全国美展"并获省美展金牌奖及绿色明珠美展特别奖。

除此之外,他的《清水上高垣》《打靶》《晨》《月到中天》《瓜乡》都为我所喜爱,尤其是《打靶》和《月到中天》更富有抒情性，前者套色美好，而后者则更有装饰美。

总的来说，曹美处于中国画坛为西欧腐朽的现代派绘画所污染之际，他始终没有远离人民生活，始终没有丑化怪化人民形象，而能坚持中国新兴木刻之现实主义传统，力求歌颂人民，歌颂社会主义建设，实属难得。

曹美的木刻始终有一种厚重的朴实感，从而形成他的特有的风格，并洋溢着乐观主义的健康情调，给人以鼓舞，给人以美感。他的木刻大都有山西的地方特色，善于从日常生活中发现诗意和情趣。这都是值得赞扬的。愿他今后能沿着自己成功的道路，继续创作出具有诗意的作品。

由于30多年来曹美在版画艺术上的成就，他荣幸地获得了中国版画家协会1996年向他颁发的"鲁迅版画奖"。我为此向他表示庆贺。

我看《抉择》

我是中年作家张平小说的一个忠实读者,其所以爱读他的作品,就因为在他的笔下,既不描写那些无聊的男女恩怨,也不描写那些社会的闲情淡事。他的笔始终关注着底层人民的生活命运,读了感人肺腑,催人泪下。《法撼汾西》如此,《孤儿泪》也是如此。

最近先后读了他的《天网》和《抉择》,感到它们的一个共同特点就是:作家以现实主义的动人之笔描绘了中国当今社会的光明和黑暗的较量,经过你死我活的矛盾斗争,最后由于作品的中心人物,站在人民一边的一个领导干部,一个真正的共产党员立场坚定,坚持正义,终于使光明战胜了黑暗,从而使读者增强了对社会主义事业的信心,对共产党领导的信任。

而由于作家的感情热烈,爱憎分明,同情苦难中的老百姓,以及作品矛盾情节的紧凑,所以不论《天网》,不论《抉择》都能使读者一旦开卷就欲罢不能,使你的心紧紧地为作品中的情节和人物所震动,必欲一口气把它读完,以晓作品展开的一场有关老百姓命运的搏斗最后鹿死谁手。这既是张平作品的艺术魅力所致,也是我读张平小说的心情,而这也正是作品在思想性和艺术性方面取得的胜利。

读了张平的作品,不能不令人感到他是当今中国的作家中,最关注时代和现实,最关注底层人民的一位有写作才华的中年作家。

我感到对张平来说,由他所熟悉的农村生活跳到他并不熟悉的工厂生活,由《天网》到《抉择》,不啻是他在文学创作上的一个大的飞跃,不仅题材和主题的社会意义更重大了,而且《抉择》比起《天网》来,不论作品所描写的场面,所描写的领导人物以及受难者的数目,不论作品和改革时代的关系以及矛盾斗争的复杂性和艰巨性都要大得多。如果说《天网》不过是在一条小河上筑坝,那么《抉择》就好比在长江上搞三峡水利工程。这既需要作家的勇气和胆量,更需要作家对创作中所面临的艰巨有足够的挑战毅力。而这一飞跃就更能反映我们伟大时代精神,更能表现我们国家腾飞的主旋律。

《天网》在创作上属于纪实文学,作家只要忠实于作品中具体的中心人物,忠实于刘郁瑞这个县委书记的言行,通过艺术加工和情节的编织就塑造出这个值得歌颂的共产党人了。而《抉择》中的典型人物市长李高成生活中却并无其人,需要作者经过对省市一级的领导人物进行调查研究,熟悉、感受，然后才通过集中概括去创造。在《天网》中作者面对的被污辱与损害者仅仅是汾西县花峪村的一个告状无门、三十年蒙冤的农民李荣才。而《抉择》中所面临的却是国有大型企业中阳纺织厂以女工夏玉莲所代表的两万多饥寒交迫的工人。在《天网》中的主要斗争对象不过是花峪村的一个无恶不作的支部书记贾仁贵以及为虎作伥助纣为虐的行署专员顾加辰，而在《抉择》中展开的一场革命中的反腐败斗争所面临的对立面却是曾被李高成提拔而变成腐败分子的总经理郭中姚，副总经理冯敏杰到党委书记陈永明，以及自己的美貌爱妻吴爱珍和作为提拔了自己的所谓"恩人"省委常务副书记严阵。这就使这场反腐败斗争具有了非常的复杂性和艰巨性，从而使李高成这位省会的市长在斗争中犹豫、徘徊、疑虑而难于抉择，显得有些手软，下不了决心。但又由于他没有脱离在苦难中的广大工人，也没有脱离善良的女工他家的保姆夏玉莲，从而给予了他力量。是他们影响了他作为共产党员的良心，而使他最终立场坚定起来，下定决心，明确了抉择，终于在省委书记万永年和市委书记杨诚的坚持下最后赢得了这场斗争的胜利。但所有这些也就对共产党员李高成形成了一个严重的考验，看你最终能否站在受苦受难的工人一边，能否站在党性的立场上和国家的利益上无所顾忌。而《抉择》之可贵就在于作者终于塑造了一位可敬的经得起考验的典型人物共产党员市长李高成。

由于张平在《天网》中揭露和鞭挞了一个小县的一些黑暗势力，从而引起一场对张平起诉的丰台官司，那么张平在

《抉择》中揭露和鞭挞了一个省委副书记严阵之流的贪污受贿罪行,会不会刺痛我们社会现实中大大小小的严阵,从而使张平冒更大的风险?那也有可能,然而这也没有什么可怕,因为万一出了什么问题,全国人民都会做张平的后盾的。

伟大文豪高尔基曾说:作家为了创造一个商人的典型,就应该去了解一百个商人(大意)。我们的文艺理论家王朝闻也说,为了作品能"以一当十",就必须首先作到"以十当一"。为此,我们的作家张平为了描写虚构的国有企业中阳纺织公司,他就历五月之久走遍了北京、天津、太原等地的40多个大大小小的国有企业,去了解其中的工人和干部,走进他们的家室和他们交心,从而塑造了《抉择》中由于失业为了生活不得不在厕所旁摆钉鞋小摊的中纺优秀的高级技工胡辉中的形象,塑造了夏玉莲有如狗窝的小家以及她目前所工作的那个"昌隆服装纺织厂"的肮脏恶臭的车间,为了描写"青苹果娱乐城",作者像曹禺要创作《日出》而进妓院似的,他也不得不走进北京一家最大的歌舞厅。为了塑造李高成和严阵的形象,他曾和一位离休了的副省长交谈了三天。所有这些都说明了作家张平为了把不熟悉的工厂生活质变成熟悉的生活,为了创作《抉择》所经历的艰辛,所付出的代价。

有了关于工厂的生活,有了创作素材,有了创造人物的生活原型,在了解到当前国有企业中存在的严重问题后,张平又经过约三年之久的苦心构思,编织情节,塑造典型人物,饱尝创作的甘苦,终于写出了动人心弦的关注时代的《抉择》。它的主题思想就是要歌颂敢于和腐败做斗争,不怕牺牲个人利益的优秀共产党员市长李高成;歌颂代表光明的市委书记杨诚和省委书记万永年;同时也是为了揭发和鞭挞那些腐败分子严阵、郭中姚、冯敏杰、陈永明之流以昭示国人。由于反腐败的成功,使宣告了死刑的中阳纺织公司能够起死回生,从而拯救了这个国有企业,并拯救了处于饥寒交迫中的两万多工人。但必须指出,这场反腐败斗争之能够取得胜利,正是以万永年、杨诚、李高成为代表的共产党员紧紧依靠了工人和干部群众而取得的,工人和离休干部提供郭中姚等人腐败多端的资料才引起李高成他们的重视的。因此《抉择》就成为一部关心国家前途,关心人民命运,关心国企困境的警世力作。

现在的社会,特别值得我们重视的,就是不论在《天网》中,不论在《抉择》中所反映的那些代表黑暗势力的败类,恰恰都是一些有权有势的蜕化变质了的共产党员,他们背叛了党,背叛了人民,成为社会主义大厦的白蚁、蛀虫,正是他们在人民中败坏了党的崇高声誉,变成了改革中的最大阻力。因此江泽民总书记在中国共产党第十五届代表大会的报告中特别强调地说:"反腐败是关系党和国家生死存亡的严重政治斗争。""如果腐败得不到有效的惩治,党就会丧失人民群众的支持和信任。""要把反腐败斗争同纯洁党的组织结合起来,在党内决不允许腐败分子有藏身之地。"这正是代表了广大党员和人民的呼声。

由于李高成关心工人,关心夏玉莲,没有想到当他走进夏玉莲的所在的工厂车间去看望夏玉莲时竟遭到一个凶相毕露的家伙对他的辱骂和殴打,接着是像拖死猪似的把他拖到一个花天酒地的楼上,正像《天网》中刘郁瑞去花峪村看望李荣才时遭到一个满脸杀气的汉子的辱骂一样。是谁给这些家伙的权力让他们敢于如此逞凶?还是所谓的共产党员!令人感到这些地方好像已经不是共产党的天下,而是国民党的天下似的令人气愤。真没想到中国的局部地方竟有如此可怕的黑暗!我想这绝不是作家张平的凭空捏造。

就《抉择》的整体来说,我认为作家张平在我们面前所展示的社会现实是符合实际的,既没有扩大黑暗令人对今天的社会,今天的党悲观失望,也没有扩大光明而令人丧失警惕盲目乐观。

作者让我们跟随着李高成的行动走过了工人的破败贫寒住宅,又走进了老女工夏玉莲的像狗窝似的住处和她正在工作的非人的劳动车间,后来又领我们走进了总经理郭中姚住的"美舒雅"超豪华的别墅,并看到妖艳的姘妇。好像从地狱里出来走进了天堂。同样是共产党员,但一想到李高成和郭中姚的所作所为就使人想起鲁迅曾经引用过的爱伦堡文中的一句话:"一方面是庄严的工作,另一方面却是荒淫与无耻。"但我也随着李高成的爱憎对工人有所同情,对郭中姚之流有所憎恨。我真没想到在改革开放的时代中国人的生活竟发生了如此大的悬殊,如此大的两极分化。自然,社会主义时代的工人生活也有好的,我曾经访问过大庆工人的住室,看到家里摆着沙发、彩电、冰箱等现代化的设备,我真为他们的美满生活而高兴。但真没想到社会主义时代《抉择》中所反映的我们中纺工人的生活竟和旧社会没有两样,怎能不会令人所气愤,怎能不对置工人的死活于不顾的那些新的暴发户、新的资产阶级咬牙切齿的恨!

如果说作家张平所塑造的李高成这个典型人物和《天网》作品中的中心人物刘郁瑞在描写上有什么不同,那就是他用了很多笔墨来描写李高成的内心独白。这独白既展现了人物的矛盾心理,也有助于形成和突出人物的性格,使读者洞悉他在这场斗争中的内心痛苦,内心的疑虑、揣测以及患得患失,前怕狼后怕虎,但这也是合情合理的,因为这场斗争牵涉到自己的爱妻、上级和曾经信任过的部下。对他们如何处理,这就是要下决心抉择了。

在抗日战争和解放战争年代,我们所面对的是壁垒分明的敌人,而今这场反腐败的斗争,所面对的却是隐蔽在共产党内部的看不到壁垒的敌方,甚至还有睡在自己身边的妻子,因此这场斗争也就真够艰巨的真够棘手的了,而这也正是《抉择》能够抓住读者的艺术魅力之所在。

令读者高兴的是李高成经过一场痛苦的自我内心的斗争之后,终于在抉择中选取了党性,选取了工人和国家的利益,从而完成了他作为一个共产党员的崇高品质和可敬的性格。

但也不能否认李高成的内心独白正如有的论者所指,"亦有'过渡'之处,这就带来较多的内容重复,显出冗赘之弊"。对此,我也很有同感。

有人评论到李高成时,特别强调了他是一个有良心的人。是的,他作为书中的正面人物,是很有良心,我想与其说他有良心的,倒不如说他的心中始终有工人,始终没有忘记自己是一个共产党员,因而能对工人阶级具有真诚的爱,所以才能关心他们的生活,关心他们的命运,因此他也就能始终以工人的思想为思想,以工人的立场为立场。他的良心的基础就是工人们对党对国家的良心。如果你心中离开了工人们对党对国家的良心,如果你心中离开了工人,也就离开了党,那也就必然失掉了良心。

《抉择》的一开头,当市长李高成接到中阳纺织集团公司工人要闹事的消息时,他拨通总经理郭中姚的手机,要他迅速办好几件事,其中就有"公司所有的干部,包括公司公安人员,一律要打不还手,骂不还口。……若要是哪个工人受到伤害和出了什么事,一定要严肃查处,从严惩治。"又说:"不管是什么人,也不管是领头的还是被别人鼓动的,凡是参与了这次活动的人,也不管是什么目的,市委、市政府保证不会追究责任,更不会秋后算账,揪辫子、穿小鞋。一定要解除群众的后顾之忧,绝不要把群众人为地往梁山上逼……"当我读到市长李高成的这些指示时,就非常感动,这不仅是一种高姿态的指示,而且是从字里行间能感到李高成对工人的爱。而这种爱也就最终决定了李高成在这场反腐败的斗争中能毅然抉择站在工人一边。

而在《抉择》中作为反腐败斗争中的反面人物严阵又是怎样看待工人的呢?当一次深夜里大家在万书记的办公室内开紧急会议时,万书记一提到中纺的工人要上访,严阵马上就口气很严厉地插话说:"事实上就是要闹事,而且要把事情闹得很大。他们闹事的目的也很明确,就是要把中纺的整个班子都赶走……"可是万书记并不这么看,他打断了严阵的话说:"不,我们必须要申明一点,今后凡是领导干部,不管是省里的还是市里的领导干部,对工人的一些举动不要一开口就说是闹事。这么一说,不就等于已经给人家定了性质?工人们有这样的举动,作为一级政府,我们更多地应该从工人的角度去考虑……还有,听说中纺工人现在处境并不好。离退休职工干部已有四个月没发工资了,在职职工干部有的已经近十个月都没有发工资了。而且就是在现在,中纺居然没电没暖气,整个工区连电话都没了!你说说像这种情况工人能没意见?工人能不上访?如果说这是闹事,让我看,那也闹得对,闹得有理!放到你们身上你们闹不闹?放到我身上我也得闹,不闹我没法子活呀!"请看,在工人的上访问题上万永年书记和严阵的立场多么泾渭分明,一面是站在中纺的"整个班子"方面而恨工人,一面是站在工人方面同情他们的处境,因为郭中姚他们已经是严阵腐败"圈子里"的人了,所以他很自然地就流露出对那个"班子"的同情。

在我看来,在《抉择》中李高成和万永年的立场实际也是作家张平的立场,张平的爱憎,因为张平心里始终有老百姓,始终有工农,因而他也就始终有良心。在《天网》中是如此,在《抉择》中也是如此。因此,一个作家能不能写出为工农喜爱的感动工人和农民的伟大作品,关键也就看你心中有没有工农,对他们有没有爱心,关心不关心他们的生活和苦难。由于你不忘记工人,关心他们,给他们做了好事,所以工人也不会忘记你。李高成病倒时,竟有几千工人聚集在医院的大门口守望,要见他,这就是很好的说明。而作家张平为了《天网》和《法撼汾西》吃官司时,竟有几个临汾的老农千里迢迢地赶到北京丰台法院来声援他,令人多么感动。

《抉择》的社会价值就在于它对于当前在经济战线和政治岗位上的党员干部所富有的教育意义,因此我认为它是党员干部一本必读的课本。希望那些在经济的海洋中游泳的干部能不为金钱的大浪所淹没;而手中握着权力的政治干部也应防止腐败分子用金钱来诱惑收买让你犯罪,应像李高成那样经得起考验。为此就要心中有老百姓,有党纪国法,而不为糖衣炮弹所击毙。

毛泽东同志曾说过:"金无足赤,人无完人。"那么即使是一部扛鼎之作,也难免白玉有瑕。对于《抉择》,除已提过的关于李高成的内心独白较多内容重复,显出冗繁外,有的评论家还指出夏玉莲最后上到八层高的商业中心楼顶,准备跳楼一节,"似乎有些画蛇添足之感",我也有同感。

有的论者认为李高成这个人物对自己妻子的犯罪、内侄的犯罪、下属的犯罪竟一点都没有发觉,不可理解,而我倒有不同看法。首先,由于他对爱妻和郭中姚等过于信任,加以他和吴爱珍每天都忙于上班下班,晚上回家经常都在10点钟之后,而且还不经常同房,这就少了了解她的机会。再加上他自从当上市长以来,要解决市民的住房问题,要兴建市内二环路三环路和拓宽市中心大街,还要兴建六座市内立交桥,在这些工程上他要花费多少心血多少精力,而兴建中既要迎接上百家"钉一子户"的示威告状,还要顶住集体企业组成的上千人在市政府门口的静坐示威。在这种情况下,他哪里还有时间还有心思去考虑吴爱珍会变质?郭中姚会犯罪?正像一个人由于太相信自己的体质了,等到一旦在医院检查身体竟发现已经是癌症第三期,也是常有的。因此李高成对妻子、内侄和下属的犯罪一点也没有发现并不是不可理解的。

　　读完了《抉择》,虽然感到有些微瑕,但瑕不掩瑜,我为张平在创作上的新的杰出的成就表示衷心的庆贺。

五十年前"山西省文联"成立的经过

1949年,当全国已基本解放,党中央于7月2日在北平召开了"中华全国文学艺术工作者代表人会",我有幸以西北代表团的成员参加了这个史无前例的大会。大会胜利闭幕后,周扬同志找我在北京饭店谈话,要我回到太原后和高沐鸿同志召开全省的文代大会,建立山西省文联,但我还未曾认识高沐鸿同志呢。

周扬同志原是延安鲁迅艺术文学院的副院长、我的老领导,现在又被选为全国文联的副主席。他交给我这个任务,我感到光荣。当我回到山西,从晋绥边区把家小接到太原后,就在精营东边街原赵承绶的公馆内与高沐鸿同志相见。高沐鸿同志是山西武乡县人,曾于1928年到上海,因与高长虹等合编《狂飚》周刊,从事"狂飚运动"而闻名。对我来说,算我的先辈了,论年龄他也比我大十几岁。在抗日战争时代曾任太行区文联主任。已带领一大批美术工作者在赵承绶的公馆内住下来。

赵承绶是阎锡山的骑兵总司令,据说是我军解放榆次时被俘虏的。太原解放后,他的公馆就成了未来"山西省文联"的所在地,赵公馆一共有两个大四合院连接在一起,高沐鸿一家住在西面的大院中,他让我和画家赵枫川等人住在东面大院里。

我把家安置好了之后,就开始与高沐鸿筹建山西省文联。在工作中认识了康仁均、郑笃、夏洪飞、洛林、寒声诸同志。除洛林外,他们都是从太行来的。

当时的省委书记是程予华,副书记为赖若愚,宣传部长是陶鲁笳,宣传部秘书长是卢梦,文艺处处长是李束为,卢和李都是从《晋绥日报》社来的,都是我的老朋友了,因此有些工作就感到容易进行。我们在省委宣传部长陶鲁笳同志领导下于当年的12月3日在并市各代会大礼堂隆重举行了山西省文学艺术工作者代表大会的揭幕典礼。来宾有中共省委副书记赖若愚、省政府第一副主席裴丽生、省军区政治部主任何辉、省总工会主席康永和、中共山西省委宣传部长陶鲁笳、市委宣传部长王大任、省府教育所第一副所长王中青等三十余人。由中共省委副书记赖若愚同志作政治报告。来宾中裴丽生副主席、何辉主任等都向大会致热烈的祝贺。高沐鸿同志向大会作了题为《我们的几点历史经验与今后任务》的报告。力群向大会作了关于全国文代大会的传达。

这次"山西省文学艺术工作者代表大会",在太原一共开了十五天会议,参加的代表包括山西文艺界各方面的人士共达三百四十人。大会于第九日在逐条讨论后，一致通过了《山西省文学艺术界联合会章程》。于第十一日选出正式委员四十九人：裴丽生、陶鲁笳、何辉、高沐鸿、力群、卢梦、唐仁均、张振亚、史纪言、王中青、王大任、江绍源、闻静、袁靳、韩军、魏尔河、靳洪、魏深、洛林、赵子岳、张沛、高首善、赵力克、梁酱平、江萍、王聪文、张久成、刘祖武、郭贵俊、墨遗萍、景炎、杨虎山、郭万钟、张健、寒声、张继唐、高风歧、张万一、丁果仙、朱丽华、李青萍、王玉堂、郑笃、束为、青凿、汀洋、赵枫川、赵赞之、洪琶。候补委员十八人：王宝奎、王礼易、李涛、关守毅、韩兴业、郝指针、郭德有、段近垒、杨威、柳淮南、苏小庄、吉伟、孙祸娥、郭树森、李岚、刘力天、朱为流、张彬。继由委员会选出常务委员十七人：高沐鸿、力群、卢梦、洛林、王玉堂、赵子岳、郑笃、史纪青、王中青、唐仁均、张振亚、墨遗萍、赵枫川、束为、洪芭、靳洪、高首善。

　　大会第十二、十三两日，全体代表分头集会选举文、美、剧、音等各协全省委员会及常务委员会。选举时，文协到会代表共八十七人，选举结果：共选出全省正式委员二十三人，即：王玉堂、田可夹、青苗、束为、江萍、郑笃、李涛、汪洋、张雨、陈迩冬、马作楫、王昱、燕云、刘江、景炎、杜波、吴象、王礼易、吉伟、刘祖武、赵维廉、郝俊瑞、李桐栖。候补委员八名：郭维洲、刘亚民、郑纯、马雍、王世荣、刘金堂、张明显、杜剑韬。各委员选出后，于十三日下午，召开首次全省委员会，当即推选王玉堂、田可夫、青苗、束为、郑笃、李涛、汪洋、王昱、燕云、于礼易、赵维廉等十一人为常务委员，并推选王玉堂为文协正主任，束为、郑笃为副主任。

参加剧协选举的代表，共一百一十余人，共选出正式委员二十九人，即：洛林、赵子岳、易风、张万一、克明、张健、高鹏、张宝魁、王聪文、宋丽华、寒声、吉伟、九岁红、墨遗萍、杨威、李海水、丁果仙、马晶、王否定、景炎、武士俊、杨虎山、王玉春、贾鸿绶、田西雨、柴寿章、冀美莲、关守耀、赵士杰。候补委员九人：郭德有、侯德奎、李铁峰、陈萍、洪波、张继堂、刘春雅、段二苗、梁小云。全省委员会推选出常务委员九人为：洛林、赵子岳、墨遗萍、张健、寒声、田西雨、吉伟、张宝奎、易风。并推选洛林同志为正主任，赵子岳、墨遗萍为副主任。

参加美协选举的代表，共四十七人，选出正式委员十七人，为：力群、赵枫川、赵赞之、高首善、田作良、李济远、程曼、赵力克、岳恒、李绘、段联奎、张柯南、张彬、王孚、张怀信、莎林、张鹤年。候补委员十人，为：王学化、吉林、王捷三、高寿田、尤敏、胡荫南、王彪臣、王岩、段天明、张树森。全省委员推选出常务委员七名：力群、赵枫川、赵赞之、高首善、李济远、程曼、张柯南。并选力群为美协正主任，赵枫川为副主任。

参加音协选举的代表共四十七人，为：洪飞、曹克、张沛、音波、常振华、高介云、朱为流、魏东河、王亦宇、白歌忻、柳淮南、刘力田、李守桢、刘树楷、魏琛、崔树藩、张翔。候补委员六名：罗甫、张廷相、张天才、徐养廉、许宪章、张尚礼。全省委员会推选出常务委员十一人：洪飞、张沛、曹克、高介云、朱为流、音波、刘力田、王亦宇、白歌忻、柳淮南、魏东河。音协主任为洪飞,副主任张沛。

至此,全省文、美、剧、音等各协,即告正式成立。

全省文、美、剧、音等各协选举完后,各协筹委会除向各代表报告筹备经过,通过组织章程外,并对大会闭幕后的工作,均进行了热烈的讨论。文协讨论的问题,除计划出版通俗的文艺杂志以外,并着重讨论了如何发展会员和文艺小组以及今后与各代表的联系等问题。剧协除详尽地讨论了有关戏剧运动的许多问题外,并对这次大会期间每晚所演出的每个剧的剧情以及每个细小节目,也都详尽地进行了讨论。美协在讨论今后工作中,特别提出了要大力推广年画和出版画报等。音协除讨论了今后创作等问题外,对今年年关歌咏运动,也作了详细讨论,并提出了要尽量产生新歌。

山西省文学艺术工作者第一次代表大会于当年12月16日胜利闭幕。大会一致通过主席团宣读的大会宣言、大会决议及大会致中央文化教育委员会、文化部及中华全国文学艺术界联合会的两个通电,并通过"给全省文艺工作者的一封信"。最后由卢梦同志致闭幕词。

大会闭幕前,文联全省委员会曾举行会议,推选高沐鸿同志为文联主任,力群、卢梦同志为副主任。

在大会期间曾收到全国文联主席郭沫若,副主席茅盾、周扬致大会的祝贺信,以及中华全国美术工作者协会主席徐悲鸿,副主席江丰、叶浅予致山西省美协成立大会的信,"特请力群同志代表本会参加贵会成立典礼"。

现在,五十年过去了,我由二十七岁的中年人变成了八十七岁的老人,而我们的山西省文联住址已由赵承绶的公馆改变为自己的文联大楼。在文学方面产生了张平那样优秀的作家,在美术上产生了《血与火》那样优秀的作品……而我们的祖国,五十年来已由一个弱国成为了强盛的大国,令人多么高兴。

重返延安

一

当我画完一幅四尺大的墨竹落款时,有时写:某年某月于并州汾河之滨"怀延斋"。何谓"怀延"?乃怀念延安也。

抗日战争年代,我于1940年从阎锡山统治区,来到共产党领导的延安,在"鲁迅艺术文!学院"美术系任教,历时六年之久,对延安就有了深厚的感情。当时延安的生活虽然很艰苦,但我们精神上是紧张而愉快的,我在这里(延安)不论是在政治上思想上,不论是在艺术创作上,都有空前的提高,我感激共产党。

延安是一个马列主义的大熔炉,有多少全国各地经过重重困难来此的男女青年,在"陕北公学"和"抗日军政大学"受过短期的熔炼就走向抗日的敌后前线,为祖国和解放事业而流血流汗,多么感人!

延安的时代,是我一生中最难忘的时代,也是我一生中最值得纪念的时代。然而已逝的美好的时代是永远不复返了,留给我的只有怀念,所以我把我的家室谓之"怀延斋"。

二

最近太原电视台以"半个世纪山西人"为选题,把我作为他们选题中拍摄的对象,其中就有我当年在延安生活的情节,于是我不得不重返延安。虽然我已89岁了,但旧地重游也是心向往之的。

离开延安已有58年之久了,虽然当中也曾回来过几次,但这次来到久别的延安却感到变化之大真叫我惊讶。

我们下榻于清凉山右侧的"航空宾馆",往东去当年"鲁艺"所在地的桥儿沟,有五里之遥的道路,是一片无人烟的旷野,我们从"鲁艺"到城里开会、听报告,不知走过多少次。后期曾在这里修建飞机场,我也参加了修建的劳动。而今却变成了五里长的一条热闹的长街。在柏油马路上,汽车来往如流,其中高楼林立,商店宾馆鳞次栉比,好不繁华。当年荒凉的半山腰而今也有了很多排砖窑和平房,给人一种崭新气象。

当年我们在桥儿沟附近的延河里经常游泳的地方,现已把延河人工改道于对面的山下,这里变成了一片大的鱼塘,水清照人,游船来往,有似江南水乡。这样,延安人吃鱼就方便了。

三

来到经常怀念的延安,当然要首先到曾经生活了六年之久的桥儿沟看看,而这也是电视台景点拍摄之地。然而我的天啊!我已不认得这个久别的山村了。好在当年的天主教堂还矗立在旧地,我看到它就像看到久别的老朋友似的。

我和电视台的同志们走进教堂旁边的院里,始知最近在这里办了一个"延安鲁迅艺术学校",专教音乐和舞蹈,我在原来的石窑洞里看到一个姑娘正弹钢琴。而我们当年听党课、看演出、跳交际舞的大礼堂已改装成今日艺术学校的芭蕾舞练功房了,地下铺了一大块红色的地毯,两边是练腿功的把杆。

离开教堂,就看到当年长着绿草、初春开着黄色蒲公英花的清幽的桥儿沟,已被满沟的楼舍树林所改观。连去我们当年教员们的住地——东山的石路也寻不见了。这山路我们当年每天要走多少次呀。总算费了老劲在似路非路的山道上爬上东山,然而我们当年住过的土窑,由于岁月的磨损、雨水的冲刷,已不能住人了,却被一排砖窑所代替,真令人有沧海桑田之感。我根据地形终于琢磨出画家王式廓同志住过的家,然后推测出哪个是马达曾经住过的窑的位置,哪个是我住过的窑的位置。后来还寻到了副院长周扬住过的和作家茅盾客居的窑洞,但都倒塌得不能住人了。旧时的如梦的生活只能在记忆中寻觅了!

当毛主席号召"自己动手,丰衣足食"时,我曾在东山下找了块荒坡开辟了一小块土地,种上西红柿、西瓜、甜瓜。而为了找架西红柿蔓的木棍,就上山把老乡栽的大拇指粗的小杨树砍下拿回来插在西红柿根旁,今天想起是应该向老乡忏悔的,真是做了件缺德的事!如果那些小树未砍,今天已成参天巨树了。而今就在这块我当年栽西红柿的地方建起了高楼大厦……

和砖窑的主人谈起东山的变化,他们说已在这里居住了20多年了,是花钱买下的住处,但也经常有当年在此住过的同志来访问。

我站在窑前想起当年在"马达公园"①,月下坐在"土沙发"上和吴印咸、马达猜谜语的往事;想起我们雇了老乡在门前画速写,我根据速写刻了木刻《饮》……而今马达已久逝,他当年在门前栽的飘香的洋槐也无影无踪了,不胜怅然。时间是多么的无情!

就在这东山窑洞里我读了恩格斯的《反杜林论》,刻了《饮》之后又刻了《延安鲁艺校景》,受到诗人艾青的赞赏。

我在东山的院畔遥望对面的西山,当年古元、王朝闻、华君武住过的窑洞已无门窗,成了一个个久无人居的黑洞了。而西山下同学们自己动手盖的素描画室亦已无存,在它的废墟上建起了高楼。

我遥瞩远处西山我们曾经开过荒、锄过草的山头,真有无限的感慨,想起我当年曾在山洼洼里采红艳艳的山丹丹花的情景如在昨日。是的,我和这里的山山水水都有深厚的感情了,今天来此,既是往日的回首,也是旧地凭吊!

四

通过繁华的街道,我们来到当年在杨家岭召开"延安文艺座谈会"的会址。首先在礼堂门口看到当年由吴印咸同志拍摄的一张大的照片,这里有毛主席和参加会议的全体同志,我坐在前排(右六),因此在相片下有介绍我的文字。而今照片上的同志已有一大半去世了,还在世的真不多了。大概是说明员讲话时,泄露了我此刻来参观的消息,因此有几位河南来的游客竟求我与之合影留念,求我签名。

进入会场,我向电视台的同志们介绍了当年开会的情形,介绍了毛主席进场后,大家热烈鼓掌,然后毛主席和100多位作家、艺术家一一握手问候……

这次的会议之后,我和古元等版画家都在木刻创作上忠实地坚持了为工农兵服务的艺术方向,改变了多年形成的欧化风,从而使我创作了具有中国作风中国气派的套色木刻《丰衣足食图》和《小姑贤》剧本的黑白木刻插图等。我一生中在艺术创作和写美术评论文章时都以毛泽东的文艺思想为指导思想,从而赢得了山西省委和省政府于1992年授予我"人民艺术家"的光荣称号。

离开杨家岭,我们来到延安革命纪念馆,在这里关于"延安鲁迅艺术文学院"的部分,除了陈列着"延安文艺座谈会"的那张吴印咸拍的照片外,还陈列着一张"鲁艺美术系的教员们"和当年画家沈逸千来延安访问时给"鲁艺"东山教员们拍的一幅照片,其中有马达、蔡若虹、王式廓和我,此外还有华君武,但他当时还不是教员。据说这张照片的底片现存湖南博物馆,因为它具有历史价值。

五

为了近览作为延安标志的宝塔,也为了鸟瞰在改革开放年代大变样了的延安全貌,我和电视台的同志们驰车飞向宝塔山巅。在抗日战争年代党中央曾有意想把这成为日本飞机轰炸延安时的目标毁掉,但当地的士绅不同意,所以这宝塔能一直留存至今也是幸事。可当年我在延安时也从未有闲情登这宝塔山，只是1938年春我和抗敌演剧队第三队的同志们第一次来延安时就下榻在当时作为西北旅社的宝塔山腰的一些土窑洞里。"三队"在延安演出后，在此休整约四月之久，我在这里的窑洞里根据在山西前线——决死二纵队的感受写了小说《野姑娘的故事》等文学作品……《野姑娘的故事》后来寄给当时《文艺战线》的主编周扬同志时，来信认为"写得很不错"，给予我在文学写作上以鼓舞。而当时的那些土窑洞现在也倒塌得不成样了。

当时的宝塔山没有一棵树，而今却被绿林装饰得非常美观。我们在此居高临下远眺全城，有如登上上海的高楼"先施公司"楼顶鸟瞰上海。是的，上海有黄浦江，这里有延河，而一片高楼大厦也总有相似之处。呵！当时革命的土延安，今日已全然现代化了。当时全延安也看不到一辆小卧车，而今却满街跑的都是，在宝塔山上往下看就像是奔跑的小蚂蚁。而且1992年延安就有火车通西安了。当年全国各地投奔革命圣地的青年却是步行而来的。

更令人高兴的是当年延河两岸光秃秃的童山现在都布满了绿色的森林，郁郁葱葱，不但使延安更有了生气，而且也令人观之感到悦目神怡。这种种变化，是我们当年做梦也想不到的。

注：①一年的春天，不知马达从哪里挖了一棵洋槐树，栽在门前，张庚同志就戏称马达门前为"马达公园"。

还乡纪事

一、夜宿道美镇

高原上的寒风,有力地吹卷过来,痛扫着我的脸颊,拼命地撕裂着我的化装的袍襟,枯蓬在田里飞转,道途上的积雪支支地在脚下作响,我和 A 向久别的故乡前进着。

要回到我的故乡仁义镇,真是一件不易的事,要越过汾河,要穿过南关,这真是"难关"呀!在这里有敌人霸占着的同蒲路,有大炮,有机关枪,也有捕拿与虐杀……

走着,使人感到高原的寂寥,连个关山鸟也不见;那些像田畦似的重褶的山峦,埋藏在山里的荒漠的村落,辽远的蔚蓝色的吕梁山的影痕……都不能引起我的注意了。在我的眼前闪现了想像中的酷劫后的故乡的惨景。

三年前我离别了故乡仁义镇,是一个内乱的日子,母亲流着眼泪,同妹妹们送出门来,但我不回头地走掉了。

我走掉了,走到那辽远的江南。

在江南,我也曾想起过我的故乡,但我知道,故乡是不会因了我的离去而褪色的:在那不平的街路上将依旧走着来往的行人,在那些洋货店前,也将时常拥挤着红绿的村姑,就是那卖菜的女人也一定要在那台柜前摆她的菜摊的,因为人们要生活,就得这样做下去的吧?

当那战后的惨败的汾西城出现在我们面前时,算已经奔走了四十里路了。我以前没有来这古城,不能想像出它当年的盛况来,但看那炸倒了的商店的废墟,炮弹摧毁掉枝干的古槐,机关枪横扫过的砖墙,以及那死沉沉的冷寂的街道,我就害怕起来了,我哪里还敢再去想像那隐没在遥远韩信岭下的我的巨劫后的故乡呢!

路真是太难走了,不但要爬山、过水,而且为了怕敌人的坦克车过来,早已给挖断了,所以,我们得走那不成其为路的路,有的地方只允许一只脚摆上去,一不小心,就要翻到深沟中去。

三年前我回到故乡,是火车载着的,而今火车呢?是载着恶霸了,上面满装着用以屠杀这火车和铁道主人的子弹与瓦斯啊!

到沙腰村时,夜幕已经撒下来了,这里离南关十五里,而我的今天是必须到十里远的道美村的——这是我幼年住高级小学的地方,也正是 A 的家。

天上黑得连一颗星儿也没有,夜风在山中啸着,我们从山上往下摸,这是多难走的路途啊,大的路石绊痛着脚,A 和我拉着手摸索着。

夜是沉寂的,含着恐怖与敌意,我们走下山凹里时,伸手看不见五指,黑糊糊的更加黑得不堪了,但忽然听到一个东西从草丛中穿走的声音,沙沙的像一股巨风吹扫着芦丛,我的心跳跃着,身上的冷汗就拼出来了。

"这是狼,可是狼是用不到去怕的……"A说。

艰苦的摸索过山腰,就觉得天地豁朗了起来,从那深黑色的山峡中出现了扩大起来的夜的天,可以遥远地看到汾河东岸的黑黝黝的山影和灯火的明光了。

"那!"A说:"你看见吗?那是南关!"

这真是太凑巧了,话刚说完,接着拍的一声枪响,震撼着山岳,发着回音,于是黑夜的沉静被击退了,骤然显得紧张起来,我的心更加怦怦地跳动着了。

A因为是第三次回到家乡,所以不在乎。他说敌人一到夜里就要随便开枪的。一面为了惊吓夜袭出动的游击队,一面也为了壮自己的胆,可是如果我们打起来,子弹就会向我们打过来的。他说:"有一次我的姐姐把了一盏油灯去厕所,走到茅房中时,拍拍地就从南关打过两枪来,一枪打到墙壁,一枪打到门框上了,吓得她没把灯盏就往窑里跑……"

当我们从山上摸索下来时,是深夜了。我们格外小心地向着睡在黑暗中的道美镇探进,差不多是提起脚跟地走,深怕有了足步的声响,引起狗的吠叫,因而从南关飞过炮弹来。

枪声是不停的,每隔一刻多钟就响一两次,震撼着祖国的山岳,震撼着人们的灵魂,使人清醒地觉得大家是生活在敌人的屠刀下了。

虽都是在夜里,可是这久别的村镇和四周的山岗还是异常熟悉的,走进村边时,我看见黑黝黝的母校的背影了,我还记得在那靠近东边的地方是校园,在那润滢的土地里,我们曾种过冬瓜和青椒,种过蕃茄和芥菜……春天来了的时候,我们还在那校园里东面的滩里采过梨花,挖过野蒜,可是据 A 说:"学校现在已全毁了,院里长了一人深的蒿草,屋墙上凿着一个个的炮眼,凝视着村镇,使人很害怕,校园呢,已长久地没有人种了。

说到学校 A 说:"在村里现在只有一个小学校,敌人时常来巡视,有二十多个学生,现在读的全倒是四书五经了,此外是反×反共的小学课本,我听着就异常悲凉起来,我将怎样设想我的村镇呢?

像做小偷似的,我们各怀着一颗酸楚的心,终于绕了七八个阴沉沉的死一般冷寂的深巷,到 A 的家了,村里连一点儿人的声息也没有。

敲了半天门,他的老爹才出来开门,说是已经睡了。在老头子的话声里是如何的显示着惊喜呢,是的,他的在决死队的儿子回来了。

在暗淡的麻油灯的照耀之下,我看得见 A 的家里的全景,这真是亡国奴的生活呵,为了怕从河那岸飞过子弹来,窗子上不但上着窗门,而且还盖着黑布呢,提起敌人,A 的爸爸说:"维持会长在,那些狗东西们就不大来,来了也不随便往老百姓家里跑。可是维持会一去了,就三五成群的跑来啦,来了就到老百姓家里,说是搜查游击队。哪里,其实就是找花姑娘……简直糟害的不能活。"

A 的爸爸我是认识的,可是现在实在苍老了,说话的时候,也好像有什么在威吓似的,低而缓慢,带着极其不堪忍的痛苦的表情。

A的妈妈在给我们做饭吃,A的弟弟和妹妹,也被我们乱醒了。

那老头子隔了半天就又继续说起来:做老百姓的真是苦死了,鬼子们是看到什么都想要,那一天,隔壁的小四正在兜弄大烟土,就恰巧遇着鬼子们走进来了,鬼眼一看是大烟土,他懂,就笑迷迷地伸出手来说:"兴交,兴交!"你懂吧,兴交兴交是鬼子话,就是要你送他呢,小四没有办法,就送了他一小块,说了个"亚里亚道",就高兴的走啦。可是走到路上就遇到李三林,这也是该李三林倒霉,他刚从原上挑来一担鸡,鬼子就拿那一小块大烟土要换他的鸡,李三林敢不换吗?没有法子,就只好眼睁的看着鬼子挑,后来鬼子挑了两只又肥又大的花油鸡提走了。简直糟害的活不成。

吃过饭,我和A就倒在热乎乎的炕上睡了觉,在睡梦中还隐约的听到拍拍的枪声。

二、跨过同蒲路

黎明前,我被火车的汽笛声在梦中叫醒了。

道美镇是怎样可怕的寂寞的世界呵!像冰死了的沙漠中的荒城,没有鸡的啼鸣,没有歌声,没有欢笑,只有汾河的流水在银色的冰底下暗泣着,只有南关山头的碉堡的碉眼向四面八方的虎视着,只有做了俘虏的火车在轨道上痛苦地狂叫,痛苦地呻吟着。

这在我的记忆上是从来没有过的,我站A的院子的高处,酸心地看一看,呀,那银色的汾河长带,铁道上走动着的火车,靠山而卧的南关的村景,高大的汾河的石桥……一切不都是和从前一样吗?可是一想到今天,我得经过南关跨过铁道,我的心就不安起来了,于是又立即想到《良民证》。

A一早起来就给我借《良民证》去了。没有《良民证》是通不过南关的。

而且A的弟弟也替我到南关探听过敌人的消息去了。这小孩子们很能干,因为时常到南关去卖糖,所以和敌人很熟识的。

为了更其放心起见,我把留了多年的头发也剃掉了。早饭的时候,A从村里回来,给我借到一张《良民证》,是一个叫做郭喜福的,上面写着道美村的维持会的字样,此外还打着一个红色的"皇军"少尉的图记。

接着,A的弟弟也从南关打听回来了,说鬼子今天带了一标人马出动到仁义河宣传去了,A和他爸爸都劝我迟走一阵,怕我在路上遇到,说是敌人一定要在十二点前回来的,这是惯例。我听从了,于是静待着恶霸们的归来。A的爸爸说:敌人是一定不敢远走的,因为他们很怕游击队,一天晚上,一个碉堡里就死了八个,都是游击队的手榴弹打死的,只有一个哨兵跑掉了……

我等着,没有想到一个维持会的汉奸就从门外进来了,真是伤心的事,他是我高级小学的同学呢!一进来就又惊又喜的向我问候起来,无疑的,他是知道我的来历的。

"难怪",他笑着说。"今天早上他向喜福娘借《良民证》。原来就是给你借的,唉,谁还能想到你在这时候回来呢!你看,咱们这地面竟成了这步田地了,真是想不到!"

"唉!真是想不到,可是你好吧?"我说。

"没出息,还有什么好呢!可是咱们是老同学了,你在外面见识多,依你看,咱们中国还能把人家日本打走吗?游击队只是在干,可是人家日本的武器就是利害,是德国的,咱们中国的就是太不如人家了,人是多,也真够死干,唉,可是……"

我知道他是一个唯武器论的亡国论者,我于是就来个大胆,把毛泽东的《论持久战》和《论新阶段》给他搬出来了。最后加上一句话:

"这只是时间的问题,总之,我们中国是一定要把日本打出去的,否则,他们就全死在中国。"

"我也这样想",他说,"像我们干的这种差事,总怕难有个好下场,你说决死队对我们是怎样的看法呢?我想他们是不知道我们的苦衷的,就是礼斋和焕卿吧,他们难道愿意当维持会长吗?谁还不知道这是汉奸呢,可是全村的老百姓把他们硬选出来了,自然,你是可以带上家眷偷跑掉的,可是全村的人们该怎么办呢?你跑掉,日本人就把你的全村用大炮洗光的,谁能肯教把自己全村的人都洗光呢?唉,你说,该怎么办?……

"自然,你们是有苦衷的,不过最好还设法不做,最好能够和决死队沟通起来……"我说。

"不过,这就需要到你了,我希望你将来见到张专员就是张政委(指决死二纵队政委张文昂)能告诉他,就说有什么事情我们可以给办。我们什么能不给自己人办事情呢?前些时决死队来了一个条子向我们道美村要二百斤白面,五个猪,难道我们没有连夜给送去吗。只说是没有给日本兵查出硬货(注)来,焕卿是总要设法放掉的,明知道是决死队,难道还不都是本乡本土的人吗?日本人和咱有什么好交情呢,还不是不得已才给他们应付应付吗,其实一有什么动静,我们是总给设法走露消息的……"

后来,他就很关心地问讯起我近年来的情况了。最后他说:

"回来的时候,给你弄几筒罐头吧。很好的牛肉罐头,很好的香烟,都是日本兵偷出来卖的,很便宜呢!……"

等到十二点钟左右,果然 A 的弟弟走回来说:敌人已经回来了。我于是把路条藏在手套里。辞别了 A 和他的爸爸妈妈向南关行进。

我依照着 A 的爸爸的吩咐,快到把时站,把《良民证》挂到胸前了。我装着一个小商人的样子,从容地向前走。绕过铁线网,一踏上铁道就看见月台上有一个敌兵在那里来回的踱着,身上穿着黄呢的大衣——和我们从战场上得来的黄呢大衣一样。背上背着枪,明晃晃的刺刀乱闪着,我猜着他来查问,可是没有来,我于是向村里走去了,一切还和从前差不多,只是在街面上的行人稀疏了,商店烧毁了。人家的门上画着五色旗和太阳旗,墙上贴着反×反共的宣传画,走出村口时,我就又看到铁丝网和敌人了,铁丝网上挂着无数的空罐头筒,谁要碰一下,这些空罐头筒就和铃子似的乱响起来,我刚走着到碉堡,就看到有一个黄色的人影,在我后面跟来了,离我有二百步远的样子,我遵着A的爸爸的吩咐,没有十分回头看,可是的确是一个敌兵,背着枪,从我后面跟来了。一直跟着,也不叫我站着,也不说话。

"这狗东西是要到哪里去呢?"我想。但我脑后就非常之难过起来了,总觉得有一颗子弹要袭击过来似的。

可是没有袭击过子弹来,这个黄色的人影在我的后面跟了三里路,就跑到山里去了,大概是打野鸡去了吧。

于是我这才觉得自己出了一身冷汗,一颗心从高处落下来了。

走了有五六里路,我把《良民证》取下来,向回看了一看,南关村已经看不见了。只见那山顶上的碉堡顶上冒着头烟。A的爸爸说敌人是经常就住在碉堡里的,而且里面还生着火呢。

到三家村,我就打听出,敌人今天是到南坡村宣传去的,我问鬼子杀不杀人,一个老百姓说:"怎么不杀人呢,前一次到赵家坞沟就杀了七个,鬼子们硬说这是八路军,其实哪里是八路军,还不是全是本村的庄稼汉吗,我的一个亲戚就死在这七个里了。他老给哭的疯疯癫癫的……。"

走过三家村时,就遇到向我查路条的人,我很高兴的把路条从手套中取出,给他看。他问我到哪里去,我说到仁义镇去,他就叹了一口气说:

"唉,仁义镇已经不成样子了!……"

三、我的故乡毁灭了

我的故乡,这韩信岭下的古镇,是毁灭了呵!它已经不再呼吸,它已经不再是熙熙攘攘、不再是鸡啼狗吠的村镇了。它实在是毁灭了烟火而冷冰冰的死去了呀!

二十多家商店能烧得一光而尽,我还能再在这个洋货店前看到红绿的村姑吗?我还能在那店铺的前面看到装有白菜,又有葡萄的菜摊吗?我还能看到那开摆了十多年荣体的山东女人吗?现在,是异常悲哀了,街上是冷清清的连一个人影也没有了呵!店铺有的炸成废墟,有的张着没有门窗的黑洞,像一颗颗的霉黑了的骷髅了呢!

我缓缓地酸心的向小学校里走去,呀,这不是我儿时读书,我的妹妹也在这里读书的地方吗?可是一切都不是从前的我的母校的样子了,我们捉迷藏、踢毽子的地方已经被夏天长着的很高的蒿草占据了,教员室和教室的屋顶也塌下来了,有着妹妹的多年的请假簿也丢在院里,有一半烧掉了,教室里到处都是马粪,墙壁上是乱写着标语,乱画着漫画了呵!……我打了一个寒噤,走了出来。心上好像有什么东西压着,于是我急着的向我的家里走去,可是到处的墙壁上都是写着乱七八糟的标语,画着拙劣的漫画,有我们的,也有敌人的。我路过区公署时,不由得就又走进去了。呀!所有的房子都炸了,我踏着木片和砖块走去,我还可以看出拘留所的故址来,这拘留所以前曾关过我的舅父。那个很凶的巡警住过的地方,我也可以认出来呢,可是现在连区长住的地方也倒塌了,地下满堆着破烂的户口册和公文,一半已经烧去,还有一半在朔风里,在积雪的堆上颤抖着……

这真是太悲凉了呵!

上了那熟悉的土坡,走到我的家门,一看,大门是倒关着的,这显然是还有人在,可是我也就断定,我的家一定是搬到小村里去住了。这样的死镇,我的爸爸和妈妈是一定不敢再住下去的,果然打了半天门,有人来开门了,是我们的邻人王寡妇,她一见我就大吃一惊。

"嘿,是你,哈呀呀,你可怎么能够走回来呢?眼明煞了,人家都说……可是你起先不是在上海吗?你家都早就搬到宋家掌去了……"说着我和她一同向里面走,呀,院里的花盆呢?在夏天开的怪红的石榴树呢?夹竹桃?……一切都没有了呵!

院里是异常的冷寂了,三年前我回来时,一进门就听到婴儿的哭声,人们的说笑,而且我的妹妹就曾从窑里跑出来迎接我的。(现在她已经参加二决死纵队的妇女儿童队了。在那里她当一个组长。)可是,而今迎接我的是那扫荡后的寂寞与那没有窗户和门扇的我府悲惨的家室了。

一走进窑里,我就问:

"老伯母,你怎么没有逃走呢?"

于是她那悲哀的话匣子打开了:"我这一条老命,不值钱了,走到哪里还不是一个死呢?日本鬼子来我还不走,现在我是更用不到走了。"

接着,她告诉我,我的爸爸在日本鬼子没有来之前,就吞上鸦片自杀了,我的姐丈被日本鬼子刺死了,全仁义镇人们都搬到深山里去了……

之后,她说,日本鬼子在仁义镇住好久,并且还住在我们院里的呢,在仁义镇一共杀了五个人,在三里外的逍遥村,谁家的姑娘被绑走,睡了几夜又给送回来了。

当游击队半夜里打来时,日本鬼子全都在堡子上,可是就被游击队打跑了,丢下二十多包洋面呢……

她给我一面弄水,一面谈着,最后说:你看看你的家里吧,不成样子了。

我于是走出来,去看我的家,可是,我的家还算什么家呢?地下是满堆着麦茎,墙上是满钉着钉子,我的小学时候的课本,中学时候的同学们照的相片都撕成碎片扔在地下了,家里头连一件家具也没有了。

于是在我的眼前出现了钟表字画的,窗明几净的我的以往的家里。

我酸心地从窑里走出来,再到房里去一看,一进门就有几只麻雀从破败而下垂了的顶棚上飞出去了,地下有一只很大的老鼠在跑。是的,我的家已成了麻雀和老鼠的世界了呵!

为了要急于看到我的妈妈,我辞别了王寡妇走出来。

我离开了这断灭了烟火的毁灭了的村镇,向山道上走去了。

已死去了的,让他们死去吧,年轻的,在世的,顽强地站起来!……我走着,想。

出了村镇,跨上悲哀的银色的冰河,在那荒瘠的山岗上,

我遥远的看到了故乡的黑色的羊群,接着就隐约的传来了那牧羊人的歌声:

  我们都是神枪手,

  每一颗子弹消灭一个仇敌;

  我们都是飞行军,

  哪怕那山高水又深,

  在那密密的树林里,

  到处都安排同志们的宿营地,

  在山道上走着,黄昏来了。

    1939年4月12日延安山中

原载1939年《抗战文艺》第四期第94至第98页

  注:①硬货就是武器。

谈齐白石的花鸟草虫画

齐白石是我国当代的大画家，是民族传统绘画的杰出的继承者。由于他卓越的绘画艺术对世界和平运动的贡献，他在最近荣获了1955年世界和平理事会颁发的国际和平奖。正确地评价他的作品，指出他对于我国民族绘画事业的卓越贡献，认真地研究、学习他的作品和他的创作方法，对于我们当前的绘画事业的发展和帮助人民群众欣赏他的作品，都是很有好处的。

在研究齐白石的作品时，我们最常碰到的问题，是有些人往往单纯从他的作品所描绘的题材出发，因而就产生种种怀疑，不知道这些反映花鸟草虫的作品，对于当前政治斗争有什么关系，它们对人有什么样的教育意义。在这篇文章里，我想对这个问题谈一些个人的理解和意见。

我们知道每个艺术家的创作道路都不一样，这也就形成了各个艺术家所独有的艺术和艺术风格。对待齐白石，也和我们对待所有其他艺术家一样,决不能离开他所生活的具体历史时代而提问题,更不能对他的作品不作具体分析而乱下断语。如果用对目前一般直接表现人民生活斗争的作品的要求去要求他的花鸟草虫画,那是脱离时间、地点和条件的非历史的观点。至于因为齐白石的画曾被旧社会的某些上层分子喜欢过,或因为他的作品和封建社会士大夫画家的作品有继承关系,没有反映革命事件和人民的生活和斗争……就主观地认定他是为封建主义服务的,因而不是人民的画家,企图把他的作品当作封建社会的上层建筑来加以否定,就不可(避)免坠入了把艺术现象简单化的庸俗社会学的观点。党曾一再指示,我们的文学艺术创作必须"百花齐放",而劳动人民为了丰富精神生活,他们对于文学艺术的要求也是多方面的,因此,只看到艺术内容和形式的一方面,忽略和拒绝其他方面,从而把艺术为人民服务了解得非常狭隘,这就是错误地把人民的文化要求限制在一个小小的范围之内,同时也是直接跟党的文化政策相抵触的。

现实主义艺术的主要描绘对象,当然应该是人的社会生活,然而人的社会生活绝不是现实主义艺术的唯一的描绘对象。现实主义并不排斥艺术家去描绘与人的生活有密切关联的自然环境。不论取材于社会生活或自然环境的现实主义的艺术作品,都在于通过人们对于艺术的欣赏从而提高人们的精神,丰富人们的精神生活,满足人们对于美的欣赏要求,并对人们进行美的教育。而取材于人的社会生活的现实主义艺术作品,在今天来说,除了以上所指的作用外,还在于通过人们对艺术的欣赏去教导人们认识生活,向生活学习,对人们进行共产主义教育。从这一点上说,取材于自然环境的现实主义的艺术作品,对人们所起的作用就不像前者所起的那么直接、显著。它不是通过社会典型人物和社会生活矛盾的刻画来影响人的思想感情,而是通过画家的观点和感情,以艺术的形象表现自然的精神状态和自然的性格特征,从而影响人们的精神的。而齐白石的绘画就正是属于这一种艺术。

齐白石从事绘画艺术的时代,是中国社会政治十分黑暗、艺术也不很发达的晚清时代,那时候还没有出现无产阶级的政党,更没有出现革命的美术批评家,因此还不曾有人以无产阶级的或进步的观点指导青年画家,并向他们提出要求。画家画什么,怎样画,主要是由绘画的传统力量和当时的艺术风尚,以及欣赏者们和画家本人的爱好来决定的。因此处于盛行山水花鸟草虫画的时代,而且在这方面也有了不少有成就的先辈的当时,齐白石也选择了取材于花鸟草虫的绘画,是完全可以理解的。如果硬把齐白石和不同国籍、不同历史条件的列宾相比,向他提出不适当的主观的要求,就像硬把梅兰芳和卓别林相比一样,都是很不现实的想法。有这种想法的人,好像只知道俄国十九世纪末期有列宾,而不知道还有希施金和列维坦。在他们看来,好像人民只需要前者,而不需要后者,好像前者可以代替后者,好像艺术批评家只承认列宾而不承认希施金和列维坦。这无疑是对待艺术事业的一种庸俗社会学的观点。

而另一方面,我们也知道,齐白石学画的时代,正是中国绘画上的公式主义——艺术教条主义盛行的时代,以清代四王为代表的纯"以古人为师"的方向,影响到后来的很多"正统"画家走着"离开古人不敢着一笔"的道路。这种以临摹代替创造的作风,造成了当时艺术脱离生活的消极倾向。虽然另一方面也有在野的文人画家承继了明代遗民画家和所谓"扬州八怪"画家的传统,反对公式主义,主张创造,可是他们又大都轻视客观对象——艺术的真正源泉,而太重视主观想象,所以,他们的作品大都不为广大群众所理解。而齐白石处在这个时代,却能批判地接受明代遗民画家及乾嘉扬州诸画家的长处,又不因袭前人,终于从古代画家"以造化为师"的创作方法中找出方向。这样就决定了他的艺术有了别开生面的前景。因此我们既要看到齐白石不能离开它所处的历史时代的一面,又要看到他并不为当时绘画的各种清规戒律所拘束的另一面。他没有站在时代的保守面,而是力图在作品中开辟新的途径,后来终于创造性地发展了中国传统的绘画,在中国绘画史上有了新的贡献。这些功绩,主要就表现在他坚持了现实主义,使作品反映现实时达到了"形神兼备",并吸收了民间美术和士大夫绘画的优点,使作品达到雅俗共赏。

当人们简单化地用"阶级观点"来说明齐白石的作品时,经常总是得不到令人满意的答案。阶级分析的方法是马克思主义分析社会现象的基本方法,但是假如看不到文学艺术这一社会现象的复杂性,而只是简单地搬用一些概念来硬套,就往往不但得不出正确的结论。而且反会导致离开阶级分析的粗暴的结论,例如,认为神话就是迷信,凡是没有描写人民形象的古典作品就没有人民性等等。

在阶级社会里,人总是有阶级性的,画家也总是属于一定的阶级,具有一定阶级的艺术观点和一定阶级的心理与爱好,因此以有阶级性的人物为描绘对象的作品,又通过有阶级性的画家描绘出来,表现出他对于对象的态度和感情,总是比较容易看出画家的艺术观点和作品的阶级性的。然而,也不能简单地来对待这样的问题。正因为文学艺术是一种复杂的社会现象,于是我们看到,过去的不少出身于统治阶级的艺术家,由于他们能够忠实于生活,更重要的,由于种种条件使他们和人民有着或多或少的联系,在他们的思想感情上、在美学观念上往往就受到了人民的影响。同时,作家、艺术家的阶级意识,又并不是直接在作品中论述出来,而是通过对于生活的形象的反映表达出来的。于是,常常发生这样的情形,即是当不管出身于什么阶级的伟大艺术家忠实地描写了现实的时候,他的真实、丰富的生活形象往往就突破了作者思想上的局限,而具有更多的意义,这也就是高尔基所说的"形象常常大于思想"的道理。正因为这样,对于过去的文学艺术,就不能用简单的贴标签的办法来对待,不能以为只要在一个作品上贴上"某某阶级",就算作了科学的分析,而是应该从它的产生的时代、它所反映的生活的真实程度、它所表达的美学理想的多方面的分析中,来考察它的实质,探索它有无人民性或某种人民性是否丰富深厚。我们决不能轻易地把过去时代的绘画都当作是为封建阶级服务的。

绘画艺术和文学不同,是通过线条和色彩所塑造的可视的形象作为艺术语言来表达画家的思想感情的,加以有些题材容易表达画家的阶级思想感情,有些又不容易表达;有些画家的阶级思想感情可能较强烈,而有些画家的阶级思想感情可能不强烈;甚至有些画家虽身为剥削阶级,但也可能憎恨自己的阶级而同情农民……基于以上这些复杂情况,因此,即使是人物画也并不是都很容易看出他们的阶级性来的。至于美术中描写自然景物的作品,就有着更复杂的情况。比如花鸟草虫画,它不是人们社会生活的直接的反映,艺术家的思想感情和美学理想,是通过对于自然的描写表现出来的。而花鸟草虫本身是没有阶级性的,它们对什么阶级的人也一视同仁。同时,在对美的欣赏中,不同的阶级也可能有共通的地方。这是因为,美是客观存在的,虽然不同的社会集团对于美都有其不同的观点,但只有社会的先进力量和与人民有联系的艺术家,才能真正发现和最充分地认识美,因而他们的美学理想,就具有不仅是一个集团的,而是普遍的意义。因此描绘花鸟草虫的绘画作品就有可能为不同时代、不同的阶级和社会集团的人们所喜爱。当我们判断某一种艺术品时,就不能单单根据已往由于种种原因劳动人民无法享受这种艺术,便认为它是为当时的统治阶级服务的。艺术作品为什么人服务的问题,首先必须由它的倾向性来决定,例如鲁迅的文学著作,在一定的历史阶段,由于劳动人民不识字而无法阅读,但是却并不因此就否定了它是为劳动人民的利益服务的。而齐白石的花鸟草虫画,也绝不能因为它在一定历史阶段劳动人民无法欣赏,就认为它是专为地主阶级服务的。根本的问题在于,我们在他们的作品中,是否看到了人民的思想感情和人民的美学理性。

至于在旧社会,某些官僚地主曾"欣赏"过齐白石的画,那也是不难理解的。我们知道,过去的某些剥削者,在他们肮脏的勾当之余,有时也要玩玩古董字画,故作风雅,或者作为他们无聊的生活点缀,他们自然是不会真正重视有人民性的艺术和艺术家的。而只有在人民得到了解放的年代,齐白石的画和其他富有人民性的艺术,才使劳动人民得到了欣赏的权利,才能越来越为广大的人民所喜爱。

当我们研究齐白石时,只有从他的美学思想、他的创作方法、他的作品的精神实质出发,进行比较具体细致的研究,才有可能对他的创作得到正确的认识。

齐白石在他的作品上曾题过这样的话:"作画妙在似与不似之间,太似为媚俗,不似为欺世。"这句话是他的作品的一个很好的说明,而他的作品也正是这句话的充分体现。这是齐白石经过多年对于民族绘画的研究和多年的创作实践之后获得的对于艺术的认识,是他的丰富的创作经验的概括,而同时也是他的创作实践的指导原则。

这句看起来有些矛盾的话是很有意思的,它朴素地说明了艺术和现实之间的辩证关系。所谓"似",就是指的艺术应来源于客观现实,以客观对象为根据,以客观对象为基础,也就是说它应该是现实的真实的反映。所谓"不似",就是说艺术应有想象、理想和创造,应与客观实在有区别,而不同于照相。也就是说，艺术反映客观现实时，应去伪存真，去粗存精，应有集中和概括，应有夸张和提炼，应更典型。反映客观物象时要做到所谓"似与不似之间"，其实并不是一件容易的事，这既要凭画家对于描绘对象有深入的观察与体会，又要凭画家的高度的概括能力。这句话是统一而不可分割的，强调了一方面而忽略了另一方面，都要违背现实主义。强调"似"而忽略了"不似"，使它走向极端就发展为自然主义，其结果是使作品不能反映事物的精神本质，从而也就削弱了作品的创造性和教育作用。强调"不似"而忽略了"似"，使其走向极端就发展为超现实主义、未来主义等形形色色的形式主义，其结果是失去了真实性，也同样否定了作品的思想性，因而也就失去了群众性。超现实主义等画派的哲学指导思想是反动的唯心论，自然主义的哲学指导思想是庸俗的机械唯物论和经验主义。前者是过于强调主观能动性的脱离客观实际的胡风式的"自我扩张"，而后者是否认了主观能动性的甘愿把艺术创作当作自然的奴隶的创作方法。我们是主客观一致论的马克思主义者，在艺术和现实的关系问题上既反对超现实主义和一切的形式主义，同时又反对自然主义。

　　在目前我们的美术创作中虽然没有超现实主义，但却有严重的自然主义倾向。这从我们的新年画和宣传画上都可以看出来。自然主义是不可能有创造性的，它和我们民族绘画的优良传统决不相容。它满足于事物的表面的相似，向照相看齐，而不知在原料的基础上加以改造和加工，从而创造性地表现事物的本质和精神。

由于齐白石的作品继承了我国民族绘画的优良传统，所以在他的作品里是找不到自然主义的，他的作品和他的艺术观点都说明他是一位出色的现实主义者。

　　由于齐白石对于花鸟草虫有深刻的仔细的观察，善于运用巧妙、精炼而又有力的笔墨，来表现这些东西的特征，善于强调对象的要点又不忽略应有的细节，而使它们形神兼备；由于他的画中的物象能表达出对象的生命和神采，具备了事物的显明的色彩特征，并融会了民间美术的健康情调和中国民族绘画的特点，所以就构成了它的作品的美，使人久看不厌，受到了广大群众的喜爱。然而人们假如把他的作品中那些生气勃勃的植物、动物和原物相较，就会看出它们之间的显明的区别，就会看出它所说的"妙在似与不似之间"的现实主义精神。这说明齐白石所采取的创作方法和他的艺术观点，是历史上进步的艺术创作方法和观点。这种观点是符合于人民的艺术要求的。

　　由于齐白石出身于劳动人民，早年是民间艺人，所以他深知劳动人民对绘画艺术的要求和爱好，深知民间艺术的单纯、朴实和用色的鲜明富丽以及它的装饰趣味的优点和特色，并对劳动人民生活环境中的花鸟草虫具有深厚的感情。到后来当他学习了文人画时，就掌握了文人画的笔墨技巧，从而集中了民间艺术和文人画的所长，以现实主义的方法，创造了他的内容与形式完整出众的花鸟草虫画。

　　在绘画的情调上，不同的阶级是有不同的趣味和爱好的。齐白石的画，是对充满了生命和朝气的自然界生物和人民的劳动果实的歌颂。这是他和劳动人民的健康的思想感情和美学理想相一致的表现。他画的牵牛花,正如李可染同志所形容的:"红艳到了顶点,真仿佛受了一夜甘露,迎着朝阳,欣欣向荣,使人看了精神为之振奋。"1945年,他画了一幅名为"蛙"的作品。在我们面前出现了三只有生命感的青蛙,一大两小,大的从远处急忙跳来,两个小的像两个孩子似的表示着欢迎的神态,使一幅描绘池边水生动物的图画有了动人的情节。在齐白石的笔下,他并不机械地去追求蛙的皮肤颜色和它身上的斑点的真实,而是通过熟练的笔墨表现蛙的鲜明的特征和生动的动作。在他的图画中,"虾"是最受群众欢迎的作品。他画的虾不仅表现了它在水中游的状态,而且还能表现出它的透明的质感。作家老舍在齐白石九十三岁寿辰的庆祝会上说:"白石老先生画的虾,可以看出虾在水里游的运动,像活的一样。但他作画的时候决不是对自然事物单纯的模拟。有一次他说:'虾爪上的东西还很多,可是我不用画这些玩意'。他是有提炼的。"他画的植物如红梅、菊花、樱桃、紫藤、荷花等,动物如青蛙、松鼠、小鸡、翠鸟、蜻蜓……都充分地表现了它们的性格、生动的神态,令人感到生命的美好。在第二届全国美展中展出的他的"松鹰",更是一幅具有强烈的刚健气概的作品,通过雄赳赳的老鹰和在狂风中动荡的松枝的形象,充分体现了松鹰的坚强的性格和充沛的精神。

总的说来,代表了我国民族绘画的齐白石的壮丽的作品,是生动而有力的。它的构图是新颖的,形式是单纯而优美的,笔墨技巧是卓越而熟练的。它充满了劳动人民的乐观主义的精神,能够鼓舞人们热爱生活,热爱人生,对人生采取积极的态度。他画出了美好生动的自然界,画出了劳动人民在生活环境中深感兴趣的东西。他的作品和没落颓废的封建地主苦愁病态的思想感情毫无共同之点。齐白石被称为人民的艺术家,是受之无愧的。新的时代为他的作品和广大人民群众的联系创造了十分有利的条件,他的作品中的雄伟的气魄和乐观主义的精神,将和人民群众的火一样的为社会主义建设的热情相辉映。他的作品将日益受到更加广大的群众的喜爱。

原载 1956 年 5 月《文艺报》

良师，普罗文学和星星之火
——忆杜心源同志

读去年12月29日《山西日报》，得知杜心源同志12月18日在成都与世长辞，不胜哀悼。

杜心源同志是我在成成中学念书时的老师，虽然他并没有教过我，但他对我影响却比一般老师大。

1929年的一个冬天的夜晚，当我正在太原成成中学的教室里上自习的时候，突然进来一位身材较高的老师模样的人，他身穿长袍，笑嘻嘻地上了讲台说："同学们，我今晚给你们讲点普罗文学。"我们从来没有听说过什么"普罗文学"（无产阶级文学），都感到新奇。他一面给我们讲，一面回答有关同学提出的问题。

事后知道这位讲"普罗文学"的老师，名叫杜心源，是北平"师大"毕业的。他的讲话给我留下了深刻的印象。

这次讲话在当时实在是一次冒险。因为自大革命失败后，太原在阎锡山统治下白色恐怖也是够惊人的。我作为一个无知的少年于1927年夏从灵石来到省城投考学校，不久就亲眼看到把共产党人朱治汉游街示众后在新南门外枪毙了，后来又听说大捕国民师范的共产党学生，其中就有我的同乡张文昂（当时名张勋）。有一次学校的操场上出现了共产党纪念节日的彩色传单。学校当局立即在校实行大清查，事后一位老师还召集全校同学训话，大骂共产党。就是在这样的环境里，杜心源老师竟敢给我们讲"普罗文学"，怎能不算冒险？虽然我当时非常无知，但总感到"普罗文学"和共产党有关。奇怪的是，我当时并没有感到"普罗文学"之可怕，倒觉得满新鲜的，因此联想到共产主义也并非毒蛇猛兽。

其实当时党已在准备打进成成中学了。1931年最先进入成中的共产党老师大概就是刘墉如，他也是"师大"的，一位姓高的老师说他是"师大"的学生领袖。当他给我们上三角课时，就在巧妙地宣传党的思想，而我们却毫不觉察。当我1931年离开成中后，果然，不久成中就继国民师范之后成为太原教育界的一个新的红色堡垒了。

因此，杜心源老师给我们的讲话，不啻是做了普罗米斯的工作，他在我们成中同学荒芜的心灵上最初投下了一星无产阶级的革命之火。

"九·一八"事变后，我在江南国立杭州艺术专科学校接触了进步思想，终于在1933年参加了该校进步同学组织"木铃木刻研究会"，接受了鲁迅先生倡导的新兴木刻艺术——新生的中国的普罗艺术。这和杜心源老师1929年给我们讲普罗文学不是没有关系的。当时有许多青年就是由于阅读苏联十月革命后产生的轰动世界的普罗文学《毁灭》和《铁流》走向了共产主义道路的。

抗日战争开始后的第二年,我参加了武汉军委政治部第三厅组织的由共产党领导的"抗敌演剧队第三队",到第二战区作宣传工作。在山西吉县的"民大"看到了杜心源,经杜任之介绍,他第一次认识了我这个听过他讲普罗文学的学生。杜任之和我很熟悉,因为一1935年至1936年间我曾在他主办的"太原艺术通讯社"工作过。他俩都有意留我在"民大"工作,可是我因急于想到前线看看,准备从山西去延安,所以没有留下。

1945年我从延安到晋绥边区工作,知道杜心源同志任晋绥边区行署民政教育处长。虽然有见面的机会,但我在兴县高家村《晋绥日报》社工作,而他在兴县的城里,相距较远,大家也都很忙,相见时他总是笑嘻嘻的,给人一种亲切感,好像当年他给我们讲普罗文学时的精神面貌一样,丝毫没有首长的架子。

全国解放后,他到了四川,我常从李少言同志口中得知他一些消息。知道四川的版画艺术在全国取得领先地位,这和先后作为省委宣传部长,省委秘书长,省委常委、副书记、书记的杜心源同志的关怀和支持是分不开的。我作为一个版画家,对此非常高兴也非常羡慕。

1984年夏,当我去成都评选第六届全国美展的版画作品时,住在金牛饭店。李少言同志告诉我杜心源同志也住在金牛饭店里,于是我特意去看望了他。这次相见虽然感到他老了,眉毛也长得怪长,还说一口五台话,但并未发现面带病容,精神还是很好的。没有想到这就是我们的最后一次见面。

现在杜心源同志与世长辞,但他总以普罗米修斯的形象活在我的记忆里。

漫谈童话兼评《红宝石公寓》

很抱歉,我还是第一次阅读著名童话作家郑渊洁的作品,而且他的大名也是初次入目,竟像法国人不知道拿破仑,美国人不知道华盛顿似的,我竟不知道中国还有这么一位有才华的童话作家——郑渊洁,据说他的祖籍还是我们山西省浮山县,真是太孤陋寡闻了。

童话虽说是写给儿童看的,但好的童话大人也喜欢看,正像好的动画片。例如《大闹天宫》这部动画片吧,我就为它有趣的故事性和动人的艺术性所惊倒了,不时发出儿童般的天真的笑,然而我已是年过古稀的老人了。《西游记》既是一部杰出的童话,而根据《西游记》再创造的动画片也竟成了稀古之作。

我也非常喜欢俄罗斯伟大诗人普希金的童话《渔夫和金鱼的故事》,写得多么的美,它歌颂了善良的渔夫和金鱼,批判了凶恶而又贪得无厌的老太婆,给人留下深刻的印象。

童话通常总是在人生的现实生活的土壤中生长出来的想象和幻想的奇葩，然而它虽然是童话家虚构的离奇产物，却大都有好的寓意，能对现实给以无情的讽刺，令人悟到人生的哲理，使读者在童话糖衣的内心中感到人生的苦味和悲哀，使你哭笑不得，自然也得到了乐趣。例如伟大的丹麦童话作家安徒生，他在十九世纪写的令人深感荒唐的《皇帝的新衣》竟对二十世纪六七十年代的社会主义中国还有不朽的现实意义。请想想，在大跃进时代，当我们面对那些亩产万斤之类的"皇帝的新衣"，敢像那个小孩子似的说真话吗？谁说了谁"右倾"，谁说了谁倒霉，即使像彭德怀那样的功臣，因为在庐山会议上说了关于大跃进的真话，也不得好报，始而罢官，终至含冤而死。

　　我们是多么不幸曾经生活在一个《皇帝的新衣》的可悲时代啊！

　　宋朝的女诗人李清照曾有"生当作人杰，死亦为鬼雄"的诗句，只有敢于在那个可悲的时代说出真话的彭德怀和"文革"期间说出真话的张志新才配得上称为人杰和鬼雄。

　　敢于在黑暗的时代说真话的彭德怀和张志新都是伟大的，而创造了《皇帝的新衣》，无情地讽刺了说谎、虚伪、自私……的童话家安徒生也是伟大的。

　　我们需要社会主义时代的中国的安徒生。

　　郑渊洁一位具有幽默、讽刺才华又善于想象的童话作家，我读了他在《火花》杂志上发表的《红宝石公寓》，深感他作为童话作家的这些可贵的品格。当然光有这些品格还不够,还应有热爱人民,热爱真善美,憎恨假丑恶的高尚心灵。这些高尚心灵郑渊洁也是有的。

发表在《火花》八七年二月号上的《红宝石公寓》是以现实主义和浪漫主义相结合而构成的一篇童话,一个悲剧。作者反映了目前中国城市居民住房不足的困境与痛苦,是一篇为住房困难户代言的呼吁文章的一开头就写道:"吴三全家六口生活在八平方米的空间里……你呼出来的二氧化碳我吸进去,我吐出来的烟雾你吸进去,一支香烟全家抽,利用率堪称国际一流水平。"多么风趣而又辛辣的文笔。

当描写到家里的摆设时:

"吴三家除了床以外,就只有一张桌子了,这张桌子的功能堪称世界之最:吃饭时是饭桌,妻子做活儿时是缝纫桌,女儿写作业是写字台,儿子听收音机上电大是课桌,老爷子用它放烟具,老太太拿它当梳妆台,夜里全家用它放尿盆。"

还有一段是专门描写吴三的性苦闷的。孟子曰:"饮食男女","食色性也"。关于这方面当然也是人生的一个重要的组成部分,然而吴三由于三代同房,"各式各样的床封锁得严严实实",他不是不能"人道",而是无法"人道"。请看看吴三的处境吧:

"吴三颇羡慕同事老张。虽说老张夫妻两地分居,可每年有两个月的探亲假呀!吴三虽然同老婆睡在一张床上,可足足有五年没干那事了。你想想,上有视此事为异端的儿女,侧有生身之父母,吴三夫妻是四面楚歌。再加上那张床稍一动就发出'吱吱呀呀'的声响,五年来,吴三实在耐不住了,他悄悄地把手伸进老婆的被窝,序幕还未拉开,只听上铺发出一声咳嗽,吓得吴三忙把手缩回来,心'嗵嗵'直跳,就像调戏妇女险些被人抓住一样。次日早上,吴三连儿子的眼睛都没敢看。

吴三结婚快二十年了,他清清楚楚地记得有数的那几次。吴三就像长期饿肚子的人一样产生了变态心理,为人处世很怪。"

这段文字说的虽是有关性生活的,但绝非有意渲染色情,如果我们设身处地想想,怎能不感到难过。

市民住房缺少形成了紧张局势,是一个世界问题,中国也不例外。新建住房也不少,看来问题就在于分配不公,有的凭权势,凭亲戚朋友关系或送礼求情竟分到了新房好房(当然也有分配的合理公道的),而真真困难的老实人却长期分不到。作品中的主人公吴三就是这么一位可怜人。每次分房都轮不上他,而"论住房面积,吴三最少,所以他从来不去找房管科王科长'活动',自以为每次准有他。不错,每次分房前两榜都赫然写着吴三的大名,只是到了关键的第三榜时,吴三的名字无一例外地名落孙山"了。有人劝他对王科长巴结巴结送上点礼物,并告他送礼应送"人家没有的","要是送人家已经有的东西,说不定给你交到纪律检查委员会去",这说明给领导送礼也是大有风险的。结果这个傻瓜因不明于科长儿子需要什么玩具,竟在于科长开分房会之际推门进去,说:"你儿子缺什么玩具,我……我想送点儿",结果,王科长勃然大怒曰:

"搞什么不正之风,都什么时候了,还来这一套!!!"为此,他的名字又从第三榜上隐退了。

其实王科长真的"清廉"吗?"王科长家的彩电不止一台。"

由此作者以缺房户的希望、理想、幻想通过童话创造了解决住房困难的奇迹般的气功缩身法(把人缩到大头针那么小)及异想天开的"红宝石公寓",读之令人啼笑皆非。因为这实在是画饼充饥。但我们又不能不佩服童话作家的奇思妙想。真是"山重水复疑无路,柳暗花明又一村",于是,作者把我们从现实的痛苦困境引到了一个令人感到宽松欢乐的理想王国——"红宝石公寓"。在这里由精于木匠工艺的吴三竟创造了建筑模型式的三百间房子,使每一个家庭成员都感到满意。妻子也因再不过守活寡的日子而高兴了,女儿也爆发出内心的激动,大喊"爸爸万岁"了,因为全家人都被豪华富丽的陈设惊得目瞪口呆。

尤其是"吴三躺在自己卧室宽大的席梦思床上,眼睛直勾勾地盯着浴室的门,妻子正在里边沐浴。

"水流声停止了。吴三的心怦怦跳起来,新婚之夜他也没有这般激动和紧张过,原始的能量在他的躯体里积储了数年之久。偌长时期以来,他头一次意识到自己是男人。

"浴室的门打开了,吴三的眼睛瞪得溜圆。

"一位皮肤白皙的中年女子披着浴巾从浴室里走出来,她的一只线条柔美的胳膊裸露在浴巾外边。在她移动脚步时,浴巾的下摆若即若离,时隐时现露出两条健美的人腿……吴三的血液凝固了,他不相信这就是他那在街道工厂糊火柴盒的妻子。这明明是天使,是仙女……"

这段幻想的幸福生活的描写,和吴三痛苦的现实生活相对照,一方面令我们感到了作者的好心,但同时也真使我们啼笑皆非。因为幻想到底不能代替现实。

然而即使如此也好梦不长,终于,这建筑模型的"红宝石公寓"在吴三外出时,不幸被王科长的"儿皇帝"儿子拿走,连用气功法缩小身体的全家老少,全浸在澡盆里淹死了。

这一情节的出现,一方面令人感到作者的无情与残酷,另一方面也为他的构思的奇特而令人欣赏。是的,在这当儿虽然王科长发了慈悲给吴三分了两室一厅的新房子,并且为了儿子取走建筑模型还要赔偿一台彩电,吴三也不感兴趣了。

想想看,全家都葬身水中了,还有什么心思要新房要彩电。当不知死活的老张对吴三说:

"听我的,他的彩电咱要了!过几天把家搬了,让嫂子炒几个菜,咱哥儿几个聚聚,喝几盅儿,也让两位老人高兴高兴。他们活了大半辈子,没住过有两扇门的房子。"接着又是班主任来电话,问女儿今天怎么没上学?

此时此刻,吴三是什么滋味!而我们也真要为他流泪了。

郑渊洁是一位多能作家,他既能写童话,小说,也能写诗,然而他的诗和小说,其实也颇类似童话,而不论童话也好,不论诗也好,到处都感到跳动着颗善良的心。

应该说《红宝石公寓》是写得成功的,作者丰富的想象,故事的曲折，人物的刻画，人物的描写的风趣幽默，都使我感兴趣。但如果吹毛求疵的话，我认为关于"国会大厦"的描写就有些多余了，至"红宝石公寓增建了舞厅、健身房、室内游泳池、高尔夫球场、网球场……"这红宝石公寓的建设即可停止，因为已经夸张得够厉害了。大胆提出以上意见，和作者商讨。

愿郑渊洁这篇用善良的心谱写的《红宝石公寓》能让掌管建房和分房大权的同志一读，也许会使他们的心有所感动的吧。

忆运河

我曾经在古老的运河里航行，也在古老的运河边住过，但那是五十多年前的事了，除了读《铁道游击队》时想起过临城和运河，平时是很少想到过的，就像未曾有过这段经历一般。

然而最近观看中央电视台节目《话说运河》，却使久已沉淀在我记忆海洋深处的运河又重新映在我的眼前了，像回想起一个多年不见久已忘怀了的老朋友似的，那清清的流水，静静的河面，绿草如茵的堤岸……犹历历在目。多少河上旧事，今回首，烟霭纷纷……

那是多难的1931年夏天，我当时才二十岁，由于要去杭州考国立艺专，第一次从太原出了娘子关到了北平，然后又由北平乘津浦车南下，因为我中途要去看望在山东夏镇盐店经商的父亲，所以到了临城车站就下车了。全国解放后，不知为什么把临城改名为薛城了，大概是由于这个古名具有历史意义吧。因为战国时代薛城曾经是齐国孟尝君的封地。

临城在当时是很有名的,倒不是因为孟尝君的缘故,而是因为早些年曾发生过惊人的劫车大事而轰动全国,就连冰心女士写她有名的《寄小读者》时,也曾叙述她过了泰山后,"站台上时闻皮鞋拖踏声,刀枪相触声,又见黄衣灰衣的兵丁,成队地来往梭巡,我忽然忆起临城劫车的事。知道快到抱犊冈了,我切愿一见那些持刀背剑来去如飞的。"

我当时带着一种无名的心悸在临城下车时,天色已晚,深感临城的大名和这个小小的农村很不相称,住了一个茅草房的小店,问店家:

"到夏镇怎么走?"

"可以坐船去。"

"这里还有河吗?"

"有,叫运河,也叫运粮河。"

运河,真是久闻大名,未见其面,我在小学读历史课时,就知道隋炀帝前后动用百余万民力修了一条运河。但丝毫不知运河还经过临城通到夏镇,真是孤陋寡闻。更没有想到我还会亲眼看到运河,而且还要在运河里航行。对于我这个没有见过世面的山西少年,觉得倒也是一种意外的收获。这时临城下车时的心悸已经被运河的出现烟消云散了。

第二天问讯到码头,上了一只木船,感到非常新鲜,因为我是有生以来第一次乘船,像一个乡下人第一次坐火车似的感到有趣。

船上除了我,另有一个乘客,颇感闲适。运河水清见底,两岸绿柳成荫,芳草丛生。船行后,有时看到一些小小的村落,有时也看到岸上农民在田里锄苗。这里是大平原,不像我们山西到处是山,因此使我感到天地的辽阔,心情的舒畅。虽然有日卡也迎面遇到运河上的行船,但总感到航行安静与空旷,有如只身往深山中行路,不无寂然之感。

船行数里,有时就撑不动了,舟人说:"天不下雨,河水太浅……"说着就放下竿跳到水中用力推船。我深感舟人的艰辛。

船行数小时来到夏镇,我付了钱,上岸走进盐店。这向政府承包了盐务后成为私人营业的,我父亲是盐店的首席经理,当时人们称为"师爷"。

见了父亲,他安排我一个人住大客厅里,住几天就让我去杭州。

盐店紧靠运河,夜间蚊子猖獗,成群飞来向我袭击,而我却一无蚊帐,二无蚊香,只得任其欺凌。把头钻进被内吧,又热又闷,很不舒服;把头露在外面吧,就得以血喂蚊子,也不知一夜是怎么度过的。

我的到来,立刻为父亲的友好所知,让他们的子弟出来看望我,并没完没了地请我吃饭。我是从来也没有经历过这种宴请生活的,感到是一种负担。不过也有好处,通过和这些青年的交往,使我能在他们家升堂入室,拜见他们的父母,在长很多见识。印象最深的,其一是有钱的人家都有炮楼,住炮楼上放置着用石灰做的炸包,以对付土匪的袭击;其二是未曾面对过一个大姑娘见我进门,急于隐避,有如老鼠看到了猫,因此让我看到的仅是一条小辫子和背影。我想,这真是来到了孔孟之邦了,姑娘们的封建规矩就比我们山西多。

父亲的盐店在夏镇算高楼大院了,看那个售盐的柜台也极平常,但每天卖盐的收入就有一二百白洋,据说运河的渔船人家是买盐的主要顾客。

我每次走出盐店门外,总能看到停泊在运河上的不少篷船,船上有妇女儿童在活动,还能听到婴儿的啼哭声,他们常年以船为家,流落江湖,过着贫穷的生活。

我急于要去杭州投考艺专,可是听说临城到徐州以下的火车因水灾而不通了。我真像热锅上的蚂蚁,在盐店住得度日如年,好不心焦。事后听说长江雨涝成灾,沿岸灾民竟有在夏天冻死的。

我终于离开夏镇搭车南下了,出临城,从车窗中未能向运河告别,但却意外地看到了晚霞染红了的微山湖,彩波潋滟,孤帆轻移,绮丽如画,使我想起了王勃在《滕王阁序》中的"落霞与孤鹜齐飞,秋水共长天一色"的名句。

1932年暑假,我再次来到了运河边看望父亲,仍住在盐店的客厅里。但已有教训,从杭州出发时就带上了圆顶蚊帐,大可悠悠度日了,既不怕运河的蚊群袭击,也再用不到为了投考学校住的心焦火乱。我在这里可以闲情读书作画,有时也到运河边写生,画来往的船只,画岸上的农家。

一天,回到盐店,就看到一个老太太领来两个花枝招展的姑娘,看来不像本地人。后来才知道是从扬州沿着运河坐船来的游妓,老太太就是所谓的"鸨母"。游妓住在盐店内,就像有了邪味的猪肉摆在厨房里，即时招来绿头苍蝇似的，夏镇的地痞流氓很快都闻风而来了。有时候他们当着我的面就动手动脚、搂搂抱抱，真看不惯。没想到这两个游妓的到来竟破坏了我的平静的生活，也搅乱了我的心。每当此刻，我就拿上一本唐诗，走出盐店，一个人坐在运河岸边的绿色草滩上阅读。不想读了，就躺在草丛中，静观蓝天上流动的白云，在云中盘旋的苍鹰。

但一回到盐店看到那些讨厌的人就使我不愉快。盐店的经理们大都吸鸦片宿游妓，他们就过着醉生梦死的腐败生活，真奈何不得。到此我才明白这条古老的运河不仅在运送粮盐，而且还运送游妓，这大概已是自古如此。

夏历七月十五日的夜里，在一轮清如水的皎皎圆月下，当地居民在运河里举行了一个盂兰节的盛会，像正月十五元宵佳节的灯会似的，在黑绿色的运河里出现了很多盏美丽的莲灯，在水面上微微飘动，有如游魂，灯影映入水中，光彩辉煌，在我面前出现了一个幻梦似的童话世界。运河两岸，观众人山人海，儿童们在呼叫着，妇女们在欢笑着，运河顿时就变得生动起来，像春天来了，沉睡的山谷开放出艳丽的山花，蜂蝶为之喜笑；像海上升起了朝阳，霞光四射，海鸥为之欢舞。

我的家乡是从来也不过盂兰节的，所以我感到新颖。人们说，盂兰节是鬼节，其实是一种佛教仪式，也叫"盂兰盆会"。据说其来源是和目连救母的故事有关的。

1933年暑假我和朋友到上海学习世界语去了，未曾再到夏镇的运河边。此后我就因刻木刻而坐了监牢。

等到 1935 年从杭州陆军监狱出来，父亲已告辞夏镇盐店回到了山西老家，从此不再当盐店的经理了。等我从上海要回家乡时，路费不足，父亲来信说，给我准备的一笔学费，我入狱后就把它借给微山湖畔的一个姓韩的富农了。我于是就像冯谖当年受孟尝君之命到薛城收账似的，受父亲之命到微山湖畔去讨债。但我没有冯谖那样的慷慨，那样的高瞻远瞩，把还不起钱的债户的账据付之一炬，因为我拿不到钱，就从临城上不了火车，慷慨不得。

我住在微山湖畔姓韩的家里，等着他还钱，而他没想到微山湖的湖水像大海涨潮似的竟漫入了沿畔的村落和田野，韩家的高粱、苘麻……都像莲叶似的浸（倾）水中了，这时不但往运河里行船再无水浅难行之苦，而且人们已经在高粱地里撑船来往了。我住在韩家对他压力很大，债和水搞得他不知如何是好，只是向我表示歉意，但最后总算给筹到了二二三十元的路费，才打发我起身。

我是在韩家的门槛上跳上船来到夏镇盐店的。而今是运河依旧，人事全非。我归心似箭，未能在盐店久留，而且也不便久留。

我又在运河上航行了，然而心情，却和初航时大不相同。抚今思昔不胜怅然……

清道夫

一

在都市的马路上，一碰到就使我从心底涌起同情与敬意的，有两种人：一种是邮差，一种是清道夫。前者我所以尊敬他，是因为给我传送着我的亲爱的人的书信的，而且也给一切的人们传送着，那不管是贵为要人，或贱为小偷。至于后者，我所以敬礼他们，就更有道理了：他们赚着极其微小的薪水，而却做着那样极其有益于都市民众的工作。而且，要不是有他们，我是总会有一次被汽车里掷在马路上的香蕉皮滑倒的，因为我是近视眼。然而谁把他们放在眼里摆在心上呢？他们像人家客厅里的痰盂似的，永远是(在)不被注目的生活的角落里。可是当马路上出现了橘皮和马粪时，就该想起他们了，正像人们要吐痰时想起痰盂一样。

我们的社会就是这样的，给人民大众老老实实做着有益工作的人，就身体而像清道夫一样，得着极微的报酬，生活在角落里，弄得不好，还得遭受横飞来的凌辱与迫害。

二

自"九·一八"以来,我们中国却新出了一种清道夫了,这样(的)清道夫大体是坐汽车吃肉食贵为"诸侯""大夫"的,他们始而加害救亡运动,继之就提倡"读经"。好像他们才是真正的爱国者。可是据说我们的"友邦"为了扫除东北同胞脑袋里的有刺的不利于他们思想,而求易于统治起见,就在拼命地提倡"读经"呢!用的是满清治汉的"麻醉政策"。这就可见"经"是一种怎样的货色了。然而我们的"诸侯""大夫"们却要在"友邦"还没有光临中原之前就提倡"读经"来麻醉自己的同胞了:这是一种什么工作呢?

江亢虎教授在提倡"读经"之后,不是就到殷汝耕帮里作官当汉奸去了吗?可是我们还有许多人不肯向正在提倡"读经"和支持"读经"的"清道夫"们表示一点抗议的力量。我们的社会就是这样的,给人民大众老老实实做着有益工作的人,倒有时要遭受欺凌与迫害,给敌人做着清道夫的公然成为汉奸如江亢虎者,倒能逍遥法外!

鲁迅先生的宽容

在《译文》三期上有内山完造氏的《鲁迅先生》一文，其中有一段非常使人感动的叙述：

那是说鲁迅先生有一天到大马路Cathy Hotel去看一个英国人。可是，据说房间在七层楼，先生就马上去搭电梯。哪晓得司机的装着不理会的脸孔，先生以为也许有谁要来吧，就这么等着。可是谁也没有来，于是先生就催促地说，"到七层楼"，一催，那司机的家伙便重新把先生从脚到顶骨溜骨溜再打量一道，于是乎说道："走出去！"终于被赶出了电梯。没有办法，先生便上扶梯到七层楼，于是乎碰到了他要访问的人，谈了两小时光景的话，回来的时候，那英国人送先生到电梯上。恰巧，停下来的正是刚才的那一部电梯。据先生说："英国人非常殷勤，所以这次没有赶出我，不，不是的，那个司机非常窘呢——哈哈哈哈哈！"

不能真正了解先生的人，总以为先生生平决不宽容任何人的,其实先生所要打的,只要他的敌人,也就是被侮辱和损害者的敌人,而对于一些可怜的生活在黑暗和污浊中的人,即便给了很大的欺辱,他都可以宽容反而同情他,慷慨他的,他并没有报复。

先生的伟大,决不是他的任何敌手所能掩蔽的。

原载1936年10月3日《立报》副刊《言林》

关于《鲁迅先生木刻像》

"力群,这一次你的鲁迅木刻像可大出风头了!"朋友的问话立刻给我的心上投下了愤怒,这个朋友我实在觉得他太侮辱我了。

自鲁迅先生死后,我就陷在深深的悲痛中,我失掉了唯一的导师了。我的悲痛,能向谁说呢?想写点文章藉以一扫胸怀吧,但我又不是作家,怎么能把这失掉了伟大的导师的痛楚写出来呢!

可是不知道我的悲痛的朋友,还要说我刻的鲁迅木刻像大出了风头!这实在也没有什么法子好想了。我能不愤怒吗!

我在暑假里从北平来到上海,一登码头就从朋友曹白说中听说鲁迅先生病了,我立刻难过起来!我想:在这样的暑天里他病了,实在是可忧惧的。但很好,当我住下来不久就从广平先生给曹白的信中得知鲁迅先生已越过危境,康健恢复了。我得到这样的喜讯,简直太高兴了,为了庆贺他的健康就想到要给他刻一幅木刻像。于是就动手,经过三次的构图与曹白的数次的商讨,花了整整一个礼拜的功夫也就刻成了。印出之后,曹白首先认为满意,于是,我也就有寄给鲁迅请他指导的勇气了。我托曹白寄给他。

同时也就另印了一幅寄给《作家》。

好,不多几天,鲁迅先生给曹白的信来了,信上这样说:"我对于现在中国木刻界的现状颇不能乐观,李桦诸君,是能刻的,但自己形成了一种型,陷在那里面。罗清桢细致,也颇自负,但我看他的构图,有时出于拼凑,人物也很少生动的。郝君给我刻像,谢谢,他没有这些弊病,但他从展览会的作品上,(注:指二次全国展——作者)我认为最好是不受影响。

我看到这信自然是非常高兴的,随着也就在心里暗祝了他的康健,如果是真有上帝的话,我要说"祝上帝保佑他"了!

数日后,孟十还先生的回信也来了,说"蒙寄鲁迅像(木刻)一幅,甚感,拟暂存敝社,以备将来之用。"想孟十还先生大概是不知道我是为了鲁迅先生的病愈而刻的,不然他为什么不立刻发表,而要"以备将来之用"呢,这实在辜负了我的原意了。

然而还好,总算在鲁迅先生死前三天发表出来,不然即真要"以备"死后作"遗像"呢!但这样一来也就给大半的报纸刊物做了追悼鲁迅先生所陪用的必须品了。我在书摊上看到各处转载了的我这幅木刻时,就像有一把飞刀插入我的脑里一样,我的心很疼痛。

哪里还敢再想到鲁迅要我把《祖国》插图木刻再刻一回

的事呢！天啊，我已手抖得不能拿刀了！

我的唯一的导师死掉了，我的悲痛还能说得出吗？但可恨的朋友，还要说我"这次你的鲁迅木刻像可大出风头了"呢。如果一定要把这悲痛的事化为"风头"，那就可以说是"泪与血"的风头了。

1936年11月29日《立报》副刊"言林"

我给鲁迅先生画遗像

鲁迅先生是我最尊敬的中国作家。他的作品和人品都为我所崇拜。当我被黑暗压得透不过气来,从而苦闷与彷徨时,读鲁迅先生的杂文就给予我蔑视黑暗战取光明的力量。

然而我始终没有看到活着的鲁迅,是我一生的最大憾事。

1936年夏,我在上海经曹白介绍,认识了日本进步女士池田辛子(鹿地亘夫人)。一天她操着不纯熟的中国话对我说:"你想会见鲁迅先生吗?我可以带你去见他。"我怎样回答的,现在一点也想不起来了,但当时的心情是很想看看我所敬仰的人,但又没有勇气去见他。因为他是一位伟大的人物,匿居在上海,我去见他,一来于他不便,二来又怕浪费他的时间,三来也不知应和他谈些什么……终于不敢去。今天想来,真是最大的悔恨,怪自己当时过于顾虑重重了。

然而我又总觉得鲁迅先生就在我的身边。通过他和曹白的书信来往,他给我的木刻进行指导,给予我的艺术活动很大的鼓励。就地理情况说,我和曹白住在北四川 横滨桥新亚中学,而鲁迅先生住在北四川 底大陆新村,相距不远。然而我无幸会到他。

我虽没有见到鲁迅先生,但他对我的关心却使我感动。

卖票员与巡捕的敬礼

在《中流》第五期哀悼鲁迅先生的文章里,使我最感动,最兴奋的,是阿累先生的《一面》。借着《一面》我的哀痛了好久的心,觉得受到鲁迅先生灵魂之手的抚摩了。

阿累是一个汽车公司的售票员,他在四年前的一个雨天的中午,在内山书店,以一个陌生者的身份,从鲁迅先生手里,得了半本《铁流》①和一本《毁灭》。

让信仰他的人们向他学习吧,我们的导师是无时无地不在间接直接地捐出的血来哺育他所爱护的大众。虽然"叭儿狗"和"苍蝇"们在他的生前和死后,"营营"地不休着。但他们能损着我的导师什么呢?不是反倒画出了它们自己的嘴脸吗!这会显得鲁迅先生更其伟大的。

我读着《一面》,想像着四年前一个"穿着黄卡叽布的工人制服 conductor ××,蓝磁牌的制帽歪戴在后脑勺上"的卖票员立在鲁迅先生的面前,"恭敬地鞠躬"的情景时,我就联想起十月二十三号那天在殡仪馆鲁迅先生的灵前,一个巡捕给予我的烙印了。

是的,是一个巡捕!

当时我做纠察员在鲁迅先生的灵前立着,眼看着一个高人一头的巡捕夹在瞻仰导师遗容的人丛中挤进来了,他也和马路上时常替外国人打他自己的同胞的巡捕一样,戴着黑色的巡捕帽,穿着黑色的巡捕制服,拖着高筒的沉重的皮靴,只是手里没有拿那准备打人的短棍。

我一看到他就心里想:"妈的,他来这里抓人的吗?"不,他两目直着肃静的灵前,面孔上挂着浓重的严肃的悲哀。

"他难道也是来瞻仰导师的遗容的吗?"我问着自己。

是的,他是来瞻仰导师的遗容的,他不忙地把他沉重的足移近灵前,"拍"一个立正,同时一只右手也就举在帽边了——足足有三分钟的时间。这个至诚的敬礼就在这里给予我的心上烙下了深痕,我恍然大悟,知道导师的"奶"与"血"就在巡捕当中也哺育到了。

在《一面》里告诉了我们,一个陌生的汽车卖票员还亲手从他那里受过赠礼。

阿累先生在《一面》的末尾说:"在这四年里,我历尽了艰苦,受尽了非人的虐待,我咬紧了牙,哼都不哼一声。就是在我被人随意辱骂,踢打……的时候,我越是昂头,我对自己说:鲁迅先生是和我们在一起的。"

"是的,鲁迅先生是和全世界的被侮辱和损害的大众在一起的！他现在死了，我们只有踏着他的血的足印，继续前进！"

1936年11月9日作
原载1936年11月11日《立报》副刊《言林》

注：①《铁流》因为是曹靖华的，所以鲁迅先生向他收了一块钱，但《铁流》的原价是一块八角。

"苏联版画展览会"一周年

记得去年(1936)2月22日,是苏联版画展览会在上海开幕的日子。但那时,我自己不在上海。只是由友人给我寄来《苏联国的版画》目录一册和登在外国新闻纸上的几张展览会的特刊。还有鲁迅先生发表的文章。当时,我接到这些东西,心里是多么的激动呢!然而一面又懊恼。我遥想着那展览会场挤满的人,而自己是远离在这闭塞的家乡。

我翻开寄来的《苏联国的版画》的目录一看,那里有许多我所熟识并且倾倒的名字:法复尔斯基、毕斯凯莱夫、克拉夫钦珂、毕珂夫、冈察洛夫,这些人的作品,我是常常贪婪地诵读的;我尤其喜爱法氏的笔法,他的谨严的 Decoration 里,装满了肃穆的现代的精神。

鲁迅先生的那篇文章《苏联版画展览会》,却使我获得了很大的益处,使我对于苏联版画这方面有一个系统的概念,而且关于木刻的理论和技术我也得到了一个很大的启示。

后来我到了上海，在友人那里，看见了《苏联版画集》，鲁迅先生的"那篇文章"做了他的序文的一部了。这使我得了更大的满足。

应该说，"苏联版画展览会"不只是单给我们木刻界以最大的刺激和鼓励，同时它把他们的"和平的繁荣"的果实，首次摆在国人的面前，是以"大队友军的足音"，一同来刺激鼓励一般而贫弱的国人的！时光过得飞快，一年过去了，这一年间损失了我们的恩师。今天我悄悄地写了这篇短文，作为我对苏联版画展览会的追忆。

原载 1937 年 2 月 20 日《立报》副刊《言林》

不是诗

木刻扫荡了无聊的"艺术品",
《义勇军进行曲》代替了《毛毛雨》,
看吧,我们的新时代已经开展了!
颓废了的绅士,
悲观了的废料,
让他们一起滚蛋吧;
带着健康灵魂的小伙子,
让他们像田汉似的到"联合战线"的大河里来。
我们准备好把各人的名字刻进烈士的碑石上吧,
活着的奴隶是一天也干不成。
兄弟们,我们需要动手了!
你看,敌人已经"踏毁了我们的校房"。

章工作员和老杨
——二谈《李有才板话》

读了《李有才板话》的人,大概都不会忘记章工作员和老杨吧?两个人都在阎家山做群众工作,可是两个人的工作作风大大不同:一个来了不久就把群众发动起来,达到了翻身的目的;一个在这里工作了好久,竟没有发现问题。不但不能把群众发动起来,反而被地主恶霸团弄住了。

为什么老杨就能把群众发动起来,为什么章工作员不但不能,反而被人家团弄住呢?

关于这个问题,论述《李有才板话》的人都提到了,是因为老杨能深入群众,和群众打成一片,全心为群众服务的缘故。而章工作员之所以没有把群众发动起来,反而被人家团弄住,是因为他脱离群众,不了解下情,犯了官僚主义和主观主义的缘故。所以我们应该向老杨学习,而以章工作员为戒。可是章工作员到底为什么会脱离群众形成官僚主义,为什么会不了解下情成为主观主义？而老杨又为什么会深入群众和群众打成一片为群众服务的呢？关于这些，我想来详细谈谈。提起章工作员来，我们是会有很多感想的，他是我们的同志，他年青，热情，连小保也承认"章工作员是个好人。"当我们读到斗争阎喜富的一节，章工作员气的大瞪眼，向大家发命令道："这个好村长，把他捆起来！"这时，我们能不觉得大快心怀，感到他是一个好人吗？此外在工作上，就连老恒元也不是说："章工作员这小子腿勤嘛！"然而章工作员尽管人好腿勤，可是他没有把群众发动起来，没有壮大了人民的力量，这就使我们的工作受到很严重的损失。

　　在我看来，章工作员没有把工作搞好，不但是个作风问题，而同时也是个思想问题。首先他没有明确的阶级立场和分明的阶级爱憎，所以他就不能真正的全心的为群众服务。你看，他不把老槐树底的贫苦劳动者当成自家人，和他们接近来往，反到"一来了就跟恒元们打热闹"（老杨指出的）。"一来就叫人家团弄住了。"（小保说的）想想吧，一个革命的工作干部一来了不和穷苦人打热闹，而却和地主恶霸打热闹，并处处听人家的话，并认为人家做的可靠，处处称之为"模范"，毫不怀疑，毫不警惕（如文地），终于"叫人家团弄住了"，说说人家是"开明绅士"。这叫什么？这叫做没有立场，或立场不稳！

　　因此，在我看来，他的脱离群众的官僚主义的本质就在这里。假如章工作员的阶级立场明确，站的稳，能够真诚的热爱老槐树底的群众而憎恶老恒元这个封建地主，如鲁迅所说的"横眉冷对千夫指,俯首甘为孺子牛",那他就不可能和老恒元一来了就打热闹,也不可能和老槐树底的人们从来也不谈谈的。那末他的"模范村"的笑话岂不是也就大可以免掉了吗?然而不幸的是我们的章工作员竟没有把屁股坐在劳动人民这方面,所以劳动人民有了问题自然不敢向他说,因而也就谈不上为群众服务了。

我们在章工作员的工作日程里,找不到"调查研究"这一条,他是毛主席所说的凭感想办事的人,是满天飞的"钦差大臣"之一,一切问题他都不花脑筋,从表面一看就立刻工作结论道:"大地的模范",之后又把阎家山称为"模范村",难怪群众要讽刺这个模范村了:"模范不模范,从西往东看;西头吃烙饼,东头喝稀饭。"

章工作员的立场不稳,已经就非常严重了,再加上他遇事不调查研究,就是更加糟糕,假如不是老杨到来解决了问题,事情发展下去,阎恒元有机会把他出卖给日本人或国民党反动派,当他的头离了肩膀时,他还会是莫明其妙的。你看,当老杨发现了问题通知区公所时,章工作员还三番五次的说不是事实。他的主观主义的程度也就够可怕了。

章工作员是缺点颇多的一个干部,有了官僚主义和主观主义,他就一定有党八股,你看李有才讽刺的蛮好,"不论什么会,他在开头总要讲几句'重要性'啦,'什么的意义及其价值'啦",此外,他在处理问题上事前不知布置,事后不知接受经验教训。例如阎喜富的问题发生后,因为他常在这里工作,从来也不会想到有这么多问题,曾经气的大瞪眼,可是这事过后对于他却毫无教训。这真是非常可惜的。

但我们看看另一种作风的老杨吧：

老杨一到阎家山，不到三天工夫就使阎家山天翻地覆了。（当然，实际改造一个村子的工作，恐怕也不是三两天能成功的事，这里，出现在小说里的过程是缩短了的。）周扬同志说老杨是："在农村中实现无产阶级领导的骨干，没有这骨干，农民的翻身是不可能的。"

那么老杨是怎样做工作的呢？他为什么就能深入群众和群众打成一片，全心的群众服务呢？

我觉得问题的中心是一个立场问题，因为老杨的阶级立场坚定明确，有分明的爱憎，有"甘为孺子牛"的精神，没有个人打算，所以他眼睛就特别明亮，他的心地就显得特别聪明，狡猾的老恒元在他身上的打算就失败了。他坚决的执行革命制度，当广聚大讲俗套硬请老杨到他家去吃饭时，老杨不留情的给他钉子碰："这是制度，不能随便破坏。"

因为他热爱劳动人民，愿意全心的为群众服务，所以他就善于发现问题，只要听到"押地"两个字，和秋收时"各顾各"，他就全心注意，待到听了"模范不模范"的歌，他就开始接触了这"模范村"的秘密了。

老杨的立场是站的最稳的，我们从他一到阎家山起，就没有看到他和地主等营垒的任何人打热闹。相反的他总是热爱劳动人民，既使是落后的老秦，他也没有向他说很难堪的话，而总是为他们战斗。当广聚说："跟他们这些人能谈个什么？……"老杨同志见他瞧不起大家，便立刻给他钉子碰："跟他们谈话就是我的工作,你有什么话等我闲了再谈吧!"即使是一个字说的不对他也不能放过。当得贵说:"我是个老粗人……"老杨说:"什么粗人不粗人?农救会根本没有收过一个细人入会!"

由于老杨的立场稳,热爱群众,全心为群众服务,因此他就极其自然的能和群众打成一片,愿意帮助群众打场、割谷,愿意在群众中发现问题,解决问题,因此他就必然要向群众做调查研究工作,了解下情。因为他没有官僚主义所以也就很不容易有主观主义。老杨是思想作风、立场都非常正确的好干部。

除了以上所说,老杨值得我们学习的地方还很多,他老练、踏实、经验丰富,事前会布置,在斗争中有策略。在他的工作中贯彻着群众观点和群众路线的作风。例如他曾向小明说:"现在的事情,要靠大家,不只靠一两个人——这事跟打仗一样,要凭有队伍,不能只凭指挥的人。指挥的人'自然'也要紧可是要从队伍里提拔出来的才能靠得住。你不要说没有人,我看这老槐树的能人也不少……"他在斗争中懂得充分利用矛盾,分化敌人营垒,争取中立,扩大统一战线,选择主要对象孤立对方,集中火力,集中人力。因此他的工作就非常顺手,当小顺道:"我看连广聚、马凤鸣、张启昌、陈小元的材料都可以搜集。"老杨同志道:"这不大妥当,马凤鸣、张启昌不是真心顾老恒元的人,照你们昨天谈的,这两个人有时也反对恒元。咱们整个跟他说得来的人去给他说明利害关系,至少斗起恒元来,他俩人能不说话。小元他原来是你们招呼起来的人，只要恒元一倒，还有法子叫他变过来。把这帮人暂且除过，只把劲儿用在恒元跟广聚身上，成果要容易得多。"这个策划是完全正确的。

关于谁是老秦的"救命恩人"的问题，老杨也有最正确的看法，这种看法是真正马列主义的看法。当老杨把跪在他面前的翻身了的老秦拉起来时说道："你这老人家真是认不得事！斗争老恒元是农救会发动的，说理时候是全村人跟他说的，我们不过是几个调解人。你的真恩人是农救会，是全村民众，那里是我们。依我说你也不用找人谢恩，只要以后遇着大家的事靠前一点。大家是你的恩人，你也是大家的恩人……"

让我们大家都向老杨同志学习吧。毛主席教导我们，劳动人民要获得解放，要靠劳动人民自己的觉悟与团结，要靠劳动人民自己起来解放自己，老杨真正的掌握了毛泽东思想，老杨是一位具体的马列主义者。

原载《人民时代》1946年第2卷第2期第8页

延安借子的故事

1950年秋,山西省文联收到由西安寄来的西北文学艺术工作者代表大会的邀请书,我决定以文联副主任的身份,代表山西省文联去庆贺。借此机会去寻找在延安时借出去的儿子,如果他还活着,现在应该有八岁了。

西北文代大会结束后,我去访问了赵伯平同志,朱锋当年从延安向我借孩子时,曾对我说,万一彼此失掉了联系可找他的姐夫赵伯平。赵当时是陕甘宁边区文协的秘书长,朱锋领我去会见了他。这样,赵伯平就成了此事的见证人。事隔八年之后我来到西安,此时赵伯平同志担任西安市市长。

借孩子的事,是一段颇富传奇性的故事。

朱锋为陕西省兰田县田禾村人,原名田振英,当时在延安李克农同志领导下的社会部工作。他和戏剧名演员马莉有交往,马莉生了一个男孩,想送人,朱锋就说:"把孩子送给我吧。"马莉有些奇怪:"你要孩子干什么?""为了逃避家庭主婚,我打算送一个孩子到西安,对我父母说:我已经在延安结婚了,并生了个男孩子……"朱锋说。这样,马莉就同意把孩子送给朱锋。朱锋当时就给父母写信,要家里派人来延安接孩子。可这次谈话后,朱锋竟好久没再来马莉家。马莉还以为朱锋是随便说说的,就把孩子送给了延安老乡。

朱锋的父亲是西安皮货店的老板,又是商会会长,接得儿子的信后高兴地派了一个管家,并临时雇了一个奶妈从西安坐轿窝子来延安接孙子。到延安后住在新市场的一个骡马店里。

待朱锋去马莉家里抱孩子时,不料马莉已把孩子送了人,要不回来了。这可怎么办?急得朱锋像热锅上的蚂蚁。此刻除了朱锋急,马莉也急。就派出朋友在延安到处找男孩。他们终于打听到我家前几月生下一个男孩,就请名演员王大化找我们的领导肖三的妹妹肖昆来说情,要借我的儿子。她说明情况后接着说:"实在为了应急,想借你们的孩子到西安。待革命胜利后就可归还,因为朱锋将来结了婚也会生孩子的,人家不会要你的孩子。况且朱锋的父亲是皮货店的老板,你孩子去了也不会受制……"

接着美人马莉也亲自出马来我家谈此事。弄得我和我爱人刘萍杜不知如何是好。最后考虑到我们身边有了第一个男孩阿明,还不满两岁,就够我们劳累的了,又考虑到萍杜的工作和学习,觉得把第二个男孩借出去是帮助了朱锋,就决定把他暂借出去。但有一个条件,就是彼此不熟悉,应该通过组织,省得将来惹出什么意想不到的麻烦。肖昆听后认为所提条件不成问题。

当时马莉在《解放日报》社工作，于是就由报社的领导秦邦宪同志给周扬同志写了一信，说明马莉是他们那里的干部，并说我们愿意把孩子借出去，他表示高兴……周扬同志找我谈话，对我说：救人之急借孩子是好事，但一定要自愿，组织上不承担任何责任。这我很明白，周扬同志深怕通过领导形成一种组织上要我们把孩子送出去的舆论。但我们认为通过组织较可靠。

一天，我抱上刚满四个月的孩子由桥儿沟走了十多里路送到新市场一个小骡马店里，没有让萍杜去，怕她万一沉不住气，流下眼泪来，把事情搞坏。

我去之后，朱锋、王大化、马莉都先到了，经过商量，需要在管家和奶妈面前演一场戏，于是决定由朱锋扮父亲，马莉扮妈妈，这是理所当然的。又让王大化扮朋友，让我扮舅舅，是演给管家和奶妈看的，商量妥当之后，就由朱锋把他们请来。首先朱锋说明："孩子奶在乡下，现在才接回来……"于是就指着马莉说她是孩子的妈妈。当时马莉正把孩子抱在怀里，他大概是怕生，就哭起来。王大化马上对马莉说："你好久没有喂他，大概是饿了，快给他奶吃！"这么一来逼得马莉只好当众解衣给我的孩子吃奶，我看到他吃了两口，似乎感到不像是萍杜的奶，就不吃了，又哭了起来。于是马莉趁机就把孩子交给奶妈，说："他吃惯人家的奶了，我的奶也不爱吃啦，你试试喂他吧！"于是奶妈解怀把奶喂给孩子吃，这场戏其实是由马莉一个演了。事后朱锋就请人家进午餐，吃了一顿有酒有肉的饭。

这之后,延安经过了整风,审干,"抢救运动",大家不好见面,1944年朱锋给了我一张孩子的像片。日本投降后,我离开延安就和朱锋断了联系。

我对赵伯平说:"这次我到西安来是想把孩子接回去。""情况有了你想不到的变化,我看你还是不接得好。"他说,解放战争初期,朱锋于1946年被派至关中分区作外勤工作,嗣后又提任关中分区柳林镇站长,该站为陕西工委社会部领导。1947年当胡宗南进犯我关中分区时,朱锋与陕工委机关失掉了联系,被迫与爱人月贞化装回西安潜居,作地下活动。

当年夏初,胡宗南的特务将朱锋及其弟田振玺(地下党员)以及月贞一起捕去。月贞已怀孕,在监牢里生下一个男孩,朱锋的父亲花了很多钱才算把孙子从牢里接出来。但不久朱锋和他的弟弟就在当年的10月7日被国民党杀害,而月贞也不知下落了。朱锋的父亲因遭受如此之大的打击伤心而死。后来听说月贞在耀县被活埋了。现在家里就剩下两个寡妇,一个是朱锋的继母,一个是他的弟弟振玺的媳妇。

"你的孩子当时从延安接回来,老头子很高兴,就请客庆贺,朱锋的继母辞退了奶妈,而把亲生的女儿扔出去,自己奶小孙子。所以你的孩子是奶奶喂养大的,如今祖孙相依为命,都在兰田县田禾村。况且朱锋死之前他没有把真情交待明白。你考虑你能接走吗?"一席话说得我不知如何是好。我为朱锋等同志的不幸牺牲而难过。我考虑了半天,最后决定还是到兰田县去,既来了还能不去看看儿子?

第二天早饭后,在街上为孩子买了些衣物,雇了一辆小轿车向兰田县进发。

轿车走了将近一上午,全是上坡路,我心里想,和老太太见面不可能是件愉快的事。至于怎样说,已预先和赵伯平商量好了。就说我的妻子原是朱锋的爱人,后来他们离婚了,就和我结了婚。现在妈妈想儿子,派我看孩子来了。

见了老太太后我如此说明来意,并把孩子的衣物交给她。端详她的表情,好像有些似信非信。待一会儿孩子从外面回来了。老太太告我他叫田福印,我一看到他,既高兴也很难过。过去的一切像电影似的都浮现在我的眼前。八年来他长得有一米来高,怎不使我喜欢。我叫孩子过来,看了看他头上的一个胎带的小水泡,已经干下去了。老太太很注意我的行动。

我和车夫吃饭后,看到福印拿了个镰刀出去了,我就跟在他后面。他到了田里割草,我蹲在旁边问他:

"你爸爸呢?"

"死啦!"

"你妈妈呢?"

"也死啦!"

"我就是你爸爸。"我说。

"不是,你是我叔叔。"

我的眼泪夺眶而去。于是我拿出带在身上的全家像片指给他看,让他认识父母和兄弟妹妹,看后把像片给了他。正在这时老太太跟来了,大概是怕我偷偷地把她的孙子带走。

我和她回到家里,看到了朱锋弟弟的寡妇,但始终没有看到从监狱里接出来的她真正的孙子,也不好问。

没想到老太太竟在院里嚎啕大哭起来,也不知是想起了死去的老头和两个儿子,还是怕我要领走孙子……

我感到很难过。只好向老太太告辞和车夫离开了这个悲哀的家庭,带着无限愁怅的心情回到西安。这次虽然没有接上儿子,但总算看到他了。遗憾的是孩子现在还不知道自己的亲生父母尚健在,来看他的正是关心他的爸爸,而却以无父母的孤儿的心情生活在寂寞的人间,这使我多么难过。

当我从太原调到北京工作时,打听到他在西安市五味什字小学五年级上学,那时他十三岁,我就给他写了一封长信,告诉他真正的身世,并希望他在假期里能来北京和父母相见。

1957年冬,当他十五岁时,我把路费寄给他,久盼的儿子果然在寒假从西安来到北京,那时我们住在朝阳门内。他一进门就问候爸爸妈妈好,我们多么高兴,萍杜连忙看他头上的胎带水泡,欢喜地说:"没错,是我的儿子。"

福印在北京住了一个月,享受了从未享受过的父母的温情和慈爱,认识了从未见过的哥哥和弟弟妹妹们,改变了他一向孤寂的生活,在"劳动人民文化宫"和弟妹们学会了滑冰。

弟弟妹妹们有了这么个"二哥"也感到快乐。回西安时我给他买了一辆自行车、一把小提琴、一个闹钟,还给了他一块苏联手表,尽量满足了他的要求,似乎是要补偿多年来双亲欠他的爱债。

　　福印中学毕业后,考上了空军,在部队又被吸收为共产党员。他在保定、临汾、太原、侯马、杭州、徐州等地的天空飞翔了十多年,"文化大革命"期间,因我被打成"黑帮"而被停止了飞行。由空军转业后,在西安住家,现在陕西省体委当竞赛处副处长。他在徐州时,我让他向领导请示改名为郝田,以纪念他生在郝家,养在田家。多年来我一直关照他不要忘了田老太太对他的养育之恩,应像亲生母亲似的关心她。

　　当时在延安新市场为管家和保姆"演戏"的同志,朱锋牺牲了,马莉后来也在延安的窑洞里因雨天塌方而被压死。曾经和李波在延安演《兄妹开荒》的王大化,在东北因车祸遇难。历史真是太无情了,我每念及他们不胜感伤。

新兴木刻在山西

一

中国的新兴木刻,在伟大的文学家鲁迅的培育下诞生于1931年。

这之前,中国的美术基本上是脱离政治,脱离人民的现实生活的。鲁迅有鉴于此,随决心培育一种能够迅速表现中国人民的苦难和抗争的战斗艺术,于是就在美术界提倡新兴的创作木刻画,并苦心孤诣地培育了它。新兴木刻诞生后虽受国民党的各种压迫和摧残,还是在上海和各地接连不断地出现了研究木刻的团体,1933年在杭州国立艺术专科学校出现了《木铃木刻研究会》,1934年在广州出现了《现代版画研究会》,而我们山西,到1935年才在太原出现了木刻展览会和从事木刻工作的艺术家,从而在报纸杂志上也就才看到了木刻画。

由唐珂、金肇野热情主办的"第一届全国木刻流动展览会"在平津一带展出后,于1935年夏在太原市中山公园展出,使太原人士第一次观看了表现中国人民的苦难生活和抗日斗争的新兴木刻艺术。当年秋曾参加"木铃木刻研究会"的木刻家力群从上海回到太原,在世界语者白罗的支持下,于当年12月21日在中山公园"太原公会"举行了"力群个展",共展出木刻34幅。

此外,还有中国画、水彩画、铅笔画、钢笔画等。其中的木刻有在杭州和上海刻出,而绝大多数都是他回到太原后的新作,如迄今还保存下来的《拾拉圾的孩子们》就是在太原街头受到感受而刻的。到1936年力群又为鲁迅、茅盾主编的《中国的一日》刻了《采叶》,这幅木刻是他在太原南郊得到感受而刻的。《采叶》曾受到鲁迅的称赞。当时太原出版的报纸《山西党讯》副刊是基本掌握在进步人士手中的,由史纪、王中青主编。该刊经常发表"世界语"、"拉丁化新文学"、木刻等。这些在当时是标志着进步的新文化。力群的木刻多发表于《党讯》副刊上,都是用原版印刷。计有《寒夜里的清道夫》、《爸爸我也要看拉丁化报纸》、《难民》等作。遗憾的是由于当时条件的不成熟,未能成立木刻的组织,培养木刻的新军,终于是力群在孤军奋斗。但总算在太原引起了注意,很多刊物都争先刊登木刻,以表时髦。

待力群于1936年受命去上海,太原的木刻活动就又沉入寂寞中。

二

抗日战争爆发后,山西省在中国共产党的领导下先后建立了"晋冀鲁豫边区"、"晋察冀边区"、"晋绥边区"等抗日民主根据地。木刻作为报纸刊物的宣传工具,在各解放区有了普遍的发展。鲁迅在1930年出版的《新俄画选》的小引中曾说:"当革命时,版画之用最广,虽极匆忙,顷刻能办。"

各解放区的木刻活动实践,有力地证明了他的预见。各解放区的木刻工作者,由于处于敌后,在战争的环境中奋斗,所以过着极其艰苦的生活。因此他们对革命事业所作的贡献,绝不能低估。

1938年冬,党中央号召延安干部到敌人后方去开辟根据地,以胡一川为团长的"鲁艺木刻工作团"就在这时开赴了前方。他们到达晋东南后,大部分被分配在《新华日报》(华北报)工作,经常刻报头、插图、政治漫画以及连环画、战事地图等,并编辑了一种《敌后方木刻》画报,作抗日的宣传工作。1940年春节,太行山区的木刻工作者响应了党的号召,为了进一步打开宣传工作的新局面,开始试作水印套色的木刻新年画。曾吸收民间艺人参加工作,向他们学习印刷技术,由于日夜突击,共刻印了一万余张,受到群众的欢迎。这些新年画的内容主要表现战斗和生产。如胡一川的《军民合作》,彦涵的《抗日军民》,罗工柳的《一面抗战,一面生产》,陈铁耕的《抗日人民大团结》、杨筠的《织布》等。除此之外,他们还出版了各种政治宣传画、定期彩色画报以及彩色连环画册等。这些作品在战斗异常紧张而频繁的情况下,运送到各个战线上去,密切地配合了战斗、生产等各项工作。如通过"武工队"带到敌占区散发,用箭把木刻宣传品射到敌人的碉堡里等,都曾收到很大效果。

当时在晋冀鲁豫边区工作的木刻家还有邹雅、华山等同志。邹雅的《帮助老百姓扬场》是一幅很优秀的木刻画。既有生活,又有熟练的技巧。

在艰苦战斗的年代里,晋冀鲁豫地区的木刻工作者有赵在青、刘韵波等烈士为革命光荣牺牲,谨表哀悼。

三

1939年12月,延安"鲁艺"配备了一批美术系的师生,由沃渣带领赴"晋察冀边区"工作。在敌我犬牙交错的游击区,历尽了艰苦开展了木刻工作,他们用枪通条自制木刻刀,用石头磨光木版,蹲在战壕里刻木刻。有的同志在《晋察冀日报》社经常深夜在排字房里突击工作,配合社论刻插图、刻地图、漫画、连环故事画等。当时配合政治任务在一个晚上就要组织成一个展览会。此外,还用木刻搞壁报、传单、画报,张贴到敌人的碉楼上、城墙上,甚至贴到从保定开来的火车上。

当时在晋察冀边区创作比较优秀的木刻作品有沃渣的《八路军铁骑兵》,徐灵的《日兵之家》,陈九的《运输队》等,这些作品曾先后获边区鲁迅文艺奖金。

在晋察冀边区工作的木刻工作者,陈九和唐奖同志和敌人战斗中壮烈牺牲,谨表哀悼。

四

晋绥边区是一个生活贫苦、文化落后的地区，从1939年底到1940年初，才有一批延安鲁艺的学生和华北联大文艺部的美术工作者随军到晋西北工作。这些同志就是开辟晋绥木刻工作的有生力量。

晋绥的木刻工作者，在整个的抗日战争和解放战争时期，是处在农村，打起仗来就帮助农民坚壁清野，掩护群众转移。反扫荡结束后，帮助群众修窑洞、盖房子、修农具等，欢如一家人。

李少言在晋绥边区是始终坚持了木刻工作的。他为同志们制作木刻刀，他自己在反扫荡战中刻成了约一百幅的组画《一二〇师在华北》。他不怕敌后作画条件的困难，夜里在麻油灯下刻，下雨窑洞里光线暗，就打着伞在雨地里刻。

日本投降后，力群、苏立、吕琳、林军等从延安鲁艺来到晋绥，增加了晋绥的木刻创作力量。

晋绥在抗日战争和解放战争中先后产生的优秀作品有李少言的《重建》《黄河渡伤员》，力群的《执着》，牛文的《大地》，苏立的《秋收》，刘蒙天的《强渡大渡河》，吕琳的木刻组画《纪利子》，林军的《不朽的战士》等等。在晋绥边区从事木刻工作的还有姜凯、赵力克、安明阳等同志。

五

全国解放后，从各解放区进入太原的木刻家有力群、张怀信、药恒等人。1951年力群创作的套色木刻《向李顺达应战订生产计划书》发表于《人民日报》,加了按语,给予表扬。张怀信刻了套色木刻《秋》、《山村晚景》,后者曾发表在《版画》杂志上。谢劳从外省来山西工作,刻了《汾河两岸风光好》。

由于当时的木刻工作者多致力于年画和《山西画报》的工作,所以木刻创作较少。而且就全国来说,当时木刻的活动也是比较沉寂的。

自1958年到1965年,从各高等艺术院校毕业分配来我省的版画作者逐渐增多,同时,我省也有了专门的艺术院校,培养了山西第一批版画专门人才。于是我省的版画创作活动就活跃起来,创作了一批较好的作品,如药恒的《夏收》,董其中的《新渠小景》《晒玉米》《山村秋景》《排演新节目》,聂云旋的《水力采煤》,姚天沐的《丰收喜讯》,张明堂的《干部和社员》,王宗训的《书记下井》,胡有章的《桃李满山》,白崇易的《滴水必争》,金以云的《种子迷》,李增产的《玉米授粉》等。其中以董其中的《晒玉米》、《排演新节目》,胡有章的《桃李满山》较出色,受到全国美术界的好评。以上所提的作品,有些参加了全国展览,有的参加了地区性展览,而且每次展出的作品逐渐增多,例如,1958年我省参加第三届全国版画展览的仅两件作品(作者1人),到1964年全国美术作品展览,入选的版画作品就增加到21件(作者17人),到了1966年华北地区年画版画展览时,入选的版画作品已达到29件(作者34人)。我们的版画队伍大大扩大了,除了以上提到的作者外，还有郭肖晨、仝献普。1959年公开成立了版画组，于是便有组织地开展了一些版画创作活动，先后邀请《力群版画展览》《新波、讷维版画展览》《北大荒版画展览》等来我省展出。邀请知名版画家力群、李平凡来我省讲学。版画组及时组织我省版画工作者进行座谈和学习，这对繁荣我省版画创作都起到了积极作用。这一时期，业余版画创作活动也极为活跃，太原市一些大厂矿成立了工人业余版画组，太原市工人业余文化部门对工人业余版画创作做了许多工作，如请专业版画作者为业余作者讲课、辅导，在刊物上选登业余作者的版画作品，请专业作者予以讲评，都收到了很好的效果。当年的一些业余作者已是今天版画创作的骨干，如侯杰等。粉碎"四人帮"，版画得解放。特别是近三年来，在十年浩劫中，被林彪、"四人帮"打散了的版画队伍又重新集合起来，搁刀多年的版画家又拿起了木刻刀，我省版画创作开始复苏，走向繁荣，形势发展十分喜人。目前已创作出了一批优秀的作品，如力群的《林间》《清泉》《天山之夏》《春风》《春到洞庭湖》等，董其中的《山村晨曲》《春光》《春》《秋》，王宗训的《信念》《织女》，姚天沐的的《满院春光》，胡有章的《鲁迅与汉刻》，冯霞的《道路的性格》，宁积贤的《岗位》，霍耀中的《战斗在黄河上》组画等，其中冯霞的《道路的性格》曾获1980年全国第二届青年美展二等奖。我省的版画在不断地发展和提高。1980年出品60件参加了北京、广东、山西共同举办的版画联展，不少作品为全国报刊和出版社选用。一些作品还被选送到法国、日本、新西兰、澳大利亚、朝鲜、罗马尼亚等国展览,在国际文化交流中起到了应有的作用。

为了庆祝中国新兴版画诞生50周年,目前,我省的版画工作者正积极创作,准备参加第七届全国版画展。

我认为我省版画今后的发展应进一步向民间年画、壁画、剪纸以及民族传统绘画学习,以形成山西版画的特色。

鲁迅先生曾说:"择取中国的遗产,融合新机,使我们的作品别开生面是一条路。"董其中同志在向民间美术学习中已取得可贵成绩。他走的正是鲁迅先生所指的路,这条路是应该有更多的版画家来走的。

应有萍杜的一半

——忆我的前妻

流行歌曲《十五的月亮》中唱道:"……你守在婴儿的摇篮边,我巡逻在祖国的边防线;你在家乡耕耘着农田,我在边疆站岗值班。啊,丰收果里有你的甘甜,也有我的甘甜,军功章啊,有你的一半,也有我的一半。"

听到这样的歌声,我就想到了我的前妻刘萍杜,她曾在八个婴儿的摇篮边忙碌,曾为我的版面创作事业分担了家庭的重负,也直接在我的创作活动中参加劳动。我的艺术成就也理所当然应有她的一半。

现在我成了一个有名的人物,而她却是一位无名英雄。当汉初刘邦打天下的时候,人们都知道韩信是一位战无不胜的英雄,然而韩信的军功章也应有萧何的一半。如时萧何的后勤工作做得很糟,粮草接济不上,韩信的兵马就不可能在前线打胜仗了。因此如果说我好比韩信,那么我的前妻刘萍杜就好比萧何。

1935年我在上海和刘萍杜结婚时她才十七岁,还是个一字不识的文盲。这之前她在江苏常州农村过着放牛娃的生活。由于我的朋友曹白的介绍,我和他妹妹刘萍杜在常州乡下相识,一见钟情。我为什么找了个农村姑娘做我的终生伴侣呢?因为我预见到我这一生不会过达官富人的优裕生活,所以需要有一个能够吃苦耐劳的爱人和我过穷苦日子。

1931年我考入西湖国立杭州艺术专科学校,和同学刘萍若成为莫逆之交,我们一同在"木铃木刻研究会"里学习版画创作,一同读马克思主义的书籍,一同在"中国左翼美术家联盟"里活动,后又一同被国民党逮捕坐牢,出狱后又一同在上海谋生……这就是刘萍若所以把他妹妹介绍给我的历史背景。后来他放弃了美术改行文学写作,以曹白为笔名,而我也放弃了学校时代的名字郝丽春改名力群。

刘萍杜和我结婚后在上海过着极为清苦的生活,由于我当时在"景艺广告公司"画画,月薪只有二十五元。所以结婚时既没有请一个客,也没有吃一杯喜酒,吃一块喜糖,更没有为她做一件新衣裳。这就是因为我穷,而她却为此毫无怨言,曹白也能理解。

白天我上班,回家后教她读书识字,她的头脑还是一片文化的处女地,我要在这片土地上播下革命的种子,以便将来和我走共同的革命道路,并希望她成为我在艺术战线上的好后勤。

1935年我们离开了上海回到老家山西灵石县,我把她安置在县立女子高小读书,我到太原杜任之同志创办的"艺术通讯社"工作。"艺术通讯社"和"西北剧社"在一起,它出版一个刊物,名叫《文艺舞台》,我为它画封面和版式。1936年红军东渡又回到陕北之后,我把刘萍杜接来太原,在西北剧社学演戏,她在灵石女高时已能给我写信了,我看到她的进步多么的高兴。

当时由高尔基倡议,号召各国作家写"世界的一日",鲁迅和茅盾响应,定1936年5月21日为"中国的一日"。在那天正是太原的一个惠风和畅的春天,我和萍杜到郊外散步,因为当时西北剧社和艺术通讯社都在新南门外,走不远就上了渠堤。我们看到有一个贫穷的妇女正领着她的小女儿把榆树枝条拽下来援榆叶,一把一把地投在女儿顶在头上的小篮中。

大概是家里缺粮,以叶为食。根据这一景象我回家后创作了木刻《采叶》寄给茅盾。当我于当年到了上海,托曹白给鲁迅先生寄去三幅木刻时,鲁迅给曹的回信中说:"郝先生的三幅木刻,我以为《采叶》最好;我也把他投给《中国的一日》,要印出来的。"我听到鲁迅称赞《采叶》,并说《中国的一日》已[①]用,我多么的高兴。然而《采叶》中的妇女形象却正是萍杜给我作模特儿创作的。这幅木刻的成功,其功劳也有她的"一半"。

西北剧社和艺术通讯社停办了,我于1936年6月底又到了上海,让萍杜再回到灵石女高上学。当我在上海美商柯达公司广告部找到工作时,就把萍杜从山西灵石唤来。因为我在上海需要她给我做饭洗衣,主持家务。1937年上海"八·一三"抗日战争爆发,我把她丢在上海,参加了"救亡演剧队第六队"到浙江农村作抗日宣传工作。一天,我收到萍杜从上海给我寄来一封信,其中说:

亲爱的群:

  盼望已久的信终于收到了,知道你安全无事,工作顺利,很高兴。也告诉你一个好消息,你走后不久,我便参加了何香凝领导的救护伤员的工作,现在每天不是在马路上募捐,就是为战士做口罩,有时去红十字医院慰劳伤兵,或到伤兵医院看护伤员,忙得很,但也是忙得有意义,你不用惦念我,集中精力搞你的宣传吧!

  《立报》和《抵抗》寄上,你的大作登出了,恭喜!恭喜!祝你安好!

萍杜 九月十七日

  一个放牛娃,在两年多的时间里学文化能写出以上的信,我多么的高兴,尤其是她的一颗健康的心,既给予我以安慰,也给予我以鼓舞。她和我能过,我爱她的美的心灵和晴朗的性格。有她在我的身边,我就觉得生活得幸福,工作得有心劲。似乎我从她身上得到了无穷的力量。如果没有她,我的生活会感到多么的孤寂,我的心情将会感到多么的凄苦。

  我们离开上海后在敌人的飞机炸弹声中来到了安徽省的省会安庆,在省立民众教育馆工作一个时期后又到了武汉。我在郭沫若领导的军委政治部第三厅美术科工作,就让她到陕甘宁边区枸邑县的陕北公学上学。之后她又到了鄜县张村驿卫生学校,毕业后分配到延安"和平医院"当护士。经过长期的观察,我发现她有一个接近群众的本领,不管知识分子或农妇,她都能很快就打成一片,而且工作也是认真负责的。因此她在鄜县卫校学习时就被党组织吸收为党员,比我还入党早。

1938年秋,我参加了"抗敌演剧队第三队"到山西前线演出。之后又被三队派往第二战区"民族革命艺术院"当美术系主任。1940年当"十二月政变"后,我来到延安鲁迅文学艺术院当美术系的教员,萍杜也和我一同来鲁艺,她在院部工作。当年8月我们的第一个男孩诞生了,从此萍杜就开始"守在摇篮边"。我们在鲁艺的六年期间,她一共生了三个男孩(第二个男孩送给了一位同志)。而我在鲁艺却又要为学生上课,又要上山开荒、锄草,又要学习马列主义,又要听周立波讲授名著选读,又要纺线生产……加之我在鲁艺又是一生中的一个版画创作的丰收时代。六年期间,大小木刻一共创作了二十多幅,而且在"抢救运动中我竟有一年多时间未曾动木动刀。"这如果没有萍杜把抚育儿子的家务重担担当起来,我是不可能在鲁艺有学习的时间和那么多的创作成绩的。当我创作木刻《听报告》时,她的怀里正抱着我的第一个男孩。因此《听报告》中的女同志形象就利用她做"模特儿"。我在延安经常看到女同志一面给孩子喂奶,一面听报告作笔记的情景,使我感动,因此我以特写的镜头表现了这一主题。有时即使画面是一个男人的形象，我也要她做一个需要的姿势供我创作。

当萍杜在月子里时，我是以全部精力来服侍她的，诸如洗血布，洗尿布，杀鸡，做饭……我都得干。但一出月子，她就不让我来做了。

日本投降后，我们离开延安来到晋绥边区工作。到了兴县，我把她和孩子们安置在黄河边上黑峪口的留守处，就只身到新解放区体验生活去了。因为作为一个文艺工作者，没有新的生活就没有新的创作。萍杜了解我的事业，我丢下她走了，她毫无怨言。

这次下乡，使我和孝义的妇女石桂英合作了成功的剪纸《织布》，多少年后又写出小说《桃树庄的春天》。

当我于1946年初夏从孝义县回到兴县的黑峪口时，在一个农家的非常简陋的窑洞里，看到了久别的萍杜，有如薛平贵在寒窑里看到王宝钏。大儿到村里和别的孩子们玩去了，小儿阿强正出麻疹，为了保护他的眼睛，萍杜把窗户都用布挡上了，显得家里很暗。而她一个人日夜护理孩子已有两个通宵没有合眼了，熬得眼红身累，但却毫无怨言。在这种场合，我的归来，她怎能不为之高兴。而我对她则既感内疚又感心疼。本来是应该两人同负的辛劳，而为了我的艺术事业，竟撂给她一人承担。我立刻悟到萍杜作为母亲的伟大，和作为妻子的贤惠。

我放下行李就投入到护理工作中，一来为了补偿欠她的家庭负担之债，二来也为了尽丈夫应尽之责，使妻子得到安慰,得到休息。阿强于 1945 年 2 月 25 日生于延安和平医院,到现在不过一岁多。我给他喂水,喂饭,而他却呼吸急促,烧得火烫。但危险期已过,因为麻疹已出来了。

当夜我让萍杜早早安眠,我值夜班,这虽然是件辛苦的事,但却反而感到内心的欢慰,像一个赎罪的人的有所慰藉的心情。当我听到她的细微的鼾声时像听到悦耳的音乐似的使我　心悦。

阿强终于退烧恢复健康了,我和萍杜感到家庭生活的更加幸福。然而我对她是多么的感激。

毛泽东同志《在延安文艺座谈会上的讲话》中曾说:

中国的革命的文学家艺术家,有出息的文学家艺术家,必须到群众中去,必须长期地无条件地全心全意地到工农兵群众中去,到火热的斗争中去,到唯一的最广大最丰富的源泉中去……

我在晋绥边区于 1947 年夏又撇下萍杜在家抚育孩子,只身参加了崞县的土改工作,历一年之久。因为这真是难得的"火热的斗争"生活,对我作为一个革命的艺术家来说,是理应体验这种生活的。在崞县和农民同吃、同住、同劳动和同斗争的一年生活之后,我创作了内心满意的年画《选举图》和《做军鞋》等作品,然而正当我在崞县火热的斗争生活中创作时,萍杜在兴县农村为我生了第一个姑娘。我未能在月子里给她服务,感到多么的内疚,多么的对不起她,然而当我土改完结回到她的身边时,她又是毫无怨言。

全国解放后,直到1954年,萍杜又一连生了三女一男,恰好这时候有了托儿所,因此我们在太原工作时,她还能到忻州农村参加土改运动,在北京工作时她还能到河北邢台地区参加四清工作。然而我的艺术创作工作不停,她就会不时给予我以帮助。我在北京中国美术家协会工作时,由于国内外人士对于版画艺术的爱好,在王府井成立的美术服务商店要求我多印些木刻供他们代售。我一个人印不出来,于是萍杜就在星期天或每日的夜晚帮我印。此事不知怎么被机关里的同志知道了,有人在会上就批评我在家里开了"地下工厂",好像这是一种非法的行为,直到今天我都想不通。

1960年,党中央号召万人下放农村整风整社,我立即响应了这一号召,被分配到宁夏吴忠市担任"红旗人民公社"党委副书记,从事整理大跃进以来公社的各种不正之风。我作为一个革命的艺术家,这又是一次可贵的到群众中去的机会。我当时正在中国美术家协会担任《美术》杂志副主编。如果要不是响应党中央的号召,协会的领导是决不会让我下到农村留下她一人在家抚育儿女,但她仍无怨言。我在宁夏历一年之久,在版画创作上得到了又一次的大丰收,如套色木刻《春夜》《雪后》,黑白木刻《林茂羊肥》……就都是这次下放的收获。

1963年我又参加了山东省曲阜县的四清工作,又是历一年之久,此次归来我创作了黑白木刻《抗旱浇麦》。

就是这样一位在我的创作生涯中给了我最大支持的贤

妻良母萍杜却在"文化大革命"中受尽肉体上折磨，于1974年6月20日因脑溢血而死于我的故乡郝家掌村。她永远离开了我，使我永远怀念她。如今想到我在艺术上的成就，就不能不想到她作为一位无名英雄在这成就中应有的一半。

从现代派美术谈起

一

一般说,人老了思想就保守、顽固,不能接受新事物,爱留恋已逝的过去……

我今年已七十六岁了,确实看不惯《美术》杂志上刊载的那些所谓的"现代派"的美术作品,人不人,鬼不鬼,天晓得是些什么玩意儿。有的画丑化人民,以丑为美;有的画变形求怪,以怪取胜。有何美之可言!广大人民群众是无法欣赏的。他们不可能对这些作品发生兴趣。但我有时自问:"我是不是属于艺术上的保守派呢?是我的头已变成花岗石似的顽固脑袋了呢?看不惯那些时髦的美术品。"想了想,觉得艺术上决不是保守派。自然,在那些迷恋现代派的青年艺术家看来,力群确乎是保守的,我并非不知道。在我看来,所谓"保守就意味着阻碍改革,反对前进(此处省略二十几个字,因为字迹无法辨认——编者)。然而,难道新的就一定是好的吗?我们艺术当然需要不断的创新,但如何创新值得研究,我认为艺术上的创新基本上应看群众是否能够接受，是否对他们有益，是否雅俗共赏，来作为考虑的。广大人民群众（包括艺术专家在内）认为不美的，不欢迎的，就未必有什么存在价值。至少，一般是如此。而不能认为凡是新的、时髦的，就一定是好的。当然可能也有例外，在文学上比如鲁迅的作品，当广大人民还是文盲，或文化程度不高时，是无法看懂无法接受从而感到美的。但历史终于对鲁迅的文艺作品做出了公正的评价。现在有文化的农民也很喜欢读鲁迅的小说。在艺术上也存在一种一般群众还暂时不易接受，待他们文化水平提高了之后就会欢迎的作品。但这绝不包括前面所指的那些现代派的绘画。因此看不惯那些不为广大人民接受的现代派美术作品，就不能认为是保守，是顽固，所以我不承认自己是艺术上的保守派、顽固派，因为我是站在广大人民群众一边的。关于这，列宁曾说过如下的话：

"我们是过分热心的'绘画破坏者'。即使美术品是旧的，我们也应当保留它，把它作为一个范例，推陈出新。为什么只是因为它'旧'，我们就要撇开真正美的东西，抛弃它，不把它当作进一步发展的出发点呢？为什么只是因为这是新的，就要像崇拜神一样崇拜新的东西呢？那是荒谬的，绝顶荒谬的！这里有很多虚伪。当然，也有对于在西欧占统治地位的艺术风气的不自觉的尊敬……我有勇气指出我自己是个'野蛮人'。我不能认为表现派、未来派、立体派和其他'各派'的作品是艺术天才的最高表现。我不懂它们，它们不能使我感到丝毫愉快。"又说："艺术是属于人民的，它必须在广大劳动群众的底层有其最深厚的根基。它必须为这些群众所了解和爱好。它必须结合这些群众的感情、思想和意志,并提高他们。它必须在群众中间唤起艺术家,并使他们得到发展。"我是拥护列宁以上观点的。难道我们能批评列宁也是艺术上的保守派吗?认定是否保守派,这当然有个立场问题。

我当学生的时候,在左翼文艺运动的影响之下,是要求美术表现社会生活,表现人民的疾苦,而反对脱离人民、脱离现实的西欧现代派绘画的;而现在美术学校的学生却在要求艺术远离生活,脱离人民,而热衷于西欧现代派。历史在走回头路,这真是一种悲哀。

我对于西洋美术绝不是一概排斥的,我能接受从文艺复兴到后期印象派和野兽派的美术作品,而且对那些著名的油画和雕刻很崇拜。例如后期印象派的梵·高和高更,他们的作品我就非常喜欢,就是马蒂斯的作品我也能够欣赏,从绘画史来说,这都算新派了。在中国我也喜欢林风眠的画,他也是中国的新派画家。因此我并不是不分青红皂白,是新派的绘画都反对的顽固派。

但目前,除了美术,一些文学现象我也非常看不惯,那丑恶的热衷于性描写的作品就不用说了,最近读了一篇小说,发现省略了很多应有的标点,因此句子长得使人感到读起来很费力。据说这是我们的一位部长先生的创造。本来半天可以读完的一篇小说,因为少了很多标点,现在要花我一天的时间才能读完。如果这也算文学上的一种新事物,我可算不敢领教了。

打开电视机,一遇到音乐家在唱歌我就颇为头痛,因为那繁琐奇怪而又晃眼的灯光背景真使我讨厌,这绝对不是对于正在歌唱的音乐家的支持,而是在干扰,在破坏,在捣乱,不知有何美之可言!如果这也算什么新事物,见鬼去吧!因此我深感自己太不能适应这些艺术创新了,只好把电视机关掉,或走开。

但在社会上,目前姑娘们流行的披肩发,马尾发,以及游泳的三点式装饰……却并没有看不惯,说明我对这些新事物还能够接受,思想并不顽固。

二

人们随着年龄的增长,文化水平的提高,艺术知识的丰富对于艺术的爱好和兴趣也在不断变化。开始时特别欣赏自然主义的美术作品,要求画的和照片一样的真实。他们说:"画得真像,真好!"似乎"像"就是"好"的同义语。因此就非常欣赏月份牌画像的美人画认为"画的和真的一样"。可是等到在艺术上逐渐有了修养,提高了欣赏力,月份牌绘画作品就不能使他感到兴趣了。因为月份牌作品画得固然很"像",但颇庸俗,没有艺术的创造性,没有艺术应有的风格,缺乏艺术家的个性,而且充满了脂粉气,却没有色彩美感。到这时他就逐渐能够欣赏齐白石的写意画了。认为"有味道""带劲"。齐白石的画并不完全写实,他的追求是:"作画妙在似与不似之间。"这句话我很欣赏,因为绘画既要有一定的夸张、变形、变色,就必然不能太似,但又不能全然不似。所以他说:"太似为媚俗,不似为欺世。"但也不能由此得出结论,认为"似"的都不好。又似又好的作品多得很,如文艺复兴时代达芬奇的《蒙娜丽莎》、拉斐尔的《西斯廷圣母》、古典派画家安格尔的《泉》、写实派画家来莱的《拾穗》……都是所谓又"似"又好的世界名画。这些画都有艺术家的风格和个性。又如中国的工笔人物画和工笔花鸟画,五代顾闳中的《韩熙载夜宴图》,宋代张择端的《清明上河图》,以及宋徽宗赵佶的工笔花鸟画也都是属于又"似"又好的绘画作品。不论以上所举的西洋油画和中国的工笔画,虽然它们对描绘的事物很似,但不同于月份牌,它们的共同点就是雅俗共赏。其实中国的工笔画已经不是照像式的如实描写了,虽写实却表现明暗;虽求似,却又有所强调。

时代在发展,一来由于西洋人看腻了写实作品,二来由于发明了照像机,加之在艺术品上要求个性解放,自我表现,于是就出现了不那么写实的美术作品。艺术家认为愈远离照像越好,从而一发不可收拾,由表现派而立体派,未来派而抽象派,到 了在作品里连事物也看不到了,而只有不表现任何事物的(此下文字漫漶——编者)条,这就是抽象派,所有这些画名之曰"西欧现代派"。这 现代派的绘画,虽然也有标题,实际已没有主题,没有内容了,基本上是绘画形式的一种游戏。虽然我从事艺术已有五十多年的历史了,但这些作品对我来说,也和列宁一样,有勇气指出我自己是个"野蛮人",因为"我不懂它们,它们不能使我感到丝毫愉快",所以看不懂。

绘画没有艺术家的创造性，没有艺术家的个性，像照像一样真实固然不好了，但舍弃主题内容而一味在形式上玩花样，令人看不懂，从而脱离群众，也是谬误。这结果就使艺术走向穷途路。

从十月二日起"德意志民主共和国现代绘画展"在太原市开幕了，这对我们太原人民群众来说，是一次难得的机会，让大家有幸开开眼界，知道所谓现代派绘画是怎么一回事。开幕的那天我去参观了，对不起，我还是列宁那句话："它们不能使我感到丝毫愉快。"

在八月十八日的《参考消息》上曾有一篇该报记者文有仁写的报导。说在波兰举办了一个"苏联现代派艺术展"，展出了二十三位苏联画家八十二件油画。文有仁说："许多作品，我这个外汉看了简直不知所云，只看到各种颜色涂抹在画布上。"

在展览会的留言簿上，观众留下了从赞扬到批评的各种各样极不相同的意见。有的人写道："出色极了"，"坚持下去!"另一些人则写道："这是没有前途的!""这是些十分陈旧的货色!"还有人责问："谁同意组织这样的展览"？一个来自苏联乌克兰共和国哈尔科夫市的旅游团在留言簿上集体留言说："别往苏联脸上抹黑!" 这就是现代派绘画在观众中引起的反响。我想这次"德意志民主共和国现代绘画展"在太原观众中引起的反响也不会太好。因为我相信也不会使他们感到丝毫愉快。

三

现在的艺术道路就是：由我为自然的奴隶的奴隶，由照像式的如实描写到随心(文字漫漶——编者)，由自然主义到现实主义。

(文字漫漶——编者)学西洋画的，不论画石膏像和人(文字漫漶)，都是追求忠实于对象的，在初学美术阶段，作为一种基本功的训练确实是需要如此的。但后来竟养成一种习惯，好像艺术的任务就是再现自然，再现生活，心中无"创造"二字。后来到进行艺术创作时也不敢违反这种教条。天空是蓝色的，荷叶是绿色的，荷花是水红的，都觉得这是上帝规定，不能违反。那时还不知道愈是如实描写就愈没有创造性。可是后来读了毛泽东同志的《在延安文艺座谈会上的讲话》，其中说："文艺作品中反映出来的生活却可以而且应该比普通的实际生活更高，更强烈，更有集中性，更典型，更理想，因此就更带普遍性。"我对这几句话非常重视，有好长时间的琢磨、研究，终于有所领悟。从此之后我首先是观察各种艺术，研究生活的真实和艺术的真实之间的差异，也就是研究艺术品比普通的实际生活、客观的自然，有了多么大的不同。即如何能比实际生活更高、更强烈、更有集中性、更典型、更理想。最初发现能达到这种要求的是我们的传统戏剧。如果用话剧和实际生活相比，就觉得彼此差异不太大，而传统戏剧如京戏就不同了，角色一出场迈着台步，而我们的日常生活中是不能用台步走路的,如果真的用台步走路,别人一定认为你是疯子。可是作为一个京剧演员,你在舞台上用日常走路的步法出场也不行,那就没戏了,不能配合丝弦音乐了。其次是唱、是舞、是哭、是笑,都不同于实际生活了。尤其《苏三起解》中的苏三,按生活的真实,她应该蓬头垢面,像个囚犯,因为她绝没心情在囚房里搽粉抹脂。然而在舞台上出现的苏三的形象,却是像新娘子似的美人,连颈项上那面枷也加工成两条珠光宝气的鱼了。因为这是艺术而不是生活本身。我认为所有这些就是所谓比实际生活更高、更理想、更强烈……之所在。而这也就正是戏剧艺术的创造性,它能够使观众得到美的享受,得到娱乐。

其次是对音乐的考察、研究,音乐是一种抽象艺术,它本身就和生活有着很大的距离,然而它也表现生活,例如广东音乐《雨打芭蕉》,它比实际的生活有了多么大的升华,文学上要求喜笑怒骂皆成文章,而音乐上则要求喜笑怒骂皆成音乐。如果都像《百鸟朝凤》那样地如实描写,自然主义式的再现鸟叫,那也就比实际生活高不了多少,从而也很难感到音乐家的创造性了。

在李白的诗里,有与实际生活不同的"白发三千丈","黄河之水天上来"以及"燕山雪花大如席"的诗句。然而这是艺术。

就美术来说,齐白石画荷花,不画绿叶,而画水墨色,不画水红的花而用西洋红,然而群众看画却从来没有提出"不真实"的责难。

以上种种,都给予我的版画创作以很好的启示,使我的艺术思想得到了解放。使我敢于在套色木刻中把《山葡萄》的叶子搞成群青色,敢于在套色木刻《春到洞庭湖》里把白帆印成绿色,敢于把《北国早春》的天空套成土黄色,敢于对《林间》中的松鼠尾巴给以夸张……

林风眠曾说:"真正的艺术家犹如美丽的蝴蝶,初期只是一条蠕动的小毛虫,要飞,它必须先为自己编织一只茧,把自己束缚在里面,又必须在蛹体内来一次大变革,以重新组合体内的结构,完成蜕变。最后也是很重要的,它必须有能力破壳而出,这才能成为在空中自由飞翔、多姿多彩的花蝴蝶。这只茧,便是艺术家早年艰辛学得的技法和所受的影响。"

这是林风眠从艺多年的心得,而我却深感破壳而出成为一只花蝴蝶却真不容易。但我终于也成了一只能够自由飞翔的现实主义的花蝴蝶了。

我与木刻《林间》

美术创作也和文学创作一样,第一要对所描绘的对象熟悉,第二要对所描绘的事物有深厚的感情,第三要有熟练的技巧。这样,才有可能产生动人的好作品。

我生长在山西的山区,自幼就常见"毛圪狸",我逮过它,喂养过它,我非常熟悉"毛圪狸"的生活,也非常喜爱它。

1978年我去新疆归来。路经甘肃,参观了麦积山。由于麦积山很暖和,所以深秋了"毛圪狸"还在落光了叶子的树上玩。归来后我就根据这一印象创作了黑白木刻《林间》。初稿出来后钉在墙上,我的小姑娘看了说:

"爸爸,你画的松鼠不可爱!"

于是我进行修改,并对松鼠的尾巴加以夸张。小姑娘又看了说:"这回你画的松鼠可爱了。"

既然我的小姑娘批准了我的创作稿,我就一口气刻出来。

在安徽黄山召开的中国版画家协会成立大会上，我把《林间》交出。他们挂在墙上，因为每个参加大会的版画家都要交出一幅新的创作。人们看了《林间》说："力群不老!"我听到这个评语很高兴。实际我当时已六十八岁了。

当我在太原举行"力群版画展"时，正值全省美代会召开，我给参观我的画展的大会代表发了一百本目录，希望他们把最喜欢的版画做个记号，然后把目录交还我。这是一次无记名投票。后来查票，得票最多的是《林间》，共得90票。从此，知道我的作品中《林间》是最受群众喜爱的。

后来，油画家李天祥来太原，一见面就向我提出，希望我能送他一幅《林间》。由于一再要求，我估计他是真的喜欢，因此送给他一幅。

此画之所以成功，首先是由于我太熟悉"毛圪狸"了，同时也由于我太爱"毛圪狸"了。它刻于1980年，是我在版画上积累了多年的创作经验之后刻制的，只用一把圆口刀，一气呵成。画面的刀法非常统一，一只小松鼠正从这枝飞向那枝，很生动。

《林间》于1983年为法国国立图书馆收购，并于1987年发表于"法国木刻协会"季刊 (LeBoIsGRaVE)第一期封面上。1987年1月27日，由法国"欧亚文化协会"与"法国木刻协会"在巴黎蓬皮杜文化中心举办《中国当代木刻展》时，《林间》是参展作品之一，十月又参加了法国马赛举办的《中法现代木刻展》。还由中国展览公司组织赴坦桑尼亚、加纳等六国展出，也在美国展出过。1985年选入《中国新文艺大系》的

《美术集》。

当《林间》在北京琉璃厂"松筠阁"代售时,被一个日本人买走了。可第二天他又来了,说这是假画,理由是和他所见的《林间》上的图章不同,退掉了。当时"松筠阁"的人无法解释,写信来问我。我说:"由于第一版印得多,版坏了,我又照样重刻了一次,改刻了图章中的"力"字的篆文。因为第一次刻的"力"字篆文不标准。

我真佩服日本人对我的作品了解之深。

八旬后重返母校

趁着这次重游西湖,我又重返母校,当初的国立杭州艺术专科学校,全国解放后曾改名为中央美术学院华东分院,后又改名为浙江美术学院,现在又改名为中国美术学院了,我为此心里感到高兴。

如果我的同班同学和好友萧传玖现在还在校任雕塑系主任,那多好,这次来,自然要怀着故友重逢的欢乐心情,首先来看望他的,然而他已不幸在万恶的"文化大革命"中被造反派和红卫兵活活地迫害致死了,因此我重返母校,总会首先想到他而为之难过的。

我是1931年夏考入国立杭州艺专的,于1933年因"木铃木刻社"事件被捕离校,到现在已有60年之久,当时的故人已无一人在校了。

这次我以暮年的怀旧心情重返母校是先找郑朝同志的,他与我属于"以文会友"之例。因为我和他还未曾谋面,但为了写关于第一任校长林风眠的回忆文章却已通过多次信了。郑朝同志是研究林风眠的学者,他的工作使我赞赏,因为由他编辑的一本《林风眠论》很受美术界的欢迎,听说还受到浙江有关方面的奖励。这次能和他见面自然感到愉快。没想到我的到来他竟告知院长肖峰同志,因此我到校后肖院长不但陪我参观了教室,还请我吃了晚饭,又陪我去浙江医院看望了正在住院的前院长莫朴同志,去岳坟看望了已去世的老同学老战友叶洛的遗孀李炎同志,最后亲自把我送回住所,(当时已夜里十点多钟了)使我感动。

郑朝和金尚义同志来我的住所,是代表肖峰院长来的,并用他的专车把我接到学校,到校后先领我到附中的"65年校庆筹建处",将正在忙碌中的附中施校长介绍给我,施校长向我介绍了65周年校庆的准备情况,并把裱好的我为校庆题的《我的艺术摇篮》拿给我看,并说:"我们不舍得现在挂出来,等校庆时再挂。"使我高兴。之后我们合影留念。

接着施校长带领我们参观了美院附中三个不同年级的专业教室,同学们正在作画,其中有的对着花瓶等静物作水粉画,有的对着著衣的男模特儿作素描和油画,他们都像我们当年似的认真地忠实于对象去写生,没有随意夸张变形,素描和油画的人头也都画得准确而不苟,有几个男女同学画得特别出色,使我欣赏。我对于如此打基本功的绘画训练感到满意。我向施校长说:"我多么羡慕他们,如果能让我再回到学生时代,在此作画,我会感到幸福的。"大家都笑了。施校长说:"为了全面掌握学生的学业,现在一个班主任从学生入学到毕业,要一直负责到底,这个方法好。"而我们那时,却没有班主任,只有教课的老师。

附中参观毕,肖峰院长来了,热情地同我握手。我说:"我们是早在1957年在列宁格勒认识的吧?""是的,我还给你们作过翻译。"他笑着说。1957年我和李桦访问苏联,当时肖峰同志是列宁格勒列宾美术学院的留学生,这次访问虽然苏联派了翻译员,但缺席时,就请肖峰和邵大箴等中国留学生代劳,这样我们就相识了。时间过得真快,这竟是37年前的往事了,而今苏联也不幸从世界上消失,多么令人难过!

肖峰院长和郑朝同志陪我参观了大学部的油画教室和版画教室。还参观了陆放和李以泰教师的版画工作室。我和陆放曾在南京一同参加江苏水印版画的30年纪念活动,并住在同一客房,这次能在他的工作室看到他创作的那么多水印套色版画并与他合影留念,深感高兴。

肖院长陪我参观大学部的途中,见到丁正献教授和版画系主任赵延年及李以泰老师,老友意外相遇,使我十分惊喜,互相握手问候。丁老说起李桦同志的去世时,和我紧紧握手,互祝长寿!长寿!

在接触中感到肖院长还像当年那么朴素、热情、平易近人,使我感到亲切。接着他带领我们到大门口,在更名后的"中国美术学院"六个金灿灿的大字前摄影留念,其中除了我和肖院长还有施校长、郑朝同志等人。

"中国美术学院"这六个大字意味着母校的升华,使我有一种光荣感。肖院长说:"我们要立足于弘扬民族文化,吸收人类一切优秀成果,创造社会主义新时代的新艺术和新的艺术教育体系……把我院办成一所以造型艺术为经、以设计艺术为纬,美术科学齐全,人才辈出,设备完善,综合性的具有鲜明中国民族特色的社会主义一流的美术学府。"

后来,肖院长带领我们到图书馆大楼前,介绍了馆藏情况,他说:"这里所藏的各种书籍画册近30万册,是全国美术院校最丰富的,就是亚洲也是少有的……"但因已下班,无法进馆去一饱眼福,只能在外面看看馆楼的宏伟气派,深为遗憾。

但也使我想起60年前,当我在杭州艺专学习时,几乎每天夜里和同学都要走到当时"平湖秋月"附近的艺专小小的图书馆楼上,如饥似渴地阅览画册的情景。像走进远古的希腊和埃及的时代,惊叹着古代艺术家们的神奇的创造,更加仰慕意大利文艺复兴期的三大杰出的大师——达芬奇、米开朗基罗、拉斐尔。但同时也浏览印象派之后那些千奇百怪的艺术怪胎……多么开眼界,多么迷惑人,那些画册像用无形的艺术乳汁在哺育一代艺术青年。我受过这种哺育,深知艺术图书馆对于艺术学徒的价值。

这天晚上由肖峰院长、宋忠元副院长以及学院的王邦铎书记宴请,坐陪的有丁正献和郑朝同志等。丁正献是我于1938年在武汉由郭沫若领导的第三厅美术科一同工作的老友,因此我们坐在一起话题就多了。遗憾的是金尚义同志为了给我们留下纪念照片,当大家举怀时,他却到外面找胶卷去了,一直到我们快餐毕时才回来,使得我能留下些珍贵的纪念照片。

席间肖院长向我赠送了3本有关学院的书本和画册,一本是《中国美术学院》,在首篇《浙江美术学院简介》一文中,有这么一段:

> 六十多年来,我院已培养各类艺术人才5000多人,早期学生中有李可染、艾青、胡一川、沈福文、曾竹韶、王朝闻、费曼尔、张权、王式廓、罗工柳、彦涵、力群、赵无极、朱德群、吴完中等闻名于世的艺术大师,素有"三千弟子,七十二贤"之称,可谓桃李芬芳,蜚声海内外。

我是第一次读到母校称我为"艺术大师"的介绍文字的,这既是对我60年来艺术实践的评价,也是母校给予我的荣誉。我的心情既感激而又高兴。

其它二本为《中国美术学院历史回顾》及《浙江美术学院版画系教师作品集》,这两书是由肖峰院长和副院长宋忠元、党委(书记)王邦铎签名赠送的。

席间,肖院长向我介绍了学院的发展情况,说学院为了在上海扩建分院,现已征得500多亩地的院址,还争取萧山分部早日开工,这些都是多么让人激动的消息。

特别令我高兴的是,听说自1980年本院招收外国留学生以来,学员已多达500余名,包括来自世界各国的男女学员。过去总是中国人到外国去留学,如今也有了外国人来中国留学的事,这是多么令人兴奋的变化,说明我国在世界上的影响和地位与过去大大不同了。

餐毕,肖峰院长乘车陪我去看望前任院长莫朴同志,他正在浙江医院养病,我和他是延安鲁艺时代的老朋友了,老友相见异常喜悦,临别时他一直把我们送到大门口,说来也巧,在医院前厅竟遇见当年《译文》杂志主编黄源先生,他是鲁迅的好友,今年大约89岁了,还能认出我来。我们是在鲁迅的丧事活动中认识的,而且我的木刻《在病床边》曾在他的《译文》终刊号封面上发表,这已是将近60年前的往事了。

从医院出来,已经是夜幕下垂,我们又一同去岳坟看望了我的老友叶洛的遗孀李炎同志,叶洛既是我当年杭州艺专的同学,又一起因"木铃社"事被捕入狱,以后又一同在延安鲁艺工作,晚年回到母校任副教授。李炎用感激的口吻向我说:"这几年家中的事,肖院长没有少帮忙,如果没有他帮助,我们真没办法好想。"闻此,我更加敬重肖峰同志,我们这些从岗位上退下来的老文艺工作者,有这样的领导人关怀,心灵上怎么能不感到温暖。

归路,司机从孤山下的母校旧校址经过,使我的思绪又回到60年前。然后沿着白堤进城把我送到住处,我以感激的心情向肖院长告别。

悉尼的一日
——记"力群版画回顾展"开幕

1995年2月23日,是《力群版画回顾展》在悉尼"救火站画廊"①开幕之日,像庄稼经过播种耕耘,终于迎来了收获之日似的,使我高兴。

近一月来,我的女儿为了我的画展,又是下请柬,又是登广告,日夜操劳,全力以赴,真使我感动,令我感到她好像能够"呼风唤雨"。为画展我想到应该做的事她都做了,我没有想到的事她也做了,比为她自己的事还做得周到出色。所以从香港到悉尼,很多朋友都说她是我的孝女。

由于要完成刮胡须,准备新衣服等琐事,吃过午饭后,一直忙到3点半钟才上床午睡。 但因为心里有事,未曾入梦。女儿在4点钟就把我喊叫起来,在床上躺了有40分钟。

起来就忙于打扮,先穿上路经香港时女儿给我买的白色名牌新衬衣,后又穿上她在香港给我买的一身灰色时尚西装和一双黑皮鞋。我已有30多年不穿皮鞋了,总是穿布底鞋,现在又穿上有如脚上坠了两块砖头,重得不舒服。

轮到打领带了,我已忘了怎样打,因为自从1958年访问苏联归来,我就再没有穿西装打领带,怎么办?先把黑白小花点的领带让外孙给我打,后又让女婿审查,他说"很好了"才罢休,像姑娘出嫁似的打扮,自己也感到好笑。但这都是女儿的旨意,我只好照办。

女儿今天穿了一件红色的花上衣,黑长裙,显得格外标致。她今年快50了,但打扮起来像30岁左右。

我们上车后,由女婿开车,在5时半准时到达"救火站画廊"。

进得画廊的玻璃大门,首先看到以我的国画《西双版纳风光》为展厅招引观众的展览标志立在玻璃门内。画旁还放着四个花篮,都是把鲜花插在有水的花篮里养着的。上面都有庆贺画展开幕的红色贺词彩带。一个是唐人街无人不知的文华社俱乐部董事长黄中明先生赠送的,一个是唐人街历史最久的得记烧腊饭店老板得叔赠送的,还有一个是汇意轩画廊彭维营先生和夫人杜巧奴女士共同赠送的。这都是女儿的社会关系。

当时厅内已有少数中外来宾,经介绍我会见了堪培拉澳大利亚国立美术馆版画部长狄克孙·克里斯丁女士。握手后,她用华语告我她们美术馆在1985年刚成立时就收藏了中国现代木刻350幅,其中有我的两幅木刻,其一是《劳动英雄赵占魁》,其二是《文教英雄刘保堂》组画之口,这都是延安时的作品，据说是一位英国人名叫彼德的赠送的。使我非常纳闷，不知这两幅木刻如何到了英国人手里。接着她给我一本1981年印的藏画目录，标题是《三十年代和四十年代的中国木刻》，封面印着李桦1944年创作的《生活的苦恼》，里面印有王树艺的《自行失踪的人》，马达的《鲁迅先生》，古元的剪纸《上学去》(上写作者不详) 等木刻作为插图，在文字目录中，有蔡迪支、陈烟口、黄新波、黄永玉、江半、李桦、力群、彦涵、野夫……等人，在我的名下注有：中国，生于1912年——一个工人——《劳动英雄赵占魁》(是用中英文刊载的)。

我真没想到我们的木刻会在1985年就早已来到澳大利亚了。

时至7点，会场上的来宾已有二百多人，其中有画家刘开业、刘亚兰、沈加蔚及夫人王兰，刘宣及夫人穆舜君，吴棣及夫人黄勤，此外还有女儿最好的朋友江雅苓及丈夫，刘骅女士及丈夫，林力女士及丈夫，还有华侨领袖方劲武先生等。

后来新州上议院议员何沈慧霞女士和丈夫何建先生，以及麦觉理大学亚洲部贺大卫教授及夫人也来了，我和他们一一握手。除此之外，还来了一 医生和以及澳洲的艺术家，《自立快报》的记者，香港《大公报》驻悉尼女记者，由口口负责接待。请每位来宾在名簿上签名。

女儿这时在会场上接待来宾应接不暇。她的一件鲜红花上衣特别显眼，但我有时仍寻不见她。

在人群中认识了"澳大利亚国家民族电视台"高级翻译员江静女士，女儿说昨日由皇甫小姐翻译的关于"SBS"电视台采访我的谈话,将由江女士作最后审理。

有人告我中国领事馆总领事来了,我和女儿去会见,表示欢迎。女儿把我介绍给段津总领事及其夫人,我和他们亲切地握手,表示感谢他们的光临。经了解得知段总领事是江苏常州人,和女儿的妈妈是同乡,而夫人是上海人。

女儿买了七朵非常精致好看的鲜花束,分别别在段津总领事和夫人、何沈慧霞女士、贺大卫教授、帕莫拉老板和我以及她自己的胸前衣领上,以表示这些人物的重要性。我别着花朵在人群中来往,像在告诉婚礼上的宾客自己就是新郎似的。

7时许画廊老板帕莫拉女士宣布画展开幕,先请贺大卫教授讲话,介绍我的生平和艺术成就,他讲的时间很长。次由何沈慧霞女士致词,她说:

本人以澳洲第一位华裔议员身份,欢迎力群先生这次来澳洲举办个人艺术生涯回顾展。

让我们一饱眼福。我也代表在场的诸位,谢谢力群先生远道而来。为我们这个多元文化社会增添许多色彩。

之后由总领事段津先生致词,他说:

今天我们有机会参加力群先生的版画回顾展开幕式感到很荣幸。感谢"救火站画廊"参与组织了这次展览。

这次展览内容丰富,作品内容包括了中国近代历史的各个时期，是这些时期政治、文化、生活的反映。力群先生是中国版画界的老前辈，富有盛名，对他一生致力于中国版画事业表示钦佩，对他一生创造性的艺术生活表示赞赏。虽已83岁高龄，仍不远万里来到澳大利亚，我们与澳大利亚人民分享他的艺术创作成果。祝愿他的展览取得圆满成功，祝他身体健康。

他们都是用英语讲的。我听不懂，事后才设法弄到他们的中文讲稿。

当我用华语讲话时，由皇甫秉惠小姐作翻译，在照相机的闪光灯下，我说：

女士们、先生们：

我的美术展览会今天在美丽的悉尼城市开幕了，我感到无比的高兴。

请允许我首先向中国驻悉尼总领事馆的总领事段津先生和新州上议院议员何沈慧霞女士的光临表示感谢和欢迎。我的展览能够举行，应该特别感谢贺大卫教授和江雅苓女士，他们在筹备展出工作的翻译方面和媒介联络方面都给予我大力的支持。

除此之外，李子羽先生和刘骅女士以及中国大陆来的画家们和华侨界同仁也都给予我支持和帮助，我在此一并表示衷心的感谢。

我们中国走江湖的艺人有这么一句话，谓之"在家靠父母,出门靠朋友",在我于悉尼的展览工作中也体会到此语的可贵价值。如果没有以上朋友们的支持,我的展览工作是寸步难行的。

我来悉尼已有一个多月了,深感这块绿洲之地之可爱,它既不像香港的高楼林立,给人以精神上的压力,也不像香港人为生活而忙于奔波,更不像中国大陆的街上到处有人满之患。澳洲是一个空气清新,人民礼貌友好的国家,我每每出门总遇到人们向我笑迎。

因此,我的展览会能在这样一个可爱的国家举行,使我感到愉快。

我的作品一共有88幅在此展出,其中包括版画65幅,国画14幅,速写9幅。

我今年83岁了,在60多年的艺术生涯中,主要从事版画创作,这里展出的版画作品可分为三个时期,其一是在抗日战争之前及抗战初期的创作,其二是在解放区时期,主要是在延安鲁艺创作的作品,其三是中华人民共和国成立之后的创作。由于时代的不同,因而我的作品的内容和风貌也有所不同。希望能得到悉尼人士的欣赏和指教。

最后我的展览能够开幕,也要感谢"救火站画廊"的帕莫拉女士,她为我的画展做了很多具体的工作。

同时还必须说明,我的姑娘从头到尾为我的画展奔忙,有很大的功劳,我也要表示感谢。

谢谢诸位出席我的画展的开幕典礼。

为了对贺大卫教授在翻译工作上给予我的帮助,特由女儿赠送给他我的散文集《马兰花》一本,木刻《鲁迅像》一幅,还有临汾的木刻年画《门神》两张,木刻剪纸数帧,他很高兴。

当他们告辞离开会场时,我和他们一一握手送出画廊门外,并再次表示感谢。

总的来说,这次的画展开幕典礼是很成功的,被邀请到会的主要来宾都来了,悉尼的中国画家们也大都到场,连上澳画家请来人士总计有300多人参加开幕典礼。还当场售出30年代和40年代的木刻作品6幅,帕莫拉老板说,她的画廊还从来没有过这样的盛况。

由帕莫拉老板准备的一些小吃、饮料和酒,也都被来宾吃光了。有几位女士高兴地都喝了个半醉。

还应该提到的是我的女婿,他在会场上一直忙于给我们拍照录像,留下永久纪念。

在归路上,车在缤纷灿烂的霓虹灯光和辉煌的路灯的照耀下行进,我靠在车后的沙发背上,沉浸在画廊开幕典礼的胜利的回味中,有如做美梦般的愉悦。

注:①因由原救火站改建为画廊而得名。

《静乐民间剪纸集》序

在我们山西,正像每一道山里都有野花盛开一样,每一个农村也都有妇女们创作着窗花,在新年时使自己的窗户上闪耀着快乐。

在我的童年时代,就曾经看到姐姐们用小剪刀剪窗花,她们都不用底稿,随心所欲而作。但也看到大姐出嫁后的婆婆家的姑娘用刻刀"剜花花",她们都是根据底稿来"剜"的。

这些窗花,大都表现一些花花草草,家禽走兽;或者是吉祥如意,富贵有余;或者是莲生贵子,多福多寿……它们在农村的流行,就是妇女们的一种艺术创造,也是她们的一种生活乐趣;既是她们的文化活动,也是她们的美的享受。

当我在小学里读书的时候,曾看到镇上外乡人腊月里在街上卖窗花,其中就有表现拉洋车的作品,因当时正流行东洋车。这说明窗花的内容也随着时代的变迁而发展。

然而我当时对于这些东西,正像对于山里开放的野花一样,还没有发生多大的兴趣,认为那不过是些妇女们的玩意儿,所以还不懂得爱好和重视。

当我长大成人,从事了美术工作,又经过延安文艺座谈会,毛主席要求我们"注意群众的美术"并"向他们学习",因而逐渐地对民间的窗花剪纸发生了浓厚的兴趣,于是也就开始重视起来。

当时"鲁艺"有些美术家已开始采集陕北剪纸,正像发现了开在山野里的红艳艳的山丹丹花的美丽一样,他们发现了陕北窗花的纯朴粗犷之美,有如陕北民歌之耐人寻味。

1945年后,我从延安回到山西,曾在孝义县收集了不少剪纸,而且还和农村妇女石桂英合作了《织布》,没想到这个窗花竟成了剪纸名作而流行国外。至今我还像宝贝似的珍藏着那些孝义妇女的作品。正像我感到了山花之香,这时我真正懂得了窗花之美。

张宗载同志要我为《静乐剪纸集》写序,因而有幸欣赏静乐妇女们的有如山花似的剪纸。

我深感不论陕北窗花或者山西孝义、静乐剪纸,都不像江南剪纸之较为纤细秀丽,而都存在着北方剪纸之特色,兼有较为纯朴、厚实、粗壮之美。但细看起来,则又各有各的地方色彩。静乐剪纸既不像陕北剪纸之粗犷,也不像孝义剪纸的丰满与柔丽,而粗中有情,野中有味,虽土而工,别具一格。尤其是静乐剪纸中还有一种名为"墙花"的品种,张贴于屋内墙壁上。它和窗花之不同,在于不受窗格之所限,篇幅大小随意,无论是窑洞还是平房都可自由展贴,美化家室。

高转英和辛芙英两位老太太都是静乐农村的剪纸能手。高转英已60多岁了,她曾剪了十二幅属相图,但我更喜欢她的《做饭》,这既是她自己的劳动写照,也是晋西北人民生活的反映,富有生活情趣。辛芙英今年80多岁了,早年曾剪过一幅《老爷送外甥》,表现了外公坐车辕持鞭赶车,回首的动态和外孙张开手臂要找外公的样子,把晋西北山区人民的生活描绘得生趣横溢,作品很有创造性,也有稚拙味,令人久看不厌。

　　在静乐妇女的剪纸中我特别喜欢梁兰畔的《猫》,孟仙凤的《凤凰》和《老鼠闹葡萄》,张永梅的《双鸟》,有白则的《鸡和莲花》。这几幅剪纸的表现手法新颖,形象生动有趣,艺术形式精致,逗人喜爱,堪称静乐剪纸中的佳作。

　　正像我现在喜爱山花一样,静乐剪纸使我获得了一种山花似的美的享受。

自新篁到湖州（上）

我们的《救亡演剧队第六队》，自离开新篁后，又在嘉兴东南的凤桥、石佛两镇工作了两天；随即乘小汽轮回到嘉兴。在嘉兴寂寞的秀州中学稍事整顿，即于上一日下午告别当地，徒步沿着公路向湖州出发。当晚走向双桥，住在双桥小学，在该镇宣传了两天，随又徒步来至王江泾。因为我们带着照相机和调查表，因此引起了当局的误会，就把我们的队长送回嘉兴去了。经公安局详细审问之后，才算疑团被释。但为了怕走到别的地方再引起同样的麻烦，所以结果把照相机暂存在公安局，调查表亦当场撕毁了。因为我们带的行李较多，而且天又小雨，遂不步行，改乘长途汽车来到这秀山环绕的湖州。

湖州因为很少有敌机飞过，所以搬走的人家极少，比起嘉兴时常被敌机威胁冷落的街市来，实在就算太平静而热闹了。但当我们讲演时，市民却都很关心的听；我们教给他们歌唱时，好多老太婆和落掉牙齿的老农也张开嘴巴唱起歌来，这使我们感到极大的兴奋。

今天是"九·一八"，久雨的湖州骤然晴了起来，正因为这热闹的城市太平静了，所以我们在这旧恨新仇的悲痛日子能扩大的纪念它。因此我们也能在旷场上演剧了。

自新篁到湖州(下)

今天上午我们被《湖郡女子中学》邀去讲演歌唱,演剧后,下午在府庙露天开演《放下你的鞭子》,并和群众共同歌唱。晚上在民众教育馆又上演《放下你的鞭子》。因为我们已把这剧改编的和目前的现实更配合起来了,所以收效极大。当时的观众有市民、农人和伤兵,以致弄得他们信以为真,伤兵跳入场内拉架, 妇女们哭泣起来。这实在是要算我们做宣传工作以来,顶大的一次收获了。

我急忙的写了这些,不觉已是午夜十二点钟。但我们明天一早还得下乡去工作。读者们,再会了。

"九·一八"夜寄自湖州(移愁救国)

网球场上的张霞

一

每当礼拜天,我在"老年网球馆"的球场上拼搏之后,拭着热汗休息下来时,只要张霞在邻场打球,我就喜欢走过去看。如果说我也算一个"球迷",那么就是迷上张霞打网球了,你可知道欣赏张霞打"网球",就像欣赏优美的舞蹈似的,真是一种享受。

张霞生得非常迷人,有一双水灵灵的大眼睛,她的身段匀称端庄,富有曲线美,像古希腊女神维纳斯的大理石像。当夏季,如果让美术家看到她在球场上半裸的丰满美丽的体形,一定会在心里说:多美呀!她真是我们作画的最标准最理想的"模特儿"。

张霞打起网球来,则更加具有迷人的魔力。别的姑娘打网球,多半是身体的局部在动,而张霞总是全身动作,大力挥拍,手脚飞舞,犹如跳大动作的"迪斯科",她从来不打软绵绵的球,总是用全身的气力抽击,所以她的球一出手,就能打到对方的底线。但又很少"噢塞"(Outside 即出界)。就是不慎把球打在网上,也使球网为之颤抖,接连摆动不停。对此,我是很佩服她的。

张霞留着黑油油的短发,有点像"童式",长着瓜籽形的脸。

和她谈话时总感到有一种少女的天真和微微含羞的味道。她身姿灵动,体格健壮,一看就像个运动员。她打球时,跑得飞快,短发就像被风吹拂向后舞动。

五月的一天,我看到她在邻场打球,穿着淡红色的短袖衬衫和短黑裙,少女的乳房在胸前的衬衫下微微凸起,但可能买的衬衫短了些,所以每打一个高球,衬衫往上一提就露出她的小小的肚脐来,怪可笑的,我对她说:

"张霞,你可知道,你每打一个高球就让观众看到了你的肚脐。"

她有点脸红,但不笑。

有一次,张霞也坐在球场旁边休息,我问她:

"张霞,你十几岁?"

"十八!"她简短地回答。

"你十八岁就打得这么好,努力练吧,将来在奥运会上为祖国争光!"我鼓励地说。

她的一位同伴也说:"真的,张霞是很有希望的。"

她这才在迷人的面孔上显出难得的一笑。

张霞是 F 电视台的播音员,每礼拜天她们机关集体来网球馆打一次球,有八九个男男女女,其中就有张霞,她在这些球手当中,算得上是一个佼佼者。我真有点惊异,她人长得那么漂亮,而网球也能打得这么好。

二

一个炎夏的礼拜天,张霞照例来网球馆打网球。网球场一共有五个场地,当其中一个空着时,我向张霞挑战,要和她较量,她没有拒绝,我虽然和她相识好久了,但还从来没有和她较量过呢。其实我久已有此想法了,总想切身体会一下和这位美女打球的滋味,看我能不能打过她,今天可真是个难得的好机会。

和张霞配对的是她们F电视台的赵玲玲,今年也十八岁了,长得也很出众,可和张霞在一起,就把她给压下去了。她的反手球打得很出色,也是姑娘们当中的好手。我和她打过好几次了,是不可轻视的对手。

和我配对的是王教练,他正在休息,我一请就同意了。王教练今年有四十岁,曾经参加过全国的运动会,在网球单打比赛中荣获亚军。他比我个头高,有着强壮的身体,在我们的网球场上是没有他的匹敌的。

张霞今天上身穿的是海军蓝的白条纹短衬衫,下身穿着白短裙,白得像一朵白莲花;脚上是一双白球鞋,衬托得两条裸着的少女的腿,有一种健美感。

赵玲玲的头发是马尾式,穿着深红色上衣,黑色的裙子,两人站在场上愈加显得张霞的上衣和白裙的显眼。

真没想到来了那么多的看客,大都是打累了休息下来的球手。究竟是由于张霞的漂亮把他们吸引来的呢,还是由于她打球的优美姿态和球技把他们吸引来的,真是说不清;当然,也可能是既来欣赏张霞的美貌,又来欣赏她打球的优美姿态的,同时也有人可能是想看看八十岁的老头和四十岁的王教练同两个十八岁的姑娘在球场上如何比高低。

由王教练请观众中的老吴作裁判,他急忙登上裁判台,宣布比赛开始。这是一场友谊赛。

王教练让张霞先发球,他在我的右边,球打过来时,王教练却没有接好,把球打落网了,裁判在高台喊:

"一比〇!"

接着就是张霞给我发球,真没想到她打得照例非常硬,像一个炮弹似的向我袭来,我措手不及,球就从我的左边飞过去,没接着。

观众笑起来,有的就给张霞喊"好"。我心里想,这姑娘真厉害!接着裁判就喊:

"二比〇!"

我回头对王教练说:"咱们输了两个球了!"

"不怕。"王教练说,似乎他很沉得住气。

当张霞又给他发来一个炮弹似的硬球时,王教练打过去了,落在赵玲玲的左边,她一个反手球打在我的身边,我打了个高球打给张霞,张霞挥开球拍,急忙一个硬球打给王教练,王教练回了个带旋的短线球,轻轻地落在对方的网边,赵玲玲紧跑,没追上,结果球起落两次,她"呀"地叫了一声,身子碰在网上。这样双方打成了二比一。

轮到张霞再给我发球时,她打过来的炮弹我又没打好,打是打过去了,但打了个出线球。裁判喊:

"噢塞!"球场上的比分成了三比一。

能看得出,看客们都为我们担心。我把希望完全放在王教练的身上了。当张霞又给王教练发球时,王教练回击了个有力的底线球,落在赵玲玲的脚边,她有点心慌没有接住,又"呀"地叫了一声。裁判喊:

"三比二。"这时,我才发现赵玲玲有个习惯,一输球就要"呀"地喊叫一声。

当张霞给我又袭来一个炮弹时,全场的眼睛都注视着我,因为这一局的成败就看我的了,然而真够败兴,我竟打了个落网球,没过网,多么不争气,裁判高声喊:

"场上比分四比二,局数一比〇,换场地!"

我真有点不好意思,一面走着换场地,一面对王教练抱歉地说:

"真糟糕,都让我给输了!"

"没关系!"王教练说。似乎表示他不在乎,又似乎他有意安慰我。

轮我们发球了,王教练客气地让我发,我说:

"按场规应该你发,你就发吧,咱们必须赢回来。"

我看着王教练的硬球打给张霞,她急忙飞跑,用全身的动作挥拍,那白色的短裙飞舞起来就像芭蕾舞的女明星在台上跳舞,姿势真美。这回她的上衣却不再上升露出她的肚脐了。

也许是由于我欣赏张霞的白裙的飞舞走了神,也许是我站的位置不对,她突然给我打来一个反手球——而我是最怕打反手球的,结果是我又没有打好,把球打落网了。裁判员喊:"０比一。"

我的心情真有点紧张;第一局已经输给姑娘们了,第二局开首又让我打了个落网球,可不能再输了。但这个张霞呀,却真使我有些害怕。

王教练把球发给赵玲玲时,她即刻把个带旋的反手球打给我,我明白,球战中部是找对方的弱手的,这姑娘已经看准我是个"弱手"了,所以就欺负我这个老头。我和她往返打了四个回合,说真的,她的带旋的球也真够不好接,但我还是都接过去了,她最后打了个出线球。算我们赢了。

就这样球场上的拉锯似的战斗,结果局数打了个二比０。

我对王教练说:"不好了,咱们输给姑娘们两局了!"

"不怕",他又说不怕。

我心里想,难道能赢回来吗?如果我们两个老手真的输了,那多丢脸!

轮赵玲玲给我们发球了,我感到她的球很和善,不像张霞的炮弹使我招架不住。王教练很轻易地把第一个球赢了,我把第二个球也赢了。我是避开张霞把球全打给赵玲玲的,她接连"呀"了两声,输了两球。因为我也发现了她是个弱手,为什么不欺负这个弱手呢?因此,第三局我们就赢了对方。大局为一比二。但还是姑娘们领先。

换场后第四局,终于打成局数为二平,我的一颗不安的心从此不再紧张了,心想有王教练总不会输给这两个姑娘吧。

果然,打到第六局时,王教练大显身手,而我也很少失误,因此我们接连赢了姑娘们两局,当王教练的硬球打过去连张霞也招架不住时,观众有的就叫起"好"来。此时场上的局数为"四比二",我们领先,观众中有的说:"到底还是王教练厉害!"可是姑娘们也并不示弱,场上的比分由局数四比二又打成四平。

然而,毕竟因为我们这边有王教练,结局还是我们最后胜利了。

当裁判宣布了局数为"六比五"后,就从裁判台上跳下来,这时场上响起了一阵掌声,为王教练和我鼓掌,张霞她们虽然输了,但在我看来能和王教练打成"六比五"也真是了不起的。

我们虽然赢了,而我却亲身体会了张霞的本领。王教练也对姑娘们说:

"你们打得不坏,下次再见。"

当我和张霞隔网握手时,我看到她那红润美丽的脸上流着热汗,而她也破例对我嫣然一笑。我想,张霞心中一定有数,因为有王教练在场上,她是不敢奢望赢我们的。但这一场友谊赛却打得我也满头是汗,并领教了张霞的厉害。

三

　　张霞这位美丽可爱的播音员,我每晚在电视机荧屏上都能看到她,有时,就为了看张霞而打开电视机。她的记忆力非常好,在荧光屏上讲话时,总是看着观众,而很少看到她低下视线去看讲稿。但我们彼此相识都是在"老年网球馆"的球场上。

　　记不清是一年前的哪一个礼拜天,我照例走进"老年网球馆",突然看到有四个陌生的姑娘在场上打网球,由于一种好奇心的趋使,我走近去看,觉得其中正在挥拍的一个穿粉红色毛衣的姑娘非常面熟,似乎在什么地方见过,定神一想:呵!她不是F电视台的播音员张霞吗!又问旁边电台的人,证实果然是张霞,心想:她怎么也会打网球呢?

　　她休息下来时,经F电视台的球友介绍我们相识了。我说:

　　"每天在电视上看到你,我们认识你,可就是你还不认识我们。"

　　"你不是老画家吗?我曾在展览会上看到过你的作品,也在展览会上见过你。"

　　没想到她的记忆力这么好,从此我们就相识了。我心里暗想,能和这位美貌的播音员相识也真是一件愉快的事。

　　这之后我就开始注意张霞打球,其中也不否认由于她的美丽动人,我发现她打得真不一般,姿势既优美、挥拍也有力,不同于一般姑娘打网球好像受过良好的专业训练似的。

　　一次在休息的时候,我和F电视台的球友们闲聊,一位王同志告诉我：张霞的妈妈是北京知青，下放山西后和张为民结婚，张霞出生后她的母亲调到F广播电视台工作，前些年领导发现张霞生得标致，北京话又说得漂亮，所以就征求她父母的同意，让她当了播音员，这样她就在电视的荧屏上露面了。

张霞的妈妈爱打羽毛球，张霞见妈妈打，也吵着要打，于是妈妈就给她买了一个羽毛球拍，母女一早起来就在楼下的空地上打，这样张霞在家就和妈妈对打，到学校也把球拍带上，课余就和女同学们对打。当学校举行羽毛球比赛时，张霞竟获得冠军。这下可在学校出了名。

等到F电视台在后园修建了网球场，那时还没有建"老年网球馆"，由于我认识他们爱打网球的前任台长，就经常到他们的网球场打网球。这里离我家近。这之前我打网球要骑半小时自行车到赛车场去打。现在我就近到电台打网球，可真是太方便了，同时也就结识了很多电台的球友。但自从"老年网球馆"建成后，我就再没有到电台的球场打球，因为这个网球馆离我家更近了。听王同志说：张霞见很多姑娘在新建的网球场上学打网球，她也要妈妈给她买网球拍和网球，她也要学打网球了。她是妈妈掌上明珠，她的要求，妈妈从来没有不照办的，那时她高中还没毕业，尚未当播音员。

从此就在电台的网球场上出现了张霞的身影。然而张霞真是个心灵手巧的姑娘，不久她就把打羽毛球的技巧运用到网球上，很快就成为姑娘们当中打网球的佼佼者。

她妈妈看到她在网球上显露了才华，很高兴，于是就请了一位她认识的名吴进的网球教练指导张霞。吴教练纠正了她拿球拍的姿式,并教她怎样发球,怎样抽球,怎样削球,怎样打反手球,怎样拦网……要求她姿势要正确,动作要优美。并对她说:

"要想成为一个出色的网球运动员,就要像马家军那样能吃苦耐劳。"

而张霞也真能对吴教练的指导心领神会,又肯下功夫,更有股顽强劲。她根据吴教练的建议买了一对哑铃每天锻炼手臂,还每天早上坚持跑步,一有空就一个人拿网球拍在墙上碰球。这样坚持了半年,苦练了半年,使打网球的技术有了很大的提高。早些时她进球场,那些打得好的同志都不愿和她在一起打,人家感到和她打没趣味,可现在人们都争着要和她打。这样,张霞打网球的劲头就越来越高了。

听她妈妈说:张霞这孩子在学校的学习成绩也是名列前茅的,但就是特别喜欢打球,起先是迷上了羽毛球,后来又迷上了网球。

我们太原在三十年代曾经有过王氏姊妹在全国的运动会上得过女子网球冠军,当时轰动了神州大地。我多么希望张霞也能像王氏姊妹似的在未来的全国运动会上夺得冠军,为山西争光。

四

今年的初春,我在"老年网球馆"的门上看到贴出一张红色的通告,其中说:为了庆祝三八妇女节,将举行全太原市的妇女网球赛,希望妇女们踊跃报名参加。因此我就准备到时来参观妇女们的网球赛,尤其想看看张霞在这次比赛中的成绩,心想她肯定会来报名的。

三八妇女节来临了,那天下午我来到"老年网球馆",一进门就看到在墙上贴出的妇女比赛的比分表内,有张霞和她的配手赵玲玲的名字。而且她们已经打败了铁三局和省直机关的女将们。我问站在旁边看比分表的同志,知道第一轮在上午已经比赛结束了,下午是第一轮的胜利者进行决赛,赛出冠军和亚军。

我走进场内,看到在右边栏杆上悬挂着一条红色的布帐,上有"庆祝三八妇女节网球大赛"的白色大字,这时五个场地都有女将们打球。我绕场而行,发现张霞和赵玲玲在第三场内和对手们练球。张霞今天穿的是桃红色毛衣,黑短裙,衬托得她更加美丽动人,在场上很耀眼。赵玲玲穿的是白花纹的紫色毛衣,藏青色短裙,那紫色能令人想起紫丁香的颜色。张霞没有看见我,好像已全神贯注在这场即将来临的拼搏上了。

我本想站在场边多看看张霞,让她知道我来看她赛球了,但这是场规不允许的,因此我就上楼梯,到看台上观战。

今天下午大概由于是决赛,所以参观的人特别多,我好不容易在临近第三场地的看台上找到了一个仅有的空位,心里非常高兴。恐怕再迟来一步就只好站在坐椅的后排观看了。

我举目环视,看到附近坐椅上观战的大都是F广播电视台的人。在我左手旁边坐的一位正是我认识的球友老李同志,我在他们电台网球场上和他经常打球,他有一手很厉害的削球。他见我坐下来,就热情地说:

"你也来看了!"

"是的,我要看你们的张霞打球。"我说。

"今天张霞的妈妈也来看女儿打球了。"他放低声说。

"哪一位?"

"我旁边的这位就是。"

好像张霞妈妈听到了我们在说她,因此就扭过头来看了我们一眼。看上去也不过三十来岁,根据张霞的年龄她应该有四十来岁了,但显得很年轻很精干。她穿着一身灰色的短大衣,梳着稍微烫了的头,显得朴素大方而又美丽。怪不得张霞那么漂亮,这是和母亲的遗传有关的。

我问老李同志:

"在场上的张霞她们的对手是哪家?"

"是 K 大学。"

我早已听说 K 大姑娘们打得很有水平,因为 K 大有好几个网球场,而且全省的网球冠军柳勇就在 K 大。这些条件都有利于造就网球高手。

我看到裁判员进场了,正是曾经和我同张霞她们打过网球的王教练,他先让双方选场地,用一枚硬币投空,落地后由张霞她们占了南面球场,正在我们的对面,而 K 大的两位选手我们只能看到她们的背影,一个穿着枣红色的毛衣,黑短裙,一个穿着有红色花纹的白毛衣,深紫色的短裙。

当王教练登上裁判台后,就宣布开始练球。

正式比赛开始了,我看到张霞不慌不忙地向红毛衣发来一个炮弹似的硬球,红毛衣挥拍把球打在赵玲玲左边,她来了一个反手球打给白毛衣,这样就来回拉锯,看来彼此都还没有找到对方的弱手。这时我看到张霞的妈妈很紧张地看着台下女儿的拼搏。结果让红毛衣打给赵玲玲时她没接好,听见她"呀"地叫了一声,球落网了。裁判宣布〇比一时,我就听到对面看台上看客们的鼓掌声。老李告诉我:

"对面都是她们K大的观众。"

我看到鼓掌的人很不少,说明彼此的单位都很关心这场比赛。当张霞的炮弹球发在白毛衣的场地时,对方好像有点心慌,把球打在网上了。于是我的左右就即刻响起雷鸣般的掌声,显示了电台观众的声势,而我也随声给张霞鼓掌。

我隔着老李看到张霞的妈妈一面为女儿鼓掌,一面带着一种得意的微笑。

第一局打了个六比五,张霞她们赢了K大了。当裁判员宣布场上局数为一比0时,接着就是换场地。

现在是K大的红毛衣和白毛衣站在我们的对面了。而张霞和赵玲玲给我们看的是背影。

第二局由红毛衣发球,发给了张霞,她连忙把球送到白毛衣的场地,我看到张霞已发现白毛衣是个弱手了,所以就老把球打给她。而对方也已感到了张霞的球不好招架,所以就把球尽量打给赵玲玲。而赵玲玲也是不好惹的,她的反手球使对方不好接。但即使如此,南面红毛衣和白毛衣没有失误,而张霞不慎打了两次出线球,所以第二局下来,裁判员在台上就宣布局数为一比一。现在是打平了。

老李对我说:

"看来 K 大也蛮厉害,鹿死谁手,尚难预卜。"

"不过她们抽球没有张霞抽得狠。"我说。

接着的第三局,由于是赵玲玲发球,张霞拦网,他们配合得很好,而且又多给 K 大的白毛衣打球,结果以六比三为张霞和赵玲玲获胜,场上局数为二比一。

到第三局打完,换了场地,张霞她们就又活动在我们的对面了。但第四局她们没有打好,K 大的女将们打赢了。所以就听到 K 大的观众在对面拼命的鼓掌。这时场上的局数变成了二比二。轮到打第五局时,由张霞发球,她们这一局打得好,又赢了 K 大。于是电视台的观众又是一阵掌声。场上的局数为三比二。

到第五局打完,换了场地后,K 大又赢了电视台一局,结果打成了三平。

老李对我说:

"可不敢小看 K 大的两位女将呵!"

我看她们也是很厉害的,红毛衣打球的特点是善于守不善于攻,张霞打过来的每一个炮弹球她都能接过去,因此就时常形成拉锯式。而张霞虽然打的球很硬,但往往容易出线,因此现在打平了。真没想到接下去的战局,张霞和赵玲玲竟接连输给 K 大四局球。这是我们万万没有想到的。而今只要 K 大的女将们再胜一局就获得冠军,这对张霞和赵玲玲已形成可怕的威胁,我真为她们担心。

我看张霞好像有些轻敌,大意,过于心急,因此经常打出线球,结果场上的局数变成了七比三。

我们不断地听到对面K大观众的鼓掌声,而且喊:

"田芳加油!""刘玉莲加油!"

但我也不知道谁是田芳,谁是刘玉莲。看来她们真够气势逼人,由于她们已成胜家,虽然还不是最后的胜利。

这时我偷看张霞妈妈的脸色,感到阴沉沉的,没有一丝笑影,显然张霞在球场上的失利使她感到焦急,好像她已觉得大势已去,不可挽回了。而老李和我也确实为张霞她们的失利而提心吊胆,深怕她们得不到冠军。

但我看场上的张霞和赵玲玲时,却都显得颇为镇静,虽然她们连输了四局,而却并不心慌,好像她们是网球场上久经参赛的老手似的,真能沉得住气。

张霞掏出小手绢擦擦脸上的汗,然后就走在赵玲玲的身后咬耳朵,显然她们是在商量对策。

这时我问坐在身旁的老李:

"你看张霞她们还有希望吗?"

"难说。"他有气无力地回答我。

到这时处于胜利地位的K大的女将们似乎有些飘飘然,有些轻敌了,她们决没想到张霞和赵玲玲经过总结经验后竟连连得分,张霞打的炮弹球既很少出线,而赵玲玲也配合得好,所以竟能一口气追到局数为七比七的平局。电台的观众以雷鸣般的掌声迎接这个平局,为张霞和赵玲玲鼓劲。

这时倒是红毛衣和白毛衣看起来有点心慌而手忙脚乱了,所以不断失误。

这场比赛,虽然是在此比球技,比输赢,但实际也是比耐心比毅力。看谁家能够做到胜而不骄,败而不馁。

当第十五局开始赵玲玲发球时,红毛衣和白毛衣竟有两次失误,或者是打到线外了,或者是球没过网,我看到她们不断用手在头上摸汗,结果这场球打成四比二。局数打成了八比七。张霞她们领先。

这时我们对面的K大观众鸦雀无声,而电台这边却又是鼓掌又是欢呼。

"张霞加油!"

"赵玲玲加油!"

真是雷声震耳。我心里也怪着急的。

第15局换场后,当第16局开始我就看到张霞她们又活动在我们的对面了。

当她们打到三比三时,有好一阵的拉锯,令人感到是你死我活的拼搏,我的一颗紧张的心蹦跳着。

当场上的比分打成了四比四,电视台又是一阵热烈的掌声。

这时场上观战的双方无不万分紧张。

但终于张霞和赵玲玲接连赢了两分。

当裁判员宣布比赛结果局数为九比七时,电视台观众的热烈的胜利的掌声掩盖了全场。接着是张霞赵玲玲和她们的对手一一握手,并和从裁判台上走下来的裁判员握手,表示感谢。王教练一面握手一面说:"向你们祝贺!"

古人说："兵败如山倒。"我真没想到 K 大的女将们最后竟输给了电视台的姑娘们。

老李高兴地对我说：

"这真是奇迹！已经输到三比七了，居然竟能转败为胜，真不简单，真是奇迹！"

我也感到惊奇。当我回头看张霞的妈妈时，她正用一块雪白的小手绢拭眼泪。这是母爱的眼泪，欢喜的眼泪，感动的眼泪。接着我就跟着张霞的妈妈和电视台的观众走下了楼梯。大家正围着张霞和赵玲玲对她们的最后胜利表示祝贺。我看到张霞笑容满面的娇艳的脸上汗珠淋淋，有如芙蓉花上的滚滚朝露。

当张霞的妈妈流着滚动的眼泪走到女儿身边时，一下子就把张霞紧紧地搂在怀里。我看到这个动人的场面，也无比激动，感到这既是一幅动人的画，也是一首动人的诗。

张霞和赵玲玲终于夺得了这次"三八妇女节网球大赛"的青年组冠军，K 大的女将们为亚军。

当张霞和赵玲玲走上授奖台，在一片掌声中以胜利者的微笑接受了冠军的奖状和两个小小的漂亮的收录机时，我为她们感到高兴。是的，她们经过紧张的拼搏最后胜利了，但这不仅是球技的胜利，而同时也是顽强的毅力和耐心的胜利。

当晚，我在电视机的荧屏上看到身着红色西装的张霞那美丽端庄的容貌时，似乎还流露着网球场上胜利的笑影。

2001 年 5 月发表于太原《都市》文学双月刊

木版上的抒情诗

艾 青

力群同志是三十年代开始艺术创作生涯的,他是和中国革命的新木刻一同成长起来的木刻画家。

1941年春天,我到延安不久,在八月中旬举行的四位木刻画家——力群、刘岘、焦心河、古元的展览会期间,我曾写了一篇评价的文章《第一日》,其中关于力群同志的木刻,我曾说:

"……他的作品留给人以一种富于装饰的印象。"

"这次他的出品很多,而且大部分都是新作。这许多新作很明显地是作者探求新的道路的一些可贵的势力。它们截然地表明了和他的旧作之间的差异,这种差异不只是表现手法的差异,却也是创作意欲上的差异,这些差异使他的新作成了艺术创作路程上的一个主要的迈进。"

"《昨日的教堂》(即《延安鲁艺校景》)是这些作品里面最值得赞许的一幅。这作品的表现手法很生动。它的生动在于作品里所流露的高原的树木与天空之间的清朗的空气相调协,以至使我们不得不为这艺术家所再现的景色所魅惑。

"《打窑工人像》和《饮》是相接近的两幅,它们的刀法,它们的画面上所呈现的作者对于素描画的努力,都达到比较完善的水平。虽然《饮》在技巧上比《打窑工人像》要纯熟些,但在构图上我还是更喜欢后者。

"《女像》和《女孩像》都有不同的长处,前者的刀法对作者是非常突然的变换,这或许是作者新的尝试,这作品的画面有一种像石刻似的均整与单纯的美;而《女孩像》的表现手法和它所流露的素描的成功是可贵的,那北方女孩的正面的脸颊,鼻子与眼睛、嘴,都得到了最经济而又恰当的表现……"

从1941年到现在,时隔三十九年之久,力群同志在北京北海公园的植物园又举行他的版画展览会,这是值得欣喜的事。

这次他展出了包括各个时期的作品共有九十六件。这些作品除在1941年那次展出过的二十六件之外,全是新作。

在这漫长的三十九年,相当多的时间处于种种政治运动中。由此可以看到力群同志是相当勤奋的。

这次所展出的作品,题材更多样了,接触的生活面也更宽了,在形式上也更多地吸取了我国民族和民间美术传统的表现方法,已逐渐地形成了简洁、明快,富有抒情色彩的风格。

而这也正是我在多年前所赞赏他的艺术中的装饰美。

各种艺术,由于它们所采取的是材料与工具的不同,决定了它们不同的性能,发挥不同的作用。

作为版画艺术,这儿先说木刻画,它以木板为材料,以雕刻刀为工具,它们容易表现比较明快、对照比较强烈的题材。不能对版画提出像油画所追求的效果,即使是大幅的套色木刻,也不能(至少是不宜)去追求油画的史诗般的题材。

过于繁复的题材,需要过多的属于纯粹工艺的技术。纯粹工艺的技术虽然是完成艺术所需要,但它并不就是艺术;作为艺术,即使材料和工具如何不同,它们都有一个共同的要求:既真实而又有美感。

艺术里的真实,不是对客观世界的简单地复写和摹仿,而是艺术家的主观世界和客观世界的契合。

力群同志选择了不少抒情诗式的题材,在作品中力求达到单纯与明快,看了他的这些作品,像读一首抒情的小诗,给人以清新的感觉。例如《百合花》《瓜叶菊》《山葡萄》《石竹花》《生地花》都带来山野芳香。

其它如《黎明》《长江风景》《鹿园》《清泉》《林间》《春风》等等也是抒情味很浓的风景画。

当然,他也致力于刻画社会生活的题材,新的农村生活的变革,日常劳动的场面。然而,这些都不是他的艺术的特点。我们曾发现有不少人喜欢追求这一类题材,而且也有比较成功的收获。

千万不要以为我是在鼓励我们的艺术家闪避现实生活的题材,也不要以为艺术家——木刻艺术家只能刻画身边琐小的事物。

每个艺术家要有意识地根据自己的爱好与技巧上所已经掌握的能力去发挥自己的才能。

每个艺术家都必须具有"自己的"特长。有人善于谱写进行曲,有人善于谱写抒情歌曲。不能让女高音去唱男低音所唱的歌。

多年来的经验证明,力群擅长于表现单纯、朴素、明快——具有浓郁的装饰味和抒情诗式的题材。

1980 年 5 月 16 日

附　　记

　　1996年11月18日至23日在北京西百花饭店举行"96《文艺报》笔会"时,在笔会上将我的小说《网球场上的张霞》评为一等奖。当时小说还未发表。

力群文学作品索引

杜妹的罪行（散文）

1937年作于安庆，同年发表于胡风主编的《七月》杂志。

太原西郊的碉堡（散文）

1938年作于武昌，同年发表于《七月》杂志。

张培梅（散文）

发表于《七月》杂志1937年第十二期。

微山湖（散文）

1938年作于武昌，同年发表于《七月》杂志第三期。

他们全开到前线去了（小说）

1938年写于安徽太湖县，同年发表于《七月》杂志。

野姑娘的故事（小说）

1939年作于延安，发表于周扬、沙汀主编的《文艺战线》第五期。

行军在吕梁山中（报告文学）

发表于1939年《西线文艺》创刊号。

塞家村——英妹讲述(报告文学)

1939年作于延安,发表于的《妇女生活》。

布谷鸟(诗歌)

1941年发表于《抗战文艺》。

略论祥林嫂的死——就商于默涵同志(评论)

1942年6月发表于延安《解放日报》

评李束为小说《老婆嘴减租》(评论)

发表于1948年的《晋绥日报》

谈《李有才板话》(评沦)

发表于1948年《人民时代》杂志。

列宁格勒通讯(访问记)

写于1957年,同年发表于《版画》双月刊第八期,后收入《访问苏联画家》一书。

访问苏联画家(访问记)

1958年天津美术出版社出版。

春颂(散文)

发表于1978年《汾水》杂志第六期

新疆旅游散记(游记)

共七篇,有六篇连载于1979年的《西安日报》

从鲁迅的《在现代中国的孔夫子》谈起(评论)

发表于《汾水》杂志1979年第十二期

生当作人杰(杂文)

发表于《北方文学》1980年第十一期

大兴安岭见闻(游记)

1980年秋写于哈尔滨,1982年发表于《晋中文艺》。

从阿金谈起(杂文)

发表于《晋中文艺》,1980年第一期。

松花湖(诗歌)

作于1980年8月,发表于《山西文学》。

长白山白桦(诗歌)

作于1980年秋,发表于《山西文学》。

鸭绿江《诗歌》

作于1980年8月,发表于《山西文学》。

怀念贺老总(回忆录)

发表于《汾水》杂志1980年第六期。

我给鲁迅先生画遗像(回忆录)

发表于1981年9月15日《人民日报》。

黑龙江边(游记)

发表于1981年《太原文艺》。

萤火虫(散文诗)

发表于《湘江文艺》1981年第八期。

我和表兄(小说)

发表于1982年10月号的《晋中文艺》。

牯岭抒怀(散文)

1982年作于庐山,发表于1987年3月26日《太原日报》。

怀念茅公(回忆录)

发表于《山西文学》1982年第四期。

怀念江丰同志(回忆录)

发表于1983年《版画艺术》第九期。

我的妈妈和妈爹(散文)

原载《山西文学》1983年第五期,后收入散文集《我的乐园》。

我的第一位老师(散文)

原载《山西文学》1983年第六期,后收入散文集《我的乐园》。

忆西湖(散文)

发表于《浙江画报》1983年第五期。

我的乐园(散文集)

1984年上海少年儿童出版社出版,并获上海儿童文学园丁奖。

漫谈鲁迅小说和杂文的思想性和艺术性(评论)

1984年发表于《山西日报》。

绿色的治花泉(报告文学)

发表于《吕梁文学》1984年第四期。

我在鲁艺(散文)

发表于1985年8月29日《太原日报》。

张侯拉访问记(报告文学)

发表于《五台山》1985年第三期。

怀念王式廓同志(回忆录)

发表于《美术研究》1985年第四期。

我的母亲（散文）

原载《山西文学》1985年第六期,后选入河南出版的《散文选刊》1985年第十期。

怀念周总理（回忆录）

发表于1986年1月7日《太原日报》。

马兰花（散文诗）

发表于《散文》杂志1986年第三期。

儿时的灯影戏（散文）

发表于1986年6月3日《太原晚报》。

童年逝了,故乡永在（散文）

发表于《散文》1986年第九期。

一只野兔的悲剧（小说）

发表于《山西文学》1986年6月号。

良师,普罗文学和星星之火——忆杜心源同志（回忆录）

发表于1986年2月16日《四川日报》。

中国现实主义文学事业的忠实战士——忆胡风先生（回忆录）

发表于1986年6月19日《太原日报》。

谈鲁迅的《故乡》（评论）

发表于1986年《鲁迅研究动态》第四期。

鲁迅小说《肥皂》赏析（评论）

发表于1986年10月20日《太原日报》的《双塔》副刊。

读《法魂》随感（评论）

发表于 1986 年 6 月 26 日《山西日报》的《黄河》 副刊。

漫谈童话兼评《红宝石公寓》(评论)

发表于《火花》杂志 1987 年第五期。

忆运河(散文)

发表于《火花》杂志 1987 年第五期。

桃树庄的春天(小说)

1986 年 5 月作于山东安邱县宾馆,发表于《黄河》文学季刊 1987 年第二期。

怀念夜明珠(回忆录)

发表于《山西文学》1987 年第一期。

略评《喜事》(评论)

发表于 1987 年 8 月 3 日《太原日报》的《双塔》副刊。

青松赞(散文)

发表于 1987 年 10 月 6 日《人民日报》。

怀念叶洛同志(回忆录)

发表于《新美术》1987 年第一期,同时载于《西部美术》1987 年第一期。

在赛场上(散文)

发表于 1987 年 10 月 7 日《天津日报》。

把美的情操奉献给人民 (评论)——从谢俊杰的小说谈开去

发表于 1991 年 1 月 5 日《文艺报》第七版。

赞美工人阶级的歌手——贺小虎《我们工厂的三个女人》读后

发表于1991年5月18日《文艺报》。

爱情悲剧《伤逝》赏析（评论）

发表于1994年《鲁迅研究月刊》第七期。

再读三毛的《哭泣的骆驼》

发表于1991年6月3日《太原日报》副刊。

一见钟情——评珍尔女士的诗

发表于1997年《九州诗文》第一期。

网球场上的张霞(小说)

发表于2001年5月太原《都市》文学双月刊。

早霞晚霞皆灿烂

——祝贺力群同志创作生活六十年

胡　正

一

纪念力群同志创作生活六十年,主要是探讨他在版画创作上的杰出成就。我对版画知之甚少,而对他在文学创作方面的情况却有一些接触和了解。1946年至1948年,我在《晋绥日报》任副刊编辑时,力群是《晋绥日报》美术组办的《人民画报》的主编。美术组和副刊室住隔壁窑洞,因而我们交往较多。他喜欢文学,对副刊发表的文学作品非常关心。我亦常请他为副刊作画、作插图。当副刊转载李季的长诗《王贵与李香香》时,他即为这首民歌体的长诗作了优美的插图。副刊转载赵树理的小说《李有才板话》后,他又接连写了一谈、二谈、三谈《李有才板话》,对这篇受到群众热烈欢迎的小说连续作了详尽的评论,是当时最早赞扬赵树理小说的评论之一,对晋绥边区的文学创作发生过很好的影响。他对晋绥边区作家的作品也很关心,当束为发表了小说《老婆嘴减租》后,他即在副刊写了评论,赞扬了这篇反映解放区现实生活的作品,并对小说在塑造人物方面作了很好的艺术分析。

力群对文学作品的评论,坚持了鲁迅先生倡导的民族化、大众化的文学主张,坚持了毛泽东同志《在延安文艺座谈会上的讲话》精神。通过具体作品的评论,提出他对当时文学创作的意见和他对文学艺术的见解。早在1942年延安《解放日报》上,他曾发表了评论《略论祥林嫂的死》就商于林默涵同志,提出了对鲁迅先生作品研究中的一些问题。后来他又写了《漫谈鲁迅小说和杂文的思想和艺术性》《谈鲁迅的＜故乡＞》《鲁迅小说＜肥皂＞赏析》等研究鲁迅作品的论文。前几年他在《山西日报》发表了评小说《永不回归的姑母》——《我和作家对话》,曾引起广泛而热烈的讨论,并得到许多人的赞同,也是他对当时文艺思想比较混乱的情况勇敢地提出的尖锐批评。他在文学评论中的观点是坚定的,态度是鲜明的。随后他在《文艺报》发表了两篇长篇评论,热情赞扬了山西作家谢俊杰和贺小虎的小说。他详尽地论述了他们小说的思想意义和艺术特色,表示了他所喜欢的、值得提倡的清新健美的文风。

二

力群不但写了一些有独到见解的文学评论,也写了一些通俗生动的小说。抗战初期他在周扬主办的《文艺战线》杂志上发表了小说《野姑娘的故事》。周扬曾给他复信说:"写得不错,我应当庆贺你。"小说讲述了一个有野性的山村姑娘参加抗战的故事,人物性格鲜明而强烈,反映了当时在偏僻落后的山区农村妇女们摆脱封建束缚,争取自由解放的动人事迹。现被选入重庆出版社出版的《中国解放区文学书系》。

1987年第二期《黄河》文学刊物发表了他的小说《桃树庄的春天》。他以抒情的散文笔调描写了一位画家和一位山村剪纸巧手的少妇的交往和爱情。通过画家和少妇对剪纸艺术的探讨,描写了一位美丽多情的农村才女的令人同情的身世和不幸的遭遇。小说的语调平缓而深沉,感情真挚而细腻。他的其他几篇小说如抗战初期在《七月》杂志上发表的《他们全开到前线去了》,后被人民文学出版社选入《中国现代文学流派创作选》。他近年来在山西杂志上发表的《我和表兄》、《一只野兔的悲剧》等,都是时代感很强、生活气息浓厚的作品。他对描写的对象有着热烈而深厚的感情,塑造了一些性格鲜明的人物形象,语言自然而流畅,给人以美的感受。

三

力群在文学创作的领域里涉猎是比较广的。年轻时,他写了一些热情洋溢的诗歌,如1941年发表于《抗战文艺》的《布谷鸟》,以及后来写的《松花湖》《长白山白桦》。到了八十高龄时,又于1992年7月在《山西文学》发表了感情浓烈而深沉的抒情诗《她去了》。他将诗稿寄给艾青看后,艾青复信时热情地称赞了他的诗:"您的木刻是属于一流的,没想到诗也写得这么好,建议您多写诗、从您的诗看到您仍有诗的激情。"

力群在文学创作方面写得最多、成就最高、影响最大的则是他的散文。

1990年初他编好他的散文集《马兰花》后,要我作序。我很快看完了这本集子中的五十多篇散文。有些优美动人的散文竟使我接连读了几遍。散文集中前面的几篇如《太原西郊的碉堡》、《行军在吕梁山中》等,是他在抗战初期写的战地见闻,作为当时的一位青年作者,曾受到茅盾先生的注意,并写信向他约稿。散文集后面的大部分作品则是粉碎"四人帮"之后,他经受了"文化大革命"的苦难而后所焕发出来的对于生活的美好希望。如《春颂》抒发了他对于春天的憧憬,《马兰花》颂扬了旺盛的生命。然后他便满怀深情地连续写了他的童年和对于往事的回忆。

正如他的版画风格前期后期有所不同,他的散文也是前期的作品注重反映时代风貌,朴实而浑厚,后期的作品追求美的情趣,优雅而抒情。1984年由上海少年儿童出版社出版《我的乐园》时,冰心老人在序言中称赞:"写得很好,感情真挚浓郁。"他把童年时代在家乡的生活写得那样绚丽多姿、美妙有趣,展示了一个既亲切又神奇的童话世界,被上海市评为优秀作品,获得了"儿童文学园丁奖。"他的《童年逝了,故乡永在》,充满了他对于童年和故乡的怀念之情,也寄予了无限美好的希望。这是一首饱含感情的优美的散文诗。

他的这些对于童年和家乡的回忆,或以浓郁的深情,或以淡雅的情思,歌颂了美丽的大自然,歌颂了生命的春天。大自然的春天是迷人的,生命的春天则更为诱人。他以画家的彩笔,以作家的语言,描绘了他对童年和故乡的独特感受,形成了感情真挚、清新自然、优美抒情、诗画相映的散文风格。

在《马兰花》散文集中,还有他对于鲁迅先生以及茅盾、胡风、江丰、王式廓等已故作家、艺术家的怀念文章。值得称道的是他纪念故友马达的《十年祭》。马达也是鲁迅先生培育的新兴木刻运动的元老之一,和他同时在延安鲁艺美术系执教。他通过对往事的追忆,以马达对于革命事业的功绩和他们相处中的一些生动的生活细节,塑造了一位表面沉静而内心火热的倔强的形象,使我们从文章中可以感到马达的音容神态。可见他对于观察人物的细致、深刻,文字表现的生动、确切,恰似一幅刀刻的鲜明突出的人物肖像。

另一篇《怀念夜明珠》的散文,也是一篇值得提到的满怀深情的作品,他以当时非常激动的心情,描述了这位艺名"夜明珠"的晋剧演员在戏曲舞台上表演艺术的惊人魅力。"夜明珠"曾给晋绥边区的人们留下了非常美好而深刻的印象。通过他和这位真名王艳凤的姑娘的几次难忘的会面和谈话,写了她从小即卖给人家学戏的苦难身世,抒发了他对这位英年早逝的青年表演艺术家的悠悠情思。

在散文的领域里,他还写了一些访问东北、西安和江南名胜的游记。力群喜动好游,生活兴趣广泛,他热爱生活,对生活中美的人事景物非常敏感,满怀激情,并在文学艺术的领域里不倦地追求和开拓,他年轻时那样才华横溢,二十多岁便成为鲁迅先生培育的新兴木刻运动的先驱者之一,在文学创作上受到了茅盾、胡风、周扬等人的鼓励。到了晚年,他的生命力仍是这样旺盛,才思仍是这样敏捷,依然不减艺术家的浪漫情怀,而且更加纯熟,更加飘逸。六十年来,他异常勤奋地以版画和文学作品抒发了他对生活的感受,对人生的爱,也给予我们美的享受。他不但是一位享誉国内外的版画家,我国杰出的艺术大师,也是一位很有见地的文学评论家、素有修养的小说家、独具特色的散文作家。愿他长寿。

1992年8月13日于太原迟园

木刻《黎明》陈列于英国陈列馆,《瓜叶菊》存于南斯拉夫博物馆,《林间》为法国国立图书馆收藏,《听报告》等为堪培拉"澳大利亚国立美术馆"收藏。为了力群在版画事业上的贡献,"日中艺术交流中心"于1988年12月14日特向他颁发了"贡献金奖"。1991年中国美术家协会、中国版画家协会为其颁发了"中国新兴版画杰出贡献奖"。

力群近年来以更多精力从事国画花鸟画和文学创作。他的文学作品多半在《人民日报》《散文》《黄河》《山西文学》等报刊杂志发表,影响较大。

力群于1985年10月21日被作家协会书记处批准加入中国作家协会为会员。

1991年10月获国务院特殊津贴。1992年5月山西省委、省政府授予力群"人民艺术家"光荣称号。1997年出版自传《我的艺术生涯》获山西省委宣传部精神文明建设"五个一工程优秀作品奖"。2003年9月由中国文联和中国美术家协会授予力群金彩奖成就奖。力群现任中国版画家协会名誉主席,山西省文联名誉主席。

《力群小说集》序

李允经

鲁迅生前注意到了力群在木刻艺术方面的成绩,但却没有发现他的文学天才。这是因为他们的交往不仅间接,而且短暂,力群又曾身陷囹圄,尚来不及拿出创作实绩的缘故。然而,鲁迅逝世后不久,随着抗战爆发和抗日宣传工作的推展,力群的文学才华便宛如破土的新芽开始得以显露。这一时期,除小说外,他还发表了散文《杜妹的罪行》(1937)《太原西郊的碉堡》《微山湖》(1938);报告文学《张培梅》(1938)《行军在吕梁山中》《塞家村》(1939)以及诗歌《布谷鸟》(1941)等。他的创作才华先后获得了文学大师茅盾和文艺理论家胡风的关注和赏识。茅盾称他的作品为"大文"并向他约稿,胡风则每见他的来稿就刊载于《七月》杂志上。所以后来力群曾说:"是胡风先生主编的《七月》培养了我的文学兴趣,提高了我的创作胆量和劲头。"(见《中国现实主义文学事业的忠实战士——忆胡风先生》)

然而，自此之后的三十八年间，力群却很少——或者竟不再从事文学创作了。"不再"的原因是什么？固然也应该思考和予以解释；可是，令人可喜的是从1978年力群在《汾水》月刊上发表《春颂》以来，他在文学创作方面，却竟一发而不可收，出现了一个新的高潮。他的创作热情历久不衰，持续至今。就我所知，力群在二十世纪八、九十年代就先后出版过四本创作集。其一是散文集《我的乐园》(1984年上海少年儿童出版社出版，并荣获"上海儿童文学园丁奖")；其二是《梅花香自苦寒来》(1985年四川美术出版社出版)；其三是《野姑娘的故事》(1987年东北师大出版社出版)；其四是《马兰花》(1991年北岳文艺出版社出版)。这些文集除《野姑娘的故事》一书收入五篇小说外，可以说大都是力群八十年代所撰的散文。如果认为《梅花香自苦寒来》是"画家论画"丛书之一，有些文章带有论文的特色，那么我们也应当看到其中的另一些篇章(如《从"哎哟哟"谈起》《春风又绿江南岸》等)，实际上都是抒情散文。力群在新时期发表的文学作品约有五十篇，三四十万字，数量可观，质量上乘。假使说，抗战初期是力群文学创作的萌芽时期，四十到七十年代前半期是停滞时期，那么，1978年以后的廿四年间，则是他文学创作的丰收时期。阅读这些作品，我们可以了解力群的故乡和他所出身的家庭，知道他自幼便是一个玩童，喜欢故乡田野沟壑中的花木和松鼠，但却未必热爱生养他的母亲。知道他在中学时代是数理化混及格，而在美术方面却才华横溢，次次满分。阅读这些作品，我们可以看到七十年来力群所走过的一条革命道路以及他那热爱祖国、热爱人民、热爱党的伟大情怀,我们还可以感受到他那高尚的审美情趣和永远不知老之将至的青春型性格。总之,研究力群的文学创作绝不能和研讨他的美术、版画创作相分离,相反,恰恰应当将两者紧密结合。

与散文创作比较起来,力群的小说为数不多,仅仅六篇。它们是《他们全开到前线去了》(1938)《野姑娘的故事》(1939)《我和表兄》(1982)《桃树庄的春天》(1986)《一只野兔的悲剧》(1986)和《网球场上的张霞》(1996)。

小说《他们全开到前线去了》,可以说是力群的处女之作。它写于1938年,同年发表于《七月》杂志第八期。作品以王教官和大家讨论游击战的对话来歌颂中国工农红军扎根于广大群众中,作战灵活机动以及不怕牺牲、视死如归的硬骨头精神;同时,又歌颂了新四军和八路军停止内战、一致对外,主动奔赴抗日前线、英勇杀敌的爱国主义精神。作品中的王教官是一个曾经多次在江西参与国民党反革命军事围剿的角色,他尽管立场反动,开口闭口称工农红军为"赤匪",甚至把红军改编为新四军和八路军称之为向国民党"投降",但他却热爱祖国,主张抗日,并要大家学习"赤匪"开赴前线、英勇作战、不怕牺牲、保家卫国的壮举,点燃起民族革命战争的熊熊烈火。作品比较成功地刻画了王教官粗直而可爱的复杂个性,反映了三十年代后中期由内战转向抗战的时代精神。

《野姑娘的故事》可视为力群前期小说的扛鼎之作,1939年作于延安,发表于《文艺战线》第五期。作品向我们讲述了一位略带野性的山村姑娘挣脱封建枷锁参加抗战的动人故事,而野姑娘这一艺术形象在当时正体现着一种榜样的力量,她对动员广大农村妇女投身抗战无疑是有着一种良好的社会效应。

野姑娘贵莲因为生辰属相按照迷信的说法是既克父母又克公婆,因而也就既不为父母所喜欢又说不上婆家。加之,母亲早逝,贵莲更是无人经管,"头发永远是乱蓬蓬的,里面还夹着飞土和毛草,辫子是翘着的,象一条猪尾巴;面孔呢,是鼻涕涎水的;衣服是又脏又破,如果你走近些,就会看到大个的黑虱子在破绽中爬……"这样的一个不出色的野丫头,又有谁会看重她呢?然而,自打牺盟会决死队的同志们来到这山村,贵莲的内心世界就开始发生了变化。她去听抗日的演讲,明白了"必须帮助军队才能打走日本强盗"。于是,她便主动去帮部队烧水煮饭。她发现部队中也有女兵,"不但教她唱歌,而且还拉着她的手给她讲一些关于打日本鬼子的道理呢"。结果是她索性背着父亲,只身参军,改名张秀英,成了决死队随营学校中的一名新学员。这样,她就拼命学文化、学军事,仅仅花了"一年多的工夫",便"由一个文盲变成了识字的人";由一个根本"寻不到婆家的女孩"变成了决死队男士们争着追求的对象;由一个毫无觉悟的"野姑娘"变成了一名"光荣的共产党员"和"民运队的队长",并在回乡探亲的时候,即刻成了村妇们羡慕的对象。这时,作者写道:

说也奇怪,就像在平静的湖面投了一块石头似的,野姑娘回来的消息立刻就传遍全村了,她旧日的伙伴们,小脚的,大脚的,梳园头的,剪了发的,拖辫子的……立刻都跑了来,乱纷纷的站下一大堆,寂静的破院落里霎时就充满了女人的笑声和话声,都在好奇地看着我们的女主角。有的来研究一下贵莲胸前的耀目的绿色自来水笔,有的来摸摸她的"盒子枪"。能说的在诉说着贵莲走后的情形,好问的在问贵莲有没有出嫁,她的新郎可是一个当军官的,有的又在急急忙忙告诉着鬼子兵怎样的闯进村里来,怎样的刺死了她的爸爸……说的有声有色,当中还夹杂着贵莲的简洁的话声,好像讲演似的,说的全是大道理。

您看,村里的妇女们几乎是包围了我们的女主角,而一年来发生在贵莲身上的巨大变化则无疑是在启示她们,呼唤她们,叫她们投身于民族革命战争的洪流。

如果说力群前期的小说是写于动乱的战争年代,作品的内容都集中在抗战动员方面,那么,在经历了四十多年的沧桑之变以后,他后期的小说则写于宁静的和平时期,内容也有了新的拓展。和前期一样,力群后期的小说创作,数量也不多,我所看到的仅有《桃树庄的春天》《一只野兔的悲剧》《我和表兄》和《网球场上的张霞》等四篇。这四篇作品题材虽然各不相同,但却大都具有回忆的特色,概括力也很强,不仅反映了二十世纪四十到九十年代我国社会生活的某些面影,而且作者某些经历和感受的投影,似乎也尽在其中。

《桃树庄的春天》作于 1986 年,但内容却是以八路军记者张鸿和山西新解放区 S 县的剪纸能手兰芝之间的一段热恋的往事为题材的。作品用第一人称的叙事方式一气呵成。主人公"我"(即张鸿)来自延安,会画像,会纺线,善于深入群众。作品以"我"热爱窗花、收集窗花为由头开篇,先后写了在房东家发现了窗花,问是谁剪的,希望剪窗花的兰芝是一位"才貌双全"的姑娘,进而又写了"我"与剪窗花的三姑娘兰芝的首次相见、给她画像、请求她剪窗花、向她催讨窗花、询问窗花的含义以及和她合剪窗花等细节,笔端含情叙事,读来娓娓动人。与此同时,作品又以"我"为村人画像、尤其是前后三次为兰芝画像为线索,步步深入地刻画了与兰芝的交往和爱情,从而使他们在人生长途中的这一爱情插曲得到了完整的艺术再现。

兰芝真美,作者在写到首次为她画像时,便以多情的笔墨为她传神写照了:

夕阳照得窗纸满亮,把窗花照得血红,三姑娘依照我的安排坐在窗前,她脸绯红,带着羞意,一双大眼睛脉脉含情,两个酒窝对着我笑。

近几个月来,我给各色各样的女人画过像,却还没有遇到过三姑娘这样引起我画兴的对象。她像一具美丽的塑像静坐在我面前,我一边画一边欣赏,精读着她面部的每一个细节,她那满含深意的大眼睛平视着玻璃窗外,红润的双颊装饰着两个动人的笑窝。画笔紧张地在纸上流走,我的精神陶醉在工作的愉悦中。

然而,不幸的是这样的美人儿却被浸泡在苦水中。她自幼家贫,被卖作童养媳,男人"丑得不像人样",前年被抓去当兵,至今没有音讯。她没有过过一天幸福的生活,守活寡的日子也不知何时才能终结。没想到八路军记者张鸿却欣赏她的窗花,迷恋她的美貌,同情她的悲苦,由欲作她的哥哥发展到愿作她的恋人,而她也心有灵犀一点通,已经和张鸿心心相印,难舍难分。但是,兰芝已经成婚,作为共产党员的张鸿也不能不受革命纪律的约束。这样,他们"最初的吻",也就必然成了"最后的吻"。他们一起做过的那场"桃色的梦"也就只能以一种个人隐私的形态埋藏在各自的心中。这隐私久久不为人知,但一经写出,却凄楚动人。作品还写了春梅姑娘因包办婚姻的不幸而自杀,但几年后可怜的兰芝也竟蹈了她的覆辙。美丽动人的兰芝姑娘落得个如此结局,又怎能不使先前爱她的张鸿老泪纵横!显然,《桃树庄的春天》使我们看到了二十世纪四十年代,经历了解放战争洗礼的中国农村,包办婚姻制度依然是套在广大妇女身上的枷锁。

《一只野兔的悲剧》,写于1986年,发表于同年《山西文学》6月号上。这篇小说仍然是用第一人称的方式来叙事,来抒情,但饶有兴味的却是使我们看到和想到了二十世纪五十年代末和六十年代初,弥漫在我国政治生活和社会生活中的狂热和浮夸。作者笔下的"我",向来就最爱小动物,他一直想捉到一只活的野兔,但却始终未能如愿。可是,1957年他回到了故乡,在一次极偶然的机会中,居然实现了多年的梦想。作者以精彩传神的笔墨写了野兔怎样被抓,怎样运回北京,

"我"的儿子明明如何喜欢野兔并为它取名为"灵灵"。后来,野兔渐次长大,长得"像是一只又肥又胖的大花猫",并且通了人性,讲究卫生,成了他们"家庭的一员"了。偶然,"灵灵"不见了(比如钻到床下、跑到别家),一家三口人都惦记着它的去向和安危。为此,明明发明了削苹果给灵灵吃皮的办法,引它从暗处出来;又发明了在野兔脖子上系小铃铛的办法来管理它的行止。总之,作者以细腻的笔触将一家人养兔、爱兔、画兔的情景刻画得栩栩如生,楚楚动人。

恰在此时,全民大跃进的运动掀起来了。一种被鼓动起来的热情弄得大家头脑发热,"亩产万斤呀!""共产主义就要到来啦!"、"粮食多得不知如何是好啊!"这种盲目的乐观燃烧着大家,像是发了高烧一样。狂热过后,方晓得所谓亩产万斤其实是虚报和浮夸,所谓粮食多其实是就要挨饿。也就恰在此时,这庄严神圣的大跃进便和灵灵的悲剧命运连在一起了。试想,一顿饭可以吃"多半碗米饭"或"很大一个馒头"的灵灵,又有谁配给它口粮,发给它十斤、八斤粮票呢?因饥饿而起的浮肿病正威胁着一家老小,灵灵的存活便使这威胁更加严重。况且,爸爸即将下乡整风整社,原本三口人的口粮供四张嘴吃的局面,将要变成两口人的口粮供三张嘴吃。这还了得!

最后,终于酿出了一场悲剧:杀掉"灵灵",美餐一顿,既免除明明得浮肿病,又给将要下乡的爸爸饯行。这是妈妈的提议,然而"刽子手"却是爸爸。这时,作者写道:

我瞒过明明,咬着牙齿,横下心来,当雪亮的刀子接触到灵灵的脖颈时,它四只蹄在乱动,我的两只手在发抖……

当我看到我的两手所染的灵灵的血时,立刻就想起肖洛霍夫的一篇短篇小说《父亲》——描写十月革命年代,一名叫密吉夏拉的哥萨克农民在本村反苏维埃权力的威胁下,竟亲手结束了两个当红军的儿子的性命。

如今,历史逼着我扮演了密吉夏拉似的角色。

这篇小说选材严,开掘深。作家由一只野兔的命运写出了一场时代和社会的悲剧,又进而写出了在极左社会悲剧下人们颤抖着的心灵。这篇小说结构严谨,文字洗练,足可与名家之作争先,也是力群小说创作的成熟之作。

然而,遗憾的是我国当代政治生活中极左思潮的泛滥,并没有在六十年代初就此停息。恰恰相反,从1966年"文革"开始,它反而愈演愈烈,泛滥得更其疯狂了。"狗咬吕洞宾,不识好赖人。""文革"之所谓"整党内走资本主义道路的当权派",完全是一些混入党内的野心家,拉大旗作虎皮,假手红卫兵来篡党夺权。由此,一大批真正的革命家竟成了所谓革命的对象,被七斗八斗,管制凌辱,置之于死地。如果说,五十年代极左思潮袭来时,人们的心态是人人自危,紧张颤栗,那么,在经历了"文革"冲击以后,许多干部的心态,则是在心有余悸之外,又增添了某些愤激和颓唐。我们在力群的小说《我和表兄》里正可以看到这种心态。

大家知道,力群曾在"文革"后期回乡插队落户,并且还当上了生产队的林业队长。一个年近花甲的老革命,不愿享清福,却干起了最苦最累的植树造林工作,也难怪表兄要出来劝阻他。然而,不劝则已,一劝,反而引出了他愤激的自白:

说实在的,干这植树造林的工作,我就算享清福了!……我的天哪,我总算不在造反派的面前低头弯腰挨批斗了,总算远离了嘈杂的大城市,总算不再看到军宣队和造反派的冰冷的脸相,总算不再听到可厌的震耳的高音喇叭,也不再看到一文不值的大字报了。让我就在这清静的山村里和表兄一样当个老百姓吧!

《我和表兄》尽管写出了"我"的愤激之情,但这篇小说的重点还是在写表兄,或者说是想通过对于表兄形象的塑造,进而写出八亿农民。力群写小说,极善于捕捉那些贯穿过程始终的典型性情节,而在《我和表兄》这篇小说中的这类情节,便是农村自留地的没收和发放。众所周知,自留地虽然并不能从根本上拯救农民,但自1958年我国农村公社化之后,自留地的有无便成了农村姓社姓资两条路线斗争的一个极其显著的标志。极左路线最彻底的口号是"宁要社会主义的草,也不要资本主义的苗",因之,每当它横行霸道时,便要大割"资本主义尾巴",取消农民的自留地,扼杀农村经济中残剩的这点生机。然而,广大农民却强烈要求保留自留地,给僵死的农村经济以复苏的希望,给贫穷饥饿的农民以喘息之机。小说《我和表兄》正是沿着自留地的取消、发给、再取消以至最终的发给,展现了表兄的生活景况和内心世界,展现了党的十一届三中全会以后,呈现在广大农村和八亿农民面前的无限美好的前景。

力群写信给我说:"我这一生,一共写了六篇小说,今后不再会写了。"如此说来,《网球场上的张霞》便是他的封笔之作了。该篇作于1996年。同年11月,在北京西山百花饭店举行的"96《文艺报》笔会"上,这篇小说被评为一等奖,直到2001年5月才发表于太原《都市文学》双月刊中。

据我所知,早在二十世纪二十年代末,力群在太原成成中学读书时,就是一位网球运动员。抗战时期,他在延安"鲁艺"执教六年之久。建国后,他曾任中国美协党组成员、书记处书记等职。"文革"时期的遭遇,已为前述。直到粉碎"四人帮"后落实干部政策时,才于1977年出任山西省文联副主席,后又被选为中国版协副主席和名誉主席。因而,力群在晚年,不仅是一位受人尊敬的"老延安"和老革命,而且是一位著名的作家和驰誉中外的版画艺术大师。他再一次以充沛的精力活跃在我国的文化阵地上,他的生活进入了一种风平浪静彩云浮的美好境界。写作、作画、办展览、出访以及跳舞、打网球等,都是他生活交响乐中必不可少的音符。他以温馨而从容的心态,品味着人生的甘甜,而小说《网球场上的张霞》便是在这种情景中创作而成的名篇。由于时代的不同,这篇小说和前五篇呈现了明显的差异。如果我们把九十年代的网球运动员张霞和四十年代的剪纸能手兰芝加以比较,更有一种隔世之感。力群在信中告诉我说:"我写小说都有'模特儿'，第一人称的，基本上都是我自己。"如此说来，像《桃树庄的春天》和《网球场上的张霞》中的"我"，基本上也就是作者自己了。那么，前一篇中的女主人公兰芝和后一篇中的张霞，也都是实有其人的(尽管她们的名字被改动了)。这就又告诉我们，发生在二十世纪四十年代的桃树庄的往事，原本是情理中的事，因为那时，"我"才30多岁，是血气方刚的青年，落入情网在所难免。但到写作《网球场上的张霞》之时，"我"已是一位八十老翁，他和年方十八的张霞之间，不可能再演绎出什么浪漫的故事了，他对张霞之美，就只能是欣赏、歌颂和赞美了。因此，我认为《网球场上的张霞》是力群唱给美女的一曲赞歌，是以文学艺术的独特形式来塑造一位理想的女神，是一篇颇有唯美主义色彩和倾向的力作。

小说一开篇，作者就带着陶醉的口吻写道："如果说我也算一个'球迷'，那么就是迷上张霞打网球了，你可知道欣赏张霞打网球，就像欣赏优美的舞蹈似的，真是一种享受。"接着便全方位、多视角地展现了张霞的美丽和迷人：

> 张霞生得非常迷人，有一双水灵灵的大眼睛，她的身段匀称端庄，富有曲线美，像古希腊女神维纳斯的大理石雕像。当夏季，如果让美术家看到她在球场上半裸的丰满美丽的形体，一定会在心里说：多美呀！她真是我们作画的最标准的最理想的"模特儿"。

这分明是对张霞容貌美、形体美的讴歌。作者在写张霞的服饰美时,也颇为用心良苦,比如,当"我"向张霞挑战,要同她较量时,张霞穿的是"海军蓝的白条纹短衬衫,下身穿着白短裙,白得像一朵白莲花;脚上是一双白球鞋,衬托得两条裸着的少女的腿,有一种健美感。"这里多次写到白色,而白色最具纯净、纯洁之美,它象征了张霞的纯真。又如:张霞参加"庆祝三八妇女节网球大赛"时,作者写道:"张霞今天穿的是桃红色毛衣,黑短裙,衬托得她更加美丽动人,在场上很耀眼。"红色代表热血,黑色代表钢铁,看似写服装,实则是在歌颂张霞热情似火,坚强如钢,善于沉着应战,终于转败为胜赢得冠军的可贵品格。至于写张霞学习成绩"名列前茅",学习打网球能"吃苦耐劳",尤其是在网球大赛中在3比7落后的情况下,竟连胜6局,以9比7夺得最后胜利,都突出了张霞的心灵美。

也许有人认为一位耄耋之年的老人,倾心去写年轻姑娘之美,似乎有失体统。否!爱美之心,人皆有之,爱美女之心,难道不也是人皆有之的吗?世界各国,多有"选美"之举,难道不正是爱美之心人皆有之的明证吗?力群这位毕生献身于美术事业的艺术家,把网球美女张霞的形象塑造出来,献给一切爱美的人们,正是他作为一位作家的义不容辞的职责。在我们的文学画廊中,这样的优秀之作,实在不是太多而是太少了。

力群的小说写得很好,但为什么写得如此之少呢?前面已经说过,从四十年代到七十年代前半期是他文学创作的停滞期。那么,他为什么停滞,而且停滞得如此之久呢?是的,他是一位美术家,美术评论家,版画家,他需要拿出大量时间和精力画速写、刻版画、撰写美术评论,他在文学创作上出现停滞是非常自然的。但是,单单从这一个方面来解释这种停滞显然是不够的。试想,在1938年到1941年间,在1978年到1996年间,力群不也是美术家、美术评论家和版画家吗?他为什么就能冲破停滞,欣然命笔,创作了一批小说、散文、报告文学和诗歌呢?对此,力群在自著《我的艺术生涯》中有过如下的解说:"1940年到延安'鲁艺'后,我对于文学的兴趣更高了,竟有改行之念。江丰同志知道后很不同意,他说:'你写的再好吧,还能写过茅盾?可是你在美术上,现在已经是全国知名的木刻家了'。周扬同志也劝我:'如果美术和文学同时搞,就怕结果两样都搞不好。'我接受了他们的劝告,就放弃了文学专攻木刻创作,现在看来,这样做是对的。"另外,我想,建国以后我国政治生活和文艺领域中跋扈多年的极左思潮,大约也是致使力群懒于动笔的一个原因吧!他在《一只野兔的悲剧》中曾经写到了明明向妈妈要废锅烂铁,以响应毛主席的号召去大炼钢铁。可是,作品中的"我"却不以为然。作者写道:

我一听就感到有些不是味,怎么小学一年级的学生也要大炼钢铁呢?简直是胡闹。但这些我的心里话,是不敢说出口的。因为毛主席号召大炼钢铁,谁敢反对呢?

这确乎是说出了真心话,但这种真心话如果是在1958

年就冒冒失失说出来,那肯定就打你个不折不扣的右倾机会主义分子。由此可见,力群文学创作中漫长的停滞期也是和我国政治、经济、文化领域中漫长的极左思潮泛滥不无关涉的。而一旦极左思潮受到了根本的清算,力群也就迎来了他久久渴望的文学创作的春天。恰如他在散文《春颂》中所说:

等待了很久的春天终于到来了,我是多么的高兴啊!
春天是可爱的,但从来没有像现在这样可爱。
春天是美丽的,但从来没有像现在这样美丽。

这样,力群便进入了他文学创作的丰收期,我们才能看到他如此众多的脍炙人口的小说和散文之作。

力群小说创作的特点是多方面的。例如:他的作品有很强的现实性和概括性,这从前面的叙述中似已可以感知一二。我在这里想多说几句的是他小说的主体性和抒情性。

现实主义的艺术,最讲究真实,并以真实为生命。然而,诗人艾青说得好:"艺术里的真实,不是对客观世界的简单的复写和摹仿;而是艺术家的主观世界和客观世界的契合。"也就是说,作家主体的参与和感情的真挚,是构成艺术真实的不可缺少的要素。读力群的小说,常常感到他那种强烈的参与性,不但作品的写作方式常采用第一人称,而且在第一人称"我"的形象中往往可以看到作家本人的身影,甚至进而使作家和作品中的"我"合二为一,融为一体,使我们感到所写的一切都真实可信,很少虚构。例如:《桃树庄的春天》中的八路军记者"我",来自延安,会画像,能纺线,热爱窗花,所有这一切,都提示读者觉得"我"也就是作家自己。又如:《我和表兄》中的"我",在"文革"中住过"牛棚",后来回故乡当林业队长,这些情节,也使读者感到作品中的"我"就是力群自己。是的,文学作品是可以表现生活中的真人实事的,但若毫无虚构,也难工巧动人。我原本猜想,《桃树庄的春天》中写到的给兰芝上坟,献花圈等,当属虚构。不料,力群也在信中说:"老实告诉你,那时,我爱上了一个叫'拉子'的姑娘(小说改为'兰芝'),但始终没有吻过,写小说时加了这一笔,后面的墓地献花圈也是虚构。"自然,虚构的东西,不必是必有的实事,但却应当是合乎人物感情发展的实情。

主体性的增加,使抒情性也跟着获得突显。艾青认为力群的版画抒情性甚强,称之为"木板上的抒情诗"。我以为他的小说、散文和木刻一样,都具有很强的抒情性,又何尝不是"抒情式的叙事诗"呢?例如他在《桃树庄的春天》中写"我"第三次给兰芝画像的那段文字,就含情脉脉,动人心弦。他写道:

我一面给兰芝画像,一面和他谈天,无意中我想到一位波斯诗人的诗句,大意是:

我的爱人呀,有你在我身边,再有一瓶酒,一本书,这就是我的天堂了。

而今在我,既不需要酒,也不需要书,只要兰芝坐在我面前,让我细读她那面容的美,尽情欣赏她那含情的眼睛和甜蜜的酒窝,就感到是在天堂了。

又比如：作品在写四十年后，主人公"我"回忆他和兰芝的那段相爱相吻的往事的时候，感情之热烈，真有一如既往之感。他写道：

> 一别四十载，虽然没有书信往来，但我每每看到她的画像，忆及那动人的酒窝，含情的双目，以及别时的甜蜜亲吻，怎不使我永世销魂；每每看到她剪的"花花"，那优美的造型，多情的祝愿……怎不使我衷心怀念。

读着这些抒情的文句，常使我想起鲁迅的不朽名篇《伤逝》。此外，《我和表兄》中表兄和狗儿的形象，也常唤起我对鲁迅《故乡》中闰土和水生的回想。其实，《桃树庄的春天》和《我和表兄》，又何尝不是力群的《伤逝》和《故乡》呢？况且，力群是鲁迅的学生，他对鲁迅极为敬仰，对鲁迅的作品素有揣摸和心得，他的短篇小说或多或少得益于鲁迅小说的某些启示，恐怕也是十分自然的事。

力群先生是我十分敬仰的前辈。1992年11月，中国美协、山西文联和山西美协曾联合举办"力群从艺60周年学术研讨会和八十华诞庆祝会"，我在会上曾以《力群小说创作论》为题作了发言。今年6月，先生赐信说："我想出版《力群小说集》，打算把你写的《力群小说创作论》(发表于1994年《学术论丛》第3期)用作序言，但你只评了五篇，还有一篇《网球场上的张霞》，可能你还没有看到，今寄上，希望你再写关于它的评论，附在《创作论》的后面。"我收信后，考虑再三,觉得再单独写一篇评论的文章,弄不好会有叠床架屋之感,便索性将关于《网球场上的张霞》的评论插入原来的旧作之中,使之溶入一体,读起来或许较为完整吧。

严格说来,我这个后辈晚生是没有资格给先生的小说集写序的,但回想二十多年来先生对我的帮助和教诲,想到我们深厚的师友情谊,我又愉快地接受了先生的嘱托。今年又恰是先生的九十周岁大寿,那么,就让这篇文字带着我对先生衷心的祝福与广大的读者见面吧!

2002年7月3日于京师安贞里

图书在版编目（CIP）数据

力群文集 / 力群著 . 薛芯主编— 太原：三晋出版社，2017.12

ISBN 978-7-5457-1654-2

Ⅰ.①力… Ⅱ.①力… ②薛… Ⅲ.①力群（1912-2012）—文集— Ⅳ.① I217.2

中国版本图书馆 CIP 数据核字（2019）第 191912 号

力群文集（全九册）

著　者：	力　群
主　编：	薛　芯
责任编辑：	张继红　朱　屹　董润泽
装帧设计：	段宇杰
出版者：	山西出版传媒集团·三晋出版社（原山西古籍出版社）
地　址：	太原市建设南路 21 号
邮　编：	030012
电　话：	0351-4922268（发行中心）
	0351-4956036（总编室）
	0351-4922203（印制部）
网　址：	http://www.sjcbs.cn
经销者：	新华书店
承印者：	山西万佳印业有限公司
开　本：	880mm×1230mm　1/32
印　张：	133.5
字　数：	2600 千字
版　次：	2018 年 12 月　第 1 版
印　次：	2018 年 12 月　第 1 次印刷
书　号：	ISBN 978-7-5457-1654-2
定　价：	580.00 元（全九册）

版权所有　翻印必究